山水詩研究論稿

王建生　著

自序

　　《山水詩研究論稿》（論稿原作講稿）是我上東海大學中文研究所博碩士班課的講稿，從任課以來，陸陸續續完成的。從謝靈運開始，鮑照、江淹、謝朓等等，直至唐代柳宗元，共十三單元。本來第十四單元以下，包括王安石，蘇軾等，至明清山水詩人山水詩的研究，由於宋代以後作品，尚需費很大心力來整理，所以取前半部為《山水詩研究論稿》出版。大部分稿件都是上課時陸續撰寫，積累長時間完成。因為平常畫山水，又題詩，上課講山水詩研究，山水詩畫與研究，成為生活中重要的部分。

　　由於每年煩勞助教影印發給學生，頗為麻煩。今年，學校有補助教材出版計劃，我先選擇這本《山水詩研究論稿》出版。其他還有《詩與詩人專題研究》、《詩學、詩話、詩論講稿》等教材慢慢整理再出版。

　　這本教材選擇中國歷代山水詩人的山水詩，由於大學部也開「詩選及習作」「陶謝詩」等課，也出版發表了相關的著作和論文，所以對傳統山水詩有濃厚興趣，本書撰著，配合歷代詩人生平，將他們山水詩的特色介紹出來，部分單元，還作不同詩人山水詩的比較，引出讀者的興趣。由於每位詩人有不同的環境，創作特色，要將他們的特色介紹出來，用了很大的心力。博碩班生寫論文、報告，都是以一專題為主，詳加探討，所以這樣的教材，對研究生學習有較大的助益。

　　撰著這些作品其實很辛勞，因為教學一單元一單元的完成，累積了許多教材與經驗，出版前，也經過多次改正。文中，都有詳細注釋，為省篇幅，不另列參考書目。平常，養成撰著為樂，要不然，這

I

麼大篇幅,難以完成。何況,我還有許多學術著作、論文,以及書畫創作等等工作,除了興趣的驅使,不停工作,別無他法。當然,因為是上課用的教材,文中或有疏漏,在所難免。

最早,寫本書〈緒論〉時,由當時研究助理陳品樺碩士班同學打字,等到全書完成稿時,曾由中文系張馨潔同學(今為彰師大研究生)工讀打字,最近又將稿件修訂,由東海中研所碩士生馮鈺琳同學整理,以及中文系楊佳同學工讀打字,還有內人的幫忙,很感謝她們的辛勤辛勞。也很感謝本校教材補助,由華藝數位有限公司協助出版,尤其古主編曉凌等人的協助,使這本書能順利出版發行。

目錄

緒論（山水詩的意義、流變、作品選錄）……………………1

第一單元　謝靈運及其山水詩……………………………35
　壹、前言……………………………………………………35
　貳、謝靈運生平……………………………………………35
　參、思想內涵………………………………………………44
　肆、山水詩的成就…………………………………………70

第二單元　比較鮑照與江淹山水詩的風格………………97
　壹、前言……………………………………………………97
　貳、生平……………………………………………………97
　參、鮑照與江淹風格相似處………………………………98
　肆、鮑照和江淹山水詩相異處……………………………104
　伍、結論……………………………………………………107

第三單元　謝朓與山水詩…………………………………109
　壹、前言……………………………………………………109
　貳、謝朓生平略述…………………………………………110
　參、詩中的色彩意象………………………………………114
　肆、結語……………………………………………………121

第四單元　駱賓王與山水詩………………………………123
　壹、前言……………………………………………………123
　貳、駱賓王生平……………………………………………124
　參、駱賓王山水詩…………………………………………125
　肆、結論……………………………………………………132

III

第五單元　孟浩然與山水詩……………………………………135
　壹、孟浩然山水詩的定義　………………………………………135
　貳、孟浩然的生平　………………………………………………137
　參、孟浩然山水詩寫作特色　……………………………………139
　肆、孟浩然山水詩之風格與評價　………………………………160
　伍、結論　…………………………………………………………165

第六單元　王維山水田園詩……………………………………167
　壹、詩的圖畫意象　………………………………………………168
　貳、王維山水詩分析　……………………………………………171
　參、山水中有田園，田園裏見山水　……………………………183
　肆、王維的山水田園詩的特色　…………………………………187
　伍、結論　…………………………………………………………189

第七單元　王維、孟浩然山水詩比較研究……………………191
　壹、前言　…………………………………………………………191
　貳、王孟生平略述　………………………………………………191
　參、王孟山水詩之比較　…………………………………………193
　肆、結語　…………………………………………………………202

第八單元　王維與韋應物山水詩比較研究……………………205
　壹、前言　…………………………………………………………205
　貳、王維之生平簡述　……………………………………………205
　參、韋應物之生平簡述　…………………………………………209
　肆、王維、韋應物山水詩之比較　………………………………212
　伍、結論　…………………………………………………………221

IV

第九單元　李白與山水詩 ················ 223
第一部分　李白山水詩的繼承與創新 ········ 223
第二部分　李白山水詩的特色 ············ 236

第十單元　杜甫山水詩與山水紀行詩 ········ 249
第一部分　杜甫山水詩 ················ 249
第二部分　杜甫入蜀山水詩紀行詩 ········ 273

第十一單元　劉長卿與山水詩 ············ 283
壹、劉長卿的生平 ···················· 283
貳、劉長卿個性對詩文的影響 ············ 284
參、劉長卿的詩歌特色 ················ 285
肆、蕭瑟孤獨的傷感 ·················· 298
伍、結論 ·························· 301

第十二單元　劉禹錫與山水詩 ············ 303
壹、前言 ·························· 303
貳、劉禹錫山水詩的背景 ·············· 303
參、劉禹錫之生平介紹 ················ 305
肆、劉禹錫山水詩的內容 ·············· 307
伍、劉禹錫山水詩的藝術特色 ············ 314
陸、結論 ·························· 319

第十三單元　柳宗元與山水詩 ············ 321
壹、柳宗元的生平 ···················· 321
貳、柳宗元山水詩的分期及內容風格 ······ 324

附錄　作者著作目錄表 ················ 339

緒論（山水詩的意義、流變、作品選錄）

鍾嶸《詩品》云：

若乃春風春鳥，秋月秋蟬，夏雲暑雨，冬月祁寒，斯四候之感諸詩也。……至乎吟詠情性，亦何貴於用事；「思君如流水」，即是即目；「高臺多悲風」，亦惟所見；「清晨登隴首」，羌無故實；「明月照積雪」，詎出經史。觀古今勝語，多非補假，皆由直尋。

文中提到詩歌創作，在於吟詠情性，重在白描。詩歌表達，出自天然，而天候自然變化，直書其事，便為佳構。如所舉「高臺」、「流水」、「登隴首」、「明月」、「照積雪」等自然景觀，成為詩的題材、內容。

早期山水詩，如曹操〈觀滄海〉（重在寫雄心大志），描寫山海雄奇壯闊，謝靈運詩篇，雜言玄理，唐代王維，或寄託禪理。唐杜甫〈春望〉：「國破山河在，城春草木深。感時花濺淚，恨別鳥驚心。」已就景物，寄託個人傷時。宋代文天祥〈過零丁洋〉有：「惶恐灘頭說惶恐，零丁洋裡嘆零丁。」寄託個人對時勢傷懷。明末清初，國家動盪，詩人借以抒懷慷慨激昂之情，尤其山河變色，是非成敗成空的感慨，也借山水詩傳遞。如王夫之〈次定山〉：「殘山殘水誰相問，獨笑獨歌且浪為」。又如費密〈朝天峽〉：「暮色偏悲客，風光易感人。明年在何處，妻子共沾巾。」又如劉文炌〈登雨花臺〉：「舊苑荒榛多牧馬，青山落日獨銜杯；不須更下新亭淚，晉國園陵已劫灰。」可知，在不同的情境，詩人即便同樣的詩題，也傳遞不同的心情、思想。鄭燮〈題屈翁山詩札、石濤石溪八大山人山水小幅、并白丁墨蘭共一幅〉云：「國破家亡鬢總皤，

一囊詩畫作頭陀。橫塗豎抹千千幅，墨點無多淚點多。」袁枚《隨園詩話》卷一有：**本朝開國時，江陰城最後降。……時城中積屍滿岸，穢不可聞。女子嚙指血題詩云：「寄語詩人休掩鼻，活人不及死人香」**。「活人不及死人香」，「墨點無多淚點多」，寫出當時血淚凝成的痛史。

不過古典詩歌，尤其山水詩，與天候、天象、山石以及花木、走獸、禽鳥、昆蟲等等關係密切，今略作說明：

一、天候、天象

有關天候，如謝靈運〈石壁精舍還湖中作〉「**昏旦變氣候**」。而天文類如日、月、星、風、雲、雷電、寒暑、早晚等都是。以「日」來說，如謝靈運〈登江中孤嶼〉有「**雲日相輝映**」。〈遊南亭〉有「**雲歸日西馳**」。有關日的描寫，古人又說「天無二日」，且居高臨下，光照無私，象徵君王。所以後人詩中，如唐太宗〈賦得白日半西山〉：「**藿葉隨光轉，葵心逐照傾**。」李嶠〈日〉：「**傾心比葵藿，朝夕奉光曦**」。杜甫〈自京赴奉先縣詠懷五百字〉：「**葵藿傾太陽，物性固莫奪**」。借著太陽，象徵君王，葵、向日葵，藿、豆葉，向著太陽，始終不變。

詠月，如謝靈運〈鄰里相送方山〉：「**皎皎明秋月**」。〈初去郡〉有「**天高秋月明**」等。以後往往寄託相思念遠之意。如：王褒〈詠月贈人〉：「**高陽懷許掾，對此益相思**。」，白居易〈客中月〉：「**誰謂月無情，千里遠相逐。朝發渭水橋，暮入長安陌。不知今夜月，又作誰家客**。」以及李白〈靜夜思〉：「**舉頭望明月，低頭思故鄉**」，借月思鄉。

再如風，象徵君子之德。如謝靈運〈田南樹園激流植援〉

有「**清曠招遠風**」，又〈石門新營所住四面高山，迴溪石瀨，茂林脩竹〉有「**嫋嫋秋風過**」。唐・韓琮〈詠風〉：「**莫見東西便無定，滿帆還有濟川功**」。宋・蘇軾〈與王郎昆仲遠城泛舟〉：「**清風定可物，可愛不可名。所至如君子，草木有嘉聲。**」以「君子之德風，小人之德草」寓意。

至於雲，謝靈運〈初往新安至桐廬口〉「**雲日相照媚**」，〈過始寧墅〉有「**白雲抱幽石**」，〈富春渚〉有「**定山緬雲霧**」，〈遊赤石進帆海〉「**陰霞屢興沒**」，〈遊南亭〉有「**雲歸日西馳**」，〈登江中孤嶼〉有「**雲日相輝映**」，〈從斤竹澗越嶺溪行〉有「**巖下雲方向**」。又雲有象徵化雨，潤澤萬物功能，或象徵浮雲蔽日，或指朝為行雲，暮為行雨，象徵飄泊。如：唐・陳希烈〈省試白雲起封中〉：「**豈學無心出，東西任所從**」。雲或指閒適悠悠，如：宋・楊萬里〈雲臥菴〉：「**不是白雲留我住，我留雲住臥閒身**」。明・高啟〈臥雲室〉：「**惟有心長在，不隨雲去來**」。

至若雲煙，如謝靈運〈入華子崗是麻源第三谷〉「**邈若升雲煙**」，〈過瞿溪山飯僧〉有「**清霄颺浮煙**」等。

至於雨，有潤蒼生；霧，象徵妖氛遮斷視線等意象。

二、山石水

有關山巖，也是山水詩歌詠的主體，如謝靈運〈過始寧墅〉「**巖峭嶺稠疊**」，〈七里瀨〉「**日落山照耀**」，〈登池上樓〉「**舉目眺嶇嶔**」，〈遊南亭〉「**遠峰隱半規**」，〈登江中孤嶼〉「**孤嶼媚中川**」。有關石的描寫，如謝靈運〈登石門最高頂〉「**積石擁基階**」，〈發歸瀨三瀑布望兩溪〉「**積石竦兩溪**」等。其他如隋・劉斌〈詠山〉：「**靈山峙千仞，蔽日且嵯**

峨」。

或以山中為息陰歸隱之處,如:唐・李白〈落日憶山中〉:「**願遊名山去,學道飛丹砂**」又,〈獨坐敬亭山〉:「**眾鳥高飛盡,孤雲獨去閒;相看兩不厭,只有敬亭山**」。明・樊阜〈山中〉:「**無營見道真,塵紛悟蕉鹿**」。

而山谿,幽僻所在,不為塵世所染,如:唐・孟浩然〈武陵泛舟〉:「**水迴青嶂合,雲渡綠谿陰;坐聽閒猿嘯,彌清塵外心**」,借以表達隱逸心情。

有關水的描寫,如謝靈運〈初往新安至桐廬口〉「**江山共開曠**」,〈登永嘉綠嶂山〉「**澹瀲結寒姿**」,〈遊赤石進帆海〉「**川后時安流。天吳靜不發,溟漲無端倪**」,〈登江中孤嶼〉「**空水共澄鮮**」,〈石壁精舍還湖中作〉「**山水含清輝**」,〈從遊京口北固應詔〉「**白日麗江皋**」,〈入東道路〉「**緬邈江海遼**」。

至於登樓閣,緬懷人物,如:唐・李白〈秋登謝朓北樓〉:「**誰念北樓上,臨風懷謝公**」,元・郭鈺〈黃氏容安樓〉:「**笑指樓前大江水,古今人物共風流**」。

三、花木

孔子談《詩》,言多識鳥獸草木之名,因為詩由景物起興,與自然結合感情,引起心靈共鳴,是自然的事。在謝靈運詩中,如〈晚出西射堂〉「**連嶂疊巇崿,青翠杳深沈。曉霜楓葉丹**」,〈過白岸亭〉「**遠山映疏木**」,〈遊南亭〉「**密林含餘清**」,〈石門新營所住四面高山……〉「**萋萋春草繁,洞庭空波瀾,桂枝徒攀翻**」。又如詠松、柏、梅、杉,重在寫耐寒節操,如詠松:魏・劉楨〈贈徒弟〉:「**豈不罹凝**

寒，松柏有本性」，梁・范雲〈詠寒松〉：「**凌風知勁節，負雪見貞心**」，唐・王維〈山居秋暝〉：「**明月松間照，清泉石上流**」。又，〈酬張少府〉：「**松風吹解帶，山月照彈琴**」，唐・李白〈蜀道難〉：「**枯松倒掛倚絕壁，飛湍瀑流爭喧豗**」，唐・孟浩然〈歲暮歸南山〉：「**永懷愁不寐，松月夜窗虛**」，唐・劉長卿〈聽彈琴〉：「**泠泠七弦上，靜聽松風寒**」。

柏，亦象徵忠貞，詠柏之作如：唐・杜甫〈蜀相〉：「**丞相祠堂何處尋，錦官城外柏森森**」。又，〈佳人〉：「**摘花不插髮，采柏動盈掬**」。又，〈古柏行〉：「**孔明廟前有老柏，柯如青銅根如石**」。

至於詠杉，如杜甫〈詠懷古跡〉：「**蜀主窺吳幸三峽，崩年亦在永安宮。翠華想像空山裡，玉殿虛無野寺中。古廟杉松巢水鶴，歲時伏臘走村翁。武侯祠屋常鄰近，一體君臣祭祀同。**」

詠桐、竹方面，如：唐・李伯魚〈桐竹贈張燕公〉：「**鳳棲桐不愧，鳳食竹何慚。棲食更如此，餘非鳳所堪。**」以為鳳棲食典故。

不過竹，歷朝詩人詠竹者甚多，在謝靈運〈過始寧墅〉有「**綠篠媚清漣**」，寫水上竹受風影響飄動。後，文人愛竹，以為竹具有「固」、「直」、「心空」、「節貞」等君子品格，居家種竹，有「綠竹入幽徑」、「苔色連深竹」的景觀，也會有「竹露滴清響」、「日暮倚修竹」的情境。

唐・李白〈下終南過斛斯山置酒〉：「**暮從碧山下，山月隨人歸。卻顧所來徑，蒼蒼橫翠微。相攜及田家，童稚開荊扉。綠竹入幽徑，青蘿拂行衣**」，唐・杜甫〈佳人〉：「**天**

寒翠袖薄，日暮倚修竹」，唐・孟浩然〈夏日南亭懷辛大〉：「荷風送香氣，竹露滴清響」，唐・王維〈山居秋暝〉：「竹喧歸浣女，蓮動下漁舟」唐・錢起〈谷口書齋寄楊補闕〉：「竹憐新雨後，山愛夕陽時」。

而詠梅詩，如元・馬祖常〈移梅〉其二：「高標自凌寒，孤尚獨冠歲」。

桑樹是農作物，詠桑詩如：李白〈春思〉：「燕草如碧絲，秦桑低綠枝。當君懷歸日，是妾斷腸時。春風不相識，何事入羅幃」，王維〈渭川田家〉：「雉雊麥苗秀，蠶眠桑葉低」，孟浩然〈過故人莊〉：「開軒面場圃，把酒話桑麻」。

柳，與留同音，往往寫離情、相思之意，如：唐・獨孤及〈官渡楊柳歌送李員外承恩往揚州觀省〉：「遠客折楊柳，依依兩含情」，王維〈送沈子福歸江東〉：「楊柳渡頭行客稀，罟師盪槳向臨圻」，李商隱〈柳〉：「如線如絲正牽恨，王孫歸路一何遙」。

蘭花為君子所佩，《楚辭》已開其端。如：〈離騷〉：「時曖曖其將罷兮，結幽蘭而延佇。世溷濁而不分兮，好蔽美而嫉妒」又，「扈江離與辟芷兮，紉秋蘭以為佩。」又，「余既滋蘭之九畹兮，又樹蕙之百畝。」又，「戶服艾以盈要兮，謂幽蘭其不可佩。」又，「蘭芷變而不芳兮，荃蕙化而為茅。」又，「余以蘭為可恃兮，羌無實而容長。」又，「覽椒蘭其若茲兮，又況揭車與江離。」

以後與蘭相關詩作，如：梁宣帝〈蘭〉云：「開花不競節，含秀委微霜」，王維〈蘭〉：「婆娑靖節窗，彷彿靈均佩」。

荷花，即蓮，古稱芙蓉，蓮花出水，花姿娉婷清雅，形容

美女出浴,稱為「出水芙蓉」。荷花,又稱「花之君子」,或君子花,謝靈運〈遊南亭〉有「澤蘭漸被逕,芙蓉始發池」。其他詩如:李商隱〈無題〉:「颯颯東風細雨來,芙蓉塘外有輕雷」;「春心莫共花爭發,一寸相思一寸灰」,孟浩然〈夏日南亭懷辛大〉:「荷風送香氣,竹露滴清響」,王維〈山居秋暝〉:「竹喧歸浣女,蓮動下漁舟」。

至於菊,《楚辭‧離騷》已有:「朝飲木蘭之墜露兮,夕餐秋菊之落英」。後人即以菊凌霜傲,如:晉‧袁山松〈菊〉:「春露不改色,秋霜不改條」,晉‧陶潛〈飲酒〉:「秋菊有佳色,裛露掇其英。汎此忘憂物,遠我遺世情」,唐僧‧皎然〈尋陸鴻漸不遇〉:「移家雖帶郭,野徑入桑麻;近種籬邊菊,秋來未著花。扣門無犬吠,欲去問西家;報道山中去,歸時每日斜」,孟浩然〈過故人莊〉:「待到重陽日,還來就菊花」,崔曙〈九日望仙臺呈劉明府〉:「且欲近尋彭澤宰,陶然其醉菊花杯」等等。

至於萍,無根,往往表達飄泊。宋‧謝靈運〈從斤竹澗越嶺溪行〉:「蘋萍泛沈深,菰蒲冒清淺」,齊‧劉繪〈詠萍〉:「漂泊終難測,留連如有情」,北魏‧馮元興〈浮萍〉:「有艸生碧池,無根綠水上;脆弱瑟風波,危微苦驚浪」。

蓬草,根短,亦作漂泊。如:曹植〈雜詩〉:「短蓬離本根,飄颻隨長風」。

又,葭、蘆、葦,蘆葦初生為「葭」,未開花曰「蘆」,成長開花叫「葦」。詩作如:王維〈青谿〉:「漾漾汎菱行,澄澄映葭葦」,王昌齡〈塞上曲〉:「出塞復入塞,處處黃蘆草」。

至於詠走獸，謝靈運〈過白岸亭〉「呦呦食萍鹿」，〈登石門最高頂〉「嗷嗷夜猿啼」，〈入彭蠡口〉「乘月聽哀狖」，以興其情。麟、騶虞，為仁獸；馬，寫千里馬欲得伯樂顧盼。李賀有詠馬詩，人馬雙寫。牛詩，則多寫牧牛之樂，或怡然回家。犬，「守則有威，出則有獲」。李白〈訪戴天山道士不遇〉有：「**犬吠水聲中，桃花帶露濃**」。

詠禽鳥詩，在謝靈運〈過白岸亭〉「**援蘿聆青崖**」，又，「**交交止栩黃**」，〈過石門巖上宿〉「**鳥鳴識夜棲**」，〈於南山往北山經湖中瞻眺〉「**天雞弄和風**」，〈入東道路〉「**鷺鷥翠方雛**」。而禽鳥詩也往往頌其德。鳳、鸞、孔雀，為祥瑞鳥禽，詠鳳歌頌其德。鶴，田野閒談。雁，秋來春回候鳥。鷹、鴟鶚——壯心未已，或一飛衝天。雉，代表美麗，非池中物。鵲，報喜。鶯，春景。

詠蟲詩，如寫蠶，吐絲之功。蝶，春舞之樂。蟬，居高處食潔，詩人自喻。如唐代虞世南：「**居高聲自遠，非是藉秋風**」，是清華語。駱賓王：「**露重飛難進，風多響易沉**」，是患難人語。如李商隱〈蟬〉寫自己「**本以高難飽，徒勞恨費聲**」，是牢騷語。趙嘏〈風蟬〉：「**故里歸客盡，水邊身獨行。**」因蟬鳴而興發他鄉漂泊未歸之愁。

第一部分　山水詩的意義

山水詩是中國古典詩的支系。

古典詩歌，在於「詩言志」，詠懷為主。以後或詠史、或詠物、或詠時事，類別甚多。鍾嶸《詩品》所謂「**楚臣去境，漢妾辭宮，或骨橫朔野，魂逐飛蓬，或負戈外戍，殺氣雄邊，塞客衣單，孀閨淚盡；或士有解佩出朝，一去忘返，女**

有揚蛾入寵,再盼傾國。」,悲歡離合、抒情言志為主的詩。這與山水詩、描繪山水為主不同。

詩歌發展到齊梁,作品數量多,樣式複雜,從語言形式看,有四言、五言、七言詩,從題材分有:玄言、游仙、山水詩。山水詩就是從題材來區分的。因為題材取山水,不論人物、動植物、礦物,具有神秘色彩。所謂「**莊老告退,而山水方滋**」(《文心雕龍・明詩》),由魏晉以來玄學到了齊梁,鮑照、謝朓、庾信,主要對現實生活的感受與山水結合,走到山水文學、山水之名因此確立。

從遠古以來,人類對於名山大潭,奇嶺怪石,飛瀑泉流,大江大河,令人神往,探其幽勝。

不儘山高水長之美,吸收人們觀賞駐足,在古人心目中,猶如天上日、月、星辰,有其神秘特性,也有許多流傳的神話故事。在《禮記・祭法》云:「**山林川谷丘陵,能出雲,為風雨,見怪物,皆神**」。對於山川雲與的朦朧,總是有許多想像的空間。在《周易》中的一些文辭,如:「**鼓之以雷霆,潤之與風雨**」,「**乾道成男,坤道成雨**」,「**雲密不雨**」等等,反映周人對於自然的想法。

在《詩經》時期(西周至春秋中葉),〈時邁〉篇:

懷柔百神,及河喬嶽。

對於神的崇拜及於河川與山嶽。對言之,對大自然的崇拜與神明一般。《小雅・天保》中有:

如月之恆,如日之升;
如南山之壽,不騫不崩;
如松柏之茂,無不爾或承。

對高山、川流,與循環不已的日月,經歲月不凋的松柏,都被視為王朝穩固的象徵。在《詩經》中又有:

關關雎鳩,在河之洲。
窈窕淑女,君子好逑。——《周南·關雎》
桃之夭夭,灼灼其華;
之子于歸,宜其室家。——《周南·桃夭》
山有扶蘇,隰有荷華。
不見子都,乃見狂且。——《鄭風·山有扶蘇》

把自然景物與人們精神生活、感情活動聯繫起來。又在《大雅·卷阿》云:

鳳凰鳴矣,于彼高岡。
梧桐生矣,于彼朝陽。
菶菶萋萋,雝雝喈喈。

以鳳棲梧桐,高岡朝陽,百鳥和鳴來比喻天子得人。又如《小雅·采薇》:

昔我往矣,楊柳依依。
今我來思,雨雪霏霏。
行道遲遲,載渴載飢。
我心傷悲,莫知我哀。

以「楊柳依依」的春景,渲染離鄉難捨的情懷,以「雨雪霏霏」的冬景,來表現今日內心的悲苦。與《豳風·七月》第二章:

春日載陽,有鳴倉庚。
女執懿筐,遵彼微行。

爰求柔桑，春日遲遲。
采蘩祁祁，女心傷悲。
殆及公子同歸。

明媚的春景與惶惶不安心情的采桑女，以樂景寫哀情，更顯示詩的張力。

在《楚辭》（戰國中晚期）方面，如《九歌・湘夫人》：

帝子降兮北渚，目眇眇兮愁予。
嫋嫋兮秋風，洞庭波兮木葉下。

陣陣秋風，吹起浩渺洞庭湖水，飄落黃葉，令人引起飄渺的愁緒。在《九歌・山鬼》：

余處幽篁兮終不見天，路險難兮獨後來。
表獨立兮山之上，雲容容兮而在下。
杳冥冥兮羌晝晦，東風飄兮神靈雨。
雷填填兮雨冥冥，猨啾啾兮又夜鳴。
風颯颯兮木蕭蕭，思公子兮徒離憂。

幽深的竹篁、崎嶇的山路，由於雲霧的籠罩，天色晦暗，風聲颯颯，猨猴啾啾，一面烘托山鬼的淒苦生活與心情，一面表達山中的神祕。再如《九章・涉江》：

入溆浦余儃佪兮，迷不知吾所如。
深林杳以冥冥兮，乃猨狖之所居。
山峻高以蔽日兮，下幽晦以多雨。
霰雪紛其無垠兮，雲霏霏而承宇。

屈原來到湖南南方，溆水邊，山勢高峻，深林杳遠，雨雪紛飛，不見天日，是為猨狖所居之地，不是人居住的地方。正

透露謫臣悽惻、迷惘的心境。借景抒情、情景交融。

在漢代賦方面,像司馬相如〈子虛賦〉:

> 其土則丹青赭堊,雌黃白坿,錫碧金銀;眾色炫耀,照爛龍鱗。其石則赤玉玫瑰,琳瑉昆吾,瑊玏玄厲,碝石碔砆。[1]

鋪述各種顏色土石,炫人眼目。在〈上林賦〉中:

> 揵以綠蕙,被以江蘺;糅以蘪蕪,雜以留夷;布結縷,攢戾莎。揭車衡蘭,槀本射干;茈薑蘘荷,葴持若蓀。……

描寫山谷間的奇花異草,一種物質世界的鋪排。

第二部分　山水詩的流變(玄言詩、游仙詩、山水詩)

山水詩到了曹魏建安時期。最早的山水詩,是曹操(153~220)在建安十二年(207),率師北征烏桓,途經碣石,登山臨海,心情澎湃起伏,寫了〈步出夏門行・觀滄海〉:

> 東臨碣石,以觀滄海。
> 水何澹澹,山島竦峙。
> 樹木叢生,百草豐茂。
> 秋風蕭瑟,洪波涌起。
> 日月之行,若出其中;
> 星漢燦爛,若出其裏。
> 幸甚至哉,歌以詠志。

通篇以山海為描寫對象,直寫胸中、眼中所見,氣勢雄渾。

---

[1] 昭明太子《文選》總頁102,臺北:正中書局,1971年10月。

緒論（山水詩的意義、流變、作品選錄） 13

　　魏晉過渡之際，司馬氏集團與曹魏集團之間爭奪權利。在激烈的政治傾軋中，名士少有全者，當時士大夫多受老莊思想影響，或沈溺玄學清談，遠離政治，或崇尚自然，皈依自然。最具代表性的是竹林七賢，包括：嵇康、阮籍、山濤、向秀、阮咸、劉伶、王戎等七人，常集于山陽（河南修武），把手入林，世稱竹林七賢。七賢，常常放浪形骸，席天幕地（劉伶）、或登臨山水，終日忘返（阮籍，210～263），他們的詩篇，常從事物中體悟某種哲理，影響謝靈運（258～433）創作方法（山水及玄理）。如嵇康〈贈兄秀才入軍〉十八首，其十二：

輕車迅邁，息彼長林。
春木載榮，布葉垂蔭。
習習谷風，吹我素琴。
交交黃鳥，願儔弄音。
感悟馳情，思我所欽。
心之憂矣，永嘯長吟。

　　詩中表達想像中哥哥嵇喜在行軍途中玩賞山水，陶醉大自然情景。

　　西晉時期的隱逸詩，如左思（250？～303）的〈招隱詩〉。這裡隱逸觀念的轉變與山水詩的關係，在於隱逸詩人，一方面對「名教」的不滿，一面風神瀟灑地把手入林，人格風範，令後人傾倒。有名的如左思〈招隱詩〉：

杖策招隱士，荒塗橫古今。
巖穴無結構，丘中有鳴琴。
白雲停陰岡，丹葩曜陽林。
石泉漱瓊瑤，纖鱗亦浮沉。

詩中表達或靜或動的自然美景,「白雲」、「石泉」、「丹葩」、「纖鱗」等動植物,與天上白雲、山上泉流交織,構成一幅美景。再如陸機(261~303)〈招隱詩〉:

> 輕條象雲構,密葉承翠幬。
> 激澗佇蘭林,迴芳薄秀木。
> 山溜何泠泠,飛泉漱鳴玉。
> 哀者附靈波,頹響赴曾曲。

山泉淙淙,佳木芬芳,密葉青翠,令人神往。

到了東晉初年,把山水作為描繪對象的是庾闡。他的代表作〈三月三日臨曲水詩〉、〈三月三日〉,寫春日曲水浮舟,飲酒觀魚;以及湘水春色,波光粼粼的美景。

到了謝靈運,山水詩成為中國古典詩歌的一系,山水詩蔚然成為詩歌的大國,不再附庸其他作品。

第三部分　山水詩研究

1. 曹操（155~220）詩

〈步出夏門行〉
東臨碣石,以觀滄海。水何澹澹,山島竦峙。
樹木叢生,百草豐茂。秋風蕭瑟,洪波湧起。
日月之行,若出其中,星漢燦爛,若出其裏。
幸甚至哉,歌以詠志。(〈觀滄海〉一解)

2. 庾闡（生卒不詳）詩

〈三月三日臨曲水〉
暮春濯清汜,游鱗泳一壑。高泉吐東岑,洄瀾自淨澡。

臨川疊曲流，豐林映綠薄。輕舟沉飛觴，鼓枻觀魚躍。

〈三月三日〉
心結湘川渚，目散沖霄外。青泉吐翠流，淥醽漂素瀨。
悠想盼長川，輕瀾渺如帶。

3. 謝混（？～412）詩

〈游西池〉
悟彼蟋蟀唱，信此勞者歌。有來豈不疾，良游常蹉跎。
逍遙越城肆，願言屢經過。回阡被陵闕，高臺眺飛霞。
惠風蕩繁囿，白雲屯層阿。景昃鳴禽集，水木湛清華。
褰裳順蘭沚，徙倚引芳柯。美人愆歲月，遲暮獨如何。
無為牽所思，南榮戒其多。

4. 謝靈運（358～433）詩

〈過始寧墅〉
束髮懷耿介，逐物遂推遷。違志似如昨，二紀及茲年。
緇磷謝清曠，疲薾慚貞堅。拙疾相倚薄，還得靜者便。
剖竹守滄海，枉帆過舊山。山行窮登頓，水涉盡洄沿。
巖峭嶺稠疊，洲縈渚連綿。白雲抱幽石，綠篠媚清漣。
葺宇臨迴江，築觀基曾巔。揮手告鄉曲，三載期歸旋。
且為樹枌檟，無令孤願言。

〈富春渚〉
宵濟漁浦潭，旦及富春郭。定山緬雲霧，赤亭無淹薄。
溯流觸驚急，臨圻阻參錯。亮乏伯昏分，險過呂梁壑。
洊至宜便習，兼山貴止託。平生協幽期，淪躓因微弱。

久露干露請，始果遠遊諾。宿心漸申寫，萬事俱零落。
懷抱既昭曠，外物徒龍蠖。

〈游南亭〉
時竟夕澄霽，雲歸日西馳。密林含餘清，遠峰隱半規。
久痗昏墊苦，旅館眺郊歧。澤蘭漸被徑，芙蓉始發池。
未厭青春好，已睹朱明移。戚戚感物歎，星星白髮垂。
藥餌情所止，衰疾忽在斯。逝將候秋水，息景偃舊崖。
我志誰與亮，賞心惟良知。

〈過白岸亭〉
拂衣遵沙垣，緩步入蓬屋。近澗涓密石，遠山映疏木。
空翠難強名，漁釣易為曲。援蘿聆青崖，春心自相屬。
交交止栩黃，呦呦食苹鹿。傷彼人百哀，嘉爾承筐樂。
榮悴迭去來，窮通成休感。未若長疏散，萬事恒抱朴。

〈遊赤石進帆海〉
首夏猶清和，芳草亦未歇。水宿淹晨暮，陰霞屢興沒。
周覽倦瀛壖，況乃陵窮髮。川后時安流，天吳靜不發。
揚帆採石華，掛席拾海月。溟漲無端倪，虛舟有超越。
仲連輕齊組，子牟眷魏闕。矜名道不足，適己物可忽。
請附任公言，終然謝天伐。

〈登江中孤嶼〉
江南倦歷覽，江北曠周旋。懷新道轉迴，尋異景不延。
亂流趨正絕，孤嶼媚中川。雲日相輝映，空水共澄鮮。
表靈物莫賞，蘊真誰為傳。想像崑山姿，緬邈區中緣。

始信安期術，得盡養生年。

〈登永嘉綠嶂山〉
裹糧杖輕策，懷遲上幽室。行源逕轉遠，距陸情未畢。
澹瀲結寒姿，團欒潤霜質。澗委水屢迷，林迥巖逾密。
眷西謂初月，顧東疑落日。踐夕奄昏曙，蔽翳皆周悉。
蠱上貴不事，履二美貞吉。幽人常坦步，高尚邈難匹。
頤阿竟何端，寂寂寄抱一。恬如既已交，繕性自此出。

〈石門新營所住四面高山迴溪石瀨茂林脩竹〉
躋險築幽居，披雲臥石門。苔滑誰能步，葛弱豈可捫。
嫋嫋秋風過，萋萋春草繁。美人游不還，佳期何繇敦。
芳塵凝瑤席，清醑滿金尊。洞庭空波瀾，桂枝徒攀翻。
結念屬霄漢，孤景莫與諼。俯濯石下潭，仰看條上猿。
早聞夕飆急，晚見朝日暾。崖傾光難留，林深響易奔。
感往慮有復，理來情無存。庶持乘日車，得以慰營魂。
匪為眾人說，冀與智者論。

〈登石門最高頂〉
晨策尋絕壁，夕息在山棲。疏峰抗高館，對嶺臨迴溪。
長林羅戶穴，積石擁基階。連巖覺路塞，密竹使徑迷。
來人忘新術，去子惑故蹊。活活夕流駛，噭噭夜猿啼。
沈冥豈別理，守道自不攜。心契九秋榦，目翫三春荑。
居常以待終，處順故安排。惜無同懷客，共登青雲梯。

〈於南山往北山經湖瞻眺〉
朝旦發陽崖，景落憩陰峰。舍舟眺迥渚，停策倚茂松。

側逕既窈窕，環洲亦玲瓏。俛視喬木杪，仰聆大壑淙。
石橫水分流，林密蹊絕蹤。解作竟何感，升長皆丰容。
初篁苞綠籜，新蒲含紫茸。海鷗戲春岸，天雞弄和風。
撫化心無厭，覽物眷彌重。不惜去人遠，但恨莫與同。
孤遊非情歎，賞廢理誰通。

〈從斤竹澗越嶺溪行〉
猿鳴誠知曙，谷幽光未顯。巖下雲方合，花上露猶泫。
逶迤傍隈隩，迢遞陟陘峴。過澗既厲急，登棧亦陵緬。
川渚屢逕復，乘流翫迴轉。蘋藻泛沈深，菰蒲冒清淺。
企石挹飛泉，攀林摘葉卷。想見山阿人，薜蘿若在眼。
握蘭勤徒結，折麻心莫展。情用賞為美，事昧竟誰辨。
觀此遺物慮，一悟得所遣。

〈七里瀨〉
羈心積秋晨，晨積展游眺。孤客傷逝湍，徒旅苦奔峭。
石淺水潺湲，日落山照曜。荒林紛沃若，哀禽相叫嘯。
遭物悼遷斥，存期得要妙。既秉上皇心，豈屑末代誚。
目睹嚴子瀨，想屬任公釣。誰謂古今殊，異世可同調。

5. 鮑照（414~466）詩

〈登廬山〉（其一）
懸裝亂水區，薄旅次山楹。千巖盛阻積，萬壑勢迴縈。
巃嵷高昔貌，紛亂襲前名。洞澗窺地脈，聳樹隱天經。
松磴上迷密，雲竇下縱橫。陰冰實夏結，炎樹信冬榮。
嘈囋晨鵾思，叫嘯夜猿清。深崖伏化迹，穹岫閟長靈。
乘此樂山性，重以遠遊情。方躋羽人途，永與煙霧幷。

〈從登香爐峰〉
辭宗盛荊夢，登歌美惫繹。徒收杞梓饒，曾非羽人宅。
羅景藹雲局，沾光屆龍策。御風親列涂，乘山窮禹迹。
含嘯對霧岑，延蘿倚峰壁。青冥搖煙樹，穹跨負天石。
霜崖減土膏，金澗測泉脈。旋淵抱星漢，乳竇通海碧。
谷館駕鴻人，巖樓咀丹客。殊物藏珍怪，奇心隱仙籍。
高世伏音華，綿古遁精魄。蕭散生哀聽，參差遠驚覿。
慚無獻賦才，洗汙奉毫帛。

6. 謝朓（464～499）詩

〈晚登三山還望京邑〉
灞涘望長安，河陽視京縣。白日麗飛甍，參差皆可見。
餘霞散成綺，澄江靜如練。喧鳥覆春洲，雜英滿芳甸。
去矣方滯淫，懷此罷歡宴。佳期悵何許，淚下如流霰。
有情知望鄉，誰能鬒不變。

〈之宣城郡出新林浦向板橋〉
江路西南永，歸流東北鶩。天際識歸舟，雲中辨江樹。
旅思倦搖搖，孤游昔已屢。既歡懷祿情，復協滄洲趣。
囂塵自茲隔，賞心於此遇。雖無玄豹姿，終隱南山霧。

〈暫使下都夜發新林至京邑贈西府同僚〉
大江流日夜，客心悲未央。徒念關山近，終知返路長。
秋河曙耿耿，寒渚夜蒼蒼。引領見京室，宮雉正相望。
金波麗鳷鵲，玉繩低建章。驅車鼎門外，思見昭丘陽。
馳暉不可接，何況隔兩鄉。風雲有鳥路，江漢限無梁。
常恐鷹隼擊，時菊委嚴霜。寄言罻羅者，寥廓已高翔。

7. 何遜（？～518）詩

〈下方山〉

寒鳥樹間響，落星川際浮。繁霜白曉岸，苦霧黑晨流。
鱗鱗逆去水，瀰瀰急還舟。望鄉行復立，瞻途近更修。
誰能百里地，縈繞千端愁。

〈春夕早泊和劉諮議落日望水〉

旅人嗟倦游，結纜坐春洲。日暮江風靜，中川聞櫂謳。
草光天際合，霞影水中浮。單艫時向浦，獨楫乍乘流。
孌童泣垂釣，妖姬哭蕩舟。客心自有緒，對此空復愁。

8. 王維（701～761）詩

〈青溪〉

言入黃花川，每逐青溪水。隨山將萬轉，趣途無百里。
聲喧亂石中，色靜深松裡。漾漾汎菱荇，澄澄映葭葦。
我心素已閒，清川澹如此。請留盤石上，垂釣將已矣。

〈送綦毋校書棄官還江東〉

明時久不達，棄置與君同。天命無怨色，人生有素風。
念君拂衣去，四海將安窮。秋天萬里淨，日暮澄江空。
清夜何悠悠，扣舷明月中。和光漁鳥際，澹爾兼葭叢。
無庸客昭世，衰鬢白如蓬。頑疏暗人世，僻陋遠天聰。
微物縱可採，其誰為至公。余亦從此去，歸耕為老農。

〈送別〉

下馬飲君酒，問君何所之。君言不得意，歸臥南山陲。
但去莫復問，白雲無盡時。

〈新晴晚望〉
新晴原野曠，極目無氛垢。郭門臨渡頭，村樹連溪口。
白水明田外，碧峰出山後。農月無閒人，傾家事南畝。

〈桃源行〉
漁舟逐水愛山春，兩岸桃花夾去津。坐看紅樹不知遠，行盡青溪不見人。山口潛行如隩隩，山開曠望旋平陸。遙看一處攢雲樹，近入千家散花竹。

〈山居秋暝〉
空山新雨後，天氣晚來秋。明月松間照，清泉石上流。
竹喧歸浣女，蓮動下漁舟。隨意春芳歇，王孫自可留。

〈終南別業〉
中歲頗好道，晚家南山陲。興來每獨往，勝事空自知。
行到水窮處，坐看雲起時。偶然值林叟，談笑無還期。

〈歸嵩山作〉
清川帶長薄，車馬去閒閒。流水如有意，暮禽相與還。
荒城臨古渡，落日滿秋山。迢遞嵩高下，歸來且閉關。

〈終南山〉
太乙近天都，連山到海隅。白雲迴望合，青靄入看無。
分野中峰變，陰晴眾壑殊。欲投人處宿，隔水問樵夫。

〈漢江臨汎〉
楚塞三湘接，荊門九派通。江流天地外，山色有無中。
郡邑浮前浦，波瀾動遠空。襄陽好風日，留醉與山翁。

〈送秘書晁監還日本國〉
積水不可極,安知滄海東。九州何處遠,萬里若乘空。
向國唯看日,歸帆但信風。鰲身映天黑,魚眼射波紅。
鄉樹扶桑外,主人孤島中。別離方異域,音信若為通。

〈早秋山中作〉
無才不敢累明時,思向東溪守故籬。
不厭尚平婚嫁早,卻嫌陶令去官遲。
草堂蛩響臨秋急,山裏蟬聲薄暮悲。
寂寞柴門人不到,空林獨與白雲期。

〈輞川集并序〉
余別業在輞川山谷,其游止有孟城坳、華子岡、文杏館、斤竹嶺、鹿柴、木蘭柴、茱萸沜、宮槐陌、臨湖亭、南垞、欹湖、柳浪、欒家瀨、金屑泉、白石灘、北垞、竹里館、辛夷塢、漆園、椒園等。與裴迪閒暇各賦絕句云爾。

〈孟城坳〉
新家孟城口,古木餘衰柳。來者復為誰,空悲昔人有。

〈鹿柴〉
空山不見人,但聞人語響。返景入深林,復照青苔上。

〈欒家瀨〉
颯颯秋雨中,淺淺石溜瀉。跳波自相濺,白鷺驚復下。

〈白石灘〉
清淺白石灘,綠蒲向堪把。家住水東西,浣紗明月下。

〈竹里館〉
獨坐幽篁裏,彈琴復長嘯。深林人不知,明月來相照。

〈辛夷塢〉
木末芙蓉花,山中發紅萼。澗戶寂無人,紛紛開且落。

〈鳥鳴澗〉
人閒桂花落,夜靜春山空。月出驚山鳥,時鳴春澗中。

9. 孟浩然(689～740)詩

〈秋登蘭山寄張五〉
北山白雲裏,隱者自怡悅。相望試登高,心飛逐鳥滅。
愁因薄暮起,興是清秋發。時見歸村人,沙行渡頭歇。
天邊樹若薺,江畔舟如月。何當載酒來,共醉重陽節。

〈峴潭作〉
石潭傍隈隩,沙岸曉夤緣。試垂竹竿釣,果得槎頭鯿。
美人騁金錯,纖手膾江鮮。因謝陸內史,莼羹何足傳?

〈耶溪泛舟〉
落景餘清輝,清橈弄溪渚。澄明愛水物,臨泛何容與。
白首垂釣翁,新妝浣紗女。相看似相識,脈脈不得語。

〈彭蠡湖中望廬山〉
太虛生月暈,舟子知天風。挂席候明發,眇漫平湖中。
中流見匡阜,勢壓九江雄。黤黕容霽色,崢嶸當曉空。
香爐初上日,瀑布噴成虹。久欲追尚子,況茲懷遠公。
我來限于役,未暇息微躬。淮海途將半,星霜歲欲窮。

寄言巖棲者，畢趣當來同。

〈萬山潭作〉
垂釣坐盤石，水清心亦閑。魚行潭樹下，猿挂島籐間。
游女昔解佩，傳聞於此山。求之不可得，沿月櫂歌還。

〈早發漁浦潭〉
東旭早光芒，渚禽已驚聒。臥聞漁浦口，橈聲暗相撥。
日出氣象分，始知江湖闊。美人常晏起，照影弄流沫。
飲水畏驚猿，祭魚時見獺。舟行自無悶，況值晴景豁。

〈夜歸鹿門山歌〉
山寺鳴鐘晝已昏，漁梁渡頭爭渡喧。人隨沙路向江村，余亦乘舟歸鹿門。鹿門月照開煙樹，忽到龐公棲隱處。巖扉松徑長寂寥，惟有幽人自來去。

〈望洞庭湖贈張丞相〉
八月湖水平，涵虛混太清。氣蒸雲夢澤，波撼岳陽城。
欲濟無舟楫，端居恥聖明。坐觀垂釣者，空有羨魚情。

〈宿桐廬江寄廣陵舊遊〉
山暝聞猿愁，滄江急夜流。風鳴兩岸葉，月照一孤舟。
建德非吾土，維陽憶舊遊。還將兩行淚，遙寄海西頭。

〈早寒江上有懷〉
木落雁南度，北風江上寒。我家襄水上，遙隔楚雲端。
鄉淚客中盡，孤帆天際看。迷津欲有問，平海夕漫漫。

〈與諸子登峴山〉
人事有代謝,往來成古今。江山留勝跡,我輩復登臨。
水落魚梁淺,天寒夢澤深。羊公碑尚在,讀罷淚沾襟。

〈晚泊潯陽望廬山〉
挂席幾千里,名山都未逢。泊舟潯陽郭,始見香爐峰。
嘗讀遠公傳,永懷塵外蹤。東林精舍近,日暮但聞鐘。

〈陪張丞相登嵩陽樓〉
獨步人何在,嵩陽有故樓。歲寒聞耆舊,行縣擁諸侯。
林莽北彌望,沮漳東會流。客中遇知己,無復越鄉憂。

〈武陵泛舟〉
武陵川路狹,前櫂入花林。莫測幽源裏,仙家信幾深。
水回青嶂合,雲度綠溪陰。坐聽閑猿嘯,彌清塵外心。

〈與顏錢塘登樟樓望潮作〉
百里聞雷震,鳴絃暫輟彈。府中連騎出,江上待潮觀。
照日秋雲迥,浮天渤澥寬。驚濤來似雪,一坐凜生寒。

〈游鳳林寺西嶺〉
共喜年華好,來遊水石間。煙容開遠樹,春色滿幽山。
壺酒朋情洽,琴歌野興閑。莫愁歸路暝,招月伴人還。

〈遊景空寺蘭若〉
龍象經行處,山腰渡石關。屢迷青嶂合,時愛綠蘿閑。
宴席花林下,高談竹嶼間。寥寥隔塵事,疑是入雞山。

〈歲暮歸終南山〉
　　北闕休上書，南山歸敝廬。不才明主棄，多病故人疏。
　　白髮催年老，青陽逼歲除。永懷愁不寐，松月夜窗虛。

〈泝江至武昌〉
　　家本洞湖上，歲時歸思催。客心徒欲速，江路苦邅回。
　　殘凍因風解，新正度臘開。行看武昌柳，髣髴映樓台。

〈舟中曉望〉
　　挂席東南望，青山水國遙。舳艫爭利涉，來往接風潮。
　　問我今何適？天台訪石橋。坐看霞色曉，疑是赤城標。

〈自洛之越〉
　　皇皇三十載，書劍兩無成。山水尋吳越，風塵厭洛京。
　　扁舟泛湖海，長揖謝公卿。且樂杯中物，誰論世上名。

〈夜渡湘水〉
　　客舟貪利涉，闇裏渡湘川。露氣聞芳杜，歌聲識采蓮。
　　榜人投岸火，漁子宿潭煙。行旅時相問，潯陽何處邊。

〈渡揚子江〉
　　桂楫中流望，京江兩畔明。林開揚子驛，山出潤州城。
　　海盡邊陰靜，江寒朔吹生。更聞楓葉下，淅瀝度秋聲。

10. 常建（生卒不詳）詩

〈題破寺後禪院〉
　　清晨入古寺，初日照高林。曲徑通幽處，禪房花木深。
　　山光悅鳥性，潭影空人心。萬籟此俱寂，惟有鐘磬音。

11. 蘇軾（1037～1101）詩

〈飲湖上初晴後雨〉二首
朝曦迎客豔重岡，晚雨留人入醉鄉。
此意自佳君不會，一杯當屬水仙王。

水光瀲灩晴方好，山色空濛雨亦奇。
欲把西湖比西子，淡妝濃抹總相宜。

〈夜泛西湖五絕〉取二首
蒼龍已沒斗牛橫，東方芒角昇長庚。
漁人收筒及未曉，船過惟有菰蒲聲。

湖光非鬼亦非仙，風恬浪靜光滿川。
須臾兩兩入寺去，就視不見空茫然。

〈百步洪二首并敘〉
王定國訪余於彭城。一日，棹小舟，與顏長道攜盼、英、卿三子，游泗水，北上聖女山，南下百步洪，吹笛飲酒，乘月而歸。

其一
長洪斗落生跳波，輕舟南下如投梭。
水師絕叫鳧雁起，亂石一線爭磋磨。
有如兔走鷹隼落，駿馬下注千丈坡。
斷絃離柱箭脫手，飛電過隙珠翻荷。
四山眩轉風掠耳，但見流沫生千渦。
嶮中得樂雖一快，何意水伯誇秋河。

我生乘化日夜逝,坐覺一念逾新羅。
紛紛爭奪醉夢裏,豈信荊棘埋銅駝。
覺來俯仰失千劫,回視此水殊委蛇。
君看岸邊蒼石上,古來篙眼如蜂窠。
但應此心無所住,造物雖駛如吾何。
回船上馬各歸去,多言譊譊師所呵。

〈新城道中二首〉
東風知我欲山行,吹斷簷間積雨聲。
嶺上晴雲披絮帽,樹上初日挂銅鉦。
野桃含笑竹籬短,溪柳自搖沙水清。
西崦人家應最樂,煮芹燒筍餉春耕。

身世悠悠我此行,溪邊委轡聽溪聲。
散材畏見搜林斧,疲馬思聞卷斾鉦。
細雨足時茶戶喜,亂山深處長官清。
人間岐路知多少,試向桑田問耦耕。

12. 黃庭堅（1045～1105）詩

〈雨中登岳陽樓望君山二首〉
投荒萬死鬢毛斑,生入瞿塘灩澦關。
未到江南先一笑,岳陽樓上對君山。

滿川風雨獨憑欄,綰結湘娥十二鬟。
可惜不當湖水面,銀山堆裏看青山。

13. 文同（1018～1079）詩

〈紅樹〉
萬葉驚風盡卷收，獨餘紅樹擬禁秋。
已疑斷燒生前嶺，更共殘霞入遠樓。
楓岸最深霜未落，柿園渾變雨初休。
勸君莫上青山道，妝點行人分外愁。

〈安仁道中早行〉
行馬江頭未曉時，好風無限滿輕衣。
寒蟬噪月成番起，野鴨驚沙作隊飛。
揭揭酒旗當岸立，翩翩漁艇隔灣歸。
此間物象皆新得，須言詩情不可違。

14. 陸游（1125～1210）詩

〈風雨中望峽口諸山奇甚戲作短歌〉
白鹽赤甲天下雄，拔地突兀摩蒼穹。
凜然猛士撫長劍，空有豪健無雍容。
不令氣象少渟滀，尚恨天地無全功。
今朝忽悟始嘆息，妙處元在煙雨中！
太陽殺氣橫慘淡，元化變態含空濛。
正如奇材遇事見，平日乃與常人同。
安得朱樓高百尺，看此疾雨吹橫風。

〈三峽歌〉
其三
十二巫山見九峰，船頭彩翠滿秋空。
朝雲暮雨渾虛語，一夜猿啼明月中。
其六

蠻江水碧瘴花紅，白舫黃旗無便風。
涪萬四時常避水，棚居高出亂雲中。
其九
我游南賓春暮時，蜀船曾繫掛猿枝。
雲迷江岸屈原塔，花落空山夏禹祠。

15. 楊萬里（1124～1206）詩

〈過大皋渡〉
隔岸橫州十里青，黃牛無數放春晴。
船行非與牛相背，何事黃牛卻倒行。

〈玉山道中〉
村北村南水響齊，巷頭巷尾樹陰低。
青山自負無塵色，盡日殷勤照碧溪。

16. 元好問（1190～1257）詩

〈游黃華山〉
黃華水簾天下絕，我初聞之雪溪翁。
丹霞翠壁高歡宮，銀河下濯青芙蓉。
昨朝一游亦偶爾，更覺摹寫難為功。
是時氣節已三月，山木赤立無春容。
湍聲汹汹轉絕壑，雪氣凜凜隨陰風。
懸流千丈忽當眼，芥蒂一洗平生胸。
雷公怒擊散氣毬，日腳倒射垂長虹。
驪珠百斛供一瀉，海藏翻倒愁龍公。
輕明圓轉不相礙，變見融結誰為雄？
歸來心魄為動蕩，曉夢月落春山空。

手中仙人九節杖,每恨勝景不得窮。
攜壺重來岩下宿,道人已約山櫻紅。

〈梁縣道中〉
青山簌簌樹重重,人在春雲浩蕩中。
也是杏花無意況,一枝臨水臥殘紅。

17. 趙孟頫(1254～1322)詩

〈題楊司農宅劉伯熙畫山水圖〉
移得山川勝,坐來烟霧空。窗中列遠岫,堂上見青楓。
巖樹參差綠,林花掩冉紅。鳥飛天路迥,人去野橋通。
村晚留遲日,樓高納快風。琴尊會仙侶,几杖從兒童。
疑聽孫登嘯,將無顧愷同。微茫看不足,瀟灑興難窮。
碧瓦開蓮宇,丹樓聳竹宮。亂泉鳴石上,孤嶼出江中。
籍甚丹青譽,益知書畫功。煩渠添釣艇,著我一漁翁。

〈題秋山行旅圖〉
老樹葉似雨,浮嵐翠欲流。西風驢背客,吟斷野橋秋。

18. 高啟(1336～1374)詩

〈登金陵雨花臺望大江〉
大江來從萬山中,山勢盡與江流東。
鍾山如龍獨西上,欲破巨浪乘長風。
江山相雄不相讓,形勢爭誇天下壯。
秦皇空此瘞黃金,佳氣蔥蔥至今王。
我懷鬱塞何由開?酒酣走上城南臺。
坐覺蒼茫萬古意,遠自荒烟落日之中來。

石頭城下濤聲怒，武騎千群誰敢渡！
黃旗入洛意何祥？鐵鎖橫江未為固。
前三國、後六朝，草生宮闕何蕭蕭！
英雄時來務割據，幾度戰血流寒潮。
我今幸逢聖人起南國，禍亂初平事休息。
從今四海永為家，不用長江限南北！

19. 袁宏道（1568～1610）詩

〈渡太湖〉

野樹澄秋氣，孤篷冒晚暉。漁舟懸網出，溪叟載鹽歸。
山疊鸚哥翠，浪驅白鳥飛。暮來風轉急，吹水濺行衣。

〈湖上〉

流鶯舌倦語初歇，畫轡微點梨花雪。
茶葉白抽四五旗，竹孫斑裏兩三節。
芳草如綿陷歸轍，花氣熏人醒不得。
落紅雨過更愁人，六橋十里猩猩血。

以上舉歷代山水詩部分詩例，供讀者參考。

參考書目

一、一般參考書

1. 《毛詩》臺北：商務四部叢刊
2. 洪興祖《楚辭補註》臺北：商務四部叢刊
3. 黃節注《曹子建詩注》臺北：藝文印書館
4. 逯欽立《先秦漢魏晉六朝詩集》臺北：學海出版社

5. 陶潛《陶靖節先生詩》上海古籍出版社
6. 謝靈運《謝康樂詩集》上海古籍出版社
7. 楊齊賢等《分類補註李太白詩》臺北：商務四部叢刊
8. （宋刊本）《分門集注杜工部詩》臺北：商務四部叢刊
9. 王維《王右丞文集》清・趙松谷箋註，臺北：廣文書局
10. 孟浩然《孟浩然詩集》上海古籍出版社
11. 王十朋纂《集註分類東坡先生詩》臺北：商務四部叢刊
12. 黃庭堅《豫章先生文集》臺北：商務四部叢刊
13. 任淵等注《山谷內、外詩集》臺北：學海出版社
14. 楊萬里《誠齋集》臺北：商務四部叢刊
15. 元好問《元遺山先生文集》臺北：商務四部叢刊
16. 高啟《高太史大全集》臺北：商務四部叢刊
17. 袁宏道《袁中郎先生文集》道光九年梨雲館類定
18. 吳偉業《梅村家藏稿》臺北：商務四部叢刊
19. 王士禎《漁洋精華錄》臺北：商務四部叢刊
20. 袁枚《袁枚全集》江蘇古籍出版社

二、山水詩專著

1. 丁成泉《中國山水詩史》臺北：文津出版社
2. 王國櫻《中國山水詩研究》臺北：聯經出版社
3. 趙山等選註《歷代山水詩選集》臺北：久博圖書
4. 朱玄《中國山水畫美學研究》臺北：學生書局

5. 陶文鵬等編《靈境詩心——中國古代山水詩史》南京：鳳凰出版社
6. 丁成泉《中國山水田園詩集成》湖北教育出版社
7. 王建生《簡明中國詩歌史》臺北：文津出版社
8. 王建生《古典詩選及評注》臺北：文津出版社
9. 王建生《陶謝詩選評注》臺北：秀威資訊科技

第一單元　謝靈運（385～432）及其山水詩

壹、前言

　　《文心雕龍・時序篇》說：「**文變染乎世情，興廢繫乎時序。**」文學莫不深受時代環境的影響。南朝歷時二百七十二年（李延壽撰《南史》與《北史》後，南北朝名稱確立），是政局極端動盪，內憂外患相乘的時代；但由於玄學昌盛、佛道流行、山川秀麗、商業繁榮、權貴好文等因素的影響，文人從不同角度思考文學，使文學思潮呈現劃時代的自覺與創新，而詩文創作因此步入「緣情綺靡」的新境界，在中國文學史上獨樹一幟，大放異彩。

　　南朝文人雲興，各出機杼，謝靈運便是其中首屈一指的大家。他是文壇上極少數才、學、識三者兼長的詩人之一，被譽為中國山水詩之祖；他擴大了詩歌的題材，充實了詩歌的內容，創新的詩歌寫作的技巧，啟蒙了後代詩人欣賞自然美的情操，對於這樣一位文壇鉅子，實在值得我們加以仔細研究的。

　　本文分謝靈運的生平事蹟、思想內涵、山水詩的成就等三方面敘述。

貳、謝靈運生平

　　六朝時代，崇尚門閥階級，世族子弟享有世爵，在政治上具有絕對優越的地位，並擁有崇高的聲望和雄厚的財力，由此得以控制政權轉移，壟斷民生經濟，同時因為他們標榜「經學傳業」、「禮法傳家」，被視為文化的發揚者，儼然成為國家社會的中堅分子。謝靈運即出生於顯赫一世的謝氏高門。

謝氏祖籍陽夏（河南太康縣）。在司馬王朝南渡之際，大部分的謝氏族人也為了避難來到江南，他們分別在吳興（浙江吳興縣）、始寧（浙江上虞縣）和會稽（浙江紹興縣）等地購置莊園，營建居所，同時在建康城的烏衣巷也擁有一些房產。

　　謝靈運於東晉孝武帝太元十年（385）八月間，生於始寧墅（浙江上虞縣）。他的曾祖父謝奕是謝安的長兄，祖父謝玄因淝水戰役有功，受封為康樂公，父親謝瑍是個「生而不慧」的人，坐享現成的富貴。母親劉氏，是王獻之（子敬）的外甥女，頗有才學，由於謝瑍單傳而不慧，所以靈運的降生，使得謝家喜出望外，視靈運為瑰寶，所以在《宋書·本傳》謝玄感到驚訝說：「**我乃生瑍，瑍那生得靈運？**」[1]然而靈運出世數年後，謝安、謝玄相繼過世，家人耽心他不易順利成長，於是將他寄養在錢塘（杭州）的杜明師館中，希望藉助神道的庇護長大成人，直到十五歲，家人才把他接回始寧。由於從小在外生活，家人都喚靈運為「阿客」或「客兒」，這便是他自稱「越客」，後人稱他「謝客」的原由。錢塘山水佳麗，靈運幼年即浸浴在大自然美景中，自然陶冶出他日後愛好自然風景與自由任情的性格。

　　晉安帝隆安年間，海賊孫恩聚眾為亂，靈運因避難到建康，居住於謝氏烏衣巷官邸中。在烏衣巷裏的謝家邸舍，排場闊氣，子弟們日常都過著綺襦紈，鐘鳴鼎食的豪侈生活，而靈運的作為尤令人側目，《南史·本傳》說他：「**性豪侈，車服鮮麗，衣服多改舊形制，世共宗之。**」[2]可見靈運人才薈萃的江左，貴公子的生活，曾大出風頭。

---

[1] 梁·沈約《宋書·本傳》卷67列傳第27，總頁845，臺北：藝文印書館。下引同，不贅。
[2] 唐·李延壽《南史·本傳》卷19列傳第9，總頁253，臺北：藝文印書館。

闊綽安樂,是靈運二十歲以前的生活寫照。在這段時間裏,他置身於江南美麗的風物中,享受著富裕的物質生活,加上沒有正式職責的羈絆,精神是極放任自由的。雖然過分優越的物質條件,難免助長了他與生俱來的傲慢與揮霍的性情;但另一方面,他也利用富裕的環境,努力於學識的追求,在〈山居賦〉中說:「**六藝以宣聖教,九流以判賢徒,國史以載前紀,家傳以申世模,篇章以陳美刺,論難以覈有無,兵技醫日,龜筮筮夢之法,風角冢宅,算數律曆之書,或平生之所流覽,並於今而棄諸。驗前識之喪道,抱一德而不渝。**」[3]可知靈運對於《六經》及百家之學,都有紮實的基礎。所以要宣聖人之教。

靈運生逢亂世,他的仕官宦生活,他的〈過始寧墅〉〈初去郡〉二詩的自述考查,約是三十八歲。據《宋書·本傳》記載,靈運在永嘉(溫州)郡只任一年便稱病離職回家。此時正值東晉末年憂思紛至的時期,靈運雖具有優越的家世背景,但在宦途中不順,他一直在黨派的傾軋中求生存,無奈的在宦海中浮沉,屢經驚濤駭浪,造成他兩度歸隱及最後棄市廣州的悲慘結局。

晉安帝義熙元年(405)三月,靈運21歲,琅邪王司馬德文為大司馬,劉裕為侍中,車騎將軍等,後歸藩,改授都督荊、司等十六州諸軍事。靈運任琅邪王大司馬行參軍。從兄謝瞻,從弟謝弘微亦任此職。次年(406)五月,劉毅為豫州刺史,鎮姑孰(安徽當塗)。而劉毅在義熙四年(408)為侍中,車騎將軍等,不分權於別人,地位因之鞏固,提高。劉毅與謝混(靈運叔

---

[3] 顧紹柏校注《謝靈運集校注》「文類」頁464,臺北:里仁書局,2004年4月,下引謝靈運詩文同此,不贅。

父)相善,就以靈運為記室參軍,直至義熙八年(412)十月毅被劉裕誅殺,前後八年,靈運似乎始終追隨劉毅。毅被誅後,他不但未被株連,且劉裕還安插他做太尉參軍,不過,劉裕寬大為懷的作法,顯然只是表面功夫,其目的在攏絡世族而已。這一年一月間,靈運從江南回到建康,調任秘書丞,可是沒多久便因故免職了,當時靈運二十八歲。義熙九年(413),劉裕又殺諸葛長民兄弟數人。由義熙八年至義熙十二年(416)之間,他似乎閒居著,沒有正式的職務。

三十二歲那年(416),靈運因從叔謝方明的力量,八月前後,出任驃騎將軍劉道憐的諮議參軍,轉中書侍郎。次年,又為劉裕的世子中軍諮議,晉恭帝司馬德文元熙元年(419),劉裕進爵為王。而靈運遷相國從事中郎、世子左衛率。此時靈運因愛妾與門生桂興通姦,而做出殺興滅屍棄之洪流的醜事,「事發京畿,播聞遐邇」被王弘奏彈,因此再度失官。

元熙二年(420)六月,劉裕受了晉禪,建立宋皇朝,改元為「永初」,東晉遂亡。大封功臣親戚,出現一群新貴。靈運世襲的封爵却由康樂「公」降為「侯」,食邑由兩千戶減到五百戶[4],所謂「**一朝皇帝,一朝臣**」,靈運時年三十六,之後,起為散騎常侍,轉太子左衛率。(見《宋書·本傳》)

劉裕既得天下,為了緩和豪門世族敵愾的情緒,進而獲得他們的支持和頌揚,不得不在某種程度內放寬對豪門世族的壓力。謝家的門資既高,而靈運又是個領袖人物,劉裕自然爭取他為新皇朝服務;但靈運是劉毅的老部下,又是謝混的侄子,在政治舞台上本屬敵對之勢,因此也就無法得到劉宋王朝過多

---

[4] 司馬光《資治通鑑》卷119,〈宋紀一·高祖武皇帝〉有「始興、廬陵、始安、長沙、康樂五公,降爵為縣公及縣侯」,總頁1137,臺北:商務印書館四部叢刊本。

的信任，劉裕只派他做有職無權的閒散官。《宋書·本傳》說：「靈運為性褊激，多愆禮度，朝廷唯以文義處之，不以應實相許，自謂才能宜參權要，既不見知，常懷憤憤。」靈運為了未來政治發展，便與劉裕的次子廬陵王劉義真交好[5]，作為靠山，由此靈運又捲入劉裕諸子爭奪皇權的政治漩渦中[6]。他與顏延之、慧琳同成為義真的心腹，義真曾天真的誇口說：「得志之日，以靈運、延之為相，慧琳為西豫州都督。」永初二年（421），靈運37歲。三月，劉裕集群臣宴於西池，為曲水流觴之飲，靈運有〈三月三日侍宴西池〉詩。

永初三年（422）五月，劉裕崩，靈運有〈武帝誄〉。其長子義符即帝位，是為少帝[7]。義符荒誕無度，不理國事，因此政務落入司空徐羨之、中書令傅亮與領軍謝晦[8]三人的手裏。徐羨之、傅亮等為了消滅劉義真的政治力量，首先逼使義真離京，出鎮歷陽（安徽和縣），接著將他的心腹紛紛調出京師，靈運被改任為永嘉郡（浙江溫州）郡守。靈運離開了政治重鎮、經濟文化中心及人才薈粹的建康，內心沉痛，當可想像。更何況徐、傅等當權者的企圖是顯而易見的，宦海無情，可慮可憂的事正多，當時靈運已經三十八歲了。靈運由京赴任，有〈永初三年七月十六日郡初發都〉詩。往永嘉途中，枉道回故鄉會稽始寧（今浙江上虞南與嵊縣西北），有〈過始寧墅〉詩。再折返浙江（今錢塘江、富春江），經富春（今富陽縣）、桐廬、七里瀨，有〈富春渚〉、〈初發新安至桐廬口〉、〈七里瀨〉等詩。

---

[5] 參王建生《陶謝詩選評注》頁147。臺北：秀威資訊公司，2008年9月。又，上面論述，亦參該書，不贅。另參顧紹柏校注《謝靈運集校注》〈附錄二：謝靈運生平事蹟及作品繫年〉，頁527起，臺北：里仁書局。

[6] 劉裕共有七子，義真為孫脩儀所生，與義隆為異母兄弟。劉裕為宋武帝時，次子義真為廬陵王，三子義隆（後為文帝）為宜都王，四子義康為彭城王。

[7] 義符為張夫人所生，小名車兵，即位時僅十七歲。

[8] 謝晦為謝安兄謝據的曾孫。元嘉三年（426）被誅，年37。

靈運在仕途失意之餘，不得不寄情山水與佛理，以尋求安慰，所以他在赴永嘉途中及任郡守期間，盡情遨遊，成就了許多山水佳篇，並且他常與方外之士法勗、僧維、慧驎等交遊，完成了不朽的論文——〈辨宗論〉。在〈與諸道人辨宗論〉云：「**同遊諸道人，並業心神道。**」所謂「同遊諸道人」是指釋法勗、僧維、慧驎、慧琳、王弘等交往，主張漸悟者，而靈運主張頓悟。在永嘉郡進行。靈運與釋法綱、慧琳的辯論，在永嘉郡和吳郡虎丘兩地通過書面形式進行。與王弘的辯論易通過書面形式。（據顧紹柏說）但靈運遊放山水與虔心學佛並不能消除心中的憤懣與落寞，所以在言行與詩文中都一再肯定和強調棲隱的意念。少帝景平元年（423）做了一年永嘉郡太守後，三十九歲的靈運便稱疾辭隱了。靈運此舉自然和執政者形成尖銳的對立和更多誤會。

靈運離永嘉郡任，便回到故鄉居始寧墅，他除了把精力投注於經營莊園：倚山築屋、臨江起樓、田南樹園，以供幽居遊娛外，又與隱士、高僧如王弘、孔淳之、曇隆、僧鏡、法流等作賦吟詩，談玄說理，寫下許多名作，這段時間，他雖身在鄉里，而詩名仍然震動京師，為遠近文人所欽慕。

靈運回始寧墅的次年，即景平二年（424），劉義真被廢為庶人，旋又見殺。而以其同父異母弟劉義恭代南豫州刺使，義恭年僅12。同年徐、傅等人廢少帝義符，擁立劉裕第三子，宜督王義隆為帝，改元元嘉，是為宋文帝，他在位三十年，是劉宋最英明的君主。景平二年八月，詔復廬陵王劉義真先封，迎其柩還建康。以謝晦為衛將軍，徐羨之進位司徒，王弘進位司空，傅亮加開府儀同三司，檀道濟進號征北將軍。又以王曇首、王華為侍中。元嘉三年（426）初，文帝以弒君之罪，收

殺徐羨之（實為自殺）及傅亮。同年三月徵靈運為秘書監，顏延之、慧琳等人亦受安撫。但靈運為擺身分，故作姿態，在朝廷的一再徵召下，才勉強出任[9]，這一年，他四十二歲。所謂秘書監，乃是掌管圖書的官職，而靈運所負責的工作是整理祕書閣的圖書，並且補足闕文，同時朝廷還交付他撰寫《晉書》的任務[10]。以靈運的才華、學識、文筆擔任這個職位是十分合適的，但他並不滿意。因為他熱衷於掌握政治實權，不屑作一名文史官吏，於是他以消極不負責任的態度，來發洩不滿的情緒，撰寫《晉書》，只是敷衍塞責，粗立條流而已。因文帝對靈運才華十分賞識，尤其對其書法和詩篇，更愛賞有加，曾稱美為「二寶」，所以未加責難。不久，靈運遷為侍中，他時常裝病不朝（上表稱疾），逕自長期出遊，《晉書・本傳》說：「**靈運意不平，多稱疾不朝直。穿池植援，種竹樹堇，驅課公役，無復期度，出郭游行，或一日百六七十里，經旬不歸。既無表聞，又不請急。**」如此目無綱紀，蔑視朝廷的行為，自然使得文帝忍無可忍，便私下派人暗示，要他自動辭官歸養。而靈運早已意興闌珊，所以立即上表陳疾，文帝則爽然賜假。東歸之日，他曾上書勸伐河北，以表示關懷國事的心跡。元嘉五年（428）春，靈運告假回故鄉會稽，與惠連等人為友，遊宴一如既往，不改其狂放行跡，「遊娛宴集，以夜續晝」，又被御史中丞傅隆所奏，結果靈運落得免官。這次再仕的時間，前後總共還不滿兩年。

---

[9] 靈運曾二度受詔不應，文帝特命光祿大夫范泰親寫信函，敦請獎勵。范泰是高祖以來的重臣，與靈運私交甚篤，（見靈運〈還舊園作見顏范二中書〉）得知如此，靈運才勉強應詔。事見《宋書・本傳》。

[10] 據《隋書》卷33〈經籍志〉第二十八，頁2，總頁487，有宋‧臨川內史謝靈運撰《晉書》36卷，今大都亡佚。臺北：藝文印書館武英殿本。

免官後靈運回到故居始寧墅,「**與族弟惠連、東海何長瑜、穎川荀雍、泰山羊璇(璿)之,以文章賞會,共為山澤游,時人謂之四友**」。一方面大興土木,鑿山浚湖,務求庭院完美;一方面則四處出遊,且儘選擇人蹟罕到險峻之地。元嘉六年(429)九月,他從始寧的南山出發,帶著隨從數百人,一路上披荊砍樹,到達臨海與會稽縣天姥山。臨海太守王琇驚駭失措,以為是山賊作亂,後知是靈運乃安。(見《宋書·本傳》),可見靈運之張狂一斑。

靈運與會稽太守孟顗因政治宗教立場不同,原有宿怨[11]。再加上靈運歸居會稽期間,目中無人,因借機羞辱孟顗,遂使雙方讎隙加深。孟顗為洩心頭之恨,便將靈運在故鄉胡作非為,放肆狂妄的作為加以渲染誇張,給他戴上造反(「異志」)的帽子,並到處張貼告示,公佈靈運造反的消息,要百姓防備。如此一來,任性的靈運也感到事態嚴重,不敢等閒視之,於是連夜進京,親向文帝上表(即〈自理表〉),為自己申辯,以示清白。文帝心知靈運見誣,未加追究,不過為了避免他和孟顗再生糾紛,就索性把他留在京城建康一段時間,這一年是元嘉八年(431),靈運四十七歲。留京期間,他參與北朝和尚曇無懺所翻譯的《大般涅盤經》的修改工作[12]。12月,靈運始往臨川任內史。

元嘉九年(432)夏,靈運48歲,夏,抵為臨川為內史。靈運三度出任,實為保命,所以赴任的心情和昔年赴永嘉時同樣

---

[11] 孟顗與劉裕心腹劉穆之相善,而靈運則跟隨劉毅多年,所以在政治立場是處於敵對的地位。再者,孟顗為當時佛教界的大檀越,對靈運闡揚道生的頓悟說,頗不以為然。《宋書·本傳》載:「(靈運)嘗謂孟顗曰:『得道應須慧業文人,升天當在靈運前,成佛必在靈運後。』顗深恨此言」。

[12] 北朝和尚曇無讖所翻譯的《大般涅盤經》原有四十卷,世稱「北本」;經靈運和南朝大德門修改後,存三十六卷,世稱「南本」。南北本主要在品目方面有較大變動,文字修改不多。參顧紹柏《謝靈運集校注》,頁606,顧先生所說。版本同前。

憤懣，沿途仍以遊山玩水紓解鬱悶，因此也留下了許多山水佳作。在臨川內史任內，靈運任性如故，不恤民事，行為乖張，只知遊放山水，宴飲賦詩，以遨遊為樂，不異永嘉。結果又受監察官嚴厲的批評與糾彈，司徒劉義康便派隨州從事鄭望生到臨川逮捕靈運，此時靈運竟不知反省收斂以求自保，反而在意氣用事下拘捕鄭望生，進而興兵造反，靈運此舉實在可笑復可憐，結果事敗被擒，送交廷尉治罪。靈運論罪當斬，但靠著祖先的餘蔭及文帝愛才而獲免，文帝下詔說：「**靈運罪釁累仍，誠合盡法。但謝玄勳參微管，宜宥及後嗣，可降死一等，徙付廣州。**」

元嘉十年（422）歲暮，靈運攜家帶眷經廬江，出彭蠡，越大庾嶺而赴廣州，一路上寫了許多詩文，以書所見所感。到廣州不久，有個叫趙欽的盜犯，供出一樁劫囚叛亂的案子，又牽連到靈運，這可能是誣陷事件，但已無人為靈運脫罪，於是文帝下詔：於廣州行棄市刑。謝靈運本是美鬚公，臨刑時，留言將自己的一把美鬚為南海祇洹寺維摩法像的鬍鬚[13]，並寫下一首沉痛哀絕的〈臨終詩〉。其詩云：

龔勝無餘生，李業有終盡。嵇公理既迫，霍生命亦殞。
悽悽凌霜葉，網網衝風菌。邂逅竟幾何，修短非所慜。
恨我君子志，不獲巖上泯。送心自覺前，斯痛久已忍。
唯願乘來生，怨親同心朕。

詩中所稱龔勝（68B.C～A.D11），王莽篡位時，絕食而死。李業、漢梓潼縣人，公孫述據益州稱帝，徵業為博士，後賜毒藥

---

[13] 據劉餗《隋唐嘉話》卷下記載：「靈運遺髯於唐中宗時，部分為安樂公主取為鬥草之用，餘者也被公主命人毀棄，從此不復再見。」見顧紹柏校注《謝靈運集校注》，頁611引，臺北：里仁書局，2004年。

死,批評朝綱不正,與己〈臨川被收〉詩意同。又,指張良、魯仲連之義不帝秦。天才詩人,如此結束了生命,令人惋惜。不過據顧紹柏《謝靈運集校注》以為《宋書》所云靈運謀反事,漏洞甚多,顯係劉義康有意羅織罪名,郝昺衡《年譜》已駁之,甚精當。(頁611)

謝氏家族靈運這一房,由三國時謝纘,後至衡、鯤等等,至其祖父玄,而父瑍,而他自己,再及於子鳳,孫超宗,五代都是單傳。其子鳳及孫超宗,曾與祖靈運父鳳,流放越州,鳳早亡,元嘉末年,超宗才得朝廷允許還歸建康。超宗在宋齊之際響有盛譽,但任性狂放一如靈運,齊武帝乃賜其自盡,也未得善終。超宗有才卿及幾卿二子,才卿早卒,有一子藻。梁時任清官公府祭酒、主簿。幾卿是個「博學有文采」的人,詳悉故實,在齊梁間頗具名聲[14]。

顯赫一時的謝氏鉅族,至陳梁,因時代的轉移和人事的變遷而沒落,唐朝詩人劉禹錫有一首七言絕句〈烏衣巷〉詩說:「朱雀橋邊野草花,烏衣巷口夕陽斜。舊時王謝堂前燕,飛入尋常百姓家。」人事代謝,繁華難再,又豈是人力所能扭轉[15]。

參、思想內涵

靈運的思想與情感是隱藏在華麗的外表之內的。如不細心觀察,則無法體會其中的深趣。謝靈運的思想相當複雜,他的生活與作品探究,可謂包括了儒、道、佛三家思想成份。

---

[14] 超宗、幾卿《南史》卷十九有傳。
[15] 參考《宋書・本傳》、《南史・本傳》、清聖祖御定《全唐詩》,明倫出版社。林文月《謝靈運及其詩》,臺灣大學文史叢刊。

一、謝靈運與儒家思想

　　自漢武帝「黜百家，尊儒術」，儒家思想佔了正統地位後，中國的讀書人無不受儒家思想的影響。靈運自幼好學，博覽群書，由〈山居賦〉自述為學的內容中[16]，得見靈運博涉百家學術，而以儒學居首，學問之淵博，古今詩人，罕有其匹。他在詩作中常用六經典故，如「〈否〉桑未易繫，〈泰〉茅難重拔」（〈折楊柳行〉）、「無悶徵在今」（〈登池上樓〉）、「〈蠱〉上貴不事，〈履〉二美貞吉」（〈登永嘉綠嶂山〉），這是引用《易經》的話。「三江事多往，九派理空存」（〈入彭蠡湖口〉），這是出自《書‧禹貢》的。「顧己枉維縶，撫志慙場苗」（〈從京口北固應詔〉）、「曠流始毖泉」（〈種桑詩〉）、「祁祁傷豳歌」（〈登池上樓〉）、「差池燕始飛」（〈邶風‧燕燕〉：燕燕于飛，差池其羽。）「松蔦歡蔓延，樛葛欣虆縈。」（《周南‧樛木》：南有樛木，葛藟累之。）（〈悲哉行〉）、「逝將候秋水」（〈遊南亭〉）、「曾是展予心，招學講群經」（〈命學士講書〉）、「淒淒陽卉腓」（〈九日從宋公戲馬臺宋孔令〉）、「華屋非蓬居，時髦豈余匹？」（〈擬徐幹〉）、「朝遊牛羊下，暮坐括揭鳴」（〈擬劉楨〉）、「鑽燧斷山木，掩岸墐石戶。」（〈過瞿溪山僧〉）、「願以黃髮期，養生念將老。」（〈擬平原侯值〉）、「交交止栩黃，呦呦食萍鹿。傷彼人百哀，嘉爾承筐樂」（〈過白岸亭〉）、「常歎詩人言，式微何繇往」「並載由鄴京，方舟泛河廣」（〈擬王粲〉）、「猶復惠來章，祗足攪余思。」（〈酬從弟惠連〉）、「白圭尚可磨，斯言易為緇」（〈初發石首城〉）、「鷺鷺翬方雊，纖纖麥垂苗」（〈入東道路詩〉）、

---

[16] 見前文引述。參注3。

「締紛雖淒其,授衣尚未至」(〈初往新安至桐廬口〉)、「滮池溉粳稻,輕雲曖松杞。」(〈會吟行〉),以上是出自《詩經》的。「索居易永久,離群難處心」(〈登池上樓〉),這是出自《禮記·檀弓》的。「段生蕃魏國,展季救魯人。弦高犒晉師,仲連卻秦軍。」(〈述祖德〉)、這是出自《左氏傳》的。「傾心隆日新」(〈擬魏太子〉),這是出自《大學》的。「既笑沮溺苦,又哂子雲閣」(〈齋中讀書〉)、「百川赴巨海,眾星環北辰」(〈擬魏太子〉)、「事躓兩如直,心愜三避賢」(〈還舊園作〉),這是出自《論語》的。

又如靈運在〈白石巖下徑行田〉這首詩中,刻劃出一位良吏典型,充滿了對災民的愛與關懷,「舊薔橫海外,蕪穢積頹齡,饑饉不可久,甘心務經營」等語,令人想見一位忠於職守,愛民勤政的好官。他的〈命學士講書〉詩說:「時往歲易周,聿來政無成,曾是展予心,招學講群經。鑠金既云刃,凝土亦能鈲。望爾志尚隆,遠嗣竹箭聲。敢謂荀氏訓,且布蘭陵情,待罪豈久期?禮樂俟賢明。」在這詩裡,靈運對自己政績表示慚愧,無法報答給予的恩惠。並道出了他想招學士講群經,教育百姓的宿願。又如〈種桑詩〉:「詩人陳條柯,亦有美攘剔。前修為誰故?後事資紡績。常佩知方誡,愧微富教益!浮陽驁嘉月,蓺桑迫閒隙。疏欄發近郛,長行達廣場。曠流始毖泉,涸塗猶跬跡;俾此將長成,慰我海外役。」在此詩中,靈運表明帶領百姓在永嘉郡城種植桑樹,以促進養蠶事業。經世牧民是德政,因此,不勝欣喜。據此可見靈運於經學非獨精通,且經世致用。這些思想來自儒家。

二、謝靈運與道家思想

晉宋之際,玄學之風雖稍稍戢止,但流風猶存。自太元以來謝家可以說是「玄學世家」,謝安、謝玄是極富盛名的玄學家,《世說新語》中,有一些關於他們談玄說理的紀錄。而靈運自幼生活在崇奉道教的杜明師家中,又承受社會風氣及家學淵源的習染,自然成為一個「長玄學」的人。靈運〈山居賦〉說:「**哲人不存,懷抱誰質。糟粕雖在,啟滕剖袠,見柱下之經二,覿濠上之篇七,承未散之全樸,救已頹於道術。**」柱下,言《老子》。濠上,指《莊子》。自注說:「**此二書最有理,過此以往,皆是聖人之教,獨往者所棄。**」可見老莊學說深為靈運所嚮往。綜合來看,老莊思想對靈運啟示者有:

1. 重道觀念

「道」是老莊哲學的中心思想,而靈運在詩中每每提到這個字。「委講輟道論」、「拯溺紱道情」、「道以神理超」、「守道自不攜」,可謂樂道不厭。但靈運對「道」的觀念與老莊略有不同。老莊所言的「道」,即是自然,也即是無。老子曾說:「**人法道,道法天,天法自然。**」又說:「**常無欲以觀其妙**」,又說:「**道可道,非常道。**」所說的道都極虛空,且認定道是絕對的。而靈運言「道」必與物並舉,如:「**矜名道不足,適己物可忽。**」意在重精神,輕物質。〈山居賦〉中說:「**道可重,故物為輕;理宜存,故事斯忘。**」所謂「**重道則輕物,存理則忘事**」,重精神輕物質之意更顯明,與《論語》:「**朝聞道,夕死可矣**」相符。

2. 貴我思想

謝靈運詩中說:「**達人貴自我,高情屬天雲。**」(〈述祖德〉)、「**賤物重己,棄世希靈**」(〈山居賦〉)、「**懷抱既昭曠,萬物徒龍蠖**」(〈富春渚〉)、「**未若長疎散、萬事恆抱朴**」(〈過白岸亭〉)、「**矜名道不足,適己物可忽**」(〈遊赤石進帆海〉)、「**慮澹物自輕,意愜理無違**」(〈石壁精舍還湖中作〉),這是我為貴而物為賤之意。如重己輕物,重道輕物,則無往而不自適,則常能順適自然,所以說:「**居常以待終,處順故安排**」(〈登石門最高頂〉),凡此皆直接出於道道家思想。

3. 達觀主義

身處亂世,傷懷必多,欲樂觀而莫可,欲棄世而未能,為求立命安心,抒懷解脫,於是乃由老氏的消極悲觀,而轉為莊子的達觀。靈運對人生之達觀,在詩文中最易見,「達人」、「達生」等詞彙,開卷即是。人生與憂患俱來,靈運以惟達觀可以解脫。他在〈齋中讀書〉詩說:「**既笑沮溺苦,又哂子雲閣,執戟亦以疲,耕稼豈云樂,萬事難並歡,達生幸可託。**」以春秋時長沮、桀溺歸隱務農為苦,譏漢揚雄投閣事。而執戟小官亦為疲苦,不如人意。進一步,靈運以苦樂由心造,視智力之高下而判,所以說:「**鄙哉愚人,戚戚懷瘼,善哉達士,滔滔處樂。**」(〈善哉行〉)以為留情世榮,未足言達,所以說:「**彭薛裁知恥,貢公未遺榮。或可優貪競,豈足稱達生。……即是羲唐化,獲我擊壤情**」(〈初去郡〉)以西漢彭宣、薛廣德辭官歸家,貢禹辭官未准,列為公;仕宦近退如此。見靈運對莊子的人生達觀理論可謂了解盡致。

4. 避世思想

靈運雖有積極的濟世思想，可是經若干打擊後，則大有懷才不遇的悲痛，對失意人，道家的避世思想正可作為精神的寄託，因此在靈運的詩中不乏這種思想，如〈永初三年七月十六日之郡出發都〉中說：「**曰余亦支離，依方早有慕**」這兩句話，已有幾分避世的口氣，而〈入子華岡是麻源第三谷〉詩云：「**且申獨往意，承月弄潺湲。恆充俄頃用，豈為古今然。**」遠離塵俗，任性遨遊，己之獨往，不必尊古卑今。這種思想就更加濃厚了。

靈運與道家的淵源雖深，但有一點值得注意的是：靈運對道家「長生」「修仙」等觀念始終是抱著懷疑的態度，此與曹子建「**太息將何為？天命與我違**」、「**苦辛何慮思？天命信可疑，虛無求列仙，松子久吾欺，變故在斯須，百年誰能持**」（〈贈白馬王彪〉）「天命信可疑」，故呼天，「變故在斯須」言人生變故之速，對神仙產生疑慮的想法頗為相似，這是由於他們更廣闊的思想。靈運因仕途的挫折，使他不得不傾向於逍遙自在的道家，然而內心實未能忘情名利榮辱，矛盾因而產生，也因此種下一生的悲劇。

三、謝靈運與佛學

靈運一生和佛教徒可以說真有因緣，年十五即從慧遠遊[17]，自幼受學於佛學大師。及長和慧琳友善，同為劉義真的入幕之賓；任永嘉郡守時，又與法勗、僧維徜徉山水之間；待罷官移籍會稽後，則與曇隆、法流等涵泳於自然，共研佛理[18]。同時靈

---

[17] 靈運〈廬山慧遠法師誄・序〉說：「予志學之年，希門人之末。」即15歲起就有向佛之心。
[18] 靈運〈山居賦〉末說：「安居二時，冬夏三月，遠僧有來，近眾无闕，法鼓朗響，頌偈清發，散華靡蕤，流香飛越，析曠劫之微言，說像法之遺旨，乘此心之一豪，濟彼生之萬里，啟善趣於商倡，歸清暢於北機。非獨於予情，諒僉感於君子。」

運耽於釋典，曾著有〈辯宗論〉，闡明道生的頓悟說，與慧嚴等修改《大般涅槃經》，又嘗注《金剛般若》，這些都說明他對佛學也表現了相當的成績。不過他研究佛學的目的，似乎在於吸收佛經中的玄理來擴充玄學領域，為清談投下一注資本，因此，就佛教哲學的發展說，他並沒有留下什麼值得注意的貢獻，他對佛教的真正功績，卻在光大佛法這方面。在晉、宋之間，慧遠為淨土宗首領，而靈運為涅槃南宗領袖。由於他竭力提倡涅槃之學，頓悟之說，引起了當時學術思想界對這些問題的注意，掀動了論爭浪潮。因此，靈運與晉、宋之際的佛教有極深密的關係，而他的思想也很自然地添加了佛教的思想。

靈運的〈辯宗論〉，是一篇有價值的論文，它的主要內容，是發明道生的頓悟義。在靈運這個時代裏，有一部分方外之士講佛學，多用《老》、《莊》書中的「有」與「無」、「動」與「靜」、「無為」與「有為」等觀念，他們認為佛家的「真如」與「生滅法」恰當道家哲學中的「有」與「無」，「常」與「無常」恰當道家哲學中的「動」與「靜」，「涅槃」與「生死」恰當道家哲學中的「無為」與「有為」，因此他們所講的佛學，都常有很濃郁的玄學氣息。僧肇的《肇論》，就是這一類佛學家的代表作品。僧肇的〈物不遷論〉擬統一動與靜的對立，「不真空論」擬統一有與無的對立，「般若無知論」擬統一有為與無為的對立。當時的佛學大師為了更有效地宣傳佛家思想，採取配合士大夫們口味的做法，是十分明智的，也獲得相當的效果。事實很明顯，靈運的〈辯宗論〉就是承繼這種想法而產生的，他企圖通過頓悟說的闡述，找出理論根據來折衷孔、釋，把佛家和儒教的對立統一起來，這就是他寫〈辯宗論〉的目的。

靈運詩中也時引用佛理，如：「**情用賞為美，事昧竟誰辨。觀此遺物慮，一悟得所遣。**」(〈從斤竹澗越嶺溪行〉)「**遺物悼遷斥，存期得要妙**」(〈七里瀨〉)、「**戰勝臞者肥，止監留歸停**」(〈初去郡〉)、「**賞心不可忘，善妙冀能同**」(〈田南樹園激流植楥〉)、「**感性慮有復，理來情無存**」(〈石門新營所住四面高山迴溪石瀨茂林脩竹〉)、「**恬如既已交，繕性自此出**」(〈登永嘉綠嶂山〉)等，都是佛學化的詩句。靈運詩偶爾帶有神秘色彩，如〈入彭蠡湖口〉詩說：「**靈物吝**（同吝）**珍怪，異人祕精魂，金膏滅明光，水碧輟流溫。**」也出自佛學的。至若〈石壁立招提精舍〉及〈過瞿溪山飯僧〉等篇，通首言佛，更是顯而易見的。

靈運雖然愛好佛學，且對佛境有很大的憧憬，但他絕不是一位佛徒，因為他好名利好熱鬧的性格與佛教清淨、與世無爭的原則是相違背的，所以他始終未能達到佛家的寂滅境界。

靈運本道家的達觀主義，所以求超脫自我；本佛家的頓悟及繕性，所以追求理想的世界；本儒家的尚志不屈，所以主濟世，合此三大思潮，而形成一種超人的思想。但在現實生活中這種超人的思想境界驟難實現，只有明山秀水之境，較近似於理想的世界。靈運在〈山居賦〉中說：「**陵名山而屢憩，過巖室而披情，雖未階於至道，且緬絕於世纓。**」言學仙者不及佛道高，然出於世表。言棄絕世俗名利，自道懷抱。惟因靈運有此思想，所以能創作空前的山水詩篇。

四、謝靈運仕隱矛盾情懷

觀乎謝靈運的一生，從事官職與其相終始，而其命運也隨官宦之起伏而改變，因此其仕隱之表現亦相對突出。探討謝靈

運仕隱之表現,其中必有造就之成因,以下試討論之。

(一)個人因素:

1. 家世背景

一個人的外顯行為,與其家世的背景有相當的關連,因此在了解謝靈運的個性之前,對於其家世背景有必要的認識。謝靈運生當謝氏家族鼎盛之際,曾祖輩謝安曾有淝水之捷,功蓋當世;祖父謝玄封康樂公,死後亦追贈車騎將軍,在東晉,謝姓也是四大家族之一,高貴的出身無疑使謝靈運具有一種自命不凡的優越感。史書稱其「**因父祖之資,生業甚厚,奴僮既眾,義故門生數百,鑿山浚湖,功役無已。尋山陟嶺,必造幽峻,巖嶂千重,莫不備盡。**」而且,「**從者數百人**」(《宋書‧謝靈運本傳》)曾經從始寧南山伐木,直至臨海,驚動太守,以為山賊。曾撰〈述祖德二首〉序言讚論謝玄云:「**太元中,王父龕定淮南,負荷世業,尊主隆人。逮賢相徂謝,君子道消,拂衣蕃岳,考卜東山。事同樂生之時,志期范蠡之舉。**」言,祖先謝安、謝玄的功德輝煌,而賢相謝安一死,謝玄失去依靠,有隱居之志。又據《宋書‧謝弘微傳》:「**混與族子靈運、瞻、晦、曜以文義賞會,長共宴赴,居在烏衣,故謂之烏衣之游。**」(卷58)更可見謝氏家族之勢力。

2. 個性

在烜赫的家世背景之下,謝靈運在性格上必自以為不同於眾,本傳一開始便稱其「**少好學,博覽群書,文章之美,江左莫逮。**」(《宋書‧謝靈運傳》)如此一位英秀,又在謝氏家風的薰陶下,形成其高傲自視的性格。根據《南史‧謝靈運傳》記載:「**謝靈運嘗曰:『天下才有一石,曹子建獨占八**

斗，我得一斗，天下共分一斗。』」如此自信、自負之語，豈是市井小民可出？因此，在《宋書・謝靈運傳》上對他的記載，多為批評語，如：「**性豪奢，車服鮮麗，衣裳器物，多改舊制。**」「**靈運為性褊激，多愆禮度，……自謂才能宜參權要，既不見知，常懷憤憤。**」「**靈運意不平，多稱疾不朝直。**」「**出郭游行，或一日百六七十里，經旬不歸，既無表聞，又不請急……**」由於個性高傲，再加上遭遇不平，故其外顯行徑令人難以忍受。史載會稽太守孟顗事佛精懇，但為靈運所輕，還戲言：「**得道應需慧業文人，生天當在靈運前，成佛必在靈運後。**」顗深恨此言。不過他對於優秀之人，也能真心知賞，如族弟謝惠連，何長瑜教惠連讀書時，靈運以為：「**阿連才悟如此，而尊作常兒遇之。何長瑜當今仲宣，而飴以下客之食。尊既不能禮賢，宜以長瑜還靈運。**」（以上皆見本傳）可知。對於他人的譏諷嘲罵全不客氣。做人處事如此，因而在朝為官時，亦復如是。

（二）背景因素：

　　王國瓔在《中國山水詩研究》一書，曾就求仙、隱逸、游覽三方面，論述中國山水詩的產生背景，做為山水詩在南朝興盛的主要條件。就時代背景說，山水詩產出的背景說，是受到魏晉玄學思想，蓋談玄、求仙，須有美好山水景物寄託。

　　就求仙思想來說，王國瓔以為魏晉詩篇中表現的求仙思想，顯然有隱逸觀念做為後盾。如郭璞〈游仙詩〉，求仙者和隱士同樣是離群索居之人，四周也不乏山水之勝，「**可是隱士通常以四周的山水為安身之所，人是自然的一部分，而求仙者卻視四周的山水為虛無飄渺的仙境，人與自然之間有著人**

間天上之隔。」[19]，因此隱逸之人能將自然景物化身為自己心靈投射之物，「**為了由苦悶而達到精神上的歸宿，由衝突而進入心靈上的和諧，求仙必須突破務求長生不死的欲望，必須超越詭托神仙以舒憤懣的企圖。**」由此觀謝靈運之山水詩運用神仙思想者，其用意確實在於抒發心中苦悶，如：〈行田登海口盤嶼山〉云：「**遨遊碧沙渚，遊衍丹山峰。**」借遨遊沙渚，遊行丹山（在崑崙，有琅玕，鳳所食）寄託遊仙。如：〈登江中孤嶼〉云：「**表靈物莫賞，蘊真誰為傳。想像崑山姿，緬邈區中緣。始信安期術，得盡養生年。**」孤嶼山本非仙境，然仙境不可求，人間既有此似仙境之處，不妨暫為安期生以避世遠禍，離塵脫俗一番。如：〈舟向仙巖尋三皇井仙跡〉云：「**低佪軒轅氏，跨龍何處巔？仙蹤不可即，活活自鳴泉。**」作者對於景平元年（423）遊赤石、帆海之後，繼遊仙巖山，尋訪黃帝遺跡。在永嘉安固縣（浙江瑞安）。三皇井為仙巖山之一景。對詩人來說，仙人仙事都已不重要，重要的是現實的我。由此可知，謝靈運詩中求仙思想已突破長生不死的想法，進而做為抒發憤懣之情的依據。

就隱逸思想而言，王國瓔以為「**對隱逸態度的轉變，實在是促成山水詩產生的重要因素。**」[20]何謂轉變？早期的詩人只是為隱逸而隱逸，但不能以山水為樂，但到了東晉，因為與老、莊玄理興起，於是詩人能夠以逍遙自適的態度來面對穩逸的生活，故劉勰云：「**宋初文詠，體有因革，莊老告退，而山水方滋。**」（《文心雕龍·明詩》）若從老莊的角度觀之，謝靈運的詩中充滿了老莊的字眼、老莊的思想，幾乎老莊的思想

---

[19] 王國瓔《中國山水詩研究》頁25，臺北：聯經出版社，1986年。
[20] 同註19，頁94。

成為謝靈運詩中的主流，茲舉詩例：〈過白岸亭〉：「**榮悴迭去來，窮通成休慼。未若長疎散，萬事恒抱朴。**」其中「抱朴」一詞，出自《老子》。〈東山望海〉：「**非徒不弭忘，覽物情彌遒。萱蘇始無慰，寂寞終可求。**」其中「寂寞」一詞，出自《莊子》。〈齋中讀書〉：「**執戟亦以疲，耕稼豈云樂。萬事難並歡，達生幸可託。**」其中「達生」一詞，出自《莊子》。〈登永嘉綠嶂山〉：「**頤阿竟何端，寂寂寄抱一。恬如既已交，繕性自此出。**」其中「抱一」，出自《老子》；「恬如」（應作「恬知」）、「繕性」，出自《莊子》。

就游覽而言，王國瓔以為「**直接以游覽山水的經驗入詩，卻是在西晉統一之後才開始逐漸出現。**」[21]他們把游覽山水當作是一種情趣，具有模山範水的情態出現。到了東晉，山水詩的量增多，「**南渡的文人名士，以追懷玄遠的心境，面臨江南山水……使他們輕視世務，縱情山水。逍遙自適於自然山水之間成了許多名士生活的主要目標，游覽山水一時蔚然成風，……**」對謝靈運來說，游覽正是他生命中很重要的部分。謝靈運的山水詩可謂是結合了求仙、隱逸、游覽於一體，形成他獨樹一幟的山水詩文化。

五、謝靈運仕隱情懷的思想表徵

1. 永初三年（422）前

雖然永初三年出守永嘉是其心境極大轉變的開始，但是從劉毅戰敗被殺始，謝靈運的官運就開始不順，因此心境上必然有所取捨。試觀〈答中書〉一詩，依據顧紹柏《謝靈運集校注》的說法，此詩寫於東晉義熙八年（412），謝靈運在江陵劉

---

[21] 同註19，頁101。

毅手下任職，劉毅將敗之際。中書指從兄謝瞻，詩中曾經表白歸隱的心志，其云：「**在昔先師，任誠師天。刻意豈高，江海非閒。守道順性，樂茲丘園。**」這裡借用《莊子·刻意》之意，所謂「刻意尚行，離世異俗。」突顯順乎本性，虛淡無為之隱遁意。又，義熙十一年（415）正月撰〈贈安成〉詩，安成指謝瞻擔任太守之地。詩中也表達道家隱逸的思想：「**清靜有默，平正無偏。**」「**將拭舊褐，褐來虛汾。**」

「虛汾」是道家理想世界之隱居地。又，義熙十一年十月撰〈贈從弟弘元〉詩，在最後也引用道家思想，表達隱逸思想：「**視聽易狃，沖用難本。違真一差，順性誰卷。**」表達違背本性有差失，只有順從本性，內心堅定，就無法可改。可知，在謝靈運面臨官運劇變之際，道家清靜無為的隱逸思想成為他的重要依靠。

2. 永嘉太守期間

在永初三（422）年前，謝靈運先有劉毅兵敗之事，再有坐殺門生之事，接著劉裕稱帝，將謝靈運降公爵為侯，更令其性情大變，後又被小人構陷，遂出為永嘉太守。在經歷這一連串事件，原本尊貴的心態，更受壓抑，試觀其詩：

（1）〈永初三年七月十六日之郡初發都〉

述職期闌暑，理棹變金素。秋岸澄夕陰，火旻團朝露。
辛苦誰為情？遊子值頹暮。慮似莊念昔，久敬曾存故。
如何懷土心，持此謝遠度。李牧愧長袖，郤克慚躧步。
良時不見遺，醜狀不成惡。曰余亦支離，依方早有慕。
生幸休明世，親蒙英達顧。空班趙氏璧，徒乖魏王瓠。
從來漸二紀，始得傍歸路。將窮山海迹，永絕賞心晤。

（頁54）

永初，宋武帝（劉裕）年號，永初三年（422）劉裕死，少弟劉義符即位，尚未改元。朝臣實權在徐羨之、傅亮等人手中，引起靈運不滿。因受權臣排擠。被派任永嘉守。顧紹柏以為「這首詩即寫他啟程的情況，表現他對故土知己的依戀，發出生不逢辰的慨嘆，間接流露出對徐傅集團的不滿情緒及寄情山水的隱逸思想。」[22]這首詩似指到任供職，主要的思想仍屬道家，如：「曰余亦支離，依方早有慕」，他嚮往如支離疏（《莊子‧人間世》杜撰的畸形人）一般消遙自在，也能依於方內而遊於方外，脫離塵俗。但其內心仍是辛苦的，很希望能如李牧、郄克為國家所用，即使身體缺陷，而自己呢？希望能得到英主的賞識，一展長才；這是他儒家經世致用的表現。

（2）〈鄰里相送方山〉

祇役出皇邑。相期憩甌越。解纜及流潮。懷舊不能發。
析析就衰林。皎皎明秋月。含情易為盈。遇物難可歇。
積疴謝生慮。寡欲罕所闕。資此永幽棲。豈伊年歲別。
各勉日新志。音塵慰寂蔑。（頁61）

此亦為謝靈運出為永嘉守離京時所作，顧紹柏以為此詩「寫自己與在建康的親友依依惜別的情形，表示了『永幽棲』的意向，間接發洩了對權臣的不滿情緒。」與李運富《謝靈運集》說相似[23]方山（南京附近山名，山呈方形）是其上船之處；甌越是指永嘉。他對徐羨之等人的構陷，仍耿耿於懷，詩中傳達出其久病厭世的想法：「**積疴謝生慮，寡欲罕所闕**」，但其積極向上的心志，掩蓋過其念頭，只想「永幽棲」而已。

---

[22] 顧紹柏《謝靈運集校注》，頁54，下引同，不贅，版本同前注。
[23] 李運富《謝靈運集》頁29，湖南：岳麓書社，1999年8月。

所以,道家思想支撐他求生的慾望。

(3)〈過始寧墅〉

束髮懷耿介,逐物遂推遷。違志似如昨,二紀及茲年。
緇磷謝清曠,疲薾慚貞堅。拙疾相倚薄,還得靜者便。
剖竹守滄海,枉帆過舊山。山行窮登頓,水涉盡洄沿。
巖峭嶺稠疊,洲縈渚連綿。白雲抱幽石,綠筱媚清漣。
葺宇臨迴江,築觀基曾巔。揮手告鄉曲,三載期歸旋。
且為樹枌檟,無令孤願言。(頁63)

此詩寫於劉裕永初三年(422),作者赴永嘉任所,經過浙江始寧(今浙江上虞縣)祖居莊園時作,時靈運三十八歲。詩中作者赴永嘉的機會,枉帆故鄉一遊,並美故鄉山水,末四句表達三年永嘉太守後,即回歸始寧隱居的心願。王世貞《藝苑巵言》云:「謝靈運天質奇麗,運思精鑿,雖格體創變,是潘陸之餘法也,其雅縟乃過之。」此詩可說明。[24]

(4)〈富春渚〉

宵濟漁浦潭,旦及富春郭。定山緬雲霧,赤亭無淹薄。
遡流觸驚急,臨圻阻參錯。亮乏伯昏分,險過呂梁壑。
洊至宜便習,兼山貴止託。平生協幽期,淪躓困微弱。
久露干祿請,始果遠遊諾。宿心漸申寫,萬事俱零落。
懷抱既昭曠,外物徒龍蠖。(頁68)

本詩是謝靈運離開始寧墅,到富陽縣遊覽富春江時所寫。前八句寫富春渚沿岸的風景。「亮乏」二句,言像伯昏無人,

---

[24] 王世貞《藝苑巵言》,頁994,收在丁福保《歷代詩話續編》,中冊,北京:中華書局,2006年8月。又,上面部分文字參王建生《陶謝詩選評注》頁153,臺北:威秀資訊科技股份有限公司,2008年9月。下面部分詮釋,部分評論,亦參此書,不贅。

登高山,踏危石的勇氣。而險過呂梁湍急。後十句「**說明過去久溺宦海,宿志難伸,今赴永嘉,無異幽棲。**」從後半議論處,可知謝靈運對做官一事相當自責,遇到危險就該知道止行,但己卻深陷官場,讓自己精疲力盡,如今隱居的宿心得以伸展,再也不去鑽營利祿了。

(5)〈七里瀨〉

羈心積秋晨,晨積展遊眺。孤客傷逝湍,徒旅苦奔峭。
石淺水潺湲,日落山照曜。荒林紛沃若,哀禽相叫嘯。
遭物悼遷斥,存期得要妙。既秉上皇心,豈屑末代誚。
目睹嚴子瀨,想屬任公釣。誰謂古今殊,異世可同調。

(頁78)

此詩為宋武帝劉裕永初三年(422),作者三十八歲作。此詩寫傍晚赴永嘉途經七里瀨時急流峭岸、荒林哀禽的秋景,及感想。傷感時光流逝,旅途苦奔,日落水流,哀禽叫嘯引起遭斥的哀傷。既秉聖哲之心,難以展布才華,只想學嚴光、任公之漁釣而已。

(6)〈晚出西射堂〉

……節往感不淺,感來念已深。羈雌戀舊侶,迷鳥懷故林。含情尚勞愛,如何離賞心。撫鏡華緇鬢,攬帶緩促衿。安排徒空言,幽獨賴鳴琴。(頁82)

西射堂,在永嘉郡城內。詩為三十八歲作。此詩寫於到達永嘉郡之後。作者獨步西門遠眺,感年華易逝,故鄉邈遠,詩中借秋景抒羈旅幽寂之懷,「羈雌戀舊侶」,「含情尚勞愛」,似指與廬陵王劉義真,言分飛之苦。對於《莊子·大宗

師》所謂「**安排而去化**」，也就是安於推移與化俱去，似乎是空言而已。末，以撫弄琴弦，來安慰自己。

(7)〈登永嘉綠嶂山〉

裹糧杖輕策，懷遲上幽室。行源徑轉遠，距陸情未畢。澹瀲結寒姿，團欒潤霜質。澗委水屢迷，林迥巖逾密。眷西謂初月，顧東疑落日。踐夕奄昏曙，蔽翳皆周悉。〈蠱〉上貴不事，〈履〉二美貞吉。幽人常坦步，高尚邈難匹。頤阿竟何端，寂寂寄抱一。恬如既已交，繕性自此出。

（頁84）

謝靈運於永初三年（422）秋到永嘉任太守，次年托病辭官。綠嶂山，又叫青嶂山，在永嘉西北。本詩「**寫詩人帶著濃厚的興趣遍遊綠嶂山，由此而聯想到道家的清靜無為，恬知交養的主張，暗示自己要棄職歸山，做一個高尚的隱者。**」（顧紹伯語）基本上整首詩意味濃厚，如「寂寂寄抱一」，正是借用《老子》：「營魄抱一，能無離乎？」，傳達純樸守真之意，而「恬如」當為「恬知」，是借用《莊子・繕性》：「**知與恬交相養，而和理出其性。**」恬者，靜也，知與靜要相依，方能得到自然之道。又，詩中借用《易經》〈蠱〉與〈履〉卦說明不做官為高尚之事，《易・蠱卦・上九》曰：「**不事王侯，高尚其事。**」又《易・履・九二》：「**履道坦坦，幽人貞吉。**」此借用，說明隱居之人心胸坦蕩自然，以此來呼應道家的思想。

(8)〈遊嶺門山〉

西京誰修政？龔汲稱良史。君子豈定所，清塵慮不嗣。
早蒞建德鄉，民懷虞芮意。海岸常寥寥，空館盈清思。
協以上冬月，晨遊肆所喜。……人生誰云樂？貴不屈所
志。（頁88）

嶺門山，在永嘉橫陽縣（今浙江平陽縣），山分左右翼，中闕如門，故稱。本詩作於永初三年（422）冬，寫游山之樂。在最後一句「貴不屈所志」上，此指隱逸之志，表示大才小用，樂於幽居。按：據顧紹柏的解釋，本詩「**是說永嘉這地方太平無事，用不著費心治理，因而能自由自在，盡情盡興地遊嶺門山。**」前兩段借用西漢龔遂、汲黯之事，來說明無為而治的可行性，因此他也要學習這兩個人，不去處理政事，也能把永嘉治理好，但是後面說因為永嘉人民知禮讓，所以無爭訟之事，其實也非如此，而是他無心治理，《宋書》本傳說他：「**民間聽訟，不復關懷**」，此言不虛。從這裡可以看得出，謝靈運被貶謫永嘉，其實是極度的憤怒。

(9)〈登池上樓〉

潛虯媚幽姿，飛鴻響遠音。薄霄愧雲浮，棲川怍淵沉。
進德智所拙，退耕力不任。徇祿反窮海，臥痾對空林。
衾枕昧節候，褰開暫窺臨。傾耳聆波瀾，舉目眺嶇嶔。
初景革緒風，新陽改故陰。池塘生春草，園柳變鳴禽。
祁祁傷豳歌，萋萋感楚吟。索居易永久，離群難處心。
持操豈獨古，無悶徵在今。（頁95）

池，即後人所稱謝公池，俗名靈池，在永嘉郡治永寧縣（溫州市）西北。景平元年（423）開春，謝靈運三十九歲。詩中

首先說出自己進退兩難及謫居海濱的不滿,次寫久病初癒,故登樓賞景而做此詩。見窗外景物盎然,觸景生情,思想思親,終以避世隱居。首兩句,詩人借喻。三四句詩人自比。中間八句,言已病癒之後,遠眺新陽,滿懷喜悅。「池塘」二句描繪春景,語言樸實自然。末,思及《詩經》、《楚辭》中女子、隱士離群索居、及與公子同歸不得已的感傷。末言己則遁世無悶。既能以情入理,又能融畫入情,典雅清新,意境豁達,表達了詩人將要拋棄塵緣牽慮,持操隱遁的決心。嚴羽《滄浪詩話》云:**漢魏古詩氣象混沌,難以句摘,晉以還,方有佳句。如淵明「採菊東籬下,悠然見南山」,謝靈運「池塘生春草」之類。**[25]

(10)〈東山望海〉

開春獻初歲,白日出悠悠。蕩志將愉樂,瞰海庶忘憂。
策馬步蘭皋,緤控息椒丘。……
非徒不弭忘。覽物情彌遒。萱蘇始無慰。寂寞終可求。

(頁99)

東山,即海壇山,在永嘉郡東北。前大半為敘景,略而不論。今取後兩段述之。「**非徒不弭忘,覽物情彌遒,萱蘇始無慰,寂寞終可求。**」因為憂愁深重,所以即使是萱草也無法忘憂,只有抱持道家清淨無為的思想,才能擺脫憂愁。

(11)〈石室山〉

石室山,指永嘉石室山。「**清旦索幽異,放舟越坰郊。……**」前大半段寫景,略而不述,今取後兩段:「**微戎**

---

[25] 嚴羽《滄浪詩話》,頁18,總頁450,收入何文煥《歷代詩話》,臺北:藝文印書館,1971年2月。

無遠覽,總笄羨升喬。靈域久韜隱,如與心賞交。」顧紹柏以為「微戎」是「微我」,「非我」之意,是說謝靈運年輕時雖未能遠遊,但已有求仙的思想,這代表謝靈運思想的另一層面。

(12)〈過白岸亭〉

　　拂衣遵沙垣,緩步入蓬屋。近澗涓密石,遠山映疏木。
　　空翠難強名,漁釣易為曲。援蘿聆青崖,春心自相屬。
　　交交止栩黃,呦呦食萍鹿。傷彼人百哀,嘉爾承筐樂。
　　榮悴迭去來,窮通成休慼。未若長疎散,萬事恒抱朴。
　　　　　　　　　　　　　　　　　　　　　　　(頁111)

　　白岸亭,舊址在今浙江永嘉縣。本詩作於景平元年春,作者三十九歲作。上半寫白岸亭一帶美景,下半以古代三良被害和權臣受寵,影射朝廷不辨忠奸,從而知窮通無定,禍福往復的結論。詩中一二句敘事,三至八句言景,九句「交交」起議論,遠近景物、一哀一樂、一抑一揚。而以《老子》見素抱朴為結,寓玄理於山水,感仕途坎坷,因而決意長期脫身塵俗,抱朴歸真。

(13)〈遊赤石進帆海〉

　　首夏猶清和。芳草亦未歇。水宿淹晨暮。陰霞屢興沒。
　　周覽倦瀛壖。況乃陵窮髮。川后時安流。天吳靜不發。
　　揚帆采石華。挂席拾海月。溟漲無端倪。虛舟有超越。
　　仲連輕齊組。子牟眷魏闕。矜名道不足。適己物可忽。
　　請附任公言。終然謝天伐。(頁115)

　　赤石,山名,在永嘉郡南。帆海,海名,在今浙江溫州

南和瑞安縣北。前大半段寫景,所謂「**首夏猶清和,芳草亦未歇。水宿淹晨暮,陰霞屢興沒。……**」後六句說理。後六句為:「**仲連輕齊組,子牟眷魏闕。矜名道不足,適己物可忽。請附任公言,終然謝天伐。**」此詩作於少帝劉義符景平元年(423)初夏,作者三十九歲。首十二句寫赤石美景。次寫揚帆越海。「仲連」四句,以魯仲連却秦兵,解趙邯鄲之圍,功成而不受平原君封賞。末二句,言聖人尚遭陳蔡之困,自己只有「削跡損勢」,不為功名,浪跡江海,才能遠身僻害。詩中借齊君封賞魯仲連,仲連逃隱海上,及中山公子牟留戀王室,高官厚祿,諷刺假隱士,因以寄慨。所謂榮悴窮通,不如離開官場,全生保真。但是從謝靈運一生的作為來看,似乎還沒有體悟到這個道理,最終還是招來殺身之禍。詩意波瀾頓挫,影響杜甫〈渼陂行〉。

(14)〈遊南亭〉

　　時竟夕澄霽,雲歸日西馳。密林含餘清,遠峰隱半規。
　　久痗昏墊苦,旅館眺郊歧。澤蘭漸被徑,芙蓉始發池。
　　未厭青春好,已覩朱明移。戚戚感物嘆,星星白髮垂。
　　藥餌情所止,衰疾忽在斯。逝將候秋水,息景偃舊崖。
　　我志誰與亮,賞心唯良知。(頁121)

南亭,在永嘉群。此時作者三十九歲,為景平元年(423)夏天,詩人傍晚時漫步南亭,澤蘭披徑,芙蓉發池,感景物變換,憂思催老,決計待秋水到來時乘舟歸隱。本詩前八句言景,後八句言情,末言情志所繫。感嘆知己友人不在,景物變換,準備息隱歸林之志,調養身心。

(15)〈登江中孤嶼〉

江南倦歷覽，江北曠周旋。懷新道轉迴，尋異景不延。
亂流趨正絕，孤嶼媚中川。雲日相輝映，空水共澄鮮。
表靈物莫賞，蘊真誰為傳。想像崑山姿，緬邈區中緣。
始信安期術，得盡養生年。（頁123）

詩作於景平元年，作者三十九歲。江，指甌江。孤嶼，山名，在甌江口。首言江南遊遍了，再去江北尋找新風景。前八句敘事寫景。「亂流」二句，截流而渡，忽得孤嶼山於川中。寫江中孤嶼山美景，有如崑崙神山，相信安期生之術，可避世遠禍，頤養千年。由仙靈所居，襯托孤嶼山景物之美，脫屣遺世，不言可喻。這首詩重點在最後兩句，尤其在「養生」上，這呼應了前面那首詩所做的解釋，亦即「隱逸」是為了「養生」，因此到了這個時候，求仙的思想成為主流。

(16)〈行田登海口盤嶼山〉

齊景戀遄臺，周穆厭紫宮；牛山空洒涕，瑤池實懽悰。
年迫願豈申，遊遠心能通。大寶不歡與，況乃守畿封。
羈苦孰云慰，觀海藉朝風。莫辨洪波極，誰知大壑東。
依稀採菱歌，彷彿含嚬容。遨遊碧沙渚，遊衍丹山峰。

（頁130）

行田，巡視農田。海口，在永嘉江（甌江）入海處盤嶼山，在永嘉西北七十里。詩作于景平元年（423）。本詩寫詩人巡視農田之便，登盤嶼山觀海，心曠神怡，羈邊之苦，得以安慰。『依稀』二句吐露詩人的思鄉之情。

(17)〈過瞿溪山飯僧〉

同遊息心客,曖然若可睹。清霄颺浮煙,空林響法鼓。
忘懷狎鷗鯈,攝生馴兕虎。望嶺眷靈鷲,延心念淨土。
若乘四等觀,永拔三界苦。[26]（頁133）

前六句寫景,所謂「**迎旭凌絕嶝,映泫歸溆浦。……**」。據顧紹柏的解釋,詩「**描寫瞿溪山僧人簡樸的生活和佛門清靜的意境。**」本詩表現出謝靈運佛教思想修養的一面。謝靈運曾與慧遠相識,而且還曾為慧遠撰述〈佛影銘〉（寫於義熙九年）,在慧遠圓寂之時,為其撰寫〈廬山慧遠法師誄〉（寫於義熙十三年）,記述慧遠法師一生的行事。此外,也曾與慧琳、法勗、僧維、曇隆、法流等人來往,他對佛教也有深入研究,撰有〈辨宗論〉。因此,謝靈運對於佛教的素養當不亞於儒家和道家,這是他詩作中第一首具有濃厚佛教意味的詩（但他接觸佛教教義早於此）,也是第一首呈現以佛教教義作為隱逸思想的依歸。

(18)〈北亭與吏民別〉

刀筆愧張杜,棄繻慚終軍。貴史奇子長,愛賦托子雲。
昔值休明初,以此預人群。常呼城旁道,更歌憂逸民。
猶抱見素樸,兼勉擁來勤。定自慚〈伐檀〉,
亦已驗「惟塵」。晚來牽餘榮,憩泊甌海濱。
時易速還周,德乏難濟振。春言徒矜傷,靡術謝經綸。
剗乃臥沈痾,鍼石苦微身。……（頁139）

北亭,在溫州北五里,枕永嘉江。謝靈運罷郡于北亭與吏別。作于景平元年（423）。顧紹柏以為「**景平元年秋與永嘉郡吏民分別之時,謂自己學而未成,治郡無功,因而深感慚**

---

[26] 參李運富《謝靈運集》頁60,湖南:岳麓書社出版,1999年8月。

愧。同時表示此次返棹將息影丘園,與吏民重逢恐怕是很難了。」張湯、杜周,漢武帝時人,《史記》有傳。致位三公,列于酷吏,與終軍都是從小官而致官顯,致給事中等。對靈運來說,他希望也如此,但,這是早年的想法。從任琅邪王大司馬行參軍開始,他的心態上是隱仕參半,因為看到在位者貪鄙,而不敢仕進,這是取自〈伐檀〉之意;因為朝中小人當道,而賢人遭受排斥,這些在他身上都應驗了。所以晚年(其實還未四十歲)被貶永嘉。很快地一年過了,但卻沒有做好照顧百姓的工作,從這裡可以看出謝靈運並沒有刻意逃避政事,況且重病在身,常受針刺之苦。從整首詩的意境來看,靈運只有深層的儒家意識,完全不見道家消極避世的一面,只是力有未逮而已。

(19)〈初去郡〉

彭薛裁知恥,貢公未遺榮。或可優貪競,豈足稱達生。
伊余秉微尚,拙訥謝浮名。廬園當棲巖,卑位代躬耕。
顧己雖自許,心跡猶未并。無庸方周任,有疾像長卿。
畢娶類尚子,薄遊似邴生。恭承古人意,促裝反柴荊。
牽絲及元興,解龜在景平。負心二十載,於今廢將迎。
……
憩石挹飛泉,攀林搴落英。戰勝臞者肥,止監流歸停。
即是羲唐化,獲我擊壤情。(頁144)

去郡,離開永嘉郡,亦即作者離開永嘉(景平元年季秋)。顧紹柏說:「此詩一開頭對彭、薛、貢等歷史人物進行褒貶,認為他們雖不是嗜祿成癖,但也不能稱作達生,接著對自己做出評價:自己沒有做過官,且早有幽棲思想,但在行動上

並不徹底，畢竟在官場混了近二十年。後面別舉周任等人以自勉，決計同過去一刀兩斷，掛冠歸隱。 再接下去寫旅途經歷，……最後二句說明從今以後將過著無拘無束、清靜自在的生活。」這首詩可以說是對過去一年任職的檢討，在心態上，對於彭宣、薛廣德、貢禹等人，辭官前都能得到高官厚祿，謝靈運認為他們不是超脫塵世、不慕榮利之人，其實是謝靈運命運乖違，不是能力不夠，所以他只能自我嘲解；要像周任所說：「**陳力就列，不能者止**」；要像司為相如常「**稱疾閒居，不慕官爵**」；要像尚長辦完婚事後就隱居去了；要像邴曼容只求微薄俸祿的官，否則自免去。由此可知，謝靈運在永嘉任官其心態就是如此。此外，在心境上很像陶淵明，他所說：「**負心二十載，於今廢將迎。**」，正如陶淵明〈歸園田居〉：「**誤落塵網中，一去十三年。**」最後，他的心志要像唐堯之世的人們，只要我清閒的生活，帝力與我何干？這樣的心態和初出守時期待能得到英主的賞識是截然不同的。

六、小結

　　從謝靈運出守永嘉一年所作的詩，其中呈現的思想是相當複雜的，有儒家經世濟民的思想，有道家清靜無為的思想，有佛家大乘空宗的思想，也有求仙攝生的思想，有時也可以看出某人的影子出現在謝靈運的身上，如屈原、司馬相如、陶淵明等，也有引用經書的原典，如《易經》、《詩經》，也有引用史書的記載，林林總總，而每一種思想之間都是相互連繫的，絕不可獨立看待。不過，不同的生活階段，就有不同的思想呈現，在貶謫初期，心情還未穩定，所以思想雜陳，但當生活穩定下來，道家清靜無為的思想成為主流，直到決心辭官歸隱，

內心的矛盾和不滿又再度浮現。他的隱居的想法不夠徹底，也不夠乾淨，這來自於先天具有的尊貴背景，所以他高傲，他苦悶，既想隱，又想仕，但現實的壓迫，讓他掙扎於兩者之間，若再往後觀視其一生的發展，不就是如此？

　　分析過謝靈運永嘉時期撰寫的詩篇後，可以發現影響他的詩歌的因素，除了文中探討的一般因素外，比較特殊的是：1.徐羨之等人構陷；2.自身的沉痾。這兩點在他的詩裡扮演很重要的推手，他會有消極應世的想法，根源於徐、傅集團的陷害，讓他有懷才不遇之感，讓他有君子道消、小人道長的感慨；他會厭惡歸耕務農，並不是不想耕作，而是久病纏身，甚至於讓他有一種輕生的念頭，所以仙人的攝生之道，正可調和其身心。

　　其次，儒、道、佛三家思想在謝靈運身上都可見，但究竟三者的比重如何？林文月《謝靈運及其詩》說：「**謝詩中所含的思想相當複雜，大體上說來，他的思想包括著儒、道、佛三家思想的成分，而以道家思想為主。**」[27]表面上是如此，但細究其詩，尚有差別：初到任時，儒、道思想交相戰於心，但隨著時間流逝，道家清靜無為的思想恰可為慰藉，但真正的情況是，在道家的外表下，卻隱藏著儒家的內涵（如他學無為而治、欲學龔遂、汲黯），直到離職前，他真正的本心才顯明，因此，他感念民飢，大修水利；廣植桑樹，以利民衣；講學論經，以子偃、荀子為師，以廣教化，這豈是隱逸之人有心為之？所以，客觀地說，謝靈運是以道家為外衣，而以儒家為內；道家只是自我慰藉的媒介，儒家才是真正的本心。但是，為什麼會認為他是以道家思想為主呢？從林文月的說法是：「**原來這位始終被後人認為狂放不羈的詩人初始亦曾有過積極的濟民之**

---

[27] 林文月著，《謝靈運及其詩》頁46，臺北：國立臺灣大學文學院出版，1996年5月。

志的,可惜他的滿懷經國濟民大志時常遭受外在的限制和打擊,在新朝的統治之下,始終沒有機會展其抱負,大有懷才不遇的遺憾,因而變得心灰意冷。」(頁48)「雖然外面的壓迫使他們不得不傾向逍遙自在的道家,然而內心實未能忘情名利虛榮。」(頁50)。如果把「名利虛榮」換成「經世濟民」,當更合乎謝靈運的心志。

古人言:「**讀其文如見其人**」,當我們讀謝靈運的詩,可以想見其為人。因本文所見僅永嘉時期的詩作,不能以此全觀其一生的心理轉變,但若以此為基礎,觀謝靈運仕與隱之間之心理轉變,做為考察以後的行事發展,當有其意義。

肆、山水詩的成就

一、謝靈運詩的本質

現代人讀謝詩的確覺得深晦難懂,但古人如以「**出水芙蓉**」來稱美它,謝詩中處處得見,緩慢鬱結的情調,但為什麼又有「**吐言天拔,出於自然**」的評論呢?我想一個人的作品,有本質與表現的不同。靈運部分作品的確表現出「**出水芙蓉**」、「**吐言天拔**」的清新流麗,但謝詩的本質是深晦鬱結的,也就是方東樹所說的「**迷悶深苦**」之境[28],還是由於他的思想,秉賦和時代環境所造成的。

謝靈運的思想相當複雜,前文已經論及。他既熟讀經書,具有儒家經世濟民的用世之志,同時又受到老莊「貴我」、「達觀」、「避世」觀念的影響,所以終其一生,都在仕與隱之間痛苦的掙扎著。再者,靈運精研佛典,深明佛理,佛學

---

[28] 參見本節「歷代諸家評謝詩摘要」所引方東樹《昭昧詹言》五古通論之語。

的基本觀念,認為世間是痛苦的,是無常的,如何解脫「苦執」,如何勘破「無常」,是佛徒終身努力欲達到的境界。只要達到這種境界,便能得到大自在。可是未澄悟之時,參修冥往,何嘗不是矛盾掙扎,悔恨自責?謝氏一面學佛,一面又不忘事功,那能不苦悶呢?

謝靈運是中國山水詩人之祖,其實他徜徉於名山大川之間,主要是排遣苦悶,藉著山光水色、鳥鳴猿嘯,忘卻個人的得失榮辱,這與因愛山水而涵泳山水的懷抱是不盡相同的。因此靈運的山水詩篇顯現的並不是閒逸省靜的情調,而是沉鬱頓挫的風格。如最著名〈登池上樓〉,詩前八句:

> 潛虯媚幽姿,飛鴻響遠音,薄霄愧雲浮,棲川怍淵沉,
> 進德智所拙,退耕力不任,徇祿反窮海[29],臥痾對空林。
>
> (頁95)

以「潛虯」、「飛鴻」的飛、潛與己相比,道出自己跋前躓後,進退狼狽的處境,「徇祿臥疾」,可見他內心是何等鬱結,那裡是怡情山水的達人?這首詩的最後四句:

> 索居易永久,離群難處心,持操豈獨古,无悶徵在今。
>
> (頁95)

這是勉強以「无悶」自我期勉,而不是真正的無怨無尤。又如〈七里瀨〉詩:

> 羈心積秋晨,晨積展遊眺,孤客傷逝湍,徒旅苦奔峭。
>
> (頁78)

---

[29] 反或是及之誤。《全宋詩》及《文選》作反,宋本三謝詩作及。

也同樣以遊眺排遣鬱積愁心,「逝湍奔峭」正是側寫自己澎湃洶湧的愁緒及百難自遣苦悶心情。這首詩結尾也是以玄理,期許欲求超脫:

遭物悼遷斥,存期得要妙,既秉上皇心,豈屑末代誚,
目覩嚴子瀨,想屬任公釣,誰謂古今殊,異世可同調。

(頁78)

其實靈運是故作超脫,「遷斥」的失意,「末代誚」的憤怨,還是耿耿於心的。再如:〈石壁精舍還湖中作〉:「**昏旦變氣候,山水含清暉;清暉能娛人,遊子憺忘歸……慮澹物自輕,意愜理無違,寄言攝生客,試用此道推。**」(頁165)〈郡東山望溟海〉(或作〈東山望海〉):「**開春獻初歲,白日出悠悠,蕩志將愉樂,瞰海庶忘憂……萱蘇始無慰,寂寞終可求。**」(頁99)也都說明了藉山水寄托愁懷的用心,篇末則皆以老在玄理紓解自慰。

靈運時時不忘、自家的門戶地位,且自負絕世才華,在壯志未酬的情況下,不免常懷憤懣,創作出「闡緩鬱結」、「迷悶深苦」的詩篇,也是可理解的。

謝詩的另一項本質則是「貴族的」。陽夏謝氏是東晉以來的豪門大族,靈運是名宰相謝安的姪曾孫,拒符堅大將謝玄的孫子,東晉名士謝鯤、謝尚,是他的上世,他的堂兄謝晦,是劉宋的元勳,謝瞻則是名詩人[30],劉申叔先生論中古文學,曾說世族文學是南朝文學的特色,而謝靈運的詩尤其有濃厚的貴族色彩,如有名的〈述祖德〉詩中儘是鋪揚家世,誇耀祖德,且念念不忘於復振家聲,正是一位家世漸趨沒落的貴族子弟的心境。

---

[30] 見《南史》諸謝列傳,及《世說新語》附錄江左諸人系陽夏謝氏系。

老莊玄言影響江左公卿大夫的言談舉止，當時的貴人名士都想「康濟家國」之後，進而「高蹈山林」，又皆存「身在朱門，心遊蓬戶」想法，《世說新語・言語篇》「王右軍與謝太傅(安)共登冶城，謝悠然遠想，有高世之志。」

〈文學篇〉也有一段記載：

「**支道林、許**(元度)**、謝盛德**(安)**共集五家，謝顧謂諸人：『今日可謂彥會。時既不可留，此集固亦難常，當共言詠，以寫其懷。』許便問主人有莊子否？正得〈漁父〉一篇。謝看題便各使四坐通。支道林先通，作七百許語，敘致精麗，才藻奇拔，眾咸稱善，於是四坐各言懷。畢，謝問曰：『卿等盡不？』皆曰：『今日之言，少不自竭。』謝後粗難，因自敘其意，作萬餘語，才峯秀逸，既自難干，加意氣擬託，蕭然自得，四座莫不厭心。支謂謝曰：『君一往奔詣，故復自佳耳。』」**[31]**《世說新語》中這類軼事極多，姑舉二則以當時權貴名士的息氣，無怪乎靈運在〈述祖德〉詩中特別強調謝玄「**高揖七州外，拂衣五湖裏，隨山疏濬潭，傍巖藝枌梓，遺情捨塵物，貞觀丘壑美！**」（頁154）的閒逸高懷。至於靈運詩中則處處表現出欲雙兼仕隱的貴胄心態。同時，他和當時的貴介公子一樣將鄉居和棲隱混為一談，如〈過始寧墅〉詩後半段說：

剖竹守滄海，枉帆過舊山。山行窮登頓，水涉盡洄沿。
岩峭嶺稠疊，洲縈渚連綿，白雲抱幽石，綠筱媚清漣。
葺宇臨迴江，築觀基曾巔。揮手告鄉曲：三載期歸旋。
且為樹枌檟，無令孤願言。（頁63）

---

[31] 劉義慶《世說新語》卷上之下，文學第四，頁19，臺北：中華書局，四部備要本，1981年6月。

「剖竹」二句，點明題目，寫過始寧墅。「山行」以下六句，描述故鄉奇麗山水，和恣情快意遊覽的情況。「葺宇」二句，以修建莊園的事實，表明歸隱的決心。最後四句，敘述將赴永嘉任所，與鄉鄰告別，相約歸期；並囑家人種植枌檟，以示不久便要退隱的心志。這首詩不但視鄉居為棲隱，且大興土木，預修房舍，以為幽棲做準備。又如：〈田南樹激流植援〉詩，開頭四句：「**樵隱俱在山，繇來事不同；不同非一事，養痾亦園中。**」就已流露出貴族階級意識；詩之中則敘述樹園、激流、植援的種種的工程：「**卜事倚北阜，啟扉面南江。激澗代汲井，插槿當列墉。群木既羅戶，眾山亦對牕。**」作者在勞民傷財之後說：「**寡欲不期勞，即事罕人功。**」在在嘲示世家公子豪奢成性、賤視民力、不懂世故的一面。

　　其實靈運的山水詩篇隨處得見貴族氣象，以內容觀之，他的模山範水之作，都是山行登頓，水涉迴沿，尋幽探奇所得，且每次出遊，必有大隊人馬隨侍在側，這必須靠著豐厚的財力才能維持的。再以寫作的手法而言，靈運詩中多用駢詞儷句[32]，也都呈現富麗堂皇、雕琢典重的貴族風貌。

　　靈運詩歌「苦悶」、「貴族」的本質，呈現出新奇獨特的風格，也因此使它在中國詩史上佔有重要的地位。

二、謝靈運的寫作技巧

　　歷代詩評家對謝氏詩歌的評價，抑揚不一，意見分歧。大體說來，褒多於貶，尤其是對靈運遣詞、造句等展現的形式美，多加讚譽。今略述如下：

---

[32] 詳見下面「寫作技巧」的敘述。

1. 遣詞繁富

在靈運詩中，常見新麗華美的辭彙，例如「蘭卮」、「泏露」、「清醑」；「椒丘」、「芳塵」、「瑤華」、「金膏」、「華茵」、「碧澗」、「紅泉」、「黃屋」等，增加了詩歌的富貴氣，眩人眼目。

再者，靈運喜用筆畫多而結構複雜的字，使讀者產生繁雜深厚的感覺，例如：「**拯溺繇道情，龕暴資神理**」（〈述祖德詩〉二首之二）、「**淄磷謝清曠**」（〈過始寧墅〉）、「**周覽倦瀛壖**」（〈游赤石進帆海〉）、「**圖牒復摩滅，碑版誰聞傳**」（〈入華子崗是麻源第三谷〉）、「**澹瀲結寒姿，團欒潤霜質**」（〈登永嘉綠嶂山〉）、「**逶迤傍隈隩**」（〈從斤竹澗越嶺溪行〉）、「**晨裝摶曾颸**」（〈初發石首城〉）、「**澄觴滿金罍**」（〈擬魏太子〉）、「**泏露馥芳蓀**」（〈入彭蠡湖口〉）等詩句，尚未了解其中含意，就已經被複雜的文字所迷惑了。

2. 鍊字健句

靈運除喜堆砌名詞、形容詞之外，對於動詞的安排更是獨具匠心，他往往在一個字上灌注了全部的精神，使整句更生動、更精神。例如：

秋岸澄夕陰，火旻團朝露。
（〈永初三年七月十六日之郡初發都〉）
初景革緒風，新陽改故陰。（〈登池上樓〉）
池塘生春草，園柳變鳴禽。（〈登池上樓〉）
密林含餘清，遠峯隱半規。（〈游南亭〉）
千頃帶遠堤，萬里瀉長汀。（〈白石巖下徑行田〉）
林壑斂暝色，雲霞收夕霏。（〈石壁精舍還湖中作〉）

連鄣疊巘崿,青翠杳深沈。(〈晚出西射堂〉)
明月照積雪,朔風勁且哀。(〈歲暮〉)
洞庭空波瀾,桂枝徒攀翻。
(〈石門新營所住四面高山,迴溪石瀨,茂林脩竹〉)
白雲抱幽石,綠篠媚清漣。(〈過始寧墅〉)
亂流趨正絕,孤嶼媚中川。(〈登江中孤嶼〉)
急弦動飛聽,清歌拂梁塵。(〈擬魏太子〉)

以上例句中的動詞,顯然使全句的意象更加鮮明,語意更為警策。同時我們也發現一個特色,即句中的動詞,多在五個字的中間,即第三字,這種鍊字法,在謝詩以前比較少見,後人所稱的「句眼」[33],可能即發端於謝詩。

3. 鋪列錦繡

詩句須與詩的意境內涵相配合,若能「繁濃」而不「肥俗」,「簡淡」而不「枯瘦」,則各有韻致。謝靈運的山水詩,不論表現壯美、優美、或奇美,都給人一種錦繡山川的感覺,這是因為他擅於鋪錦列繡、體現物色的緣故。如:

連障疊巘崿,青翠杳深沈,曉霜楓葉丹,夕曛嵐氣陰。
(〈晚出西射堂〉)
遨遊碧沙渚,遊衍丹山峯。(〈行田登海口盤嶼山〉)
銅陵映碧澗,石磴瀉紅泉。(〈入華子岡是麻源第三谷〉)
白芷競新苕,綠蘋齊初葉。(〈登上戍石鼓山〉)
陵隰繁綠杞,墟囿粲紅桃。(〈入東道路〉)

---

[33] 句眼之說始自江西詩派。黃山谷〈題李西臺書〉:「字中有筆,如句中有眼」。胡仔《苕溪漁隱叢話》下冊,卷34:「汪彥草自吳興移守臨川,曾吉甫(曾幾)以詩迓之曰『白玉堂中曾草詔,水精宮裏近題詩。』先以示子蒼(韓駒),子蒼為改兩字:『白玉堂深曾草詔,水精宮冷近題詩』迥然與前不侔,蓋句中有眼也。頁676,臺北:世界書局,1976年2月。古人鍊字,只於眼上鍊,蓋五字詩以第三字為眼,七字詩以第五字為眼也。」

初篁苞綠籜，新蒲含紫茸。（〈於南山往北山經湖中瞻眺〉）
金膏滅明光，水碧綴流溫。（〈入彭蠡湖口〉）
山桃發紅萼，野蕨漸紫苞。（〈酬從弟惠連〉）

　　從以上例句中，我們可以看到各種金碧輝煌的色彩，同時作者多採用「強烈對比」的手法，而達到「鮮明物象」的目的。

4. 用典深

　　《老》、《莊》好用事典，是謝詩深晦難懂的主要原因，且由於比興寓意，詩也就顯得格外典雅富麗。謝詩用典的出處，範圍極廣，無論經、史、諸子，乃至於前人的詩文，均能裁於作品。其間引用最多的是《周易》、《詩經》、《楚辭》和《老》、《莊》。以樂府〈善哉行〉為例：「**居德斯頤，積善嬉謔，陰灌陽叢，凋華墮萼**」四句，黃節注：「『《易‧頤》六五，拂經，居貞吉』謂六五頤之時，居君位而不能養天下，是違拂於經常也。必居守貞固，篤於委信，則吉也。居德，居貞之德也。……又『善戲謔兮，不為虐兮』……鄭玄箋云『君子之德，有張有弛，故不常矜莊，而時戲謔，此詩用之，反言若正，皆嘆晉宋君德之衰也。』『陰灌陽叢，凋華墮萼』言陰陽雖生物，而物不能自保其盛，亦喻宋君德之衰也。」黃注又引張山來語：「陰灌陽叢句，非深《易》學者不能道。」[34]作詩如此用典，豈非同於猜謎？黃節注解詩每每向深處解，是否切中詩旨，不敢斷言，但以謝靈運的個性，他這樣的造意是可能的。

　　又如〈富春渚〉中四句：「**亮乏伯昏分，險過呂梁壑。洊**

---

[34] 參黃節《謝康樂詩注》，卷1，頁586，北京：人民文學出版社出版，2008年3月。

至宜便習，兼山貴止託。」連用四個事典，「亮乏伯昏分」句是借用《列子‧皇帝篇》所記載伯昏無人，登高山履危石，臨百仞之泉，背逡巡，足二分垂在外，而神色不變的事蹟，以說明自己缺乏處變不驚的膽量。「險過呂梁壑」也是出自《列子‧皇帝篇》的：「孔子觀於呂梁，懸水三仞，流沫三十里，黿鼉魚鱉之所不能遊也。」藉此說明富春江流水湍急，超過呂梁（今江蘇銅山縣）的水。「洊至宜便習」則是引用《易‧習坎》「象曰：『水洊至習坎』」的意義，闡明一個人經過多次艱難危險的磨鍊，就會習慣。「兼山貴止託」是襲用《周易‧艮》「象曰：『兼山艮，君子以思不出其位』」的意思，說明個人的行為，必須配合客觀形勢的發展，有重山擋住，就該止行。所謂行其所當行，止其所當止。

再如〈臨終〉詩：「龔勝無餘生，李業有終盡，嵇公理既迫，霍子命亦殞。悽悽陵霜柏，納納衝風菌，邂逅竟幾何，修短非所愍。送心正覺前，斯痛久已忍，恨我君子志，不獲巖上泯。唯願乘來生，怨親同心朕。」（頁297）這是靈運臨終時所寫的，然仍不忘引經據典，（見生平部分說明）由此足以證明靈運的學識修養深厚。

5. 儷句逞巧

南朝詩人崇尚華美，講求聲律，運用中國文字獨體、單音的特色，製作駢儷之句。靈運詩中可謂儷句盈目，其中有古對稱，也有律對[35]，如：

初景革緒風，新陽改故陰。（〈登池上樓〉）
池塘生春草，園柳變鳴禽。（〈登池上樓〉）

---

[35] 所謂古對，是承繼漢魏古詩對仗的風貌，不苟平仄聲調，僅求「詞對義稱」的形式。所謂律對，除字面對仗外，還需「聲諧調美」，要比古對流利工巧。

宵濟漁浦潭，旦及富春郭。（〈富春渚〉）
節往感不淺，感來念已深。（〈晚出西射堂〉）
原隰荑綠柳，墟囿散桃紅。（〈從游京口北固應詔〉）
揚帆採石華，掛席拾海月。（〈遊赤石進帆海〉）
溟漲無端倪，虛舟有超越。（〈遊赤石進帆海〉）
心契九秋幹，目翫三春荑。（〈登石門最高頂〉）
千念集日夜，萬感盈朝昏。（〈入彭蠡湖口〉）
幽厲昔崩亂，桓靈今板蕩。（〈擬王粲〉）

諸如此類的對句，在謝詩中不勝枚舉。同時在一首詩中對偶句所佔的比例相當大，例如〈述祖德詩〉二十句中有十分之六是對句；〈登池上樓〉詩，二十二句中，只有「**衾枕昧節候，褰開暫窺臨**」兩句對偶不工，這是前人所未有的新嘗試。

6. 蟬聯取式（頂真）

古詩中，下句與上句，或次章的開端和前章的末尾，用重疊字面，連環承接，藉以增加詩句的氣勢和詩意緊湊的，前人稱之為「聯綿句法」，或稱「蟬聯句法」（今人稱頂真），南朝大詩人陶淵明、鮑照、簡文帝（蕭綱）、沈約、江淹、吳均、何遜等都經常使用。而謝靈運也善用「蟬聯句法」，例如：

苕苕歷千載，遙遙播清塵，清塵竟誰嗣，明哲時經綸。
（〈述祖德詩〉二首之一，頁153）

委講輟道論，改服康世屯，屯難既云康，尊主隆斯民。
（同上）

中原昔喪亂，喪亂豈解已，崩騰永嘉末，逼迫太元始。
（〈述祖德詩〉二首之二，頁154）

樵隱俱在山，由來事不同，不同非一事，養痾亦園中。

中園屏氛雜,清曠招遠風。(〈田南樹園激流植援〉)
與我別所期,期在三五夕。(〈南樓中望所遲客〉)
羈心積秋晨,晨積展遊眺。(〈七里瀨〉)
枉帆過舊山,山行窮登頓。(〈過始寧墅〉)
末路值令弟,開顏披心胸。(其一)心胸既云披,意得咸在斯。(其二)(〈酬從弟惠連〉)[36]
悟對無厭歇,聚散成分離。(其二)分離別西川,迴景歸東山。(同上)(其三)
辛勤風波事,款曲洲渚言。(其三)洲渚既淹時,風波子行遲。(同上)(其四)
儻若果歸言,共陶暮春時。(其四)暮春雖未交,仲春善遊遨。(同上)(其五)
杪秋尋遠山,山遠行不近。
(〈登臨海嶠初發彊中作與從弟惠連見羊何共和之〉)(其一)
願望脰未悁,汀曲舟已隱。(其一)隱汀絕望舟,鶩櫂逐驚流。(同上)(其二)[37]
豈惟夕情欽,憶爾共淹留。(其二)淹留昔時歡,復增今日歎。(同上)(其三)
戚戚新別心,悽悽久念攢。(其三)攢念攻別心,旦發清溪陰。(同上)(其四)

　　蟬聯句法如善用之,則可使句意緊湊,收雲湧波翻的效果。但如果運用不當,則會使詩意呆滯乏味,聲調缺乏變化,甚至失

---

❸❻ 〈酬從弟惠連〉黃氏注本作五章,《文選》與《全宋詩》作一首,以全篇換韻的情況與蟬聯句法安排的位置研究,當分五章為宜,是模仿曹子建〈贈白馬王彪〉詩的作法
❸❼ 〈登臨海嶠初發彊中作與從弟惠連見羊何共和之〉,黃氏注本作四章,《文選》與《全宋詩》作一首,以全篇換韻的情況與蟬聯句法安排的位置研究,當分四章為宜。也是仿曹子建〈贈白馬王彪詩〉的作法。

之油滑，不過在靈運的筆下只見利，未見其弊。

三、歷來對謝詩詩評選輯[38]

南朝宋・鮑照：評顏、謝詩優劣

謝五言「**如初發芙蓉**」，自然可愛；君詩「**若鋪錦列繡**」，亦雕繢滿眼。(《南史》卷三四〈顏延之傳〉「延之嘗問鮑照己與靈運優劣」。臺北：藝文印書館)

南朝梁・沈約：〈顏延之傳〉

延之與陳郡謝靈運俱以詞采齊名，自潘岳、陸機之後，文士莫及也，江左稱顏、謝焉。所著並傳於世。(《宋書》卷七三。臺北：藝文印書館)

南朝梁・鍾嶸：《詩品》

元嘉中，有謝靈運，才高詞盛，富豔難蹤，固已含跨劉、郭，凌轢潘、左。故知陳思為建安之傑，公幹、仲宣為輔；陸機為太康之英，安仁、景陽為輔；謝客為元嘉之雄，顏延年為輔。斯皆五言之冠冕，文詞之命世也。(《詩品・序》何文煥《歷代詩話》臺北：藝文印書館本，下同)

其源出於陳思，雜有景陽之體。故尚巧似，而逸蕩過之，頗以繁蕪為累。嶸謂若人興多才高，寓目輒書，內無乏思，外無遺物，其繁富宜哉！然名章迥句，處處間起；麗典新聲，絡繹奔會。譬猶青松之拔灌木，白玉之映塵沙，未足貶其高潔也。初，錢唐杜明師夜夢東南有人來入其館，是夕，即靈運生於會稽。旬日，而謝玄（瑍）亡。其家以子孫難得，送靈運於杜治養之。十五方還都，故名「客兒」。(《詩品》卷上)

---

[38] 此部分參閱顧紹柏《謝靈運集校注》，頁641起，臺北：里仁書局，2004年4月。又，引文後面括弧（　），是引文出處。此說明，不另注。

湯惠休曰:「謝詩如芙蓉出水,顏如錯彩鏤金。」(《詩品》卷中)

小謝才思富捷,恨其蘭玉夙凋,故長轡未騁。〈秋懷〉、〈擣衣〉之作,雖復靈運銳思,亦何以加焉。又工為綺麗歌謠,風人第一。《謝氏家錄》云:「**康樂每對惠連,輒得佳語。後在永嘉西堂,思詩竟日不就,寤寐間忽見惠連,即成『池塘生春草』。故嘗云:『此語有神助,非我語也』**。」(同上)

南朝梁・劉勰:《文心雕龍》

自宋武愛文,文帝彬雅,秉文之德,孝武多才,英采雲搆。自明帝以下,文理替矣。爾其縉紳之林,霞蔚而飆起;王袁聯宗以龍章,顏、謝重葉以鳳采,何、范、張、沈之徒,亦不可勝也。(《文心雕龍・時序》。范文瀾校注本,臺北:明倫出版社)

南朝梁・蕭綱:〈與湘東王書〉

吾既拙於為文,不敢輕有掎摭。但以當世之作,歷方古之才人,遠則揚、馬、曹、王,近則潘、陸、顏、謝,而觀其遣辭用心,了不相似。若以今文為是,則古文為非;若昔賢可稱,則今體宜棄。俱為盍各,則未之敢許。又時有效謝康樂、悲鴻臚文者,亦頗有惑焉。何者?謝客吐言天拔,出於自然,時有不拘,是其糟粕;裴氏乃是良史之才,了無篇什之美。是為學謝則不屆其精華,但得其冗長;師裴則蔑絕其所長,惟得其所短。謝故巧不可階,裴亦質不宜慕。故胸馳臆斷之侶,好名忘實之類,方分肉於仁獸,逞郤克於邯鄲,入鮑忘臭,效尤致禍。決羽謝生,豈三千之可及;伏膺裴氏,懼兩唐之不傳。(《梁書》卷四九〈庾肩吾傳〉。臺北:藝文印書館)

唐·釋皎然：《詩式》

「文章宗旨」條：康樂公早歲能文，性穎神澈。及通內典，心地更精，故所作詩，發皆造極。得非空王之道助邪？夫文章，天下之公器，安敢私焉？曩者嘗與諸公論康樂為文，直於情性，尚于作用，不顧詞彩，而風流自然。彼清景當中，天地秋色，詩之量也；慶雲從風，舒卷萬狀，詩之變也。不然，何以得其格高，其氣正，其體貞，其貌古，其詞深，其才婉，其德宏，其調逸，其聲諧哉！至如〈述祖德〉一章，〈擬鄴中〉八首，〈經廬陵王墓〉、〈臨池上樓〉，識度高明，蓋詩中之日月也，安可攀援哉？惠休所評「謝詩如芙蓉出水」，斯言頗近矣！故能上躡《風》、《騷》，下超魏、晉。建安製作，其椎輪乎？（何文煥《歷代詩話》臺北：藝文印書館本，下引同）

唐·李白：〈春夜宴從弟桃花園序〉

陽春召我以烟景，大塊假我以文章。會桃花之芳園，序天倫之樂事。群季俊秀，皆為惠連；吾人詠歌，獨慚康樂。（《李太白全集》卷二七，臺北：里仁書局）

唐·杜甫：〈江上值水如海勢聊短述〉

為人性僻耽佳句，語不驚人死不休。老去詩篇渾漫與，春來花鳥莫深愁。新添水檻供垂釣，故著浮槎替入舟。焉得思如陶謝手，令渠述作與同遊。（《分門集注杜工部詩》卷十三，《四部叢刊》影宋本，臺北：商務印書館，1981年，下引同）

唐·杜甫：〈解悶十二首〉（選一）

陶冶性靈存底物，新詩改罷自長吟。孰知二謝將能事，頗學陰何苦用心。（《分門集注杜工部詩》卷十六；臺北：商務印書館《四部叢刊》本）

唐・白居易：〈讀謝靈運詩〉

吾聞達士道，窮通順冥數。通乃朝廷來，窮即江湖去。謝公才廓落，與世不相遇。壯志鬱不用，須有所洩處。洩為山水詩，逸韻諧奇趣。大必籠天海，細不遺草樹。豈惟玩景物，亦欲攄心素。往往即事中，未能忘興諭。因知康樂作，不獨在章句。（《白氏長慶集》卷七。《四部叢刊》影明本，臺北：商務印書館，1981年）

宋・蘇軾：〈書黃子思詩集後〉

至於詩亦然。蘇、李之天成，曹、劉之自得，陶、謝之超然，蓋亦至矣。（《經進東坡文集事略》卷六十。《四部叢刊》影宋本，臺北：商務印書館）

宋・張戒：《歲寒堂詩話》

潘、陸以後，專意詠物，雕鐫刻鏤之工日以增，而詩人之本旨掃地盡矣。謝康樂「**池塘生春草**」，顏延之「**明月照積雪**」（案，此亦康樂詩句，此誤），謝玄暉「**澄江靜如練**」，江文通「**日暮碧雲合**」，王籍「**鳥鳴山更幽**」，謝元貞「**風定花猶落**」，柳惲「**亭皋木葉下**」，何遜「**夜雨滴空堦**」，就其一篇之中，稍免雕鐫，粗足意味，便稱佳句，然比之陶阮以前蘇李古詩、曹劉之作，九牛一毛也。（《歲寒堂詩話》卷上。丁福保仲祜編《歷代詩話續編》臺北：藝文印書館本，下引同）

宋・葉夢得：《石林詩話》

魏晉間人詩，大抵專工一體，如侍宴、從軍之類，故後來相與祖習者，亦但因其所長取之耳。謝靈運〈擬鄴中七子〉與江淹〈雜擬〉是也。（《石林詩話》卷下。何文煥《歷代詩話》臺北：藝文印書館本，下引同）

古今論詩者多矣，吾獨愛湯惠休稱謝靈運為「**初日芙渠**」，沈約稱王筠為「**彈丸脫手**」兩語，最當人意。「**初日芙渠**」，非人力所為，而精彩華妙之意，自然見於造化之妙，靈運諸詩可以當此者，亦無幾。「**彈丸脫手**」，雖是輸寫便利，動無留礙，然其精圓快速，發之在手，筠亦未能盡也。然作詩審到此地，豈復更有餘事。（同上）

宋·許顗：《彥周詩話》

宋顏延之問己與靈運優劣于鮑照，照曰：「**謝五言如初發芙蓉，自然可愛；君詩（若）鋪錦列繡，亦彫績滿眼。**」此明遠對面褒貶，而人不覺，善論詩也，特出之。（何文煥《歷代詩話》本）

宋·胡仔：《苕溪漁隱叢話》

苕溪漁隱曰：古今詩人，以詩名世者，或只一句，或只一聯，或只一篇，雖其餘別有好詩，不專在此，然播傳於後世，膾炙於人口者，終不出此矣，豈在多哉？如「**池塘生春草**」，則謝康樂也；「**澄江靜如練**」，則謝宣城也；「**壠首秋雲飛**」，則柳吳興也；「**風定花猶落**」，則謝元貞也；「**鳥鳴山更幽**」，則王文海也；「**空梁落燕泥**」，則薛道衡也；「**楓落吳江冷**」，則崔信明也；「**庭草無人隨意綠**」，則王冑也；凡此皆以一句名世者。（胡仔《苕溪漁隱叢話》後集卷二，臺北：世界書局）

宋·葛立方：《韻語陽秋》

詩人首二謝，而靈運之在永嘉，因夢見惠連，遂有「**池塘生春草**」之句。玄暉在宣城，因登三山，遂有「**澄江靜如練**」之句。二公妙處，蓋在於鼻無堊、目無膜爾。鼻無堊，斤將曷

運?目無膜,篋將曷施?真所謂混然天成,天球不琢者與?又靈運詩,如「矜名道不足,適己物可忽。」「清暉能娛人,游子憺(憺)忘歸。」玄暉詩,如「春草秋更綠,公子未西歸。」「大江流日夜,客心悲未央」等語,皆得《三百五篇》之餘韵,是以古今以為奇作,又曷嘗以難解為工也哉!(《韻語陽秋》卷一,臺北:藝文《歷代詩話》本)

謝靈運在永嘉、臨川,作山水詩甚多,往往皆佳句。然其人浮躁不羈,亦何足道哉!方景平天子踐祚,靈運已扇搖異同,非毀執政矣。及文帝召為秘書監,自以名輩應參時政,而王曇首、王華等名位踰之,意既不平,多稱疾不朝,則無君之心已見於此時矣。後以游放無度,為有司所糾,朝廷遣使收之,而靈運有「韓亡子房奮,秦帝魯連恥」之詠,竟不免東市之戮。而白樂天乃謂「謝公才廓落,與世不相遇。壯志鬱不用,須有所洩處。洩為山水詩,逸韻諧奇趣」,何也?武帝、文帝兩朝遇之甚厚,內而卿監,外而二千石,亦不為不逢矣,豈可謂與世不相遇乎?少須之,安知不至黃散,而褊躁至是,惜哉!其作〈登石門〉詩云:「心契九秋榦,目翫三春荑。居常以待終,處順故安排。」不知桃墟之洩,能處順乎?五年之禍,能待終邪?亦可謂心語相違矣。(《韻語陽秋》卷八,何文煥《歷代詩話》本,臺北:藝文)

宋‧嚴羽:《滄浪詩話》

論詩如論禪,漢、魏、晉與盛唐之詩,則第一義也。大曆以還之詩,則小乘禪也,已落第二義矣。晚唐之詩,則聲聞辟支果也。……大抵禪道惟在妙悟,詩道亦在妙悟。且孟襄陽學力下韓退之遠甚,而其詩獨出退之之上者,一味妙悟而已。惟悟乃為當行,乃為本色。然悟有淺深,有分限,有透徹之悟,

有但得一知半解之悟。漢魏尚矣，不假悟也。謝靈運至盛唐諸公，透徹之悟也；他雖有悟者，皆非第一義也。（《滄浪詩話·詩辯》。《歷代詩話》臺北：藝文本）

漢魏古詩，氣象混沌，難以句摘。晉以還方有佳句，如淵明「**採菊東籬下，悠然見南山**」，謝靈運「**池塘生春草**」之類。謝所以不及陶者，康樂之詩精工，淵明之詩質而自然耳。（《滄浪詩話·詩評》版本同上）謝靈運之詩，無一篇不佳。（同上）

金·王若虛：《滹南詩話》

謝靈運夢見惠連而得「**池塘生春草**」之句，以為神助。《石林詩話》云：「**世多不解此語為工，蓋欲以奇求之耳。此語之工，正在無所用意，猝然與景相遇，借以成章，故非常情所能到。**」冷齋云：「**古人意有所至，則見于情，詩句寓也。謝公平生喜見惠連，而夢中得之，此當論意，不當泥句。**」張九成云：「**靈運平日好雕鐫，此句得之自然，故以為奇。**」田承君云：「**蓋是病起忽然見此為可喜而能道之，所以為貴。**」予謂天生好語，不待主張，苟為不然，雖百說何益。李元膺以為反覆求之，終不見此句之佳，正與鄙意暗同。蓋謝氏之誇誕，猶存兩晉之遺風，後世惑于其言而不敢非，則宜其委曲之至是也。（《滹南詩話》卷一，丁仲祜《歷代詩話續編》本）

金·元好問：〈論詩三首〉（選一）

坎井鳴蛙自一天，江山放眼更超然。情知「春草池塘」句，不到柴烟糞火邊。（《遺山先生文集》卷十四，臺北：商務《四部叢刊》本）

元·方回：《文選顏鮑謝詩評》

史（云）靈運于永嘉西堂思詩，竟日不就，忽夢見惠連，

即得「池塘生春草」，大以為工。嘗云：此語有神助，非吾語也。按此句之工，不以字眼，不以句律，亦無甚深意奧旨，如古詩及建安諸子「明月照高樓」、「高臺多悲風」，及靈運之「晚〔曉〕霜楓葉丹」，皆天然渾成，學者當以是求之。（《文選顏鮑謝詩評》卷一。《四庫全書》，臺北：商務印書館本）

　　靈運所以可觀者，不在于言景，而在于言情。「慮澹物自輕，意愜理無違」，如此用工，同時諸人皆不能逮也。至其所言之景，如「山水含清暉」、「林壑斂暝色」，及他日「天高秋月明」、「春晚綠野秀」，于細密之中，時出自然，不皆出于纖組。顏延年、鮑明遠、沈休文，雖各有所長，不到此地。（同上）

　　如靈運詩「昏旦變氣候，山水含清暉。清暉能娛人，游子憺忘歸」，天趣流動，言有盡而意無窮。似此之類，恐顏之未敢到也。（同上）

元‧楊載：《詩法家數》

　　詩體《三百篇》，流為《楚詞（辭）》，為樂府，為《古詩十九首》，為蘇、李五言，為建安、黃初，此詩之祖也；《文選》劉琨、阮籍、潘、陸、左、郭、鮑、謝諸詩，《淵明全集》，此詩之宗也；《老杜全集》，詩之大成也。（《詩法家數‧總論》。《歷代詩話》臺北：藝文本）

明‧李東陽：《麓堂詩話》

　　古詩與律不同體，必各用其體乃為合格。然律猶可間出古意，古不可涉律。古涉律調，如謝靈運「池塘生春草，紅藥當階翻」（案：「紅藥當階翻」乃謝朓〈直中書省〉詩中句，謝靈運應為「園柳變鳴禽」），雖一時傳誦，固已移於流俗而不自覺。（《歷代詩話續編》臺北：藝文本）

明‧楊慎：《升庵詩話》

謝靈運詩：「曉聞夕飆急，晚見朝日暾。」此語殊有變互。凡風起必以夕，此云「曉聞夕飆」，即杜子美之「喬木易高風」也。「晚見朝日」，倒景反照也。孟郊詩：「南山塞天地，日月石上生。高峰夕駐景，深谷夜先明。」皆自謝詩翻出。（《升庵詩話》卷十一，《歷代詩話續編》臺北：藝文印書館本）

明‧陸時雍：《古詩鏡》

「池塘生春草」，雖屬佳韻，然亦因夢得傳。「林壑斂暝色，雲霞收夕霏」，語饒霽色，稍以椎鍊得之。「白雲抱幽石，綠篠媚清漣」，不琢而工。「皇心美陽澤，萬象咸光昭」，不淘而靜。「杪秋尋遠山，山遠行不近」，不脩而嫵。「猿鳴誠知曙，谷幽光未顯」，「巖下雲方合，花上露猶泫」，不繪而工。此皆有神行乎其間矣。（《古詩鏡‧總論》。《四庫全書》臺北：商務印書館本）

康樂神工巧鑄，不知有對偶之煩。（同上）

讀謝家詩，知其靈可砭頑，芳可滌穢，清可遠垢，瑩可沁神。（同上）

熟讀靈運詩，能令五衷一洗，白雲綠篠，湛澄趣於清漣。熟讀玄暉詩，能令宿貌一新，紅藥青苔，濯芳姿於春雨。（同上）

詩須觀其自得，陶淵明《飲酒》詩：「一觴雖獨進，杯盡壺自傾。」「提壺挂寒枝，遠望時復為。」又：「昔人既屢空，春興豈自免？」「寒竹被荒蹊，地為罕人遠。」此為悠然樂而自得。謝康樂：「樵隱俱在山，繇來事不同。不同非一事，養疴亦園中。中園屏氛雜，清曠招遠風。」此為曠然遇而無罣。見古人本色，摀披不煩而至。（同上）

明‧王世貞：《藝苑卮言》

謝靈運天質奇麗，運思精鑿，雖格體創變，是潘陸之餘法也，其雅縟乃過之。「**清暉能娛人，游子憺**（憺）**忘歸。**」寧在「**池塘春草**」下耶？「**挂席拾海月**」，事俚而語雅。「**天雞弄和風**」，景近而趣遙。（《藝苑卮言》卷三，《歷代詩話續編》臺北：藝文印書館本）

謝氏俳之始也，陳及初唐俳之盛也，盛唐俳之極也，六朝不盡俳，乃不自然，盛唐俳殊自然，未可以時代優劣也。（《藝苑卮言》卷四，同上）

謝靈運移籍會稽，修營別業，傍山帶江，盡幽居之美。每一詩至都，貴賤莫不競寫，宿昔之間，士庶皆徧。梁世，南則劉孝綽，北則邢子才，雕蟲之美，獨步一時。每一文出，京師為之紙貴，讀誦俄遍遠近。靈運尤吾所賞，惜其不終，所謂東山志立，當與天下推之，豈唯鼻祖。（《藝苑卮言》卷八，同上）

明‧王世懋：《藝圃擷餘》

古詩，兩漢以來，曹子建出而始為宏肆，多生情態，此一變也。自此作者多入史語，然不能入經語。謝靈運出而《易》辭、《莊》語，無所不為用矣。剪裁之妙，千古為宗，又一變也。（《歷代詩話》臺北：藝文本）

明‧胡應麟：《詩藪》

作詩最忌合掌，近體尤忌，而齊、梁人往往犯之。如以「朝」對「曙」，將「遠」屬「遙」之類。初唐諸子，尚襲此風，推原厲階，實由康樂。沈宋二君，始加洗削，至於盛唐盡矣。（《詩藪》內編卷四，收在吳文治主編《明詩話全編》第五冊，江蘇古籍出版社）

元亮得步兵之澹，而以趣為宗，故時與靈運合也，而于漢離也。明遠得記室之雄，而以詞為尚，固時與玄暉近也，而去魏遠也。（《詩藪》外編卷二，同上）

太沖以氣勝者也，「**振衣千仞岡，濯足萬里流**」，至矣，而「**豈必絲與竹？山水有清音**」，其韻故足賞也，靈運以韻勝者也，「**清暉能娛人，游子憺**（憺）**忘歸。**」，至矣，而「**百川赴巨海，眾星環北辰**」，其氣亦可稱也。（同上）

嗣宗、叔夜，並以放誕名，而阮之識，遠非嵇比也。靈運、延年，並以縱傲名，而顏之識，遠非謝比也。步兵、光祿，身處危地，使馬昭、劉劭信之而不傷。中散、康樂雖有盛名，非若夏侯玄輩為時所急，徒以口舌獲戾，悲夫！（同上）

靖節清而遠，康樂清而麗。（《詩藪》外編卷四，同上）

唐人詩如初發芙蓉，自然可愛。宋人詩如披沙揀金，力多功少。元人詩如鏤金錯采，雕繢滿前。三語本六朝評顏、謝詩，以分隸唐、宋、元人，亦不甚誣枉也。（《詩藪》外編卷六，同上）

清・王夫之：《薑齋詩話》

把定一題、一人、一事、一物，於其上求形模，求比似，求詞采，求故實；如鈍斧子劈櫟柞，皮屑紛霏，何嘗動得一絲紋理？以意為主，勢次之。勢者，意中之神理也。唯謝康樂為能取勢，宛轉屈伸，以求盡其意，意已盡則止，殆無剩語；夭矯連蜷，煙雲繚繞，乃真龍，非畫龍也。（《薑齋詩話》卷下，臺北：藝文印書館《清詩話》本）

建立門庭，自建安始。曹子建鋪排整飾，立階級以賺人升堂，用此致諸趨赴之客，容易成名，伸紙揮毫，雷同一律。子桓精思逸韻，以絕人攀躋，故人不樂從，反為所掩。子建以是

壓倒阿兄，奪其名譽。故嗣是而興者，如郭景純、阮嗣宗、謝客、陶公，乃至左太沖、張景陽，皆不屑染指建安之羹鼎，視子建蔑如矣。(同上)

清·王士禎口授、何世璂記：《然鐙記聞》

為詩各有體格，不可混一。如說田園之樂，自是陶、韋、摩詰；說山水之勝，自是二謝；若道一種艱苦流離之狀，自然老杜。不可云我學某一家，則無論那一等題，只用此一家風味也。(《清詩話》本，見前)

清·葉燮：《原詩》

《三百篇》一變而為蘇、李，再變而為建安、黃初。建安、黃初之詩，大約敦厚而渾樸，中正而達情；一變而為晉，如陸機之纏綿鋪麗，左思之卓犖磅礴，各不同也。其間屢變而為鮑照之逸俊，謝靈運之警秀，陶潛之澹遠；又如顏延之之藻繢，謝朓之高華，……此數子者，各不相師，咸矯然自成一家，不肯沿襲前人以為依傍，蓋自六朝而已然矣。(《原詩》卷一。《清詩話》本，見前)

六朝詩家，惟陶潛、謝靈運、謝朓三人最傑出，可以鼎立。三家之詩不相謀，陶澹遠，謝靈運警秀，朓高華，各闢境界，開生面，其名句無人能道。左思、鮑照次之，思與照亦各自開生面，餘子不能望其肩項。(《原詩》卷四。《清詩話》本，見前)

清·黃子雲：《野鴻詩的》

一曰詩言志，又曰詩以導情性。則情志者，詩之根柢也；景物者，詩之枝葉也。根柢，本也；枝葉，末也。《三百篇》下迄漢、魏、晉，言情之作居多，雖有鳥獸草木，藉以興比，

非僅描摹物象而已。迨元嘉時，鮑、謝二公為之倡，風氣一變；嗣後傲效者情景參半，歷梁、陳而專尚月露風雲。及唐初沈、宋諸君子出，相與振興元古，崇尚清真，風氣復一變。沿至「中」、「晚」，又轉為梁、陳矣。宋以後無譏焉。（《清詩話》臺北：藝文本）

康樂於漢、魏外，別開蹊徑，舒情綴景，暢達理旨，三者兼長，洵堪睥睨一世。（同上）

清・李重華：《貞一齋詩說》

謝康樂放情山水，李太白飲酒游仙；拘泥者必曰流連光景，通識者亦曰陶冶性靈。蓋此屬精神所聚，與少陵眷戀朝廷同一轍耳。若曹、阮及陶，則又寄託情深，不容皮相。（《清詩話》臺北：藝文本）

清・施補華：《峴傭說詩》

大謝山水游覽之作，極為巉削可喜。巉削可矯平熟，巉削卻失渾厚。故大謝之詩，勝於陸士衡之平，顏延之之澀；然視左太沖、郭景純已遜自然，何以望子建、嗣宗之項背乎？（同上，《清詩話》本）

清・王士禛：《池北偶談》

汾陽孔文谷（天胤）云：「詩以達性，然須清遠為尚。」薛西原論詩，獨取謝康樂、王摩詰、孟浩然、韋應物，言：「『白雲抱幽石，綠篠媚清漣。』清也。『表靈物莫賞，蘊真誰為傳？』遠也。『何必絲與竹，山水有清音。』（此為左思詩）『景昃鳴禽集，水木湛清華。』（此為謝混詩）清遠兼之也。總其妙在神韻矣。」神韻二字，予向論詩，首為學人拈出，不知先見於此。（《池北偶談・談藝》卷下，神韻。臺北：正文書局）

清・宋大樽：《茗香詩論》

遊山水無本，雖模山範水，道不存焉。陶貞白《尋山志》曰：「倦世情之易撓，迺杖策而尋山。」得志者忘形，遺形者神存。元雖遠其必存，累無大而不忘。物我之情雖均，因以濟吾之所尚也。謂萬感其已會，亦千念而必諧；反無形於寂寞，長超忽乎塵埃。既靜且壽，貞白似之。康樂雖有冥會，顧身為車騎將軍之孫，襲封爵，宋受禪復仕。則「倦世情之易撓」者無之，已不及貞白之靜；其不免於見法也，則「反無形於寂寞，長超忽乎塵埃」者無之，亦自賊其壽矣。淵明田園詩之佳，佳於其人之有高趣也。使淵明遊山賦詩，不知又當何如？至宋之詩人，無踰康樂者，遂與陶並稱，幸矣！（《清詩話》本）

清・陳祚明：《采菽堂古詩選》

吾與人共言之，而吾能言人所不能言，夫同于人者貴乎？異乎人者貴乎？子建之感遇，嗣宗之詠懷，元亮之述志，康樂之遊山，子山之傷亂，至矣！亞於《十九首》、漢人樂府者也。（《采菽堂古詩選・凡例》，清康熙年間刊本）

康樂公詩，《詩品》擬以「初日芙蓉」，可謂至矣。而淺夫不識，猶或以聲采求之，即識者謂其聲采自然，如「池塘生春草」等句是耳。乃不知其鍾情幽深，構旨遙遠，以鑿山開道之法，施之慘澹經營之間。細為體味，見其冥會洞神，蹈虛而出，結想無象之初，撰語有形之表。（同上）

康樂情深於山水，故山遊之作彌佳，他或不逮。抑亦登覽所及，吞納眾奇，故詩愈工乎？龍門足迹徧天下，乃能作《史記》。子瞻海外之文益奇。善遊者以遊為學可也。（同上）

謝康樂詩，如湛湛江流，源出萬山之中，穿巖激石，瀑掛

湍迴，千轉百折，歕為洪濤，及其浩漾澄湖，樹影山光，雲容草色，涵徹洞深。蓋緣派遠流長，時或潴為小澗，亦復搖曳澄瀠，波蕩不定。（同上）

清·沈得潛：《說詩晬語》

詩至於宋，性情漸隱，聲色大開，詩運一轉關也。康樂神工默運，明遠廉俊無前，允稱二妙。延年聲價雖高，雕鏤太過，不無沉悶；要其厚重處，古意猶存。（《說詩晬語》卷上。《清詩話》臺北：藝文本）

游山詩，永嘉山水主靈秀，謝康樂稱之；蜀中山水主險隘，杜工部稱之；永州山水主幽峭，柳儀曹稱之。略一轉移，失卻山水川真面。（《說詩晬語》卷下。《清詩話》本）

清·翁方綱：《五言詩平仄舉偶》

謝詩密麗，其平仄皆於掩映顧盼出之。昔敖臞翁謂如東海揚帆，風日流麗。雖言天藻之工，亦備依永之理。而或者謂為不肖，其亦不知審音者矣。（《清詩話》本，臺北：藝文本）

清·洪亮吉：《北江詩話》

謝靈運〈山居賦〉，李德裕〈平泉草木記〉，其川壑之美，卉木之奇，可云極一時之盛矣。然轉眼已不能有，尚不如申屠因樹之屋、泉明種柳之宅，轉得長子孫、永年代也。蓋勝地園林，亦如名人書畫，過眼雲煙，未有百年不易主者。是知一賦一記，雖擅美古今，究與昭陵之以法書殉葬、元章之欲抱古帖自沈者，同一不達矣。（《北江詩話》卷六，臺北：廣文書局，收在《古今詩話叢編》）

清‧方東樹：《昭昧詹言》

謝公蔚然成一祖，衣被萬世，獨有千古，後世不能祧，不敢抗，雖李、杜甚重之，稱為「謝公」，豈假借之哉！且諸謝翼翼，如叔源、宣遠，體格俱相似，而康樂獨稱宗，即惠連固且遜之，政可於此深惟其故。(《昭昧詹言》卷五，臺北：廣文書局)

讀謝公能識其經營慘澹，迷悶深苦，而又元氣結撰，斯得之矣。醴陵、空同求之皮外，豈得為能知大謝者哉！(同上)

大約謝公清曠，有似陶公，而氣之騫舉，詞之奔會，造化天全，皆不逮，固由其根底源頭本領不逮矣；而出之以雕縟、堅凝、老重，實能別開一宗。(同上)

謝公思深氣沈，無一字率漫下。學者當先求觀於此。較之退之、山谷尤嚴。此實一大宗門也。(同上)

如康樂乃是學者之詩，無一字無來處率意自撰也，所謂精深；但多正用，則為陳言。退之乃一革之，每用必翻新，而一切作料字面悉洗淨去之，文字一大公案，古今一大變革也。(同上)

謝公每一篇，經營章法，措注虛實，高下淺深，其文法至深，頗不易識。其造句天然渾成，興象不可思議執者，均非他家所及，此所以能成一大宗碩師，百世不祧也。今學謝詩，且當求觀此等處，然余之閱之也，恆昔昭而今昧，故今一一記之。(同上)

謝詩用事，如「樵隱俱在山」、「妙善冀能同」、「亂流趨正絕」、「來人忘新術」、「執戟一以疲」、「和樂隆所缺」，似此凡數百處，暫見似白道，而實皆用典。此是一大法門，古人無不然。當先求觀此等，乃不敢率易下語，有同儈父，牽率驅使故事，寡情不歸。(同上)

第二單元　比較鮑照（421左右～466）與江淹（444～505）山水詩的風格

壹、前言

　　鮑照（421左右～466）和江淹（444～505）是劉宋中後期的重要作家，二人均以詩文見長。鮑照以樂府詩七言詩及駢文流傳千古；江淹則以擬古詩及辭賦著稱於世。此外，二人在山水詩創作上成就斐然。鮑照與江淹在繼承謝靈運詩風的基礎上，不僅滌除謝靈運詩中談玄說理習氣，而且形成了各自創作的風格，為山水詩的創作發展貢獻頗大，後世以「江、鮑」並稱。並與謝靈運（385～433），顏延之（384～456）稱「謝顏鮑」。

貳、生平

一、鮑照生平

　　鮑照，字明遠，東海郯人，生於宋武帝（劉裕）永初年間（421左右），卒於明帝（劉彧）泰始二年[1]。年六十二。他出身寒族，南齊虞炎撰《鮑照集序》云：「**本上黨人，家世貧賤。**」[2]鮑照作品提到「**僕本寒鄉士。**」[3]「**我以華門士，負學謝前基。**」[4]可印證鮑照乃貧賤之士。元嘉時期「**上品無寒門，下品無士族。**」鮑照出身寒微，雖以才學深獲劉義慶賞識，亦僅得一卑微職務「國侍郎」，後入臨海王劉子頊之幕，子頊因戰敗

---

[1] 吳丕績編《鮑照年譜》頁1，上海：商務印書館，1940年1月。下引同，不贅。
[2] 黃節注《鮑參軍詩注》頁709，北京：人民文學出版社，2008年10月，收在黃節注《漢魏六朝詩六種》下引同，不贅。
[3] 《鮑參軍詩注》卷一，〈代東武吟〉頁738。
[4] 《鮑參軍詩注》卷三，〈答客〉頁812。

被賜死,鮑照也遭亂兵所殺。(虞炎在〈序〉中言江景人宋景因亂掠城,為景所殺,時年五十餘)。鮑照詩現存194首,樂府擬代之作108首。有黃節注本。[5]

二、江淹生平

江淹,字文通,濟陽考城人,生於宋文帝元嘉二十一年(444),卒於梁武帝天監四年(505),年亦六十二[6]。江淹,少而喪父,採薪養母。在宋代曾入新安王劉子鸞、建平王劉景素之幕,後曾被誣受賄入獄。齊高帝(蕭道成)執政,頗受重用,任中書侍郎。入梁,官至金紫光祿大夫,封醴陵伯。江淹出身布衣而歷任三朝,中經拘繫與貶謫,備受宦海風波,文學上的成就大都在此一時期。現存詩約142首,絕大部分為五古,有《江文通文集》。

參、鮑照與江淹風格相似處

一、格調幽暗深沉

王力堅在《由山水詩到宮體──南朝的唯美詩風》中提到:就題材而言,謝靈運尤喜山水的綺媚風光,鮑照則偏愛山水的險奇氣象;就手法而言,謝詩在巧構形似中尤顯精工,鮑照則在善製形狀中長於誇飾;就風格而言,謝詩以「精麗」見稱,鮑照則以「奇麗」著名。[7]林文月在《山水與古典》中〈鮑照與謝靈運的山水詩〉說:謝靈運與鮑照詩的風格,至少有三點肯定其類同(一)二人皆近似景陽(張協)之

---

[5] 同注2。
[6] 江文通撰《江淹年譜》頁1,臺北:文星書局,1965年初版。
[7] 王力堅《由山水詩到宮體─南朝的唯美詩風》頁56,臺北:商務印書館,1997年12月。

第二單元　比較鮑照與江淹山水詩的風格

體。(二)尚皆巧似。(三)皆富艷(或淫艷)[8]。可知鮑照詩與謝靈運詩同源於景陽(張協),且「尚巧似」;也有不同的手法與風格。

至於江淹,王國瓔《中國山水詩研究》中說:**其他與謝朓同時的詩人,寫山水都無謝朓的熱衷,但他們的作品中偶然亦可找到與莊、老名理並存的山水詩,同時大體上也繼承景、情分敘,段落分明的章法。如沈約**(441~513)**的〈早發定山〉、江淹**(444~505)**的〈渡西塞望江山諸山〉。丘遲〈旦發漁浦潭〉等,而且和謝朓的同類作品一樣,玄味稀薄。**[9]

江淹善擬古,但部分和屈原《楚辭》相似(如〈逐古篇〉〈雜三言五首〉),深刻表達江淹早年不得志之情。而他描寫山水景物之作,往往結合抒情,情景相融,心物相合,有鮮明的意象。情景分敘的章法,一而受「永嘉體」影響,一面表現「永明體」的色彩,代表過渡時期的詩風,對永明詩人有所啟示。

這一點與謝靈運有很大的差別。謝靈運的山水詩總是藉山水體玄悟道,他繼承了東晉文人的玄學審美觀,以虛靜的心態去體悟山水中所蘊含的生生不息的自然規律,與山水冥合為一,並以此來消解人生的苦悶。因此他很少在作品中將寫景與抒情融合起來,無論感情是悲是喜,其筆下的景物總是一片清新亮麗。而鮑照和江淹都是將個人的身世之感寄託於山水之中,格調以幽暗深沉為主,這是二人最明顯的相同之處。鮑

---

[8] 林文月《山水與古典》〈鮑照與謝靈運的山水詩〉,頁96,臺北:純文學出版社,1984年5月。
[9] 王國瓔《中國山水詩研究》頁174,臺北:聯經出版社,1986年10月。又,丘遲,據逯欽立輯校《先秦漢魏晉南北朝詩》中冊,頁1601云:遲,字希範,吳興烏程人,齊常侍靈鞠子。歷任太學博士,殿中郎等。梁臺建,為驃騎主簿,及受禪,拜散騎侍郎。後為永嘉太守,拜中書郎等。天監七年(508)卒。臺北:學海出版社,1984年5月。又沈約,據《先秦漢魏晉南北朝詩》中冊,頁1616云:約,字休文,吳興武康人。歷任宋、齊、梁,梁武帝受禪,除僕射、尚書令,封建昌縣侯,天監十二年(513)卒,年73。

照、江淹的時代,玄學的影響已大大衰退,二人山水詩雖學謝靈運,但已不再藉山水體悟玄理,而是把山水做為主觀情感的外在寄託,將情感融入寫景中。鮑照的山水詩除單純的遊歷之作外,還熔客途羈旅、思鄉情懷與自然山水於一鑪,使山水帶有更多的感情,更繼承了漢魏詩歌的抒情傳統。他的行役贈達之作總是抒發離愁別緒和漂泊異鄉的感傷,他筆下的景物也多被賦予一種悲涼、慘淡的色調。細讀鮑照的山水詩,可以發現,他喜歡描繪秋冬季節及黃昏時分的幽暗蕭瑟之景,把凝重混濁的色彩與作者內心的悲苦揉合在一起。如〈日落望江贈荀丞〉:

旅人乏愉樂,薄著憂思深。日落嶺雲歸,延頸望江陰。亂流澨大壑,長霧帀高林。林際無窮極,雲邊不可尋。惟見獨飛鳥,千里一揚音。推其感物情,則知遊子心。……[10]

全詩悲涼淒楚,蕭瑟的山水景物浸染著作者濃鬱的離愁,寫景與抒情達到了完美的契合。何焯《義門讀書志》曰:「**詩至明遠,發露無餘,李杜韓白,皆出此也。**」黃節注引張蔭嘉曰:**旅人乏樂,薄暮增思,即對末句戀景意。**鮑照山水詩的抒情以發露無餘為特點,不僅專選幽暗淒清的意象,而且將「悲」、「愁」、「苦」這樣感情色彩極濃的字眼嵌入詩句中。如〈自礪山中望震澤〉:「**幽篁愁暮見,思鳥傷夕聞。**」[11]〈還都道中三首〉之二:「**夜分霜下淒,悲端出遙陸。愁來攬入懷,羈心苦獨宿。**」[12]又,之三「**惻焉增愁起,搔首東南顧。**」等,山水籠罩在一片愁慘的氛圍中。這是鮑照山水詩的一大特點。

---

[10]《鮑參軍詩注》卷三,頁814。
[11]《鮑參軍詩注》卷三,頁809。
[12]《鮑參軍詩注》卷三,頁828。

江淹的山水詩寄託的是政治上的憂懼之感，與鮑照的思鄉情懷有所不同，卻同樣是陰鬱深沉。江淹在劉宋末年的十幾年間，政治上屢經坎坷，他的山水詩多作於這一階段。在建平王劉景素幕中時，兩次被誣下獄，直至被貶為吳興令。當時統治者內部矛盾尖銳，劉景素密謀作亂，江淹因作詩勸諫，觸怒了劉景素，君臣關係日趨緊張。江淹心情壓抑，時懷憂鬱感，在山水詩中或隱或顯地反應了他的這種感情變化。江淹的山水詩與謝靈運一樣，多寫山水遊覽的過程，但作者少有悠遊山水之樂趣，常充滿感傷情調。如〈渡泉嶠出諸山之頂〉：

> 岑崟蔽日月，左右信艱哉。萬壑共馳騖，百谷爭往來。
> 鷹隼既厲翼，鮫魚亦曝鰓。崩壁迭枕臥，嶄石屢盤迴。
> 伏波未能鑿，樓船不敢開。百年積流水，千歲生青苔。
> 行行詎半景，余馬以長懷。南方天炎火，魂兮可歸來。[13]

這首詩是江淹被貶到吳興後所作，閩中山水一向被人視為蠻荒之地，加之江淹的心情又極為沉痛，故其筆下的山水是一幅幽僻奇詭的景象，高峰蔽日，鷹隼飛翔，山谷馳騖，鮫魚曝鰓，處處怪石嶙峋，更有百年積水，千年青苔。還有南方炎火，令人難以忍受。江淹極力營造一個人跡罕至的封閉險惡環境，更將內心的絕望痛苦傾注於山水之中，情景交融，感情至深。

二、寫景廣闊遼遠

謝靈運的山水詩具有幽奇深秀的特點，寫景從大處著眼，按照上下左右的空間方位，勾勒出山水起伏變化的全貌，境界開闊，氣勢沉雄。鮑照、江淹的山水詩繼承了謝靈運的特點，

---

[13] 江淹《江文通文集》卷3頁25，長沙商務印書館，萬有文庫本，1939年，下引同，不贅。又逯欽立輯《先秦漢魏晉南北朝詩》中冊，頁1559，版本同註9，下引同，不贅。

而寫景的恢宏雄壯則更勝於謝靈運,他們很少描繪日常生活的細微景觀,而喜歡刻畫深山大壑,往往從宏觀出發,氣勢恢弘。如鮑照的〈登廬山〉:

懸裝亂水區,薄旅次山楹。千巖盛阻積,萬壑勢迴縈。
嶔崟高昔貌,紛亂襲前名。洞澗窺地脈,聳樹隱天經。
松磴上迷密,雲竇下縱橫。……[14]

作者以濃墨重彩勾勒出廬山雄峙古今的風姿,場面相當浩大,不足之處在於寫景籠統,未能把握住山水的神韻,這是鮑照早期創作不夠成熟之處。在以後的行旅之作中,鮑照已克服了呆板平實的缺點,而保留了雄奇開闊的長處。如〈上潯陽還都道中〉:「登艫眺淮甸,掩泣望荊流。絕目望平原,時見遠煙浮。」[15]〈吳興黃浦亭庾中郎別〉:「風起洲渚寒,雲上日無輝。連山紗煙霧,長渡迴難依。」[16]等,雖然是實寫,但頗有汪洋恣肆的氣勢。

江淹的山水詩也同樣有這個特點,多寫人跡罕至的深山大壑,營造峭拔幽奇的場景,雖然氣勢矯健不及鮑照,但境界之闊並不遜色。如〈望荊山〉:

奉謁(義)至江漢,始知楚塞長。
南閭(關)繞桐柏,西途(檄)出魯陽。
寒郊無留影,秋日懸清光。悲風橈重林,雲霞肅川漲。
歲晏君如何,零淚染(雲)衣裳。玉柱空掩露,金樽坐含霜。一閉苦寒奏,再使豔歌傷。[17]

---

[14] 《鮑參軍詩注》卷三,頁800。
[15] 《鮑參軍詩注》卷三,頁829。
[16] 《鮑參軍詩注》卷三,頁816。
[17] 《江文通集》卷三,頁22。《先秦漢魏晉南北朝詩》在中冊,頁1557。

作者以簡潔之筆,描繪出一幅淒涼空曠的秋景,視野相當開闊。江淹的山水詩常常不用實寫,往往加上想像誇張,增加了雄壯的氣勢。如〈遊黃蘗山〉:

長望竟何極,閩雲連越邊。南州饒奇怪,赤縣多靈仙。
金峰各虧日,銅石共臨天。陽岫照鸞采,陰谿噴龍泉。
殘虹千(十)代木,廧翠萬古煙。……[18]

這首詩用離奇的想像和誇張的手法,極寫山水的幽奇險怪,氣魄宏大。寫景的恢弘雄渾是鮑照、江淹的共同點。

三、結構靈活多變

謝靈運的山水詩多以遊蹤為線索,力求全面展現山水的風貌,但常常不善剪裁,寓目輒書,作品顯得堆垛密實,缺乏空靈疏朗之美。鮑照、江淹早期的山水遊覽之作,亦步亦趨地學謝靈運,幾乎都採用了謝靈運寓目輒書的佈局方式。但二人在效法謝靈運的同時,景物佈局也常有自己的創新,在一定程度上克服了謝靈運堆垛密實的毛病。鮑照的山水詩往往把思鄉情懷與自然山水相結合。他根據抒情的需要描摹景物,佈局簡潔疏朗。如〈登黃鶴磯〉:

木落江渡寒,雁還風送秋。臨流斷商絃,瞰川悲櫂謳。
適郢無東轅,還夏有西浮。三崖隱丹磴,九派引滄流。
淚竹感湘別,弄珠懷漢遊。豈伊藥餌泰,得奪旅人憂。[19]

作者並不著意於面面俱到的模山範水,而是重在渲染氣氛,抒發離愁別緒,以抒情為中心,連綴景物,頗有空靈簡潔

---

[18] 《江文通集》卷三,頁26。《先秦漢魏晉南北朝詩》頁1560。
[19] 《鮑參軍詩注》卷三,頁806。

之美,景物排列也大為淡化,為後代山水詩佈局創造了新經驗。

江淹的山水詩採用以遊蹤為線索的佈局方式,但不像謝靈運那樣平鋪直敘,而是突顯重點,詳略得當,對謝靈運的佈局手法也有一定程度的改變。如著名的〈赤亭渚〉:

> 吳江泛丘墟,饒桂復多楓。水夕潮波黑,日暮精氣紅。
> 路長光寒盡,鳥鳴秋草窮。瑤水雖未合,珠霜竊過中。
> 坐識物序宴,臥視歲陰空。一傷千里極,獨望淮海風。
> 遠心何所類,雲邊有征鴻。[20]

此詩作於被貶吳興的路上,時值深秋,滿眼陰鬱悲涼的景色。作者僅僅選擇了幾組最有代表性的景物,主次分明,結構疏朗,讓讀者留下了深刻的印象。當然,像這樣成功的例子,在鮑照、江淹集中比例並不多,但經過鮑照、江淹的積極嘗試,佈局手法更加靈活多變,不再像謝靈運那樣單調,對後代山水詩的佈局結構影響頗大。

肆、鮑照和江淹山水詩相異處

鮑照和江淹的山水詩雖然有相似的創作風格,但在藝術手法的運用上也有明顯不同。

一、鮑照的山水詩常有俊逸之氣;江淹的山水詩則多瑰麗之筆

鮑照山水詩中的行役贈答等類作品,克服了謝靈運板拙繁蕪的毛病,寫景疏朗簡潔,感情強烈真切,句式靈活多變,激

---

[20] 《江文通集》卷三,頁25。《先秦漢魏晉南北朝詩》頁1559。

盪著一股豪壯的氣勢,以俊逸來形容最為貼切。如〈還都道中三首〉之三:

久宦迷遠川,川廣每多懼。薄止閣邊亭,關歷險程路。
霾翳冥隅岫,濛昧江上霧。時涼籟爭吹,流溽浪奔趣。
側焉增愁起,搔首東南顧。茫然荒野中,舉目皆凜素。
回風揚江泌,寒響棲動樹。太息終晨露,企我歸飆遇。[21]

這首詩以豪邁剛健之筆,描繪旅途中的艱辛和愁苦,抒情深沉急切,確實有俊逸的風格,這是鮑照山水詩的獨特風格。其他如〈從登香爐峰〉、〈吳興黃浦亭庾中郎別〉、〈送別王宣城〉、〈從臨海王上荊初發新渚〉……等多首行役送別贈答詩,皆可見鮑照山水詩俊逸之氣的痕跡。

江淹的山水詩則以瑰麗見長,他的山水詩不像鮑照那樣純寫實景,常加上離奇的誇張和想像,刻畫出山水險怪幽僻的奇特風貌,光怪陸離,匪夷所思,比較典型的如〈從冠軍建平王登廬山香爐峰〉:

廣成愛神鼎,淮南好丹經。此峰具鸞鶴,往來盡仙靈。
瑤草正翕艷,玉樹信蔥青。絳氣下縈薄,白雲上杳冥。
中坐瞰蜿虹,俛伏視流星。不尋遐怪極,則知耳目驚。
日落長沙渚,曾陰萬里生。藉蘭素多意,臨風默含情。
方學柏松隱,羞逐市井名。幸承光誦末,伏思託後旌。[22]

江淹筆下的廬山,是充滿靈異的仙境,山中群集著鸞鳥和鳳凰,往來的全是神異的仙人,仙草赤紅,玉樹翠綠光艷、

---

[21]《鮑參軍詩注》卷三,828。
[22]《江文通集》卷三,頁22。《先秦漢魏晉南北朝詩》中冊,頁1557,五句「翕」字本集作「拿」字。十五句「藉」字,本集作「籍」。末句「旌」字,本集作字,本集作「旌」。從逯欽立說。

青蔥，山下絳氣縈繞，山上白雲幽深，登上峰頂，更見天高水遠，層雲萬里，面對這般神奇的景色，使人頓生棄劍游仙之想。江淹不像謝靈運那樣借山水體玄悟道，而是繼承前代游仙詩的旨趣，借助奇異的想像，把自然山水描繪成仙境。這是江淹山水詩瑰麗風格形成的主要原因，也是與鮑照山水詩的主要區別。

二、鮑照詩語言流暢華美；江淹詩語言古奧艱澀

鮑照和江淹的山水詩都承襲了謝靈運語言的典重古奧之風，但相形之下，鮑照在繼承之外，更多創新，語言流暢華美；江淹則多高古之氣，承前多而啟後少。鮑照的語言克服了典雅僵化的毛病，追求聲調辭藻之美，語言華美綺艷，承繼謝靈運，已開齊梁詩風之先河，為詩歌語言的格律化奠定了基礎。如〈上潯陽還都道中〉：「**鱗鱗夕雲起，獵獵晚風遒。騰沙鬱黃霧，翻浪揚白鷗。**」[23]、〈送別王宣城〉「**既逢青春獻，復值白蘋生。廣望周千里，江郊藹微明。**」[24]。在聲律、對仗、煉字等方面較謝靈運更圓滿成熟，進一步提高詩歌語言的寫景抒情功能，確立了山水文學，對後代山水詩有明顯影響。

江淹山水詩的語言則以高古為特點，擅用古體的句式和典麗的辭藻，常用奇字、險字，與當時日趨平易綺麗的語言風格背道而馳。江淹的贈答詩尚有清麗之句，而山水詩卻是專學謝靈運，且更是古奧典重，絕少圓滿平易的語言。江淹詩歌，無論句式、聲律、辭藻均以古奧為主，與齊梁詩風相比確實有

---

[23]《鮑參軍詩注》卷三，頁829。
[24]《鮑參軍詩注》卷三，頁819。又，劉宋時王僧達，琅邪人，為宣城太守。

淺易與深秀之別。如〈遷陽亭〉:「**瑤澗敻嶄翠,銅山鬱縱橫。方水埋金膭。圓岸伏丹瓊。**」[25]、〈從蕭驃騎新亭詩〉:「**鯢妖毀王度,虹氣岨王猷。上宰軫靈略,宏威肅廣謀。**」[26]等,描繪山水詩的奇險巉峭,刻意使用雙聲疊韻字,聲調拗口艱澀,又大量使用生僻的險字難字,在字形與山水的險怪相吻合,構成了高古的語言風格。這是鮑照、江淹山水詩的另一項重要相異之處。

伍、結論

鮑照和江淹在山水詩創作上都取得了較高的成就,他們的山水詩已不存在任何玄言的成分,創作了獨具特色和風格的山水詩。但相比而言,鮑照的山水詩無論數量還是藝術水平都更勝江淹一籌,對後代山水詩的影響也更大,在文學史上留下了自己探索的足跡,其價值和意義顯然是不可輕視的,值得後代學者深入研究。殷仲文、謝混是玄言詩終結者,江淹寫出自然景物的具體表現,與內心情感[27],在山水詩是一大進步。

---

[25] 《江文通集》卷三,頁25。《先秦漢魏晉南北朝詩》,頁1559。
[26] 《江文通集》卷三,頁27。《先秦漢魏晉南北朝詩》,頁1564。又,詩題「亭」字,本集作「帝」,從逯欽立改。
[27] 此處參胡大雷《玄言詩研究》,頁270,北京:中華書局,2007年3月。

第三單元　謝朓(464~499)與山水詩

壹、前言

　　謝朓詩有其特色，如曹融南《謝宣城校注·前言》以為在謝朓的山水詩裏，有「**雄壯闊大場景的摹寫，表現豪壯之美**」；也有「**精微輕倩物態的描繪，顯現秀逸之美**」。[1]山水詩是中國古典詩歌中風格別具的形式之一；文士隱入山林發現大自然美妙，成為山水愛好者。無形中，隱逸與愛好山水密不可分。《論語》曰：「**智者樂水，仁者樂山**」，故自來文人雅士莫不以遊山玩水為勝事。且山水景致往往是詩人靈感的濫觴及想像馳騁的場域，因而藉由寄身自然山水以遠離塵囂、抒發性情，成為促使山水詩蓬勃興盛的導因之一。

　　南朝時期(420~589)是中國山水詩全盛之世，當時詩人對自然山水熱愛之切、鑑賞之深是空前的，而謝朓便是在此種文藝氛圍下，開展其山水詩創作之途。在傳統詩評家筆下，謝朓往往與謝靈運並舉，一方面固然由於二人同屬謝氏大族，詩名皆為一時之冠；另一方面則以大、小二謝擅寫山水而並稱。甚至如潘德輿《養一齋詩話》說：「唐子西曰：『三謝詩，至玄暉語益工。』」趙師秀詩：「玄暉詩變有唐風」，皆謂玄暉薄於康樂。不知康樂之厚以排垛耳。鍾嶸知其為蕪詞累而登諸上品，何也？寧取玄暉，不取康樂，玄暉之雋骨，與鮑明遠之逸氣，可謂六朝之健者。[2]以為謝朓詩更勝。清詩人王士禛於《然鐙記聞》則謂：「**說山水之勝，自是二謝**」[3]。

---

[1] 曹融南《謝宣城集校注》，〈前言〉，頁6，上海古籍出版社，2001年4月2次印刷。下引同，不贅。
[2] 同注1，〈附錄：諸家評論〉，頁442。
[3] 王士禛口授，何世　述，《然鐙記聞》頁1，臺北：藝文印書館，1971年，10月。

謝朓留下的山水詩，在其現存詩中約佔五分之一弱[4]，大多是建武二年夏至三年末（495～496）出為宣城太守時所作。由於宣城附近山水景致優美，加上謝朓始終在仕與隱之間徘徊，他「**寫山水，也寫都邑，既寫仕宦，也慕棲隱**」[5]，以致擴大了山水詩的範圍。正如謝靈運以永嘉多寫山水。且仕宦必多感慨，於是離鄉之悲、送別之情、思歸之嘆、隱逸之慕等情如潮湧，因而山水詩的風貌與內涵都起了變化[6]。在諸多情思的湧現下，謝朓筆端所流洩出的文字，充滿了富於視覺效果的色彩意象。雖然詩筆與畫筆不同，詩歌無法如繪畫般直觀地再現色彩，但卻可通過詞句之敷寫，將色彩意象融入詩歌情境中；且詩人筆下所描繪景物的自然色彩，與其心靈感受及情緒往往是相互雜揉的，詩中設色所呈現的不僅是表象景物的色彩特徵，更反映出滲透在色彩中詩人內心深層的情感。

　　因此，本文試圖以南朝詩人謝朓之山水詩為研究中心，並由色彩之視角析入，探索色彩意象在詩歌中的運用與展現，及其同作者心靈感受、情感發抒之連繫。

貳、謝朓生平略述

一、仕宦生涯

　　謝朓（464～499），字玄暉，和謝靈運為同宗。據《南齊書》卷四十七，及《南史》卷十九〈謝朓傳〉載[7]，其祖籍為陳

---

[4] 林文月《山水與古典》，頁61，臺北：純文學，1984。
[5] 王瑤《中古文學風貌》，頁118，出版地不詳，未名書屋印行，1948。
[6] 王國瓔《中國山水詩研究》，頁182，臺北：聯經出版事業公司，1986。
[7] 謝朓生平事蹟，見於《南齊書》及《南史》，語焉不詳。後人研究有伍俶儻《謝朓年譜》（《小說月報》17卷號外，1927年），葛曉音《謝朓生平考略》（《藝譚》1982年第4期），曹融南《謝朓事迹詩文繫年》（《謝宣城集校注·附錄》，上海古籍出版社，1991年），參柏俊才《竟陵八友考辨》頁25，北京：中國社會科學出版社。

郡陽夏（今河南太康縣），至其曾祖謝允晚年，始徙建康（齊時為丹陽）。謝家是江南高門貴族之一，其父緯，官散騎侍郎，母為宋文帝之第五女——長城公主。族人非但以官顯，且在文學上亦多名家，其中以詩被鍾嶸《詩品》列於上品者有一（靈運），中品者有四（瞻、混、惠連、朓），下品者有一（莊）[8]。宋孝武帝大明八年（464）謝朓生。[9]

　　謝朓世家既貴，少又好學，齊高帝建元四年（482）初入宦途，年方十九，即為高帝所寵愛之豫章王蕭嶷行參軍。至永明四年（486），遷隨郡王（名蕭子隆）東中郎府；永明六年（488）轉王儉衛軍東閣祭酒（《南齊書‧王儉傳》）；八年（490），為隨郡王鎮西將軍，而為鎮西功曹，轉文學。永明九年（491），隨郡王子隆為荊州刺史，因「親府州事」，謝朓也跟著到了荊州，因「以文才，尤被賞愛」並受命抄撰群書。而成為文學侍從之中心人物。未久，隨郡王內部人事糾紛日漸激烈，謝朓終不免受同僚妒嫉，為讒言所中傷。永明十一年（493）秋，遂自荊州返京師。有〈暫使下都夜發新林至京邑贈西府同僚詩〉。謝朓任隨郡王文學的時間在永明十年春至永明十一年十一月，不到兩年。還都後，遷新安王中軍記事，稍後兼尚書殿中郎。恭王延興元年（494），謝朓為驃騎諮議，領記室，掌霸府文筆，並中書詔誥，除秘書丞。同年十月，恭王以幼沖昧於庶政，奉皇太后令退位。蕭鸞入纂太祖為第三子，即天子位，是為明帝[10]。明帝繼位第二年（495），謝朓出為宣城太守，此時是其山水創作最為豐碩之時。建武三年（496）末，其以「選復為中

---

[8] 鄭義雨《謝朓山水詩研究》，頁5～6，臺中，東海大學中國文學研究所碩士論文，1995。惠連為方明子，莊為弘微子，混為琰子，瞻為重子，霍運為瑍子。參顧紹柏校注《謝靈運集校注》〈附錄八：謝氏家族表〉頁756～757，臺北：里仁書局，2004年4月。
[9] 曹融南《謝宣城集校注》附錄四：〈謝朓事跡詩文繫年〉，頁448起，上海古籍出版社，同注1。
[10] 洪順隆《謝宣城集校注》，頁5～6，臺北，臺灣中華書局，1969。

書郎」(《南齊書‧本傳》),奉召回建康。可知其任宣城,不過一年有餘。建武四年(497)謝朓出任「晉安王鎮北諮議,南東海太守,行徐州事」。是年七月,明帝崩,東昏繼位。永泰元年(498)八月,朓膺命撰〈齊明皇帝謚冊文〉,九月撰〈齊敬皇后哀策〉。儼然執文學界之牛耳,同輩為文無出其齊右者。然東昏無德,江祐之輩謀擁始安王遙光入篡皇室,遙光亦遣親信劉渢密致意於朓,朓不與其謀,反遭誣陷,東昏侯永元元年(499),下獄而死,時年僅三十六。

二、文學創作

謝朓青年時代即以文學知名,曾參與竟陵王蕭子良西邸的文學活動,前後有七十餘人進入西邸,形成南朝文學乃至中國文學史上最龐大的文學集團。其中文學成就最高、影響最大的有:謝朓、王融、沈約、蕭衍、范雲、任昉、蕭琛、陸倕八人,史稱「竟陵八友」。永明二年(484)以後,竟陵八友陸續進入西邸。而謝朓為「竟陵八友」[11]之一。其於西邸創作的詩歌題材較為狹窄,除游宴應酬外,便是詠物。這部分作品雖不會反應重大社會內容,但表現閨情,具有一定的生活氣息。自隨郡王赴荊州後,謝朓之詩歌創作便有了新的開拓,特別在歷經政治風波的打擊下,作品風格為之一轉。建武二年(495)夏日,謝朓出任宣城太守,實現了其「凌風翰」、「恣山泉」的願望。他既無法割捨滾滾紅塵而隱逸山林,卻又想遠離險惡政局以求自保,因此只得追求一種「仕隱」的境界。〈之宣城出

---

❶ 齊武帝(483~493)時,圍繞著武帝次子竟陵王蕭子良,形成了一個龐大的文學集團,當代凡稍有才名者,均曾為竟陵藩邸所網羅。其中最著名的,是蕭衍、沈約、謝朓、王融、蕭琛、范雲、任昉、陸倕八人,號為「竟陵八友」。柏俊才《竟陵八友考辨》北京:中國社會科學出版社,2011年2月,可參考。

新林浦向板橋〉一詩中,「**既歡懷祿情,復協滄洲趣。囂塵自茲隔,賞心於此遇。雖無玄豹姿,終隱南山霧**」[12]。便是此矛盾心態的顯現。在宣城任上,謝朓詩歌創作邁向了數量和藝術的高峰。流傳至今的詩歌,大多是此時作品,因而謝朓又被後人稱之為「謝宣城」。而謝朓因捲入政治漩渦,永元元年(499)被殺。

謝朓詩今存160首,多奉和、詠物之作。詠物詩可看作古詩漸向近體過渡,即後人所稱「新體詩」的標本[13]。創作最主要的成就便是發展了山水詩。其山水詩作已多不具玄言色彩,而融景物描寫及情感抒發於一體。無論是對政局險惡和現實黑暗所作的悲嘆之詞,亦或是「頌帝功」、「頌藩德」的應命之作,其皆可藉山川景物來表現,且達到情景交融的境界。此外,謝朓主張「好詩圓美流轉如彈丸」。其將講究平仄四聲的永明聲律運用於詩歌創作中,呈現出音調和諧、鏗鏘悅耳等特質。沈約在〈傷謝朓〉一詩中云:「**調與金石諧**」便是對此特質的稱道。且謝朓善於熔裁,時出警句,如「**餘霞散成綺,澄江靜如練,喧鳥覆春洲,雜英滿芳甸。**」(〈晚登三山還望京邑〉,頁278)、「**天際識歸舟,雲中辨江樹**」(〈之宣城郡出新林浦向板橋〉,頁219)、「**高館臨荒途,清川帶長陌**」(〈送江水曹還遠館〉,頁246)、「**香風蕊上發,好鳥葉間鳴**」(〈送江兵曹檀主簿朱孝廉還上國〉,頁247)、「**日華川上動,風光草際浮**」(〈和徐都曹出新亭渚〉,頁323)等等警句,皆清新雋永,流暢和諧,對仗工整,體現了新體詩的特點。

---

[12] 引文自曹融南《謝宣城集校注》,頁219~220,版本同註1,下面引文皆同出此,但云頁碼,不贅。

[13] 王闓運《八代詩選》收王融、謝朓、沈約、范雲以下諸人介於古近體之間的五言之作。參曹融南《謝宣城集校注》〈前言〉,頁9,上海古籍出版社,2001年4月。

除詩歌創作外，謝朓的辭賦及散文亦各具特色。現存的幾篇賦，如〈思歸賦〉、〈高松賦〉、〈杜若賦〉、〈遊後園賦〉等，皆體制短小，聲律調協，富於抒情色彩。散文則以《文選》所錄之〈拜中軍記室辭隨王牋〉及〈齊海陵王墓誌銘〉等最為人所稱道。身為永明詩人的代表，謝朓在當世就頗富盛名。蕭衍嘗云：「**三日不讀謝（朓）詩，便覺口臭**」。名重一時的劉孝綽亦對其十分推崇：「**常以謝詩置几案間，動靜輒諷味**」。代表了其對謝朓詩的重視。到了唐代，其詩作更成為文人效法的對象。李白在〈宣州謝朓樓餞別校書叔雲〉中曰：「**蓬萊文章建安骨，中間小謝又清發。俱懷逸興壯思飛，欲上青天攬明月**」。體現了謝朓詩在其心中的價值。此外，如王維、杜甫等詩人亦受其影響。足見謝朓詩對唐代詩壇的重大意義。

參、詩中的色彩意象

朱光潛曾說：

> 所謂意象，原不必全由視覺產生，各種感覺器官都可以產生意象。不過多數人形成意象，以來自視覺者為最豐富，在欣賞詩或創造詩時，視覺意象也最為重要。[14]

詩詞語言的意象經營，往往以視覺為重；而最具視覺效果的語言，無非是色彩之詞。在山水詩創作上，除了山水遠近輪廓，格外注重景致的描繪，因此藉由色彩意象的融入，往往可使詩歌展現更為豐富的視覺感知。而色彩的運用，常反映出詩人的心境狀態與生活背景，林書堯在《色彩學概論》一書中便

---

[14] 朱光潛《詩論》，頁59，臺北，正中書局，1962。

云：

> 應用色彩是人類表達情意的抽象表現，色彩具有極深奧而豐富的象徵力。在整個人類的歷史文化，色彩擔任了極重要的角色。因為色彩與宇宙並存，與一切物質同時存在。……我們歡樂、恐懼、寂寞、憂傷或充滿希望，或遲暮沉沉，這些觸景生情，詩似的感觸，哪能離開色彩而存在。[15]

詩人對色彩之揀選，呈現其當下的心情、想法及所欲構築的整體氛圍。不同的色彩，顯示不同的心情。詩歌即是透過詩人之眼，將其所見之外在環境，以文字創造出另一微觀世界。因而藉由對詩歌中色彩意象之探析，亦可窺得詩人創作時的內心境界。

謝朓山水詩創作中，最富於色彩意象。以現存詩歌而言，山水詩雖僅佔五分之一弱，然為其詩作之精髓所在。以下茲就謝朓山水詩所呈現之色彩意象分別，作一分析及探討：

一、色相俱足的設色[16]

所謂色相俱足的設色，即色彩詞直接呈現於詩句中，且具有實質作用之設色。在謝朓山水詩作裡，可見明確色彩詞出現於其中的詩歌，約佔二分之一強，且以紅（包括朱、丹、彤等）綠（包括青、蒼等）二色使用最為頻繁，其次亦有金、黃、紫、黑等，諸色紛呈，使得詩歌如繪畫般，富於視覺感知。其詩例如：

---

[15] 林書堯《色彩學概論》，頁1-7，臺北，撰者印行，1971。
[16] 色相俱足的設色、不見之色的設色等名稱的訂定，見邱靖雅《唐詩視覺意象的語言呈現——以顏色詞為分析對象》，頁27-37，新竹：國立清華大學語言研究所碩士論文，1998。

〈直中書省〉：
紫殿肅陰陰，彤庭赫宏敞。……
紅藥當墀翻，蒼苔依砌上。……（頁213）

〈望三湖〉：
積水照頳霞，高臺望歸翼。……
葳蕤向春秀，芸黃共秋色。……（頁232）

〈高齋視事〉：
餘雪映青山，寒霧開白日。（頁280）

〈和沈祭酒行園〉：
環梨縣已紫，珠榴拆且紅。（頁318）

〈和紀參軍服散得益〉：
金液稱九轉，西山歌五色。（頁358）

謝朓將色彩宛轉融入詩歌意境中，一方面使讀者如臨其境；另一方面也顯露其內心的嚮往與渴望。如〈高齋視事詩〉：

餘雪映青山，寒霧開白日。曖曖江村見，離離海樹出。
披衣就清盥，憑軒方秉筆。列俎歸單味，連駕止容膝。
空為大國憂，紛詭諒非一。安得掃蓬徑，銷吾愁與疾。

（頁280）

高齋，在宣城府治內。視事，處理公務。先寫高齋所見雪後之景，以淡淡的色彩，描繪出一幅迷人的晨景：殘存的白雪映著青色的山巒，旭日在寒霧中慢慢呈現。山村的清新氣息迎

面撲來,沁人心脾。繼之,以「**曖曖江村見,離離海樹出**」二句,將詩人視線由遠而近,由曠入細的纖緻感知生動點出。且二句中一個「見」和一個「出」字,靈活地再現了晨霧將散未散時,江村海樹若隱若現的情景;同時又巧妙地回應了前句中的「開」字。後六句,轉到案牘可厭,而以安得歸家,銷愁與疾作結,筆有餘勁。[17]

此外「**披衣就清盥,憑軒方秉筆**」二句,則具承上啟下之功。前句言清晨即起,從時間上對一至四句作了補充說明,後句便就勢折入「視事」,為下文張目。「**列俎歸單味,連駕止容膝**」繼之表露出詩人因公務在身,憂心操勞,故難以充分享受自然之樂的實情。對於世人所豔羨之「列俎」和「連駕」,詩人亦持超脫的態度;就其淡泊之心境而言,「單味」(單一食物)與「容膝」(地方小)足已而已!因此,當面對世局「紛詭(紛離欺詐)諒非一」的動亂景象時,便使其產生了「**空為大國憂**」的無能為力之嘆。在這種官祿不足戀,國事難治理的情況下,詩人便自然而然地嚮往歸隱,「**安得掃蓬徑**(隱者居處),**銷吾愁與疾**」正是此種心情的表白。其揭示出詩人在首聯所點染的色彩意象,即對自然樸實的憧憬與山林歸隱的神馳。詩句前後因果的暗中鉤連,情性與景緻的巧妙融會,使作品閱讀若含英咀華,耐人尋味;無怪乎清人沈德潛推崇備至。所謂「**謝玄暉獨有一代,以靈心妙悟,覺筆墨之中,筆墨之外,別有一段深情名理**」[18],推崇備至。

色相俱足的設色在謝朓詩歌中佔有至為重要的地位。藉由色彩詞的點染,使詩人之情緒感受與色彩意象相互掩映,達到

---

[17] 參曹融南《謝宣城集校注》,頁281,引張蔭嘉說法。
[18] 沈德潛《說詩晬語》,頁8,a面,收入丁福保《清詩話》本,臺北:藝文印書館,1971年10月。

情景交融、物我無間的境界。由於色彩詞是最容易喚起讀者中心意象的詞彙，其主要功能為達成意象物性的描述，並傳遞詩人內心的情感，這是詩歌不可或缺的特質，即所有描述都不僅是客觀事物的敷寫，更是詩人內心世界的投影。

二、不見之色的設色

除了在字面上直接呈現色彩詞外，詩人亦常使用物象來烘染色彩；袁行霈在《中國詩歌藝術研究》一書中便云：

> 物象是客觀的，它不依賴人的存在而存在，也不因人的喜怒哀樂而發生變化。但是物象一旦進入詩人的構思，就帶了詩人主觀的色彩。這時它要受到兩方面的加工：一方面，經過詩人審美經驗的淘洗與篩選，以符合詩人的美學理想和美學趣味；另一方面，又經過詩人思想感情的化合與點染，滲入詩人的人格和情趣。[19]

若說色相俱足的設色是直接喚起讀者心中存留的記憶色，而透過物象所呈現的色彩意象，則是隨作者的表達、抒發、描繪與讀者的記憶、思考、想像相互勾勒出的彩色圖景。這類蘊含在字裡行間的色彩，雖沒有著色的文字，卻是飽含色調的語言。其詩如：

〈新亭渚別范零陵雲〉：
雲去蒼梧野，水還江漢流。（頁217）

〈之宣城郡出新林浦向板橋詩〉：
天際識歸舟，雲中辨江樹。（頁219）

---

[19] 袁行霈《中國詩歌藝術研究》，頁62，北京：北京大學出版社，1987。

〈冬日晚郡事隙〉：
颯颯滿池荷，脩脩蔭窗竹。（頁228）

〈春思〉：
蘭色望已同。萍際轉如一。（頁266）

〈晚登三山還望京邑詩〉：
餘霞散成綺，澄江靜如練。（頁278）

詩歌中皆未有明顯的色彩詞，卻仍呈現出豐富且清晰的色彩意象，是詩人將其自身的情感與喜惡投射到所見所感之物上，繼而仰賴詩歌語言，把新生命以詩的形式注入萬物，使真髓得以呈現之反響。如謝朓之〈晚登三山還望京邑〉一詩：

灞涘望長安，河陽視京縣。白日麗飛甍，參差皆可見。
餘霞散成綺，澄江靜如練。喧鳥覆春洲，雜英滿芳甸。
去矣方滯淫，懷哉罷歡宴。佳期悵何許，淚下如流霰。
有情知望鄉，誰能鬒不變？（頁278）

此詩為建武二年（495）謝朓任宣城太守時作，主要描寫詩人離開建業後的所見所感。詩題「晚登三山還望京邑」即點出了詩歌的基本意象，前四字點明「登」的時間與地點；後四字確指「望」的方向與對象。所登之「三山」，在今南京市西南長江南岸，有三山相連，俗稱三山磯；所望之京邑則為齊京建業。詩人便環繞此「登」、「望」二字開展其思。[20]陳胤倩云：**一起一結，情緒相應，法既密而志復顯。**[21]

---

[20] 高海夫、金性堯等《謝朓》，頁74，臺北：地球出版社，1993。
[21] 參曹融南《謝宣城集校注》，頁279〈集說〉引陳胤倩語。

「灞涘望長安，河陽視京縣」[22]是詩人熔冶王粲〈七哀詩〉「南登霸陵岸，迴首望長安」及潘岳〈河陽縣作詩〉二首「引領望京室，南路在伐柯」而鑄成之詩句。由此便使王粲遠適荊楚的飄零身世、潘岳出宰河陽的失意情懷，與謝朓離京邑的不遇心境合轍，突顯了詩人去國懷鄉的悵惘之情。

第二聯後六句「**白日麗飛甍，參差皆可見。餘霞散成綺，澄江靜如練。喧鳥覆春洲，雜英滿芳甸**」，藝術地展現了詩人自我感受中，傍晚時分自然景物的各別特色。即以不見之色的設色鋪陳詩句，融物象之色彩意象於字裡行間，並架構起遼闊的時空感知，讓視線在宏觀與微觀間交錯並置。起初是建業城裡巍峨的宮室，引起了詩人的注目：明麗的陽光投射在振翼欲飛的殿脊上，金碧耀眼，高低錯落，分明可見。[23]繼之為建業城外的晚霞和澄江，詩人以「餘」、「散」、「澄」、「靜」四字勾勒出黃昏天空與平寧江面的旖旎風光。「餘」形容落日銜山；「散」象徵霞光四射；「澄」狀長江明淨無塵；「靜」貌水面紋絲不動，一副完美的圖景再現眼前。接續此一美景的是建業城外的鳥語花香，詩人抓住黃昏時「春洲」的特定景緻：歸鳥投林，喧聲覆蓋春洲；綠滿江南，雜花開遍郊野。將季節的特性妝點在物象上，吸引視覺不停地追索那美妙的紛然變化。此六句對於景色的描繪，構築起一整體的藝術氛圍，使人彷彿身臨春之禮讚，在色彩、樂音的交織下，豐富了讀者的視覺意象。從另一個角度說，與「喧鳥」、「雜英」對比，作者不如微禽纖草得其所在。

最後六句「**去矣方滯淫，懷哉罷歡宴。佳期悵何許，淚**

---

[22]「灞涘望長安，河陽視京縣」之霸水，位於長安東南。河陽在今河南孟縣。京縣則指晉都洛陽。
[23] 高海夫、金性堯等《謝朓》，頁74，臺北：地球出版社，1993。

下如流霰。有情知望鄉,誰能鬒不變」以首聯為基礎,直接抒發了詩人內心的矛盾——親故送別的歡宴雖成過往,但詩人難以忘懷,故爾滯留不行;才出京城就因歸期莫卜,而潸然淚下;雖有情之人皆知嚮往故鄉,然又誰能強留黑髮不令其轉白?詩人將其去國懷鄉,遙盼歸期的心境紛呈於詩歌中,透過筆墨的傳遞,撥動讀者的心弦,也進一步深化了詩歌的主題。鍾伯敬說:「**右丞以田園做應制語,玄暉以山水作都邑詩,非惟不墮清寒,越見曠遠。**」成偉雲言:「**著色鮮妍,自成繽紛古藻,絕去癡肥,亦殊頑豔。**」[24]大體是。

謝朓詩歌融外在景物與內在心境於一體,將詩人抽象的心情及感受投射於具體物象上,雖不見明顯的色彩詞,卻可深刻體會詩人所欲呈現的色彩意象。正如李若鶯所言:「**中國文字是訴諸視覺的語言符號,繪色和摹形一樣,都是訴諸視覺的具體印象**」[25]。不見之色的設色在謝朓筆端流洩成一幅幅情景交融的圖景,其豐富且多元的特性為後繼奠定了摹寫的基礎,亦成為唐代詩人效法的對象之一。

肆、結語

謝朓之山水詩成為後代詩人摹寫的典範,傳頌的篇章,除因其為永明聲律的表率,達到「**好詩圓美,流轉如彈丸**」之境界外,其對色彩意象的經營亦為不容忽視的一環。由於色彩本是依附於物質而無所不在的客觀自然屬性,當詩人將其情感投注於景物的描繪、性靈的抒發,則必無法脫離色彩意象之渲染。身在充滿繽紛色彩的大千世界中,謝朓透過其視覺感知與

---

[24] 曹融南《謝宣城集校注》,頁279,〈集說〉引,版本同注16。
[25] 李若鶯《唐宋詞鑑賞通論》,頁434,高雄:復文圖書出版社,1996。

詩歌創作，使色彩不再僅是客觀的物象表徵，更是詩人內在心境的投影，而其所傳遞出的正是經過熔冶、蛻變後，屬於生命的豐富色彩。從這個角度來審視謝朓，另有一番新意。

最後，附載林文月教授統計謝靈運，鮑照及謝朓三家詩集中，山水詩與全集之比例，及山水詩中寫玄理統計：

謝靈運現有詩：87首（據黃節《謝康樂詩註》）
　　　山水詩：33首（佔全集二分之一弱）
　　　寓玄理之山水詩：23首（佔山水詩篇三分之二強）
鮑照現存詩：150首（據黃節《鮑參軍詩註》）
　　　山水詩：24首（佔全集六分之一弱）
　　　寓玄理之山水詩：10首（佔山水詩篇二分之一弱）
謝朓現存詩：142首（據郝立權《謝宣城詩註》）
　　　山水詩：34首（佔全集五分之一弱）
　　　寓玄理之山水詩：11首（佔山水詩篇三分之一弱）[26]

如此看來，以山水詩論，謝靈運在詩集所佔比重最高，其次謝朓，再次鮑照。

---

[26] 林文月《山水與古典》頁61，臺北：純文學出版社，1984年5月4刷。

第四單元　駱賓王(640~?)與山水詩

壹、前言

　　初唐四傑雖然是齊梁詩的繼承者，但他們的詩，不論抒情，寫景和詠物，也都有新的進展。四傑之中，駱賓王，是「四傑」中最為典型的悲劇詩人，因為他受著生活上、政治上的雙重悲劇。《舊唐書‧本傳》稱他「怏怏失志」，《新唐書》本傳稱他「鞅鞅不得志」明人汪道昆萬歷辛卯（1591）舊序稱他「末路阻喪，終身離憂」，正是他一生悲劇命運的寫照。他自己在作品中也反覆申述自己的悲劇：「擔石厭於糟糠，負薪疲於短褐」、「僕失路艱虞，遭時徽纆，不哀傷而自怨，未搖落而先衰」、「覆盆徒望日，蟄戶未驚雷。霜歇蘭猶敗，風多木屢摧」、「無人信高潔，誰為表予心」、「獨有孤明月，時照客庭寒」……等等。但是「國家不幸詩家幸，賦到滄桑句便工」（趙翼詩），駱賓王在身世滄桑、人生坎坷的不幸遭際中，卻有幸地成為一代詩人。他的作品，那深厚的歷史現實內涵與文化意蘊，那深沉的人生憂患意識，那審美理想與審美價值，給我們留下了豐贍的精神財富。

　　山水詩的特質，他的內容宜包括大自然的一切現象。所謂：「宋初文詠，體有因革，莊老告退，而山水方滋。」（《文心雕龍‧明詩》）「山水詩」是指南朝宋齊那一段時期的風景詩而言；更具體的說，乃是指以謝靈運為代表的那種模山範水的那種詩而言。至於唐代以後歌詠自然的詩，實際上是六朝的田園詩和山水詩匯合以後發揚擴張的結果，本文將探討以駱賓王的山水詩為探討中心。

駱賓王的詩作探討，其詩歌的題材：

（一）城市詩，是由宮廷轉向市井的標誌。
（二）邊塞詩，是由臺閣轉向江山與塞漠的標誌。
（三）詠物詩、贈別與山水詩。

本篇以「駱賓王山水詩」為主題探討。其詩結構宏偉，用典對仗靈活，注重鍊字鍊句。

五言律詩在唐代是新興詩體。唐代的律詩，多認為是完成於沈佺期、宋之問。但是，實際上南朝詩歌駢偶化以後，唐初「四傑」已為律詩的形成奠定了基礎。

貳、駱賓王生平

駱賓王（640？～？），義烏人，七歲能屬文，尤妙於五言。曾任武功、長安兩縣主簿，侍御史，因得罪入獄，被貶臨海縣丞，後隨李敬業起兵反武則天，兵敗，不知所終。駱賓王在寫詩時特別喜歡在對仗中使用數字對，譬如：「薄宦三河道，自負十餘年。」（〈敘寄員半千〉）「秦塞重關一百二，漢家離宮三十六。」「小堂綺帳三千萬，大道青樓十二重。」「且論二八千金是，寧知四十九年非。」（皆見〈帝京篇〉）「平生一顧重，意氣溢三軍。」（〈從軍行〉）「素服三川化，烏裘十上還。」（〈途中有懷〉）等等，因此人們給他一個雅號叫做「算博士」。雖然駱賓王在〈討武曌（照）檄〉文中對武則天罵了個痛快，但武則天對他的文才確實青眼有加。當討武檄文傳到武則天手中時，她居然一邊讀一邊「嘻笑」。當讀到「入門見嫉，娥眉不肯讓人；掩袖工讒，狐媚偏能惑主」時，還頗有得意之色。再讀到「一抔之土未乾，六尺之孤安在」時，才驚呼到：

「**是誰寫的？**」有人告訴她是駱賓王寫的，她竟責問道：「**宰相安得失此人？**」認為駱賓王有才能卻沒能受到重用，是宰相失職未能推薦的結果，可見其對駱賓王確有惜才之心。

參、駱賓王山水詩

一、不斷的變換視角

駱賓王寫景的特點，是不斷地變換視角。其中有遠視、仰視、俯視、平視等，猶如繪畫般，使景物也在不斷地變換鏡頭，顯的多姿多彩，使人有目不暇接、美不勝收之感。深山野嶺，地處僻遠，與人們的生活有距離。駱賓王為了縮短這個距離，使景物更貼近生活，便運用了多種形象的比喻。駱賓王的〈出石門〉云：

層巖遠接天，絕嶺上棲煙。松低輕蓋偃，藤細鉤絲懸。石明如桂（挂）鏡，苔分似列錢。暫策為龍杖，何處得神仙？（卷3頁5）[1]

全詩從石門的山景寫景，從「層巖」到「絕嶺」，寫出石門的險峻形勢；從山松、山藤到山石、山苔，寫出山中的樹木石苔等景物。由於「輕蓋」、「弱絲」、「挂鏡」等比喻，都是生活中常見的事物，也給人以熟悉感、親切感。也只有熱愛自然山水的人，才能把自然山水寫得如此真切、細緻。又如〈北眺春陵〉所謂：「**既出封泥谷，還過避雨陵。山行明照上，谿宿密雪蒸。**」等是。

---

[1] 駱賓王《駱賓王文集》卷3頁5，臺北：商務印書館四部叢刊本，以下引駱賓王詩皆據此，不贅。

二、「遞進一層」的寫法

駱賓王寫景的特點，是用遞進一層的寫法。駱賓王在行役途中，本來就醞釀著離愁，及至看到水的分流，又增加了悲愴，使感情的負荷大大的加重了。如〈至分水戍[2]〉詩云：

> 行役忽離憂，復此愴分流。濺石迴湍咽，縈叢曲澗幽。
> 陰巖常結晦，宿莽競含秋。況乃霜晨早，寒風入戍樓。
> （卷3頁5）

駱賓王悲愴什麼呢？可能是由分流想到身在異地的離情別恨；也可能是想到「**子在川上曰：「逝者如斯夫，不舍晝夜」**」（《論語·子罕》），感歎流年似水，青春易逝，年華易老。這種獨特的感受，是由於駱賓王獨特的遭際所發出來的。頷聯、頸聯展開了景物描寫，濺石、迴湍、縈叢、曲澗、陰巖、宿莽，寫出深秋晦暝深幽的環境、蕭條肅殺的氣氛，而且都被染上悲愴的感情色彩。中間寫景只是鋪墊，最終是為了反激出結句來。「**況乃霜晨早，寒風入戍樓**」，是流水對，使作者悲愴的感情，在霜晨風中達到了高潮，給人以言有盡而意無窮的感覺。再如：〈渡瓜步派〉[3]，寫夜渡瓜步江的景色和感慨。

> 捧檝辭幽徑，鳴根（枻）下貴（遺）洲。驚濤疑躍馬，積氣似連牛。月迴黃沙淨，風急夜江秋。不學浮雲影，他鄉空滯留。（卷3頁3）

---

❷ 分水戍：在河南魯縣。《水經注·淯水》：「淯水又東，魯陽關水注之。水出魯陽縣南，分水嶺，南水自嶺南流，北水從嶺北注，故世俗謂此嶺為分頭也。」參丁成泉輯注《中國山水田園詩輯成》，〈隋·唐〉部分，頁240起，湖北教育出版社，2003年10月。

❸ 派，丁成泉《中國山水田園詩集成》頁244。「派」作「江」，並云《初學記》：瓜涉江，今揚州六合縣界，西南對潤州江寧縣。版本同注2。

他奉命行役，寫到江月、江風，多角度、多層次、多側面地展現瓜步江的夜景。其中有驚濤，有積氣，有迴月，有急風，意象各不相同，而畫面卻有明有暗，有聲有色。最後，把感情調動到「**不學浮雲彩，他鄉空滯留**」的結句上來。這種感慨，是對行役在外、飄泊他鄉、行蹤不定的反撥，表現駱賓王厭倦仕途的情緒。本篇注重用筆。「**驚濤疑躍馬**」，是從江水著墨，寫出洶湧澎湃的氣勢；聯想到伍子胥、文種死後為戰神，踏浪而前。「**積氣似連牛**」，是從江面落筆，寫出氣衝斗牛的壯觀。有如江西「**物華天寶**」，光射斗牛。「**月迴黃沙淨，風急夜江秋**」，構成了兩對因果關係。今非昔比。前句從視角寫出月照黃沙的色澤，後句從觸覺出風急夜江的寒氣。

三、「抒發感慨」的寫法

駱賓王寫景的特點，是用抒發感慨的寫法。寫駱賓王同夏少府遊山的情景，〈夏日游山家同夏少府〉云：

返照下層岑，物外狎招尋。蘭徑薰幽珮，槐庭落暗金。谷靜風聲徹，山空月色深。一遣樊籠累，唯餘松桂心。

（卷4頁5）

首聯點遊山的時間，緊緊扣住夏天夕陽西下的傍晚時分來描繪。頷聯著筆寫實。「**蘭徑薰幽珮，槐庭落暗金**」，寫香草的芬芳，寫晚霞的光彩，而一「**幽**」一「**暗**」，正是此時際景物的特點。腹聯寫出景物的內在聯繫。「**谷靜風聲徹**」，表現出「**靜**」與「**徹**」的聯繫，即動與靜的聯繫，山谷愈靜，山風愈烈、愈響；「**山空月色深**」，表現「**空**」與「**深**」的聯繫，即虛與實的聯繫，山谷愈空寂，月色愈深幽。「蘭徑」、「槐

庭」、「靜谷」、「空山」，以及「幽珮」、「暗金」、「風聲」、「月色」，構起了一幅山中夜景的一畫面，給人以幽靜的感受。尾聯表示要擺脫官場拘束，超然世俗人事之外，隱居山林，求得自我與自然的和諧，正是駱賓王不滿現實的結果。

再看駱賓王寫〈遊靈公觀〉之感受：

> 靈峰標勝境，神府枕通川。玉殿斜連漢，金堂迴架煙。
> 斷風疏晚竹，流水切危弦。別有青門外[4]，空懷玄圃仙。

（卷4頁5）

以靈公觀為題材，描繪景的特點，是用抒發感慨的寫法。首聯起筆之「**標勝境**」、「**枕通川**」，寫出靈公觀的地理環境，靈峰神府，仙家所居，依山枕流，風景幽美。頷聯承筆寫靈公觀的構建。「**玉殿**」、「**金堂**」是美稱，而「**斜連漢**」、「**迴架煙**」，從仰望中落墨。殿宇高峻處傾出連霄漢，深遠處凌駕雲煙，呈現出運動感，誇張而不失真。頸聯轉筆，轉到靈公觀的景物上來。「**斷風**」、「**晚竹**」、「**流水**」、「**寒弦**」，屬四種景象，用「疏」、「切」兩個動詞，即發生了內在聯繫。這是一種以聲寫靜、動中見靜的寫法，通過風聲、水聲，表現靜境與靜意。末「**別有青門外，空懷玄圃仙**」，是抒發感慨，表達欲退隱又不可能的無奈。

四、「觸景生情」的寫法

駱賓王寫景的特點，是以觸景生情的寫法。如〈春晚從李長史遊開道林故山〉：

---

[4] 青門：古長安城門名，廣陵人邵平，為秦東陵侯，秦破，為布衣，種瓜青門外，瓜美，故時人謂之東陵瓜。

> 幽尋極幽壑，春望陟春臺。雲光樓斷樹，靈影入仙杯。
> 古藤依格上，野徑約山隈。落蘂翻風去，流鶯滿樹來。
> 輿蘭荀御動，歸路起浮埃。（卷4頁5）

晚春時節，駱賓王從李長史遊開道林故山，尋幽探春，盡情地享受大自然的賜予，真是花柳無私、江山無價。駱賓王觸景生情，把活生生的大自然描繪出來，生動具體，多采多姿，詩中有三幅畫面：第一幅是天空的景物，第二幅、第三幅是山中景物，由高而下，很有空間感和層次感。至於寫天空雲霞的流光溢彩，是色彩美；寫山間古藤的蔓長，野徑的屈曲，是線條美；寫山上落花的繽紛，黃鶯的流囀，則是動態美了。這樣就坐實了首聯的「尋」、「望」兩字，回映開始二句，使三幅畫面有聲有色，有動有靜，富於自然的情趣韻味了。

五、「明暗交替」的寫法

以〈晚渡黃河〉為例，駱賓王以黃河作為具體描繪對象。

> 千里尋歸路，一葦亂平源。通波連馬頰，迸水急龍門。
> 照日榮光淨，驚風瑞浪翻。棹唱臨風斷，樵歌入聽喧。
> 岸迴秋霞落，潭深夕霧繁。誰看逝川上，日暮不歸魂。
> （卷3頁3）

結構大開大闔，大起大落。用筆如行雲流水，生動自然。在風格上更表現出動靜結合、明暗交替、剛柔並濟的寫法，是五言排律中比較典型的。駱賓王不愧是個丹青妙手，為我們描繪出黃河晚渡圖。開篇即以一「尋」一「亂」兩個動詞，緊扣「晚渡黃河」的題旨，接著中間八句即著力去描繪黃河的景色。黃河是主體，處於整幅畫面的中心，透過自己親身的體

驗，和細緻觀察，去選擇、捕捉典型景物，構成種種富於感情色彩的意象。三、四句「**通波連馬頰，迸水急龍門**」，以「馬頰」、「龍門」作為黃河的代表，最足以表現黃河那種崩浪萬尋、懸流千丈、鼓若山騰的險峻形勢，而黃河的壯美形象也就凌空而出。五、六句寫「照日」、「榮光」、「驚風」、「瑞浪」，七、八句寫「棹唱」、「樵謳」，九、十句寫「岸迴」、「潭深」、「秋霞」、「夕霧」，從視覺、聽覺、觸覺等不同的側面，對黃河進行渲染、鋪墊、烘托，使畫面有聲有色、絢麗多彩。詩結束於日暮鄉關，遊子旅思，也耐人尋味。

六、「孤獨悽清」的寫法

以〈晚泊河曲[5]〉詩來抒發遊子情結，寫來顯得那樣孤獨悽清。

> **三秋倦行役，千里泛歸潮，通波竹箭水，輕舸木蘭橈。**
> **金隄連曲岸，貝闕影浮橋。水淨千年近，星飛五老[6]遙。**
> **疊花開宿浪，浮葉下涼飆。浦荷疏晚葯[7]，津柳漬寒條。**
> **悁惶勞梗泛，淒斷倦蓬飄。仙查（槎）[7]不可託，河上獨長謠。**（卷3頁2）

寫行役途中的感慨。首聯的「**倦行役**」、「**泛歸潮**」，引出了遊子的心態。二聯是承轉，「**通波**」、「**輕舸**」，不僅承上「**歸**」字，而且轉到寫河曲上來。三、四聯寫河曲，暫不寫景，卻宕開一筆，從神話傳說寫起，使全詩搖曳多姿、頓挫有致。關於黃河水清，五老飛星的神話傳說，增加了古老而神

---

[5] 河曲：黃河水從山西河津縣流至永濟縣而東折入芮城縣，故謂之河曲。
[6] 五老：山名。《元和郡縣志》卷十二：「河東道河中府永樂縣，五老山在縣東北三十里。堯（帝堯）升首山，觀河渚，有五老人，飛為流星，上入昴，因號其山為五老山。」引丁成泉說。
[7] 「葯」字，丁成泉《中國田園山水詩集城》作「藥」。

聖的黃河的神秘氣氛。五、六聯用「**宿浪**」、「**涼飆**」、「**浦荷**」、「**津柳**」四筆,寫黃河的蕭瑟的秋景,為下面七、八聯的自我感慨作了鋪墊。結尾的「**勞梗泛**」、「**倦蓬飄**」,兩比喻正是緊扣遊子如浮梗的獨特身世,和如倦蓬的獨特命運。「**不可託**」、「**獨長謠**」,無可奈何,長歌當哭,顯得那樣孤獨悽清。

七、以「出世思想」的寫法

描寫〈靈隱寺〉[8]及出世思想,以浙江杭州的靈隱寺為具體描寫對象,而抒發自己的出世思想。

> 鷲嶺鬱岧嶢,龍宮鎖寂寥。樓觀滄海日,門聽浙江潮。
> 桂子月中落,天香雲外飄。捫蘿登塔遠,刳木取泉遙。
> 霜薄花更發,冰輕葉互(未?)凋[9]。夙齡尚遐異,搜對滌煩囂。待入天台路,看予渡石橋。(卷4頁6)

本詩以浙江杭州的靈隱寺為具體描寫對象。首聯以「**鷲嶺**」、「**龍宮**」托出靈隱寺,「**岧嶢**」見其雄峻,「**寂寥**」見其靜穆。二聯的「**樓觀滄海日,門聽浙江潮。**」出之於寺的山水形勝,籠罩全局,為本篇的「詩眼」所在。上句寫登高望遠,東海的日出景象,盡入眼底,視點高,視野開闊。下句寫胸懷開闊,把錢塘江的潮起潮落,都納入胸中。氣勢磅礴,風格豪放,把詩意拉高到一個雄奇壯闊的境界,去領略那溢彩流光、怒潮澎湃的奇觀。三聯以月中桂子、雲外天香的優美的神話,為靈隱寺添上神奇的一筆,四聯以捫蘿登塔、刳木取泉寫出靈隱寺幽靜環境。五聯寫靈隱寺在「**霜薄**」、「**冰輕**」的

---

[8] 靈隱寺:佛寺明,在湖江省杭州市西湖西北靈隱山麓,建於東晉咸和元年。
[9] 詩中「互」丁成泉《中國田園山水詩集成》作「未」。

季節,仍然「花更發」、「葉未凋」,生機勃勃,生意盎然,這正是江南深秋物後的特點,觀察細緻,描摹入微。最後的五聯、六聯,抒發了駱賓王的出世思想。「夙齡尚遐異,搜對滌煩囂」,是說早年崇尚遠方的奇山真水,到處尋求美景來滌心頭的塵囂。「待入天台路,看予渡石橋」,而現在擬歸隱靈山勝地,這已是駱賓王對自然美的追求,更是對自己人格美的追求。又如〈於紫雲觀贈道士〉云:「**羽蓋徒欣仰,雲車未可攀。**」表達對道士隱居生活的嚮往,所謂「**分歧之恨**」。

肆、結論

駱賓王詩裡有一種境界,即哲理的思考和體認,表現詩人對人生價值,對世事滄桑的感悟。

駱賓王有理想,有抱負,有才能,官小而才大,名高而位卑,既自尊,又自負,既現實,又浪漫,既洋溢著追求功名的幻想與激情,又鬱積著不甘屈辱的雄豪之氣。再則,駱賓王詩中大量的還是那種悲劇性的境界。縱觀其山水詩之表現亦是,充滿著幽憤、悲愴和淒寒,不知積澱著多少世事滄桑,含蘊著多少人生況味。綜觀駱賓王的一生,其前進道路,有著兩條明顯不同的發展軌跡。作為一位作家,他前進的道路較為順暢,從七歲詠鵝,到齊魯閒居寫下的大量隱逸詩,再到從軍路上寫的邊塞詩,回長安後創作的以〈帝京篇〉為代表的長篇歌行,一直到揚州起兵寫下的〈討武曌檄文〉,成就和聲譽直線上升,一浪高一浪。在唐初人才濟濟的文壇上,技壓群雄,穩居盟主的地位,成為「初唐四傑」之一,可以說是一帆風順。但作為一個官吏,政治上卻處處遭受挫折,先是求仕不果,繼而罷官長安。在兗州過了十多年窮困生活之後,再度入朝,不久

又被免職。按著從軍邊塞,羈留蜀中,待再回京師,做的仍是和十年前一樣的九品小官。後來突然得以提升,成為御史臺侍御史,但不到半年,就被誣下獄。〈在獄詠蟬〉有所謂:「**露重飛難進,風多響易沈。無人信高潔,誰為表予心。**」是最好的心情寫照。最後憤而走向武力反抗,迅即被狂飆所淹沒,以致身死何處,都成了歷史懸案。這條道路發展得很不順利,不僅荊棘叢生,坎坷泥濘,而且四周潛伏著毒蛇猛獸,稍不留意,就有被吞噬的危險。

但這兩條道路,又是粘合在一起互相影響、交錯前進的。其相互影響的關係,又往往成反比形式表現出來,即政治上下沉的時候,文學上就呈上升態勢。這大概就是所謂「文學是苦悶的象徵」。如他早年官途不遂,隱居齊魯,就創作出大量描寫閒情逸致、詩酒遊冶為主題的隱逸詩,掀起了一生創作的第一個浪峰,博得了很高的聲譽。第二次仕途波折,從軍邊塞,功業無成,心情寥落,但這期間寫的軍旅詩,開有唐一代邊塞詩的先河,返回長安之後,政治上不被重用,十年不調,仍舊沉淪下僚,但卻寫出了〈帝京篇〉、〈疇昔篇〉等著名歌行,不僅名動京城,而且把這種藝術形式推向新的高峰。入獄以後,更以滿腔悲憤,創作了〈在獄詠蟬〉、〈螢火賦〉等名篇,既為自己抒志辯誣,也為文壇增光添彩。揚州兵起,他以垂暮之年,杖策而從,雖兵敗後逃亡荒野,最後客死他鄉,不為人知。但他寫下的那篇〈討武曌檄文〉,卻眾口傳誦,萬古流唱。與王勃的〈滕王閣序〉,成為中國駢文史上的雙璧。

這一沉一顯的發展軌跡,表面看來,好像相互背向,實際卻反映了駱賓王人品、文品和志行的高度統一。他以清正耿直之性氣,懷經國安邦之抱負,力圖政治上有所進取,但不為時

用,並處處受到佞小的打擊和排擠,有志難伸。所謂「**別有吳臺上,應濕楚臣衣。**」(〈秋露〉)表達心中的無奈。於是鬱積心頭的不平之氣,就通過詩文創作迸發出來。鬱積越深,噴發力越強,而噴發出來的又全是思想珠璣,自然為大眾所喜愛。這就是每當駱賓王政治地位下沉,而文學聲譽卻愈顯的原因。

　　但人們對駱賓王的評價,往往把兩者割裂開來。在駱賓王生活的當時,主流社會一些政治上和他對立的人,鑒於他文學上的成就有目共睹,無法否定,就採取文才肯定,人品否定的辦法予以詆毀。說他「**文才有餘而器識不足**」,屬「**浮躁淺露**」之輩,《舊唐書‧本傳》,就說他「**落魄無行,好與博徒遊**」。宋代的司馬光,在《資治通鑑》中,也把駱賓王參加揚州起兵,稱為「從逆」,屬「賊黨」。駱賓王在「四傑」中的排名,起先稱「駱盧王楊」和「盧駱楊王四才子」,大約也因為他參加揚州起兵的關係,最終成為「王楊盧駱」,殿居末座。

第五單元　孟浩然（689～740）與山水詩

壹、孟浩然山水詩的定義

中國詩人以山水景物入詩的淵遠流長，早在《詩經》時代的詩作，便有山水景物的記載。但是此時的詩人並非有意、客觀的描寫山水，而是藉以達到「詩言志」的目的，此時的山水景物僅是情感的從屬。像《詩經》《國風·草蟲》：「**陟彼南山，言采其蕨。未見君子，憂心惙惙**」是婦人以南山採蕨草，起興懷念征夫；又如《楚辭》中《九歌·湘夫人》：「**帝子降兮北渚，目眇眇兮愁予。嫋嫋兮秋風，洞庭波兮木葉下。**」竭盡目力遙望見不到所等待的人，失望難過的心情像被秋風吹皺了的湖水，和被吹落在湖面上的黃葉。上面的詩例，可以發現山水景物是詩人傳達心中情感的媒介，或是詩人活動的依託，並非詩中所欲描寫的重點所在。

所謂「山水詩」，……呈現耳目所及的山水之美，則必須為詩人創作的主要目的。[1]

李元洛在《詩美學》中也說，「**山水在詩中不復處於陪襯的地位，而成為全詩獨立的美感觀照的主要對象。**」[2]因此山水詩的先決條件之一，在於詩人以山水為主要創作目的。「**那些僅僅以自然景物為比興的材料，作為言志抒情的媒介的，不能列入山水詩的範圍**」[3]但是如果將山水詩的內容狹隘的規定只能純粹的寫景，必定有所侷限，對此王國瓔補充說道：

---

[1] 王國瓔《中國山水詩研究》，頁1～3，臺北：聯經出版事業公司，1986年10月。
[2] 李元洛《詩美學》，頁693，臺北：東大圖書股份有限公司，1990年2月。
[3] 丁成泉《中國山水詩史》，頁7，臺北：文津出版社，1995年8月。

一首山水詩中並非完全不能有詩人的知性或者情緒活動，……不論山水風景與與詩人情志如何變換，物我關係如何離合，詩中的山水因為是詩人在美感經驗[4]中所觀照者，故能以其本來面目自然顯現。[5]

詩人或將自己的人生經驗一併入詩，但由於詩中的山水皆是詩人沈浸在山水的美感經驗中所體現的，因此都是屬於山水詩的範疇。

在山水詩的題材範圍，林文月認為「取材於大自然的山山水水，乃至草木花卉鳥獸者，……內容宜包括大自然的一切現象。」[6]丁成泉《中國山水詩史》[7]也說「山水詩，顧名思義，是歌詠山川景物的詩，是以山河湖海，風露花草，鳥獸蟲魚等大自然的事物為題材。」在山水詩的題材範圍，我們可知是屬於大自然的一切事物。不過，根據我的理解，詩人除了對山水的描摹外，還可注入個人喜怒哀樂的情懷。

也就是詩人以大自然內容為題材，透過自我的美感經驗，創作出以呈現的山水之景為主要目的詩。若就以上論述來劃分山水的範圍，單純寫山水的作品可謂少之又少，原因在於中國古代的山水詩雖以山水等自然景物為主要書寫的對象，但往往也結合了傳統的人文的題材，例如「行旅、遊宦、送別、隱逸、求仙、詠懷、弔古等內容……。」[8]更重要，詩人總是多

---

❹ 對於美感經驗精神狀態的解釋，王國瓔從道家思想的角度如是說明：在「虛境」、「忘我」的心理狀態之下待物，則能物我兩忘、主客合一，使物我之間不再有任何隔閡。由此可以直接循耳目所及去感應自然的萬物萬象，而把握自然物象的本質。這種以虛靜、忘我之心境去直接感應、物象的活動，即是一種審美性的觀照，是一種美感經驗的精神狀態。
❺ 同注1，頁2～3。
❻ 林文月《山水與古典》，頁23，臺北：純文學出版社，1984年5月。
❼ 丁成泉《中國山水詩史》，頁7，臺北：文津出版社，民國1995年8月。
❽ 見余冠英《中國古代山水詩鑑賞辭典》附錄〈山水詩概述〉，頁1，臺北：新地文學出版社，1991年9月。

情的,不管欣賞什麼樣的山水,總是和自己的感情結合。本文依此論述孟浩然。

貳、孟浩然的生平[9]

一、孟浩然時代背景

　　孟浩然,唐襄州襄陽(今湖北襄樊市)人,生於武則天永昌元年(689),卒於唐玄宗開元二十八年(740)。孟浩然一生的時間,大多在襄陽城外自己的莊園過著悠閒讀書的田園生活。《新、舊唐書》均記載,孟浩然曾於四十歲時應進士舉不第,此次落榜帶給詩人莫大失望,歸隱之念愈盛。受到唐代漫遊、行卷風氣的影響,孟浩然也會到各地旅行,留下許多山水行旅之詩。在唐代國力強盛、政權穩定上升的局面下,文人莫不懷抱著積極的政治熱誠。可是孟浩然的一生,除了短暫居於張九齡幕府之外,可說是布衣終身,實際過著隱士的生活。這樣的經歷在當時實在少見。對於孟浩然似乎超脫仕進的一生,李白〈贈孟浩然〉曾讚曰:

　　吾愛孟夫子,風流天下聞。紅顏棄軒冕,白首臥松雲。醉月頻中聖,迷花不事君。高山安可仰?徒此揖清芬。[10]

二、仕或隱──孟浩然思想中的矛盾

　　作為一個積極用仕的文人,孟浩然的一生卻未取得功名。他在故鄉的田園裡過著隱居生活,平時常與禪師、上人、逸士

---

[9] 孟浩然的傳記資料參考《舊、新唐書・本傳》、王士源孟集序、韋滔重序。今人論著參閱蕭繼宗《孟浩然詩說》中〈孟浩然傳〉、陳新璋《孟浩然論析》中〈孟浩然傳略〉。

[10] 清・彭定求等《全唐詩》,第5冊,168卷,頁1731,北京:中華書局,2003年,下引同。又,蕭繼宗《孟浩然詩說》頁31,臺北:商務印書館,1985年6月修訂一版。

來往，寫下不少說道談玄之詩。就實際生活經驗來看，孟浩然擁有了隱士的形象。但就其思想而言，他的一生被仕進或歸隱苦惱著。

孟浩然在詩中曾說「**維先自鄒魯，家世重儒風**」，認為自己是孟子的後代，「**詩禮襲遺訓，趨庭紹末躬**」受著儒家傳統教育；「**晝夜常自強，詞翰頗亦工**」以上皆見〈書懷貽京邑故人〉，之所以如此刻苦讀書也是因儒家思想中「兼濟天下」的觀念，文人以仕進為人生最高理想有關。開科舉取士的制度，使社會的中下階層知識份子得以一展政治抱負。受儒家教育影響下的孟浩然，同樣也懷著積極入世的熱情，除了干謁公卿名流，也行卷培養自己在社會上的名氣。他曾在英華匯集的聚會中，吟出「**微雲淡河漢，疏雨滴梧桐**」名句，使舉座嗟歎擱筆，獲得社會的盛名。不過這樣的讚譽，卻沒有為他帶來順遂的仕途。所謂「**吁嗟命不通**」。

在襄陽過著樸野隱居生活，孟浩然因為「**魏闕心恆在**」、「**端居恥聖明**」，內心未獲平靜。不滿隱居現狀的他，會吶喊著「**誰能為揚雄，一薦《甘泉賦》**」，但最後也僅能抒發「命不通」的牢騷。值得一提的是，孟浩然雖懷抱著「**鴻鵠志**」，卻也能保有高尚的節操。《新唐書》曾記載他曾有仕進的機會：「**採訪使韓朝宗約浩然偕至京師，欲薦諸朝**」，卻因與故人飲酒甚歡而失約。因此孟浩然即使懷著尋求仕進之路，卻並不熱衷仕途。

另一方面，真隱士的生活卻是孟浩然的理想。他不但在詩中為自己塑造「幽人」的隱者形象，也說「**平生慕真隱**」，並表達「**願言投此山，身世兩相棄**」的志趣。如此歸隱的想法，影響了孟浩然山水詩清淡的風格。

三、山水詩的資糧：襄陽的隱居生活與漫遊經歷

　　孟浩然的故鄉——襄陽，被萬山、望楚山、峴山、及漢江環繞著，長時間在隱居於此的詩人，也耽於山水之樂，描寫故鄉風光秀麗的山水詩，詩人因而被認為是「**詩歌史上最縱情歌唱家鄉風光的詩人**」。[11]

　　此外，由於受盛唐漫遊風氣的影響，孟浩然在青年時期也曾離鄉漫遊，廣交朋友；在爾後或因多次應舉失敗，或因干謁不達，或因純粹受山水風光吸引，詩人漫遊的步伐到了吳越、長江流域。這樣的遊山玩水的經驗，豐富了山水詩的創作內容，也呈現了山水最真實自然的風貌。

參、孟浩然山水詩寫作特色

　　孟浩然的山水詩往往就旅遊的實際經驗創作，詩題也如日記般，提供相關線索。沈德潛曾評孟詩「**語淡而味終不薄**」。「淡」字之因，是因為孟浩然摒除六朝雕琢詞彙的特色，使用明朗質樸的語言的關係。「味終不薄」則因孟詩中苦心經營下所產生的美感經驗。這樣的藝術技巧，使山水之景充滿生命力的展現在讀者面前，贏得王士源「**文不按古，匠心獨妙**」[12]的稱讚。

一、記錄山水的旅遊日記

　　受盛唐時期漫遊風氣的影響，孟浩然除了多次探訪故鄉襄陽一帶的山水名勝，也曾踏上旅途飽覽各地名山勝水，並將欣賞山水的審美經驗紀錄成詩。再者，孟浩然常在詩題中交代旅

---

[11] 陳新璋《孟浩然論析》，頁5，廣州：廣東人民出版社，2004年10月。
[12] 見王士源〈孟浩然集序〉。收入蕭繼宗《孟浩然詩說》頁11，版本同注10。

遊要點如時間、地點、目的等。例如〈夜泊宣城界〉題目點明詩人在夜晚時分，停泊在宣城界的時空背景；又如〈遊龍門寺寄越府包戶曹徐起居〉，及〈宿天台桐柏觀〉詩題使人明白詩人當下的旅遊的地點背景。因此讀孟浩然山水詩，彷若欣賞一篇扣緊詩題記錄山水的旅遊日記。

（一）詩中佈局以詩人的活動為主軸

曾多次行旅各地的孟浩然，其山水詩也常以旅人的眼光來觀照自然景物，隨著旅途的進行，時間的推移，以及所處的空間轉變，寫下對名山勝景的美感經驗。如〈登鹿門山〉一詩前四聯寫景的部分：

> 清曉因興來，乘流越江峴。
> 沙禽近方識，浦樹遙莫辨。
> 漸至鹿門山，山明翠微淺。
> 巖潭多屈曲，舟檝屢迴轉。
> 昔聞龐德公，采藥遂不返。
> 金澗餌芝朮，石牀臥苔蘚。
> 紛吾感耆舊，結攬事攀踐。
> 隱跡今尚存，高風邈已遠。
> 白雲何時去，丹桂空偃蹇。
> 探討意未窮，回艇夕陽晚。[13]

此詩蕭先生認為「紀鹿門竟日之游。龐公棲隱，因山中遺跡及之，非懷古之作也。」詩人依照乘舟的過程，寫出了途中所見之景。其中「**沙禽近方識**」，讓人感受到詩人乘船漸近沙

---

[13] 見《全唐詩》第五冊，159卷，頁1623。亦參蕭繼宗《孟浩然詩說》，頁18，版本同注10。

洲得以清楚辨別水鳥的過程,又「**浦樹遙莫辨**」一句,寫出詩人接著抬頭遠眺所見之景。隨著時間的遞嬗,山色逐漸明亮,在此時船行款款來到鹿門山,在船上的詩人記錄下舟揖迴轉於巖潭之中的情形。孟浩然以行船活動為線索,逐步開展沿途的風景。末句「**探討意未窮**」知共游之興未減。

又如〈宿天台桐柏觀〉:

海行信風帆,夕宿逗雲島。
緬尋滄洲趣,近愛赤城好。
捫蘿亦踐苔,輟櫂恣探討。
息陰憩桐柏,採秀尋芝草。
鶴唳清露垂,雞鳴信潮早。
願言解纓絡,從此去煩惱。
高步凌四明,玄蹤得三老。
紛吾遠游意,學彼長生道。
日夕望三山,雲濤空浩浩。[14]

孟浩然先寫取行海道,次寫抵達,次寫寄意並詠歎在附近所見赤城山之美。接著停船上岸,捫蘿踐苔準備恣意探尋山水之樂;在桐柏觀休息,摘採芝草;息宿到深夜時聽見鶴唳,早晨太陽將出時聽見雞鳴。「纓絡」見孫綽〈遊天台山賦序〉:「**方解纓絡,永托茲嶺。**」指世網。盼振脫世網,去除煩惱。四明為天台山脈,三老或作二老,言老子、老萊子。而盼超舉飛仙以為「長生道」。詩的結構敘寫都緊隨詩人的活動來下筆,使得此詩程途甚明。結尾「日夕望三山,雲濤空浩浩」以仙山之可望而不可至,自有凌雲之意。再如〈經七里灘〉最後

---

[14] 見《全唐詩》第五冊,卷159,頁1623。

六至十一聯為例：

> 余奉垂堂誡，千金非所輕。
> 為多山水樂，頻作泛舟行。
> 五嶽追向子，三湘弔屈平。
> 湖經洞庭闊，江入新安清。
> 復聞嚴陵瀨，乃在茲川路。
> 疊嶂數百里，沿洄非一趣。
> 彩翠相氛氳，別流亂奔注。
> 釣磯平可坐，苔磴滑難步。
> 猿飲石下潭，鳥還日邊樹。
> 觀奇恨來晚，倚櫂惜將暮。
> 揮手弄潺湲，從茲洗塵慮。[15]

此寫富春山水。梁吳均〈朱思元書〉述富春江山水：「**急湍甚箭，猛浪若奔。**」可知此地山水之美。詩人先寫舟行時，見七里灘險灘奇景。從「**釣磯平可坐，苔磴滑難步**」來看，詩人會上岸尋幽探奇，見猿鳥自在出沒。最後時間推演至「將暮」時分，寄望眼前「潺湲」以「洗塵慮」。其眷戀之情可知矣。再看：

〈游雲門山寄越府包戶曹徐起居〉：

> 我行適諸越，夢寐懷所歡。
> 久負獨往願，今來恣游盤。
> 台嶺踐磴石，耶溪泝林湍。
> 捨舟入香界，登閣憩旃檀。
> 晴山秦望近，春水鏡湖寬。

---
[15] 見《全唐詩》第五冊，卷159，頁1628。

遠懷伫應接，卑位徒勞安。
白雲日夕滯，滄海竭來觀。
故國眇天末，良朋在朝端。
遲爾同攜手，何時方掛冠？[16]

雲門山在會稽，越府，指越州會稽郡，包、徐其府僚。秦望，山名，亦在會稽。詩末二句有招隱之意。（參蕭繼宗先生說）

〈彭蠡湖中望廬山〉：

太虛生月暈，舟子知天風。
挂席候明發，眇漫平湖中。
中流見匡阜，勢壓九江雄。
黭黕容霽色，崢嶸當曉空。
香爐初上日，瀑布噴成虹。
久欲追尚子，況茲懷遠公。
我來限于役，未暇息微躬。
淮南途將半，星霜歲欲窮。
寄言巖棲者，「畢趣當來同」。[17]

此詩氣象雄渾，詩如畫。由夜至明，由遠而近，層次分明。「久欲追尚子」，述生平懷抱，尚子棄家入山，謝跡塵紛，慧遠蓮宗之祖，隱跡東林，道場猶在眼前，有離塵之想。

孟浩然或依旅途發展過程，或依時間的推衍詩作，這樣的構思方法無不以詩人活動為線索來鋪寫。這樣的寫作方法，猶如遊記的「步移法」，令人彷彿跟隨詩人的腳步一同領略山水之美。

[16] 見《全唐詩》第五冊，卷159，頁2619。
[17] 見《全唐詩》第五冊，卷159，頁1625。

（二）從詩題中看孟浩然活動

　　讀孟浩然詩，往往能就詩題瞭解詩人活動的相關背景。如紀時節、地點、或有拜訪的人物、或敘原因、或點從事的活動、或明隨從者、或寫旅途的目的、範圍等等。而詩的內容則扣緊詩題書寫，以〈雲門寺西六七里聞符公蘭若最幽與薛八同往〉詩題為例[18]，孟浩然下如此長題，說明了地點「蘭若」佛寺，距離「雲門寺西六七里」，聽聞此佛寺「最幽」（原因），所以「與薛八同往」（隨從人物）。又如〈初春漢中漾舟〉[19]，點明時節「初春」，活動的地點在「漢中」以及詩人從事的活動「漾舟」。又如〈夜泊廬江聞故人在東林寺以詩寄之〉[20]，時間在「夜晚」，地點在「廬江」，寫詩之因是「聞故人在東林寺」。再如〈陪張丞相自松滋江東泊渚宮〉[21]，從「陪張丞相」可以瞭解，孟浩然所陪同之人，「自松滋江東泊渚宮」則可知道旅途範圍所在。孟浩然就詩的內容仔細交代詩題的習慣，有助於後人瞭解詩的內容。

（三）思路嚴謹，環環相扣的內容

　　孟浩然的山水詩，詩中的內容多為詩人旅遊中的真實經驗。這樣的經驗，透過詩人的苦心經營下，表現在章法結構的是思路嚴謹、環環相扣的內容。如〈彭蠡湖中望廬山〉：

太虛生月暈，舟子如天風。
挂席候明發，眇漫平湖中。
中流見匡阜，勢壓九江雄。

---

[18] 見《全唐詩》第五冊，卷159，頁1623。
[19] 見《全唐詩》第五冊，卷159，頁1624。
[20] 見《全唐詩》第五冊，卷159，頁1624。
[21] 見《全唐詩》第五冊，卷160，頁1659。

黯黮凝黛色，崢嶸當曉空。
香爐初上日，瀑布噴成虹。[22]……

寫景部分扣緊「望」字開展，字句鉤連。「太虛」句點出天色未明，水天冥冥，「舟子」之「知天風」，看天候行船。因「月暈」，而「挂席」，回應「知天風」；此時詩人在光線不良只見一片蒼茫的湖色。以上寫出船未出發之時。五句「中流」點出船已出發，行至湖中望見在九江之上廬山壯大的山勢。「黯黮凝黛色」一句，以凝成暗綠色的山色說明時間的推移。隨著天色明亮，廬山的面目也越來越清晰，崢嶸的矗立在曙空之下。隨著時間的過去，朝陽由香爐峰升起，璀璨的陽光在飛瀑下映出一道彩虹。

孟浩然在詩中展現嚴謹的思路。由時間的推移來看，天色由暗轉亮影響詩人對景色的能見度；以空間的變化的視角來說，舟船的行駛動態則漸漸拉近放大詩人所見之景。由暗而明、由遠而近的景色，詩人寫來如行雲流水，節奏流暢。殷璠在《河嶽英靈集》說浩然詩「經緯綿密」，評〈彭蠡湖中望廬山〉一詩甚是。又如〈夜渡湘水〉：

客舟貪利涉，夜裏渡湘川。
露氣聞芳杜，歌聲識采蓮。
榜人投岸火，漁子宿潭烟。
行旅時相問，潯陽何處邊？[23]

首聯點出詩題。因渡湘水在夜晚，在昏暗的夜色下因視線不清故不見香杜，卻能用嗅覺知香杜；看不見採蓮者，卻能依

---
[22] 見《全唐詩》第五冊，卷159，頁1625。曙，一作曉。
[23] 見《全唐詩》第五冊，卷160，頁1654。

歌聲辨知其存在。又因在夜晚，能見「岸火」、「潭煙」等江岸之景。王堯衢評：「**通首字字是夜渡，而一起一合，是渡湘川也。**」評此詩恰如其份。環環相扣的內容，展現孟浩然細膩嚴密的思路。蕭繼宗先生亦稱讚此詩「**《河嶽英靈集》作崔輔國詩，然風格與孟詩一致，且行程亦與浩然所歷相合，當為孟詩無疑。**」又云「**手法高妙，運思細密**」[24]。再如〈早發漁浦潭〉：

> 東旭早光芒，渚禽已驚眡。
> 臥聞漁浦口，橈聲暗相撥。
> 日出氣象分，始知江路闊。
> 美人常晏起，照影弄流沫。
> 飲水畏驚猿，祭魚時見獺。
> 舟行自無悶，況值晴景豁。[25]

詩人在清晨舟旅途中，按照天色漸漸明亮的過程來鋪陳內容。洲渚上禽鳥眡噪，船槳撥水。日出天色大亮後，江面開闊明朗後，美人遲起弄妝，由近而遠，層層展開所見之景，寫實之作。

二、明朗質樸的語言

孟浩然山水詩的特色之一，是繼承了陶淵明寫意的精神，使用明朗質樸的語言。不同於謝靈運「**儷采百字之偶，爭價一句之奇**」（《文心雕龍‧明詩》）那樣追求華麗詞句，流露出的是平淡自然的詩風。關於這樣的特色，前人多有論及。如杜甫在〈解悶十二首中〉稱讚他「**清詩句句盡堪傳**」。這裡指的「**清**

---

[24] 參蕭繼宗《孟浩然詩說》，頁150，臺北：商務印書館，1985年6月修定本。
[25] 見《全唐詩》第五冊，卷159，頁1628，臺北：明倫出版社。

詩」，應是指孟浩然詩裡中不著一字，明白如話的語言特色；皮日休則在〈郢州孟亭記〉說其「**不拘奇抉異，齷齪束人口者**」[26]，評孟詩不刻意追求詞藻的特色；明人李東陽《麓堂詩話》則說他「**專心古淡**」，指出孟浩然詩中流露出古淡樸實的風格，清‧黃子雲《野鴻詩的》說：「**襄陽得天真之趣。**」[27]這樣的特色主要表現在運用白描散文式的敘述，對景物少作細膩刻畫，以及以古入律的特色上。

（一）用白描寫景，散文式的敘述：

孟浩然的山水寫景常以白描方法，似散文敘述般行文。對於景物的勾勒輕描淡寫，使詩篇流露出疏淡的意境。以〈遊精思觀回王白雲在後〉為例：

出谷未亭午，到家日已曛。
回瞻下山路，但見牛羊群。
樵子暗相失；草蟲寒不聞。
衡門猶未掩，佇立望夫君。[28]

詩首言未午出谷，次句言歸時已晚，三句回首離觀下山路，四言但見牛羊群。以散文敘事，語意淺白平淡，使人讀詩如讀文；接言同游相失，蟲寒不啼，則行入虛寂之地。後三句平常寫景，卻自然流露自然之抒情。詩中沒有刻意描摹景物，以平暢的節奏給人平淡自然的感受。末，念白雲未至，未掩門而佇立以望。再看〈夏日南亭懷辛大〉：

山光忽西落，池月漸東上。

---

[26] 唐‧皮日休〈郢州孟亭記〉《文苑英華》，卷826。臺北：商務本四庫全書，1986年。
[27] 清‧黃子雲《野鴻詩的》頁13，a面，臺北：藝文印書館，1971年10月。
[28] 見《全唐詩》第五冊，卷160，頁1648。詩題或作〈游精思題觀主山房〉。

散髮乘夕涼，開軒臥閒敞。
荷風送香氣，竹露滴清響。
欲取鳴琴彈，恨無知音賞。
感此懷故人，中宵勞夢想。[29]

首言夕照餘暉，忽焉之逝；池中見月，冉冉而上，乃開軒乘涼，語言樸實，能以簡樸的筆觸寫下觸動人心的句子。描寫夏日夜景僅以「荷風」、「送香氣」、「竹露」、「滴清響」來表達，不對物象精細刻畫，以白描的方法來把握整體形象，營造出一種悠閒的意境。由「乘涼」，而感受「荷風」，聽「清響」，又引出「鳴琴」、「知音」，感懷故人，如蕉展葉。又如〈夏日浮舟過陳大水亭〉：

水亭涼氣多，閒櫂晚來過。
澗影見松竹，潭香聞芰荷。
野童扶醉舞，山鳥助酣歌。
幽賞未云遍，煙光奈夕何？[30]

由夏日涼氣，而聞荷香，兒童醉舞，山鳥酣歌。詩人以直率的語言，寫出所見的自然山水，顯現出一種樸淡自然的風貌。詩中雖然沒有多麼深刻的思想內容，卻愈嚼愈覺有味，餘韻無窮。

（二）以古行律：

孟浩然的山水詩對於意象的選擇和安排，著重於能呈現全篇效果。為了達到這樣的效果，他作詩不被律體的形式所侷

---
[29] 見《全唐詩》第五冊，卷159，頁1620。
[30] 見《全唐詩》第五冊，卷159，頁1626。詩題一作〈山潭〉。

限,或用專有名詞,或用口語、常用語,或用語典、事典[31]等,使詩歌語言貼近自然,讀起他的詩感覺明白而通暢,體現漢魏古詩中「氣象渾沌,難以句摘」的樸實特點。

聞一多總論他的近體詩,認為具有「以古變律」的特色,而且「**古趣盎然……在當時這是絕大的創造**」[32]。如〈萬山潭作〉:

垂釣坐盤石,水清心益閑。
魚行潭樹下,猿挂島藤間。
遊女昔解珮,傳聞於此山。
求之不可得,沿月櫂歌還。[33]

蕭繼宗先生《孟浩然詩說》將此詩納入五言律體,徐鵬《孟浩然集校注》則編入五言古詩。按照律詩的格式,五、六句應對仗,孟浩然作此詩為了內容的需要,達到通篇一境的效果,因而不拘形式,以解珮事入典,並用自然的語言關係敘述。劉辰翁評之「**古意淡韻,終不可以眾作律之**」。[34] 又如〈晚泊潯陽望廬山〉:

挂席幾千里,名山都未逢。
泊舟潯陽郭,始見香爐峰。
嘗讀遠公傳,永懷塵外蹤。
東林精舍近,日暮但聞鐘。[35]

---

[31] 陳新璋《孟浩然論析》,頁167-171,廣州:廣東人民出版社,2004年10月。
[32] 引自陳新璋《孟浩然論析》,頁167,廣州:廣東人民出版社,2004年10月。鄭臨川《聞一多論古典文學》,頁93-94,重慶出版社,1984年。
[33] 見《全唐詩》第五冊,卷159,頁1626。詩題一作〈山潭〉。
[34] 引自蕭繼宗先生《孟浩然詩說》,頁96,臺北:商務印書館,1985年6月。
[35] 清聖祖御製《全唐詩》卷160,頁1645,臺北:粹文堂出版社,1974年12月。又,詩題,蕭先生《孟浩然詩說》作「晚泊……」有「晚」字。

《四庫總目提要》云：「……〈晚泊潯陽望香爐山〉一首、〈萬山潭〉一首……，皆五言近體，而編入古詩。」[36]前半以「香爐峰」為主，後半以「慧遠」為主。孟浩然採用了「都未逢」、「潯陽郭」、「始見」等語，如同說話般用流暢語言的表達一氣呵成的詩意。再看〈舟中曉望〉一詩：

> 挂席東南望，青山水國遙。
> 軸艫爭利涉，來往接風潮。
> 問我今何適？天台訪石橋。
> 坐看霞色晚（一作曉），疑是赤城標。[37]

　　此赴天台途中作。五六句不用對偶，使敘述明白曉暢，如口語一般。身在海上，四面受風，不同於一般人爭利，己則神往天台。楊慎說：「**五言律，八句不對，……浩然集有之，乃是平仄穩貼古詩也。**」[38]孟浩然為達詩意不囿於律體以古行律，在詩作上塑造了個人鮮明的特色。

　　聞一多說：「**真孟浩然不是將詩緊緊的築在一聯或一句裡，而是將它沖淡了，平均的分散在全篇中**」[39]。其中所指的沖淡應是指那不著力一字，不假雕飾的語言，將意境平均分散在詩篇。孟浩然將眼前的景物，運用明朗質樸的語言加以藝術概括，不論是用白描散文式的敘述，或以古行律的方法，使表面上不著一字，卻能勾勒出鮮明藝術意境，給予讀者具體、深刻的印象，「**可見詩人在駕馭語言的高超能力**」。[40]

---

[36] 清‧紀昀《四庫總目》，集部，卷149，集部二，別集類二，頁1282。臺北：藝文印書館。
[37] 取蕭繼宗先生《孟浩然詩說》頁104。又見《全唐詩》第五冊，卷160，頁1652。
[38] 楊慎《升菴詩話》卷2頁661，〈五言律八句不對〉條，收入丁福保《歷代詩話續編》，北京：中華書局，2006年8月。
[39] 聞一多《聞一多全集‧唐詩雜論》，頁34-35，出版地不詳，開明書店，出版年不詳。
[40] 徐鵬《孟浩然集校注》，頁1，北京：人民文學出版社，1989年8月。

三、美感經驗的呈現

孟浩然的山水詩常大筆寫景帶出廣大的空間感，詩歌景色的描繪也能結合實景與虛景，觸動讀者的想像。再者他的山水詩上往往就景直書，捕捉住景物動態之美，在詩境上呈現流動的畫面。不若六朝詩人寫景的生硬的極力鋪藻寫貌，孟浩然融入陶淵明田園寫意的手法，使情景交融，讓山水之景充滿生命力的展現在讀者面前。

（一）潑墨寫景，營造開闊的空間感

孟浩然寫景常似國畫中以潑墨藝術，勾勒大面積的方法，概括出詩人的印象中的山水之景。在詩景中往往給人遼闊開朗的空間感，以及曠遠的感受。如〈赴京途中遇雪〉：

> 迢遞秦京道，蒼茫歲暮天。
> 窮陰連晦朔，積雪滿山川。
> 落雁迷沙渚，飢鳥集野田。
> 客愁空佇立，不見有人烟。[41]

全詩為厭苦之辭。「迢遞」一語言風雪入京，赴京路途之遙遠，味仕途之苦；接著，以望蒼茫之天，撐開詩人與天的上下距離。在首聯我們看到了詩人所處的遼闊空間。在第二聯裡，可以想見在陰天裡，連積雪的山川也茫茫一片。詩人用了兩種相近的顏色：一陰天的灰色，雪因天氣變成的灰白色，使得天地相連，分際不明，在視野上造成無邊廣大的空間感。厭恨之情，溢於辭外。五六句，看似寫景，心則沈痛，大雪中征雁迷其棲處，隴畝間，只見飢鳥空集野田。最後襯出詩人因徬

---
[41] 見《全唐詩》第五冊，卷160，頁1654。

徨生獨自生愁,佇立於天地間,孑然孤立,哀哉。孟浩然以如潑墨般大景入詩,呈現遼闊的意境效果。再如〈洞庭湖寄閻九〉:

> 洞庭秋正闊,命欲泛歸船。
> 莫辨荊吳地,唯餘水共天。
> 渺瀰江樹沒,合沓海潮連。
> 遲爾迴舟楫,相將濟巨川。[42]

閻九,即閻防。詩人以不同角度,寫出因秋天水漲而湖面遼闊的洞庭湖。「秋正闊」寫實,先寫由於湖水幅度之廣,致「莫辨荊吳地」,再以「水共天」一語的將空間向上擴展。在詩裡,我們感受到洞庭湖的渾茫廣闊。末,念及閻九不遇,期以同濟巨川之任以慰。

(二)實景與虛景的結合

藝術的意境不單純是一個平面的自然再現,而是一個境界多層次的變化、與創構。孟浩然深闇此理,在剪裁詩歌時適當結合實景與虛景,以象外之象啟發讀者的想像,使詩的內容更多樣貌。如〈晚泊潯陽望廬山〉:

> 挂席幾千里,名山都未逢。
> 泊舟潯陽郭,始見香爐峰。
> 嘗讀遠公傳,永懷塵外踪。
> 東林精舍近,日暮但聞鐘。[43]

詩言航行幾千里,在「始見香爐峰」後,為香爐峰作勢。

---

[42] 見《全唐詩》第五冊,卷160,頁1634。
[43] 見《全唐詩》第五冊,卷160,頁1645。

但是就首聯的「幾千里」、「名山」、「未逢」等語,卻能明白在虛景中的廬山必具有令人讚嘆之美。詩人精省簡潔的筆墨,卻帶給讀者無窮的想像。五六句起,由香爐而念遠公。全篇一氣。又如〈與顏錢塘登障(樟)樓望潮作〉一詩:

百里聞雷震,鳴絃暫輟彈。
府中連騎出,江上待潮觀。
照日秋空(雲)迴,浮雲渤澥寬。
驚濤來似雪,一坐凜生寒。[44]

錢塘,縣名,「顏錢塘」則顏為縣令。首聯以百里之外便聞如雷的潮聲,使近處的弦琴聲聽不見的筆法,虛筆帶出錢塘潮壯瀚之景。第五句實寫秋雲,而虛寫江潮浩瀚遠遠如雲海湧來。第六句渤澥一語,表面是寫海,而引出江面浩闊無邊的虛景。第七八句以「雪」引出「寒」的感受,詩人以觸覺描寫江濤之大令人不禁凜寒作結。全詩沒有正面描寫錢塘潮之景,讀者是透過詩人對側面景物的描寫,以及聽覺、觸覺的感受,在虛景中領略錢塘潮的聲勢浩大。再如〈望洞庭湖贈張丞相〉:

八月湖水平,涵虛混太清。
氣蒸雲夢澤,波撼岳陽城。
欲濟無舟楫,端居恥聖明。
坐觀垂釣者,徒有羨魚情。[45]

此為援引詩。浩然用世之心切,與晚歲絕意仕途不同。「涵虛」一句,寫整個天空被涵蓄於湖水之中;「氣蒸」一句寫湖水蒸發的水蒸氣,籠罩雲夢澤的上空。孟浩然寫出想像

---

[44] 見《全唐詩》第五冊,卷160,頁1645。
[45] 見《全唐詩》第五冊,卷160,頁1633。

中的虛景,映襯秋季水漲洞庭湖水的雄壯氣勢。明‧唐汝詢《唐詩解》云:「**此臨湖而興求仕之思,復量其才而不欲進也。……欲濟而無舟楫,以興欲仕而無其才,是以端居而愧此明時也。見釣者之得魚,不無欣慕之意,然結網未遑,則亦徒然興羨耳。**」[46]詩中,確實能看到虛實相生的妙境。

(三) 即景直書

　　孟浩然的山水詩在構思上往往直接就景抒寫自己的審美觀感,在詩裡得以同步感受詩人在旅遊中所得到的美感經驗。西方批評家別林斯基對於「直感」這麼解釋:

> 現象的直感性是藝術的基本法則,確定不移的條件,賦予藝術崇高的、神秘的意義。
> 一切現象的直感條件都是靈感衝動;一切現象的直感結果都是有機體。只有靈感才可能是直感的,只有直感的東西才可能是有機的,只有有機的東西才可能是有生命的。[47]

　　在山水景物中帶給詩人是多樣複雜的感官訊息,孟浩然卻能直書所感之景,以淺露的文字組合出令人印象深刻的感受。以〈夏日南亭懷辛大〉為例:

> 山光忽西落,池月漸東上。
> 散髮乘夕涼,開軒臥閒敞。
> 荷風送香氣,竹露滴清響。
> 欲取鳴琴彈,恨無知音賞。
> 感此懷故人,中宵勞夢想。[48]

---

[46] 明‧唐汝詢《唐詩解》下冊,頁925,河北大學出版社,2001年9月。
[47] 轉引自李元洛《詩美學》,頁22,臺北:東大圖書股份有限公司,1990年2月。
[48] 見《全唐詩》第五冊,卷159,頁1620。

第五單元　孟浩然與山水詩　155

首聯寫山光西落，池月東上，不過記下所見，卻帶出後聯詩人閒適之情。接著「**荷風送香氣，竹露滴清響**」，以簡單之語寫簡單之景，卻極有韻致，難怪沈德潛評為「佳景」、「佳句」。本詩中所寫之景皆是生活常景，卻在能用略無雕琢的筆觸下，帶出詩人的直覺感受。再看「**尋林采芝去，谷轉松蘿密**」（〈疾愈過龍泉寺精舍呈易業二公〉[49]），在採芝草途中，寫松蘿之景愈益濃密，此實為深入山林所能直見之景；在後二聯「**石渠流雪水，金子耀霜橘**」，見景寫出潺潺雪水及如金色光芒般耀眼的經霜之橘，透過詩人的直感直書景色，令人感受冬天時高山天氣之冷冽。又如〈萬山潭作〉：

> 垂釣坐盤石，水清心益閒。
> 魚行潭樹下，猿挂島藤間。
> 游女昔解佩，傳聞於此山。
> 求之不可得，沿月櫂歌還。[50]

在清靜悠閒的心境下，寫出眼前所見「魚行潭樹下，猿挂島藤間」之自然美景。

孟浩然這樣的直感寫作方法，也可說是受唐代當時禪宗「頓悟」觀念的影響。文意看似淺露，卻能精確的抓住複雜感官中最能領悟山水之美的部分，進而寫出詩人感受中最美好的意象。

（四）描繪動態意象，捕捉瞬間的美感

孟浩然在描繪山水之景時，能捕捉動態之美，延續了當下景物的時空感。關於動態物象寫作的角度，李浩在《唐詩的美

---
[49] 見《全唐詩》第五冊，卷159，頁1625。又，谷轉一作轉谷；松蘿一作松翠。
[50] 見《全唐詩》第五冊，卷159，頁1626。

學詮釋》說：

> 作者（即孟浩然）以旅人的眼光看山水，意境以動態物象為中心而構成，更多地具有飛躍感和流動感，彷彿在奔馳的舟船車馬上看景物，造成景物與人「互動」的心理效果。[51]

這樣的寫作手法不但生動了景物，在各種動態意象的交融下，使讀者能感受到詩人所見大自然的本然，領略出渾然一體的詩境。例如〈下灨石〉：

> 灨石三百里，沿洄千嶂間。
> 沸聲常活活，洊勢亦潺潺。
> 跳沫魚龍沸，垂藤猿狖攀。
> 榜人苦奔峭，而我忘險艱。
> 放溜情滿愜，登艫目自閑。
> 瞑帆何處泊？遙指落星灣。[52]

灨石，即今江西灨江十八灘。題「下灨石」，即沿灨江之南康。詩中第三、四句以「沸聲」「浩浩」等縈繞不去的水流聲，描繪眼前所見澎湃的激流以及經過淺灘時，後浪推前浪，江水潺潺的流動，第五、六句以江中流急激石，跳沫，指水激石之狀。諸多魚龍適性的跳躍翻騰，峭壁上的猿猴正攀爬垂掛蔓藤的情景，表達出險峻湍流卻難得一見的景緻，此時詩人的心情也被觸動不已，而暫忘記行舟之險。詩人之筆猶如鏡頭般，寫出了眼前瞬間的動態意象，帶我們感受險峻的山水之美。蕭先生言：**此為範水模山，辭氣暢茂，讀之如身歷其境。**[53] 又

---

[51] 同注38。
[52] 見《全唐詩》第五冊，卷160，頁1666。
[53] 蕭繼宗《孟浩然詩說》頁239，版本同前注。

如〈南歸阻雪〉：

> 我行滯宛許，日夕望京豫。
> 曠野莽茫茫，鄉山在何處。
> 孤煙村際起，歸雁天邊去。
> 積雪覆平皋，飢鷹捉寒兔。
> 少年弄文墨，屬意在章句。
> 十上恥還家，徘徊守歸路。[54]

本詩為作者不第歸來途中作。此詩映入詩人眼中的是自村際緩緩升起的孤煙，往天邊飛去歸雁，在積雪皚皚的平原上則是「飢鷹捉寒兔」的動態畫面，呈現大自然動態的瞬間，暗示詩人應試不遂的失落之感。「十上」，十上不報，以還家為恥；而雨雪載途，只得徘徊於歸路。

（五）情景交融的詩篇

山水詩南朝時期山水代表詩人當推謝靈運、謝朓。此時代的山水寫景特色，劉勰在《文心雕龍‧明詩》說：「**情必極貌以寫物，詞必窮力而追新。**」點出謝靈運山水詩務求極貌寫物的特徵，但就結構而言則是情景分敘，詩人與山水之景的關係是分離的狀態。相較謝靈運寫景「**過於客觀，缺少自然界意境與作者生命**」；爾後的謝朓開始了融情入景的詩作「**由客觀寫法而能表現主觀情趣**」。[55]這樣的藝術技巧到了孟浩然運用更嫻熟。他的詩作具有陶淵明田園寫意的風格[56]，在山水之景中融入個人情懷，使情景交融，作品更富生命力。像在〈秋登萬山

---

[54] 見《全唐詩》第五冊，卷159，頁1628。
[55] 李森南《山水詩人謝靈運》，頁25。臺北：文史哲出版社，1989年。
[56] 孟浩然曾自述「我愛陶家趣」（〈李氏園臥疾〉）、「嘗讀高士傳，最嘉陶徵君」（〈仲夏歸南園寄京邑舊遊〉），說明自己與陶淵明的情志相投。

寄張五〉一詩:

> 北山白雲裡,隱者自怡悅。
> 相望始登高,心飛逐鳥滅。
> 愁因薄暮起,興是清秋發。
> 時見歸村人,沙平渡頭歇。
> 天邊樹若薺,江畔洲如月。
> 何當載酒來,共醉重陽節。[57]

本詩因登山而思念故人。第一聯句寫因山勢高,雲霧瀰漫,身在其中,可以自怡,與世相忘,彷彿是高山隱者。次二聯為望友人而逐步登高;「心飛逐鳥滅」一句,詩人見飛鳥越飛越遠直到沒入天際消失眼前;心中滿懷希望之情隨著登高之行而高漲,最後遙望卻不見友人蹤影,失落之感如鳥滅心也滅;「鳥滅」,是失望之極。此時陣陣薄霧正好烘托了詩人的愁緒,這樣的愁還包含了無法排解為清秋而發的登高興致之愁。即景即情,說明愁上加愁,愁更愁的心境,清秋的景色與詩人的愁緒在意境上渾然合一。第四聯寫望見歸村之人陸續走過沙灘在渡頭停歇,令詩人想到身旁不見友人蹤影,愁之更甚。接著詩人將眼光放的更遠,見遠在天的樹細小如薺菜,江畔之洲如新月。詩人融情入景,意在看盡一切之景後,卻留下無限的愁緒。最後把自己對友人的思念寄予將來,希望能在下次的重陽節相聚。結構嚴,思路細,而情景融。

全詩睹物興情,詩人沒有細膩的心理描寫,而以各種景物入詩代言,使寫景也寫情,實為情景交融之作。

再看〈宿建德江〉:

---

[57] 見《全唐詩》第五冊,卷159,頁1618。又,洲,一作舟,皆可。

移舟泊煙渚,日暮客愁新。
野曠天低樹,江清月近人。[58]

這首著名的絕句,作於孟浩然漫遊吳越時,意境佳。詩人捕捉夜宿時所見的景物,讓景色道出詩人的清夜旅愁。原本客居在外總有愁,而夜宿時見日暮低垂,江上煙霧茫茫之景,跟旅人的心產生共鳴,於是產生難以言狀的新愁。最後二句,不再敘寫愁情,轉到描寫遠處景色,蕭繼宗先生稱讚「**寫生手妙**」[59]。因距離遙遠,視覺產生錯覺係使天空低垂看起來與曠野相依;倒映在清江上的明月與詩人相伴。詩中所指的月,不僅是指實體月之象,詩人還道出心中之月。彷彿明月有心,見詩人愁悶難解,特來與其相伴,作為聊訴愁緒的對象。在本詩中夜宿江上的景色,雖然經過層層渲染,融入孤客的愁情,卻仍以客觀的姿態呈現,使詩的情景交融,韻味深遠。再如〈夜歸鹿門山歌〉:

山寺鐘鳴晝已昏,漁梁渡頭爭渡喧。
人隨沙岸向江村,余亦乘舟歸鹿門。
鹿門月照開煙樹,忽到龐公棲隱處。
巖扉松徑長寂寥,惟有幽人自來去。[60]

詩寫鹿門山夜景之幽寂。前二聯以晝昏鳴鐘、渡頭爭渡等之景,烘托人向江村,自己獨歸鹿門山的不同。一在靜,一在忙。第三聯寫到月照、煙樹等景,以及詩人所景仰的龐德公歸隱處,流露出清高。最後一聯以巖扉、松徑等景,塑造出寧靜和諧的意境,也說明了能享受這種與塵世隔絕的山林環境,並

---

[58] 見《全唐詩》第五冊,卷160,頁1668。
[59] 蕭繼宗《孟浩然詩說》頁259。臺北:商務印書館,1985年6月修訂一版。
[60] 見《全唐詩》第五冊,卷159,頁1630。

且能與嚴扉松徑的景象相契合的唯有孤寂的「幽人」的形象。詩人疏淡的點染夜歸之景，最末句再以平坦的語調寫出自己不同流俗的高士情懷。景物滿眼，自然之景與詩人之情合而為一，同時融存於詩人心中。諸如情景交融的山水詩還有「**孤烟村際起，歸雁天邊去。積雪覆平皋，飢鷹捉寒兔。**」（〈南歸阻雪〉[61]），寫寒冬中的雪景和詩人求仕不成落寞之愁，情中有景，景亦生情。在〈宿桐廬江寄廣陵舊遊〉[62]「**山冥聽猿愁，滄江急夜流。風鳴兩岸葉，月照一孤舟。**」寫的既是桐廬江的夜景，亦寫是詩人內心的愁緒。

六朝文人的山水詩務求寫貌，景物在詩人眼中似無生命體，人與景之間缺少互動交流；孟浩然的山水詩中人與景的情感交流密切，詩人能將自然之景客觀的呈現，景物也能體現詩人之情，達到「**夫景以情合，情以景生，出不相離，為意所適**」[63]情景交融之作。

杜甫曾讀孟浩然「**賦詩何必多，往往凌鮑謝**」（〈遣興〉五首），孟浩然山水詩中的個人特色鮮明的藝術技巧表現，正如李元洛所言「**孟浩然對生活的獨到發現，表現在詩的創造力上，雖承襲著陶之靈魂與謝之技巧，卻能再不重複前人的審美體驗，寫出不同的審美發現。**」[64]極是。

肆、孟浩然山水詩之風格與評價

孟浩然山水詩中的「清」、「淡」個人特色鮮明的藝術風格，正如李元洛所言「**孟浩然對生活的獨到發現，表現在詩的**

---

[61] 見《全唐詩》第五冊，卷159，頁1628。
[62] 見《全唐詩》第五冊，卷160，頁1635。
[63] 王夫之《薑齋詩話》北京：人民文學出版社，1983年。
[64] 李元洛《詩美學》，頁31，臺北：東大圖書公司，1990年2月。

創造力上,雖承襲著陶之靈魂與謝之技巧,卻能再不重複前人的審美體驗,寫出不同的審美發現。」[65]

孟氏受後人批評的詩中內容狹隘、多為短篇、缺少思想內容,也因「韻高」、「妙悟」,在唐代山水詩壇獲得不可忽視的地位。

一、淵源於陶謝,流露田園之趣的山水詩

孟浩然繼承前人的成就,擅長以客觀描繪山水之景的手法,表達恬淡、閒適的詩境。清人田雯在《古歡堂集雜著》道出孟詩的淵源:「**取神於陶、謝之間**」[66]。謝靈運的山水詩力求極物寫貌,在精心雕琢的字句裡,雖然客觀體現山水自然之美,卻給人有句無篇的印象。聞一多說:「**自六朝以來,作詩的多煉散句,整篇句稱的作品很少見,所以大家都重視一氣呵成的作品,孟浩然的詩大多是這種風格**」[67]孟浩然站在謝靈運摹山範水的創作基礎上,師其所長棄其所短:繼承了山水景物的表現手法,將詩人的情感融入於景物間,作品具有通篇連貫的意境。

此外,孟浩然曾云:「**嘗讀《高士傳》,最嘉陶徵君。日耽田園趣,自謂羲皇人。**」(〈仲夏歸南園寄京邑舊遊〉)以及「**我愛陶家趣,林園無俗情**」(〈李氏園臥疾〉),把追慕陶淵明的精神,以寫意的手法,將「陶淵明大部分的田園詩中表現的有若『牧歌式』的,恬淡、自適的意趣」[68]融入在山水詩裡。孟浩然承襲陶詩的特點,沈德潛指出「**孟山人得其閒遠**」。

---

[65] 同注64。
[66] 轉引自許總《唐詩體派論》,頁370,臺北:文津出版社,1994年10月。
[67] 引自李浩《唐詩的美學詮釋》,頁187,臺北:文津出版社,2000年5月。鄭臨川〈聞一多論古典文學〉,頁93-94,重慶出版社,1984年。
[68] 見王國瓔《中國山水詩研究》,頁255,臺北:聯經出版公司,1986年10月。

「山水詩和田園詩雖然體近趣鄰，但在晉宋時期卻是二水分流，兩峰並峙，直到王孟手裡，才使它們結合起來」[69]。孟浩然在前人摹山範水的寫作經驗上，體現陶淵明的田園生活精髓，揉合山水之景與田園意趣，創作出個性鮮明的山水詩。這樣獨特個人化的特色，使南宋嚴羽《滄浪詩話·詩體》特別將其獨立出，論為「孟浩然體」。

二、清、淡的風格

歷代學者評孟浩然詩，多以「清」、「淡」評之。

（一）「清絕」之詩：

王士源《孟浩然集·序》記載，孟浩然「閒遊秘省，秋月新霽，諸英華賦詩作會。浩然句曰：『微雲淡河漢，疏雨滴梧桐』舉座嗟其清絕，咸擱筆不復為繼。」孟浩然雖赴進士舉不第，但卻在京師贏得「清絕」的詩名。爾後各家詩話論孟浩然詩，也離不開「清」的特色，有說「清而曠」，有說「清詩句句盡堪傳」，有說「孟襄陽之清雅」，又有說「襄陽五言律、絕句，清空自在，淡然有餘」。檢視孟浩然的山水詩，確實常見「清」字，如清泉、清談、清露、清聽、清猿、清風，詩人特別愛用「清」詞來營造出清曠的意境。徐鵬以藝術表現手法的解釋「這裡所說的『清』應該是指詩歌所表現的清幽閒淡的意境和清新明淨的語言特色。」[70]孟浩然的山水詩不僅善用「清」詞，也善於以清新明淨的語言來描繪景色，在山水詩中創造一種清遠的藝術風格。

---

[69] 李浩《唐詩的美學詮釋》，頁189，臺北：文津出版社有限公司，2000年5月。
[70] 徐鵬《孟浩然集校注》，頁12，北京：人民文學出版社，1989年8月。

（二）淡的藝術特色：

孟浩然的平淡從題材來說，則是常敘寫日常生活之景；詩中許多融情入景之作，僅是淡淡表達情感，這樣的情感甚至常被事件和景物給淹沒；論其構思、結構、手法、語言都力求自然。孟浩然之詩常「全削凡體」（〈河嶽英靈集序〉），把精凝的或語言、或思想、或情感分散在全篇中，許總解釋說：

> 從孟浩然現存大部分作品看，他似乎是在有意識地將一種瞬間的精采把握乃至已近形成的精警凝練的藝術構體加以沖淡，並平均地勻化於整個構思過程及詩化形式之中，而造成一種獨具特色的疏淡的藝術結構。[71]

孟浩然的山水詩集裡常用白描、散文式的敘述筆法，不避古入律，這樣平淡的風格，被聞一多說「**孟浩然幾曾作過詩？他只是談話而已。**」[72]在歷代以「淡」評論孟詩，如劉辰翁在《孟浩然詩集‧跋》比較韋應物與孟浩然二人詩歌風格說：「**孟詩如雪，雖淡無彩色，不免有輕盈之態。**」以色彩論孟詩裡設淡色的效果，是擺脫濃儷顏色所帶來的沈重感，擁有輕盈的意境。又如李東陽《麓堂詩話》說孟詩「**專心古澹，而悠遠深厚，自無寒儉枯瘠之病**」[73]李東陽肯定孟詩能在不刻意追求雕琢藻飾的詩句裡，令人吟咏即得的思想、感情中，創造出的悠遠詩境。又清‧施閏章《蠖齋詩話》云：「**襄陽五言律絕句，清空自在，淡然有餘。**」[74]認為孟浩然詩風清淡，卻韻意縣縣。孟浩然的淡的藝術特徵，卻沒有鑿刻的痕跡，如同「羚

---

[71] 許總《唐詩體派論》，頁369，臺北：文津出版社，1994年10月。
[72] 聞一多《聞一多全集‧唐詩雜論》，頁35，出版地不詳，開明書店，出版年不詳。
[73] 明‧李東陽《麓堂詩話》，收入丁福保《歷代詩話續編》下冊，頁1372，北京，中華書局，2006年8月。
[74] 清‧施閏章《蠖齋詩話》，頁10，臺北：藝文印書館，收入丁仲祜《清詩話》本，1971年10月。

羊掛角,無迹可求」[75]的境界。

三、詩中內容狹隘、多為短篇、缺少思想內容

孟浩然的山水詩作,多短篇五言體作品[76],七言各體總共不到15首。王士源評其「**五言詩天下稱其盡美矣**」。就孟詩中的題材來看,他常用平淺樸素之語,思想內容淺顯,所涉及的生活層面也較狹窄。這樣的特點被後人認為孟浩然才學不足,像蘇軾評孟浩然詩說「**韻高而才短,如造內法酒手而無材料爾。**」[77]鍾惺《唐詩歸》甚至認為孟浩然「**故作清態,飾其寒窘。**」[78]而就詩中使用的故實來看,孟浩然不僅使用少,也常重複,在部分字句相似性高,短篇的作品顯得思想不足。作為唐代山水詩的大家,孟浩然詩不如王維詩有內容,但卻能「**獨標風韻,自成境界**」[79]。許總在《唐詩體派論》以較中立的看法,同意前人論孟詩思想不足處,卻也同時肯定孟詩以率性自然的表達,他說:

> 孟浩然詩過於追求率性平暢的表達方式,在益見精密凝練的開元、天寶詩壇藝術走向中具有一定的負面效應,如有的表意過於直露,用語過於濫俗,如同「衝口而出」、「無縹緲幽深思致」,就被人譏為「未免淺俗」、「有寒儉之態」,有的詩意貧弱,「衍作五言排律,轉覺易盡」,大多則篇制短小,又「局於狹隘」,甚至在許多作

---

[75] 清‧王士禎《帶經堂詩話》,頁71,人民文學出版社,1963年。
[76] 統計徐鵬《孟浩然集校注》北京:人民文學出版社,1989年8月。(以《四部叢刊》影印的明刊四卷為底本)‧孟浩然的五言詩有248首,七言詩僅有14首。蕭繼宗先生《孟浩然詩說》卷1古詩有64首,卷2律詩有175首,卷3絕句有26首。
[77] 楊家駱《歷代詩史長編第六種‧續唐詩話》第三冊,頁1380,臺北縣:鼎文書局,1971年3月。
[78] 引自陳新璋《孟浩然論析》,頁204,廣州:廣東人民出版社,2004年10月。
[79] 王學泰等《唐代文學史》,上冊,頁307,北京:人民文學出版社,1995年。

品中語意乃至句式接往往重複雷同，暴露出「如造內法酒手而無材料」那樣的「韻高才短」，缺乏醇厚藝術修卷的先天不足。然而，值得翫味的是，孟浩然詩之所以在開、天詩壇得以形成自具的特色與個性，卻恰恰是在包括這先天不足等諸多因素在內的特定主客觀條件下生成的結果，也就是說，正是由於孟浩然對都城文化氛圍的一定程度的疏隔，造成其在創作實踐中幾乎消盡了攜帶宮廷文化因子的都城詩的修飾特性，在以率性自然為主要表達方式的同時，促使內在情思達到高度淨化的程度。[80]

「工於五言，不必工於七言；工於古體，不必工於今體」。詩有所長必有所短，面面兼顧者少矣。詩論者依其時代背景不同而有不同之論，不可否認的是，孟浩然的山水詩因為善用五言體，率性自然的表達，營造出清曠、閒遠的詩風，自成風格。

伍、結論

繼承謝靈運等南朝詩人的客觀寫景技巧的孟浩然，一生泰半多居於自家莊園裡，生活的環境使他的詩中常寫入田園山水的情與景；此外，孟氏在所景仰的陶淵明隱士形象影響下，筆下所寫的山水詩常流露田園的意趣。所以浩然詩，兼有陶、謝的自然風格。

孟浩然能就旅遊的真實經驗，創作出記錄山水的日記。使用平淺的語言，即景直書，在內容結構上卻能表達構思的嚴謹。處於孟浩然山水詩裡，使人能如臨場般，感受詩人所處的

---

[80] 許總《唐詩體派論》，頁366，臺北：文津出版社，1994年10月。

開闊空間,見到大自然瞬間的美感。尤其詩人善於結合實景與虛景,觸發讀者象外之象的聯想空間。不迨深思即得的語言,卻不使人感到單調無味,孟浩然一篇篇情景交融的山水詩作,使他成為唐代山水詩派的代表。

歷朝各代多以「清」、「淡」評論孟浩然詩風。擅長五言體的孟浩然因多做短篇,詩中題材範圍窄小,內容單薄,引用故實少,直率如衝口而出的語言特色,被後人批評。不過由於孟浩然作詩論其構思、結構、手法、語言都力求自然,使他獲得「韻高」、「妙悟」的讚譽。其藝術寫作技巧達到「羚羊掛角,無迹可求」的境界,不但被後人譽為「孟浩然體」,也在唐代奠定山水詩派大家的地位。蕭繼宗先生《孟浩然詩說》云:「**要皆文采丰茸,經緯緜密。誠足上凌鮑謝,平睨右丞,介乎李杜之間,而能不媿者也**」[81]是也。

---

[81] 蕭繼宗《孟浩然詩說》,蕭繼宗纂〈孟浩然傳〉,頁27,臺北:商務印書館,1985年6月修訂一版。

第六單元　王維（701～761）山水田園詩

　　王維（701～761），字摩詰，為盛唐山水田園詩人，也是一位全才。他是詩人，又兼畫師，還精通音樂，無論在文學、藝術、宗教等各個方面都有所成。王維少有才名，開元九年（721）中進士，調太樂丞，以罪謫濟州司倉。曾在淇上、嵩山一帶隱居。張九齡執政，開元二十三年（735）擢其為右拾遺，後為監察御史，三十歲喪妻後，過著獨身生活，即喜參禪，張九齡罷相後，他政治上灰心，故寄情山水田園和佛教禪理，在輞川別墅過著亦官亦隱的生活。天寶十四載（755）安史之亂，王維被囚禁在菩提寺。有〈菩提寺禁裴迪來相看說逆賊……〉詩。使他的身心受到嚴重的打擊。由於政治上的失望，乃努力創作詩篇。在他眾多的詩篇中，山水田園詩尤為見長，且多為五言詩。詩作文字凝煉精致，通俗易懂，讀起來琅琅上口，耐人尋味。他的山水詩呈多種風格，如〈漢江臨泛〉、〈終南山〉等詩很渾壯，而〈山居秋暝〉、〈輞川集〉、〈皇甫岳雲谿雜題〉等又清幽淡遠。其田園詩多表現隱居田園之樂，如〈渭川田家〉、〈輞川閒居贈裴秀才迪〉、〈春日田園作〉等，靜謐、閒適的情調較深，但也寫出了農村樸素的自然美。宋代蘇東坡稱王維的詩是「詩中有畫，畫中有詩」，主要即指他的山水田園詩。後人評作他的詩畫交映之外，還有音樂揉合於詩中。他對山水田園的描繪十分精細，源出於謝靈運之山水詩與陶淵明之田園詩，詩融合兩者並加重佛教禪理的思想，遂成為獨特之自然觀，這可以說是王維藝術上的獨特成就。王維既有田園、山水詩的單篇，更是第一個兼有田園、山水組詩的詩人（以下即取組詩中的詩作）。王維今存詩400餘首，世稱「詩

佛」,《全唐詩》編其詩四卷(《外編》補一首),著有《王右丞集》,清趙殿成為之箋注。

壹、詩的圖畫意象[1]

一、何謂「意象」

意就是情,象就是景,或寓情於景,或觸景生情,或是情景交融。由情景產生鮮明形象稱意象。這正是中國古典詩最強調的作詩觀念:「寫景,或情在景中,或情在言外;寫情,或情中有景,或景從情生;斷未有無情之景、無景之情。又或不必言情而情更深,不必寫景而景畢現,相生相融,化成一片。」[2]

如果講得淺顯一點就是:世間一切能寫入詩中的,不外「情」(感情)、「理」(思想)、「事」(人事)、「物」(外物)四項,前兩者是看不見的,我們用一個「情」或「意」字來代表;後兩者是看得見的,用「景」字來代表。看不見的,是「虛」的,看得見的是「實」的。「虛」的(情、理)要用「實」的(事、物)去表現才易讓人清楚,即必須「寓情於景」,「實」的(事、物)要加入一點「虛」的(情、理)才會不俗,而且生動,即「觸景生情」

二、意象的圖解

上述這些觀念用王維的詩句,可以製成一個表來參考:

---

[1] 所謂圖畫意象,即心中有鮮明、具體的圖繪景象。詩有鮮明的圖畫景象,容易長留腦海記憶中。
[2] 清‧朱庭珍《筱園詩話》卷一,第十二則,收入《清詩話續編》上冊,木鐸出版社。

詩創作的內容			
情（情感）	理（思想）	事（人事）	物（物象）
情（如有意）		景（流水）	
意（相與還）		象（暮禽）	
虛（天地外）（閑閑）		實（江流）（車馬去）	
精神的（夜靜春山空）		物質的（人閑桂花落）	
看不見的（留醉與山翁）		看得見的（襄陽好風日）	
抽象的（欲投人處宿）		具象的（隔水問樵夫）	
主觀的（狂歌五柳前）		客觀的（復值接輿醉）	
宜隱（有無中）（天地外）		宜顯（山色）（江流）	
要寓情於景、虛中帶實，主觀的思想、感情以客觀的事物去呈現		要景中含情、實中帶虛，客觀的事物需加入主觀的思想、感情	
情宜隱，景宜顯，最好是情景交融，亦虛亦實			

　　詩從辭、句，到寫成一篇，莫不秉持此簡單的原理：情＋景，意＋象，虛＋實，精神的＋物質的，看不見的＋看得見的，抽象的＋具象的，來構成。

三、意象的原理

　　從以上討論我們可以考察到一些詩的基本觀念：

1. 詩創作方式是一種「形象思維」，它不論主要想描寫的是主觀的情或客觀的景，都必須把景擺在外面，把情隱含在

內層，它要帶給讀者的是具體的形象，而不是抽象的概念，但又缺一不可。也因此，詩要避免情緒化、概念化。

2. 上述的景絕不是詩人一些偶然接觸到的「印象」而已，印象是粗糙的、雜亂的，意象卻是經過篩選、精簡、秩序化的。

3. 上述的景並非與情是截然分開的，而是雜揉了「事物的本質」（情、理，或概念）與事物的外在現象（景）為一個整體。但必須讓讀者可以用想像先看得到那個「景」，然後再去捕捉其本質，因此描寫時必須準確，否則「景」捕不住，「情」更不用說了。

4. 情理與人的本性、事物的原理有關，具有普遍性，不易變動太大，而事物是具體的外在現象，變動性很大，彼不易變的常是此易變的本質和主體。哲學家是討論不易變的，詩人藝術家則透過會變動的事物形象去捕捉不易變的事物的本質。

四、觀意與尋象

我們現在再來看王弼的一段話就不會那麼「玄」了：

> 易者，象也。象也者，像也。卦為萬物，象者，法像萬物，猶若乾卦之象，法像於天地。[3]

所說「象」是「法像萬物」，所以「尋象可以知意」。戴君仁先生《談易》引黃梨洲云「**魏王輔嗣出而注《易》，得意忘象，得象忘言**」[4]，也就是靠外在的事物，具體的意象，透

---

[3] 陸費逵總勘，王弼《周易兼義》卷第八，〈周易繫辭下〉第八，頁5。王弼《周易正義》注：「易者，象也。象也者，像也。」條，頁5，臺北：中華書局四部備要本。

[4] 戴君仁《談易》頁68，臺北：臺灣開明書店，1972年10月3版。

過比興方式,轉換成作者心中要表達的想法,達到「忘象」、「忘言」。此借談《易經》卦象,去捕捉事物不變的本質。劉師培認為「**漢魏六朝文學,皆能寫實,非然者,即屬擬其形容,象其物宜一類**」[5]也就是模山範水,或者「擬其形容,象其物宜」,王維詩其實承繼這種精神。

貳、王維山水詩分析

最早談到王維詩、畫關係的是蘇軾,他在〈書摩詰藍田煙雨圖〉評論:「**味摩詰之詩,詩中有畫,觀摩詰之畫,畫中有詩**」[6]然而他沒有再作進一步的解釋分析。其實詩中有畫,「畫境」兮為遠中近景。

清人葉燮《原詩》中說:「**王維詩中有畫,凡詩可以入畫者,為詩家能事。如風雲雨雪象之至虛者,畫家無不可繪之於筆。**」[7]也就是詩為之能手,可相互成詩、成畫。詩與畫相通。

我們若以「詩」、「畫」也就是「虛」、「實」,說成「情」、「景」,可視為一種方便說法。詩以語言文字為媒介,靈活與充實,在於摹虛;畫以顏色線條為媒介,鮮明與具體,便於寫實。而表「情」貴有實感,能使人共鳴;寫「實」貴有含蓄,能耐人尋味,故詩與畫能夠互相取資應用,道理在「虛實相濟」,將「詩情(虛)畫意(實)」,視為「情(虛)、景(實)交融」,「詩畫說」也就變為「情景說」了;「詩、畫」要感通,就必須要借助「虛」、「實」相濟,「情」、「景」互補。

---

[5] 劉師培《漢魏六朝專家文研究》頁58,臺中:普天出版社,1969年11月。
[6] 宋・蘇軾《蘇軾文集》卷79,題跋(畫)頁2209,北京:中華書局,1992年9月3次印刷。
[7] 清・葉燮《原詩》,頁17,收在丁福保《清詩話》下冊,臺北:藝文印書館,1971年10月。

王維山水詩的特色就是在於，他擅長用具象的實景表現抽象的情感，而且將實景描摹得像圖畫一般。以下則運用繪畫的幾種表現手法，如虛實、大小、空間感、構圖、色彩、明暗、線條以及有意無意的感覺等，來討論王維「詩中有畫」的技巧。

一、表達有意無意間詩，例如：

〈終南別業〉

中歲頗好道，晚家南山陲。
興來每獨往，勝事空自知。
行到水窮處，坐看雲起時。
偶然值林叟，談笑無還期。[8]（卷3頁75）

又，〈歸嵩山作〉

清川帶長薄，車馬去閑閑。
流水如有意，暮禽相與還。
荒城臨古渡，落日滿秋山。
迢遞嵩高下，歸來且閉關。（卷7頁259）

又，〈山居秋暝〉

空山新雨後，天氣晚來秋。
明月松間照，清泉石上流。
竹喧歸浣女，蓮動下漁舟。
隨意春芳歇，王孫自可留。（卷7頁258）

---

[8] 趙殿成《王右丞集箋註》，卷3頁75，臺北：廣文書局，1977年12月，下引文本此，但注明頁數，不贅。

皆表達有意無意的感覺，往往有意無意間，試圖從詩中所呈現的「象」解釋詩人想表達的「意」。

二、虛實：

我國古代的繪畫，特別講究虛實、大小等聯繫的處理，王維的詩還用了這些技巧。如〈漢江臨汎〉：

> 楚塞三湘接，荊門九派通。江流天地外，山色有無中。
> 郡邑浮前浦，波瀾動遠空，襄陽好風日，留醉與山翁。
> （卷8頁313）

中間四句寫出了江流浩浩蕩蕩、奔騰不羈的氣勢。眼前流入長江的是漢水，是寫實，而江漢之水在天地之外奔流，是虛寫，五六句更是誇張與想像的極致。虛實相間的手法，寫出了水波山光的磅礴氣勢和凌空飛動的宏偉境界。以虛寫實，虛實結合，使我們對景物既有具體的感受，又可以浮想聯翩；猶如一幅優秀的水墨畫，既有山水風景的逼真描摹，又有誇張的、變化萬千的「詭狀殊形」，還適當地留有空白，給欣賞者想像餘地。作者曾評此詩：「氣象廣大，意境開闊。」[9]

三、大小：

大小關係，王維也處理得很好，如〈敕借岐王九成宮避暑應教〉：

> 帝子遠辭丹鳳闕，天書遙借翠微宮，
> 隔窗雲霧生衣上，卷幔山泉入鏡中。
> 林下水聲喧語笑，巖間樹色隱房櫳，
> 仙家未必能勝此，何事吹笙向碧空？（卷10頁372）

---

[9] 王建生《古典詩選及評注》頁138，臺北：文津出版社，2003年8月。

九成宮,在鳳翔府麟游縣。本隋文帝仁壽宮以避暑。詩從窗口描寫所見的景致,窗口猶如畫框,景物便像活的圖畫。這種寫法,從大處著眼,在小處著力,以小景傳大景之情,物小蘊大,意趣無窮。王維在詩中為了豐富空間的美感,將大自然的無限空間引進園林建築中,以擴大空間美,這種審美觀點的表現,亦有:

枕上見千里,窗中窺萬室。
(〈和使君王五郎西樓望遠思歸〉,卷2頁37)
閒花滿巖谷,瀑水映松杉。　　(〈韋侍郎山居〉,卷3頁76)
大壑隨階轉,群山入戶登。　　(〈韋給事山居〉,卷7頁260)
洞中開日月,窗裏發雲霞。
(〈奉和聖制幸玉真公主山莊〉,卷11頁417)

他從一門一窗體會到無限的空間,所謂「小中見大」,從小空間到大空間,拓展了視野,豐富了美的感受。

四、構圖:

依山水畫的傳統說法叫做「經營位置」或「佈局」,王維在畫作的佈局上已有周到的省思,亦有簡單的「透視法」觀念。繪畫中所謂的透視法又叫做「遠近法」,就是把立體景物看做平面的方法。他的原理是:凡是物體距離愈遠,其形體愈小,反之,其距離愈近者,形體愈大。凡是比觀察者的眼睛高的景物,距離愈遠,在畫面的位置愈低。例如〈登裴迪秀才小臺作〉,開始:「**端居不出戶,滿目望雲山。**」中間四句云:

落日鳥邊下,秋原人外閒。遙知遠林際,不見此簷間。
(卷9頁325)

落日因遠而低,竟然在飛鳥底下,這種將落日放到低處的手法,所呈現出的圖畫感必定是空曠渺遠的,加上飛鳥歸巢的意象,更能暗示出王維悠閒安適的心境。而詩人所處房舍的屋簷隱沒在濃密的深林中,則房舍的位置在遠處,且形體微小難辨,所要表達的意象象徵了王維隱居於山林中的愉悅。

又有〈曉行巴峽〉:

際曉投巴峽,餘春憶帝京。晴江一女浣,朝日眾雞鳴。
水國舟中市,山橋樹杪行,登高萬井出,眺迥二流明。
人作殊方語,鶯為舊國聲。賴諳山水趣,稍解別離情。

(卷12頁495)

巴峽,在巴東永安縣。末二句為全詩的主旨,王維著力寫巴峽風光,江水激流,舟旅往來,山橋縱橫,人聚居在山邊,風俗殊異,語言不通,使人深感進入異地的情調。王維在前十句中,已經羅列巴峽風光的特殊景象,尤其「晴江」至「鶯為」等八句,以「山水趣」三字貫穿諸景,組成一幅孤寂又帶有離情的畫面。

另外一些詩中,寫作手法又有新的變化,如〈輞川閒居贈裴秀才迪〉:

寒山轉蒼翠,秋水日潺湲。倚杖柴門外,臨風聽暮蟬。
渡頭餘落日,墟里上孤烟。復值接輿醉,狂歌五柳前。

(卷7頁257)

輞川原為宋之問輞川別業,王維購得,山水絕勝。這首詩就像一個定點拍攝出來的照片,這個定點就是詩中的柴門,即王維輞川別業的門口。詩人倚杖從此望去:由於時令的變化,轉變深綠山色,河水歡暢地奔流,發出悅耳的潺潺之聲。迎

面吹來了陣陣秋風，夾帶著幾聲蟬鳴。平時喧鬧的渡頭已空無人蹤，唯有殘陽的餘暉，金黃一片。村莊裡，一縷炊煙裊裊上升。詩人深深陶醉在悠然恬靜的環境中，正在此時，裴迪帶著醉意，狂歌高唱走過來了，王維巧妙地把寒山、秋水、柴門、暮蟬、渡頭落日、墟里孤煙等常見的景物編織在一起，組成了一幅墨色清淡的山水畫。又，律詩首聯相對，次聯不對，稱「偷春體」，如梅花偷春色而先開。

五、空間：

由於中國畫採散點透視，視點可以上下左右移動，便於打破時空限制，把廣闊的景物組織進畫面中來，因而擴大了藝術空間的概念。如王維的〈終南山〉詩（卷7頁261）：

太乙近天都，（以太乙為終南山別稱，言其高）
連山到海隅。（遠看，言其遠）
白雲迴望合，（回頭看）
青靄入看無。（入山時看，言其變）
分野中峰變，（最高峰，俯瞰）
陰晴眾壑殊。（遠處高空俯瞰，言其變，言其大）
欲投人處宿，
隔水問樵夫。（著人）

王維以「多重透視」或「迴環透視」的方式呈現山的姿態。清・沈德潛《唐詩別裁集》云：

近天都，言其高；到海隅，言其遠。分野二句，言其大。四十字句，無所不包，手筆不在杜陵下。[10]

---

[10] 清・沈德潛《唐詩別裁集》卷9，浙江古籍出版社。亦參王建生《古典詩選評注》頁134，臺北，文津出版社，2003年8月。

有高有遠，有變有大，所謂「廣攝四旁，圜中自顯」，這是取「境」，也就是取之象外，創造意境。王維這首詩不侷限於具體的物象，而是「廣攝四旁」，伸向無盡的空間，又能「使在遠者近，搏虛作實」（如終南之闊大，則以「欲投人宿處，隔水問樵夫」顯之）。正符合中國人追求「有限中見到無限，無限中回歸有限」的意趣。

王維的山水田園詩畫面豐富多彩，具有不同的風味和情調；時而氣象擴大，雄偉壯觀；時而幽靜清新，精美雅致。然而無論何種景色，在他的筆下總顯得形象鮮明突出、意境深遠，表現出詩人對大自然細緻的觀察和對生活深切的感受。這首〈終南山〉就是寫壯闊之景。一二句總寫終南山山峰之高峻與山勢之綿延。在王維的筆下，終南山的主峰太乙，已接近天帝所居之地，綿亙不絕的山脈，一直延伸到東海之濱。這種誇張的形容，給讀者氣勢逼人的感覺。接著，詩人細寫終南山煙濤瀰茫、雲霓漫天的奇幻景象。青白色的雲氣茫茫一片，繚繞在高聳的峰巒四周，可是一入此山，白雲、青靄全然消失。一個「合」字，一個「無」字，已經描繪出人們常見的名山勝景，也進一步襯托出山勢之高，暗示詩人登山的遊蹤。五六句極言山勢之廣大、深遠，又與第二句互相呼應。結尾二句，點出詩人在山中的活動，從而透露出終南山奇峰紆轉、清瀾縈迴的幽靜景緻。

氣象崢嶸、意境開闊的山水詩，在王維的作品中有許多的數量。當然，王維的山水詩中更多的是輕微淡遠之音。如〈過香積寺〉：

不知香積寺，數里入雲峰，古木無人徑，深山何處鐘。
泉聲咽危石，日色冷青松。薄暮空潭曲，安禪制毒龍。

（卷7頁275）

從詩題上我們可以知道，作者拜訪香積寺，不知其遠近方向。此詩正是從這點展開的：詩人走在幽邃的山林之中，一路上古木參天、寂無人蹤。忽然，不知從何方傳來隱隱約約的鐘聲。原來，數里以外，白雲繚繞的山峰中，竟然有古寺深藏。趙松谷云：「**此篇起句極超忽，謂初不知山中之有寺也。迨深入雲峰，於古木森叢，人蹤罕到之區，忽聞鐘聲，而始知之。四句一氣盤旋，滅盡針線之跡。**」[11]於是詩人順著鐘聲尋去。五六句即寫到香積寺途中的所見所聞。其中泉聲、危石、日色、青松組合得聲色並茂，「咽」字、「冷」字更見錘鍊之功、用字之妙。最後，詩人通過高僧剔毒龍故事，安於禪靜，不起妄念，戒人之貪慾。

而〈鳥鳴澗〉則可在靜態的詩中體會到動態之景：

人閒桂花落，夜靜春山空。月出驚山鳥，時鳴春澗中。

（卷13頁515）

春野空曠，萬籟無聲；亭亭桂樹，徐徐落花。忽然，一輪明月破雲而出，幽柔的青光灑滿樹林，月驚山鳥，振翅高飛，空谷回音。春山月夜的美景，使人賞心悅目。其中「桂花落」、「月出」、「驚山鳥」、「鳴」這些都是動態之詞，我們在腦海中重構這些畫面時，彷彿真的看到了這些動作景象。胡應麟《詩藪》所謂王維「**五言絕，窮幽極玄**」，又「**摩詰之幽玄**」，「**讀之身世兩忘，萬念俱寂。不謂聲律中，有此妙詮。**」[12]是也。

---

[11] 趙殿成《王右丞集箋註》，卷7頁276，版本同前注。
[12] 分見於明．胡應麟《詩藪》卷6頁5527，及頁5536，收入吳文治《明詩話全編》江蘇古籍出版社，1997年12月。

六、色彩：

在色彩的運用上，王維的詩也大量地吸收了繪畫的長處。黃永武〈古典詩的色彩設計〉提到：

> 詩與畫有一個最明顯的共通點，就是兩者都有塗敷色彩的習慣，而詩人想使「詩中有畫」，讓意象鮮活，色彩的調配，是努力雕飾時的重要環節。[13]

王維是詩人兼畫家，故在詩的創作上特別愛用顏色字。依日人荒井健的統計，王維詩的彩色數字，佔全部創作15%。每6或7個字中，有一個色彩字。王維最喜愛用的色彩字，依次是白、青、黃、綠、紅等[14]，而且「白」和「青」常常成對搭配，例如：

青草肅澄陂，白雲移翠嶺。（〈林園即事寄舍弟紞〉，卷2頁40）
青菰臨水映，白鳥向山翻。（〈輞川閒居〉，卷7頁264）
山臨青塞斷，江向白雲平。（〈送嚴秀才還蜀〉，卷8頁282）

王維最喜歡用青、白色寫山水。山水畫，青、白為重要顏色。青、白色為冷色系，也是山水、自然的本色，故可以知道他心境閑靜，性情恬淡。而其他種顏色則例如：

黃鸝囀深木，朱槿照中國。（〈瓜園詩〉，卷2頁29）
買香燃綠桂，乞火踏紅蓮。（〈遊悟真寺〉，卷12頁489）
綠艷閒且靜，紅衣淺復深。（〈紅牡丹〉，卷13頁538）
荊谿白石出，天寒紅葉稀。（〈山中〉，卷15頁573）
多雨紅榴折，新秋綠芋肥。（〈田家〉，卷11頁451）

---

[13] 黃永武，〈古典詩的色彩設計〉《中研院國際漢學會議論文集》，頁341。臺北：中央研究院。
[14] 引自楊文雄，《詩佛王維研究》，頁297，注59：據日人大野之助〈王右丞詩與色彩感覺〉一文所作統計，刊《東洋文學研究》第四號。

這些顏色字的色調鮮明,使詩的意象產生強烈的對比。以〈冬日游覽〉為例句:

> 步出城東門,試騁千里目。青山橫蒼林,赤日圍平陸。
>
> (卷4頁137)

詩人步出城東門,所見青山,山本來是青色的,再以「青」色來修飾,更增強其視覺感受。「青山」一詞,首先引起我們感官感覺的是強調其素質的「青」字,由感官感覺的「青」,再進一步見到實體的「山」。王維善於運用「物性」創造意象,也反映了對景物色彩所產生的美感經驗。同樣的,「日」是赤色,冠以「赤」字,更突出太陽的照射大地炎熱色彩。

七、明暗:

王維也注意到了光線明暗的對比與變化。色、光、態的有機融合,也是其詩歌對色彩運用的一個特點。如〈送邢桂州〉:

> 鐃吹喧京口,風波下洞庭。赭圻將赤岸,擊汰復揚舲。
> 日落江湖白,潮來天地青,明珠歸合浦,應逐使臣星。
>
> (卷8頁308)

上元二年(761)邢濟兼桂州都督侍御史。日落一聯即是一個突出的例子。「白」和「青」並不是江湖和潮水的固有顏色,可是,在夕陽落照和潮水排山倒海湧來的情況下,卻只有這兩個字才能準確地表達出人們感受。這兩句把握住特殊光線下色澤的描寫,於是,那江湖平靜開闊的「態」,潮水洶湧澎湃,放出青光,籠罩天地的「態」,也就顯現出來了。

第六單元　王維山水田園詩

再如〈輞川別業〉：

不到東山向一年，歸來纔及種春田。
雨中草色綠堪染，水上桃花紅欲然。
優婁比邱（佛之弟子）經論學，傴僂丈人鄉里賢。
披衣倒屣且相見，相歡語笑衡門前。（卷10頁393）

第一句「東山」與第二句「春回」緊接，則為春耕之「態」，而第三四句的「綠堪染」與「紅欲然」，同時描寫色、態、光之融合。其中「綠、紅」是「色」的部分，最容易看出。而「態」則隱於「染、然」二字上。雨中草綠如染，水上桃紅欲然，綠光、紅光刺眼，是「光」之映現。而第五六句「論學、鄉里賢」則寫賢達之「態」。至於第七八句「相見」、「笑語」則各寫農村人情的「態」語「聲」。

其他還有：

陰盡小苑城，微明渭川樹。（〈丁寓田家有贈〉，卷3頁77）
分野中峰變，陰晴眾壑殊。（〈終南山〉，卷7頁261）
日隱桑柘花，河明閭井間。（〈淇上即事田園〉，卷7頁265）
柳色春山映，梨花夕鳥藏。（〈春日上方即事〉，卷9頁321）
柳暗百花明，春深五鳳城。（〈早朝〉，卷9頁331）

明暗的對比，所喚起的象徵感覺就比較複雜，甚至輻射更多感情象徵的涵義。例如王維的〈送秘書晁監還日本國〉詩，其中兩句：

鰲身映天黑，魚眼射波紅。（卷12頁469）

據色彩學專家研究：「紅橙與黑色作對比時，刺激變得極

不愉快。使人感到熱情，或遇到魔鬼般的戰慄。」[15]近人文達三認為：「**正是借助於這種色彩的形式暗示了海上航行的艱險，同樣表達了對友人安危的憂慮和依依惜別的深情。**」[16]可見王維善於借助色彩來抒情表達主題。

八、線條：

線條是繪畫的基本表現手法，不同的線條和線條不同的組合方式，可以引起不同的感覺和情緒。王維詩在線條的勾勒技巧上有其獨到之處，例如〈使至塞上〉：

> **單車欲問邊，屬國過居延。征蓬出漢塞，歸雁入胡天。**
> **大漠孤烟直，長河落日圓。蕭關逢候騎，都護在燕然。**

（卷9頁326）

此詩王維作於開元二十五年（737），時二十七歲。奉使宣慰戰勝河西節度副使崔希逸。輕車簡從經過居延。以征蓬自比，而歸雁南返，飄泊自傷。五六句捕捉塞外景色，手法簡明，勾勒出遼闊荒涼的畫面，與全詩的豪邁氣息相稱。其中有兩層的對比：大漠以「孤烟直」顯示它的廣渺無際；長河賴「落日圓」表明落日天空景象，這是水平線和垂直線的對比。其次，孤烟的「直」與落日的「圓」是「直」與「圓」的對比，線條的對比非常強烈。身處於大漠，猶如一縷無依的煙柱，形單影隻，旅人企求援助的情緒，透過長河（水）、落日（宿頭）和「圓」滿，達到情緒上的紓解。故不同的線條可以引起不同的感覺、情緒。

其他呈現出線條景象的還有：

---

[15] 大智浩《設計的色彩卓劃》，頁137。大陸書店版。
[16] 文達三〈試論王維詩歌的繪畫形式美〉《中國社會科學》，5期，1992年。

千里橫黛色，數峰出雲間。

（〈崔濮陽兄季重前山興〉，卷3頁74）

青山橫蒼林，赤日團平陸。（〈冬日遊覽〉，卷4頁137）

渺渺孤烟起，芊芊遠樹齊。

（〈青龍寺曇璧上人兄院集〉，卷11頁457）

在本文用了「有意無意間」、「虛實」、「大小」、「構圖」、「空間」、「色彩」、「明暗」、「線條」這七種繪畫觀念來分析王維的山水詩後，發現王維真是中國最善於運用圖畫意象表達抽象意義的詩人。蘇軾「詩中有畫、畫中有詩」的讚論，確實中的。

參、山水中有田園，田園裏見山水

田園詩的主要特徵是，描寫農村的景物，表現詩人對大自然的熱愛，刻畫農村寧靜平和、貧苦簡樸的生活環境，表現作者不慕名利的曠達心境。魏晉時期，士族清談玄學之風趣盛，文學作品也大受影響。直到東晉末年的陶淵明（365～427），才擺脫玄言的影響，以新穎的田園詩歌，獨特的個人風格，為詩壇樹立了新的典範，因而成為文學史上田園詩派的創始人。王維之田園詩繼承此傳統，亦多以農村景物為詩題，作有〈田園樂七首〉之田園組詩，而王維之所以為後人認為是自然派的宗師，主要是將山水與田園做了融合，不僅於山水詩中有田園，同時於田園詩裏有山水的成份，田園詩與山水詩之結合，成為自然詩，既寫山水美景，亦詠田園生活。舉例如下：

一、山水中有田園

如：〈輞川閒居贈裴秀才迪〉

寒山轉蒼翠，秋水日潺湲。倚杖柴門外，臨風聽暮蟬。
渡頭餘落日，墟里上孤烟。復值接輿醉，狂歌五柳前。

（卷7頁257）

裴迪，關中人。為王維的朋友，居終南山。兩個人常常一起在輞川一帶浮舟往來，並一起作詩相唱和；接輿，為楚國一個不肯做官的狂人；五柳，這裡是指陶淵明。

這首詩以「蒼翠」的寒山，配上「碧綠」的秋水，來表現季節轉換，從溽暑轉寒涼。用落日的「金黃」、「火紅」來襯托孤煙的「白」，表現寂寥、淒涼。前四句，主要是在描寫輞川這一帶秋天的景色，而後四句，則寫出王維和裴迪兩人在這裡隱居的悠閒心情。第一句，王維用「轉蒼翠」形容山林顏色的改變，但山是靜態的，可是王維偏用「轉」來形容它，時轉、景轉，這座山的自然景色也跟著活潑起來。而流水是無時無刻不在流動的，但是在第二句裡，王維用「日潺湲」來描寫河水流動的情形，則讓我們感覺到這條河流好像是永恆的。第三、第四句，王維寫的則是他的形象，「柴門」表示他隱居在山間，很有田園風味；「倚仗」則表明他年紀已經大了，但他的心態、卻很恬淡。接下來兩句所描寫的夕陽西下、農舍的炊煙緩緩升起，是一幅非常典型、也非常美麗的田野景色。最後兩句，王維用「接輿」和「五柳」來比喻裴迪和自己，則表示他們的隱居生活和高尚的人品，正和這兩個人很相似呢。

又：〈山居秋暝〉

空山新雨後，天氣晚來秋。明月松間照，清泉石上流。
竹喧歸浣女，蓮動下漁舟。隨意春芳歇，王孫自可留。

（卷7頁258）

本詩為秋日即景詩。先以淡雅清麗的筆調寫晚秋雨後山景,繼由自然風光轉入人事。其寫秋光一反前人強調寥落蕭瑟之感,物以情移,于詩情畫意中寄託詩人高潔情懷和對理想、境界的追求。秋天的黃昏容易引起人的思緒,「**空山新雨後,天氣晚來秋。明月松間照,清泉石上流**」這幾句,描繪秋天雨後的山村景色。空氣清新,沁人心腑,叫人神清氣爽。「**竹喧歸浣女,蓮動下漁舟**」,詩人用竹喧點染洗衣婦女回家,用蓮動烘托漁舟唱晚,給平靜的世界增添了無限的情趣。最後二句是詩人由衷的慨嘆,任憑春芳謝盡,山中景物依然光景常新,自然其樂融融,並且樂而忘返。全詩由幽深、靜謐的境況轉向色彩繽紛、奏出山水田園交響詩畫。這首五言詩,作者十分明顯地反映了他的內心世界,對人生的淡漠、對仕途的厭倦,渴望青松明月、山泉竹林,處處可見詩人隱居的心理。

二、田園詩中見山水

如:〈新晴晚望〉

新晴原野曠,極目無氛垢。郭門臨渡頭,村樹連溪口。白水明田外,碧峰出山後。農月無閒人,傾家事南畝。

(卷4頁133)

這是一首田園詩,描寫初夏的鄉村,雨過天晴,詩人眺望原野所見到的景色。「**新晴原野曠,極目無氛垢**」詩的開頭兩句,述新晴野望時的感受:經過雨水的洗刷,空氣中沒有絲毫塵埃,顯得特別明淨清新;極目遠眺,原野顯得格外空曠開闊。詩人一下子就抓住了環境的特徵,僅僅用「**原野曠**」、「**無氛垢**」六個字,就把此情此境真切地表現出來,同時也將

讀者引進這一特定情境中來。「郭門臨渡頭，村樹連溪口」、「白水明田外，碧峰出山後」，這四句描繪的是縱目遠眺所看到的周圍的秀麗景色，遠處，可以遙遙望見臨靠著河邊渡頭的城廓門樓；近處，可以看到村邊的綠樹緊連著溪流的入河口。田野外面，銀白色的河水泛起粼粼波光，因為雨後水漲，晴日輝映，比平時顯得明亮；山脊背後，一重重青翠的峰巒突兀而出，峰巒疊現，遠近相襯，比平時更富於層次感。這一組風景鏡頭，緊緊扣住了雨後新晴的景物特點。隨著目之所及，由遠而近，又由近及遠，層次清晰，色彩明麗，意境清幽秀麗，儼然構成了一幅天然絕妙的圖畫。「農月無閒人，傾家事南畝」，能讓人想見初夏田間活躍的情狀並感受到農忙勞動的氣氛。這首詩格調明朗、清新，表現了詩人愛自然、愛田園、愛生活的思想感情。詩人對自然美有敏銳的感受，他善於抓住景物特徵，注意動靜結合，進行層次分明的描繪。

又：〈淇上即事田園〉

屏居淇水上，東野曠無山。日隱桑柘外，河明閭井間。
牧童望村去，獵犬隨人還。靜者亦何事，荊扉乘晝關。

（卷7頁265）

這首詩寫隱居淇水的清寂生活，首二句言隱居地的大致情況，下面是淇水，東邊是一望空闊的原野；三、四句寫黃昏景色，桑樹、柘樹鋪向遠方，一輪紅日漸漸低垂，隱到槎椏撐柱的林子外，淇水穿過一個又一個的村落，在夕陽下明滅閃爍。一面是西落的太陽，一面是東去的流水，遼闊蒼茫的原野，因這兩種景象產生一種無形的張力。五、六句寫歸人，放牧的小孩趕著牛羊向村裏走去，獵狗也跑前跑後跟著主人回來了；最

後寫自己安然無事,早早的關上柴門,把這好景緻、好心情收藏起來,慢慢咀嚼。全詩先交待隱者居地的位置,再構設一個蒼原日暮的背景,在此背景上再引出些人的活動,最後歸結到自己的恬靜無事閉門自守,形成一個有序的連續畫面,呈現出祥和寧靜的情感氣氛。

三、山水詩富禪意

如:〈終南別業〉

中歲頗好道,晚家南山陲。
興來每獨往,勝事空自知。
行到水窮處,坐看雲起時。
偶然值林叟,談笑無還期。(卷3頁75)

詩中言中年好佛,卜居終南,過著隱逸生活,而興來獨遊,徒自賞悅,而行、坐、看,白雲湧起,自然景物中,有諸多想像,處處生發,令人怡悅。末,著人,與樵夫談心,忘記歸返。

肆、王維的山水田園詩的特色

一、視覺與圖畫意象

視覺意象,指詩人對眼前之景,有所選擇的以最鮮明而具代表性者入詩,如王國維於《人間詞話》所云:「寫景在目」[17]之意。王維山水田園詩的視覺與圖畫意像甚濃,於其詩中,隨

---

[17] 葉嘉瑩在《王國維及其文學批評》云:《人間詞話》中所標舉的「境界」,其含義應該乃是說凡作者能把自己所感知之「境界」,在作品中作鮮明真切之表現,使讀者也可得到同樣鮮明真切之感受者,如此才是「有境界」的作品。頁221,臺北:源流文化事業,1982年4月。

意可得。如〈新晴晚望〉中「原野」、「極目」、「郭門」、「村樹」、「谿口」、「白水」、「明田」、「碧峰」等景物隨視覺所見而寫入詩中造成視覺上的意象；又如具圖畫意象之詩，表現明暗度的「**深林人不知，明月來相照**」（〈竹里館〉，卷13）；其顏色的「**雀乳青苔井，雞鳴白板扉**」（〈田家〉，卷11）；具立體感的「**山下孤煙遠村，天邊獨樹高原**」（〈田園樂〉其五長松，卷14）。王維將繪畫技巧寫於詩中，呈現出詩作的不同境界，無怪乎蘇東坡讚其詩曰：「詩中有畫」。

二、聽覺意象

　　王維山水田園詩中另一獨特的特色為：一句寫聲，一句寫景，「**泉聲咽危石，日色冷青松**」（〈過香積寺〉，卷7）屬視覺的；「**明月松間照，清泉石上流。**」（〈山居秋暝〉，卷7）屬聽覺的。也就是說一句寫耳之所聞，一句寫目之所見。如：「**屋上春鳩鳴，村邊杏花白。**」（〈春中田園作〉，卷3）；「**漠漠水田飛白鷺，陰陰夏木囀黃鸝。**」（〈積雨輞川莊作〉，卷10）。另外，王維也將人為之聲與自然之聲納入詩中，如人為之聲：「**彈琴復長嘯**」（〈竹里館〉，卷13）、「**但聞人語響**」（〈鹿柴〉，卷13）、「**谷口疏鐘動**」（〈歸輞川作〉，卷7）；自然之聲如：「**月出驚山鳥**」（〈鳥鳴澗〉，卷13）、「**臨風聽暮蟬**」（〈輞川閒居贈裴秀才迪〉，卷7）、「**落花寂寂啼山鳥**」（〈寒食汜上作〉，卷14）等，王維將人為與大自然才易出現的音聲，大量融於山水田園詩中，形成獨特的聽覺意象與效果。

三、禪趣與禪境

　　王維很早即歸心佛法，從中年起即對佛法傾心，一直到

晚年，才獨居終南山下，靜靜的修心。因此詩作深受禪風薰染，以禪趣為主而入禪境，禪境通過詩境來表現。如〈終南別業〉：「**行到水窮處，坐看雲起時。**」（卷3）人無意而至此，雲無心而出岫，可謂神會於物，思與境諧，在一片寧靜祥和中，卻蘊含了無限的變化，在清風白雲間，欣賞白雲起滅變化，看起來好像什麼都沒有，其實什麼都有了。不但寫景而富有禪趣，也讓精神生活飽足。又如〈鹿柴〉「**空山不見人，但聞人語響。返景入深林，復照青苔上。**」（卷13）詩中前兩句言空山無人，但聞得人語。此與禪宗中所謂「修行」，指遠離塵世而修行，走入眾生而弘法的觀念類似。而後兩句是一個靜態景象的描寫，亦是表現出一種心靈的靜謐，不受外物影響自身的感覺。王維詩因獨具此寧靜之美和空靈的境界，因此奠定了山水田園詩發展史上難以企及的地位。

伍、結論

王維，又稱「詩佛」，不僅是盛唐山水田園詩人，更是一位全才。王維之田園山水詩繼承了陶淵明之田園詩與二謝的山水詩，融合兩者的精華於詩作中，王維把山水景色和農村生活結合起來，使晉末以來一直平行發展的山水詩和田園詩這兩個藝術流派融合了。他的寫景詩有的描繪農村風光，有的刻畫山水，於山水中有田園，田園裏可見山水，統稱為山水田園詩。

山水田園詩到了王維手中得以有新的面貌與特色出現，王維致力在詩中勾勒一幅畫面，表現一種意境，給人渾然一體的印象，他善於選擇富有特徵的細節，準確、傳神地刻畫出不同的自然山水的鮮明特徵。同時，特別擅長捕捉自然景物的色彩、明暗、聲息、動態，表現出他作為畫家和音樂家格外敏銳

的聽覺和視覺感受。詩人也把繪畫的技法運用於詩歌創作，巧妙地處理景物的遠近、高低、明暗等關係，使詩中畫面構圖精美，線條明晰，富於空間立體感。他對山水田園的描繪十分精細、傳神，於山水詩中又融會了畫意與音樂性，不僅將其對繪畫與音樂的素養融於詩中，形成視覺、圖畫與聽覺的意象，增添了「詩中有畫」與音樂感的情趣。不僅如此，王維的山水田園詩還饒有禪趣，王維中年後因寄情佛教禪理、寫過不少以禪入詩的作品，在其山水田園詩中加重了禪趣與禪境等特點，於詩中蘊含著能夠啟迪人們去領悟人生的哲理。所以，王維係在山水田園詩中將詩情、畫意、音樂美和禪趣融於一爐，而這些特點遂成其中獨樹一格之山水田園詩，開啟了山水田園詩的新境界。

第七單元　王維（701～761）、孟浩然（689～740）山水詩比較研究

壹、前言

　　唐代是「詩」的朝代，在詩的題材、形式等質的方面發展可觀，於創作數量方面亦可觀，為詩之全盛期，而其時流派眾多，風格亦繁，其中詩作強調自然逸趣，書寫天然的王維與孟浩然，尤以山水田園詩特出，被歸為山水田園一派，世以為大家，合稱為「王孟」，每論該派，則合觀並稱二人詩文，以二人之所同以為是，然王孟雖均擅詠山水田園，形貌亦相類，但其中神韻格調卻有差異，吟詠雖近而感嘆有別，雖合併一派但仍有可離析探究之處，故今就王孟二家之山水詩以為比較，一究其人之異同。

貳、王孟生平略述

　　作者所處的社會環境與其生活背景和其作品息息相關，故欲比較斯人之著作前後，則可先行明瞭其人所在之時空環境，作為比較分析前之依據，以下為王維與孟浩然二人之生平略述：

　　王維，字摩詰，原籍太原祁縣，後因其父徙蒲州，遂為河東人。生於唐武后聖曆二年，卒於唐肅宗乾元二年（701～761），年六十一歲，開元初，舉進士，擢右拾遺、監察御史；安祿山之亂時，玄宗西奔，王維為安祿山迫為給事中，置於洛陽，時梨園諸工受召合樂於安祿山凝碧池宴，諸工盡泣，王維悲憫為之作詩悼痛，安史亂平定後，由於其弟王縉平亂有功，加上此詩，王維因此獲免保全，後遷尚書右丞，故後世亦稱

「王右丞」。

王維九歲能囑詞,及長,工草隸,又擅長詩畫,文學藝術造詣頗高,名盛於開元天寶年間,蘇軾稱其「詩中有畫,畫中有詩」,而其詩歸自然一派,其畫則為南宗之祖,晚年與裴迪等人同遊輞川,有五絕詩二十首,合為《輞川集》;其詩作達千餘篇,然於安史亂後十不存一,後蒙其弟王縉綴得四百餘首,集為十卷,併王維學畫秘訣,流傳後世[1]。

孟浩然(一名作浩),字浩然,襄州襄陽人,生於唐武后永昌元年,卒於玄宗開元二十八年(689~740年),少隱鹿門山,年四十乃遊京師,應試求仕卻不得;曾入太學而與張九齡、王維等忘形交遊,有說王維引見玄宗,卻因其詩〈歲暮歸南山〉:「**不才明主棄**」[2],惱怒玄宗:「**卿不求仕,朕未嘗棄卿,奈何誣吾!**」[3]因故放還,其後採訪史韓朝宗亦欲薦孟浩然於朝,但孟浩然會飲故友,未赴韓氏之約,韓怒而辭,遂不再薦;之後張九齡鎮荊州,署為從事,孟浩然晚年因疽發背而卒,有詩作三集傳世[4]。

由王孟二人生平之略述可發現,雖孟浩然年長王維約十二歲,但身處的時代相近,均經歷武后、中宗、睿宗及玄宗四代君王交替,見證唐由興轉衰的階段,其中王維更歷安史動盪,故於大環境觀之,二人互有重疊而相去不遠,更因此結為莫逆,可見才華思想均受對方賞識與認同,然由其個人背景觀

---

[1] 參王建生《簡明中國詩歌史》頁98,臺北:文津出版社,2004年9月。又,趙殿成《王右丞集箋註》卷28有〈論畫〉三首,卷之末有附錄「詩評」、「畫錄」、「年譜」三條,臺北:廣文書局,1997年12月。
[2] 見孟浩然〈歲暮歸南山〉:「北闕休上書,南山歸敝廬。不才明主棄,多病故人疏。白髮催年老,青陽逼歲除。永懷愁不寐,松月夜窗虛。」見《全唐詩》頁376,上海古籍出版社。
[3] 事見《北夢瑣言》及《新唐書・本傳》。按〈歲暮歸南山〉為浩然歸後之作,不當於召對時誦之,其事不足信。參蕭繼宗《孟浩然詩說》,頁23,臺北:商務印書館,1985年6月。
[4] 見蕭繼宗《孟浩然詩說》〈孟浩然傳〉,頁16起,臺北:商務印書館,1985年6月初版。

之,二人經歷遭遇卻大不相同,王維出身名門世家,又及進士第,見用於朝,仕途可謂一帆風順,反觀孟浩然不僅錯失仕進機緣,又遭君王見逐,懷才不遇,兩相對比,際遇天差地別,故王孟雖一同吟詠山水,卻一樣山水兩樣情,其人生遭遇之差異或是二人風格相近卻又迥異的因素,二人山水詩之比較將於下節敘述。

參、王孟山水詩之比較

王孟二人雖志趣相同,對文學造詣亦深,但生活環境與際遇則大相逕庭,王維因詩而獲免,保全於安史之亂,孟浩然反因詩而見棄,仕宦無門,然二人對山水的嚮慕與吟詠卻是一致的,同藉山水一抒感懷,更合為山水一派,樹立典型,但細觀其詩卻可發現兩人情感底蘊之不同,以下將王孟山水詩之差異分表現手法、內容及風格三點論述:

一、表現手法:寫實與寫意

山水詩乃是通過對自然山水景物的描繪吟詠,寄託個人情感以為抒發,基本上描景用作起興,只是手段,而抒情才是目的。但就「描景」而言,雖自然景物恆靜不移,呈現在眾人面前的型態,與眾人所見的景象,並不會有差異,但經過描摹描繪後,卻往往不同;大體而言,王維描寫山水偏向「寫實」,將山水景物的實際面貌描入詩中作為起興,如其〈輞川閒居贈裴秀才迪〉:「**寒山轉蒼翠,秋水日潺湲。倚仗柴門外,臨風聽暮蟬。**」[5]上半質樸的白描呈現山水風光,下半才點明題

---

❺ 見王維〈輞川閒居贈裴秀才迪〉卷7:「寒山轉蒼翠,秋水日潺湲。倚仗柴門外,臨風聽暮蟬。渡頭餘落日,墟里上孤煙。復值接輿醉,狂歌五柳前。」(參上一單元)「輞川」水名,於今陝西省藍田縣南終南山下。山麓有宋之問之別墅,後歸王維,王維於此居住達三十餘年。「裴迪」,詩人,王維好友,與王維相唱和。「轉蒼翠」一作「積蒼翠」。「接輿」春秋時楚國隱士陸通,字接輿,佯狂遁世,此用以喻裴迪。「五柳」晉時詩人陶潛,此用以王維自喻。

旨,又如〈山居秋暝〉:「**空山新雨後,天氣晚來秋,明月松間照,清泉石上流。**」[6]清新不加雕琢的筆調,描繪一般尋常景象,卻能將詩人情感表露其中;〈青溪〉一首:「**言入黃花川,每逐青溪水。隨山將萬轉,趣途無百里。**」[7]由對不知名溪水的直接描寫眼前景物具體而真實的將山水風貌帶入詩中,不憑空設想反將實相加以捕捉,進而以景寓情,情景交融,「寫實」乃王維山水詩之重點,他不僅擅長靜景描繪,更擅長使靜景化為動景,使景物意象更鮮明,故其雖白描素景卻不僵化呆板,反善用其他自然風物入詩,作為詩境的點染及映襯,或折山草野花為妝,或響山泉鳥鳴為樂,讓靜態高山大川生動活絡起來;如〈鳥鳴澗〉:「**人閒桂花落,夜靜春山空,月出驚山鳥,時鳴春澗中。**」[8]又如〈鹿柴〉:「**空山不見人,但聞人語響,返景入深林,復照青苔上。**」[9]分別用花、鳥、月、山澗、人語等意象入詩,不僅造成意象豐富,也使聲音流動製造聽覺效果,且構成活動的畫面,將靜態的景物轉變為動態的場景,無怪乎蘇軾評其「詩中有畫」,再看〈送梓州李使君〉:「**萬壑樹參天,千山響杜鵑,山中一夜雨,樹杪百重泉。**」[10]雖寫實景,仍由小入大,層次性的將遠景拉向近景,對描寫景物的局部及整體掌握自如,抒情寫景毫不費力,其他

---

[6] 見王維〈山居秋暝〉:「空山新雨後,天氣晚來秋。明月松間照,清泉石上流。竹喧歸浣女,蓮動下漁舟。隨意春芳歇,王孫自可留。」此處王維反其意而說,暗喻自願歸返山林。(參上一單元)

[7] 見王維〈青溪〉卷3頁73:「言入黃花川,每逐青溪水。隨山將萬轉,趣途無百里。聲喧亂石中,色靜深松裡。漾漾泛菱荇,澄澄映葭葦。我心素已閒,清川澹如此。請留盤石上,垂釣將已矣。」「黃花川」,在今陝西縣東北黃花縣附近。「青溪」在今陝西縣之東。趙松谷《王右丞集箋注》卷3頁73,臺北,廣文書局,1977年12月,下引同,不贅。

[8] 〈鳥鳴澗〉,為王維題友人皇甫岳所居詩〈皇甫岳雲谿雜題五首〉中的第一首。在卷13頁515起。

[9] 〈鹿柴〉,為王維田園詩組《輞川集》二十首中的第五首。「柴」一作「砦」,柵籬。「鹿柴」輞川之地名。

[10] 見王維〈送梓州李使君〉:「萬壑樹參天,千山響杜鵑。山中一夜雨,樹杪百重泉。漢女輸橦布,巴人訟芋田。文翁翻教授,不敢倚先賢。」(卷8頁302)

如〈竹里館〉、〈欒家瀨〉、〈辛夷塢〉等山水詩亦是如此，清・施補華《峴傭說詩》：「**輞川諸五絕，清幽絕俗。其間『空山不見人』、『獨坐幽篁裏』、『木末芙蓉花』、『人閒桂花落』四首，尤妙，學者可以細參。**」[11]對王維讚賞可見一般。

至於孟浩然就描景而言，其所側重在寫意，即著重景物的虛寫，而非一味的實相臨摹，如〈夜歸鹿門寺〉：「**山寺鳴鐘晝已昏，漁梁渡頭爭渡喧。人隨沙路**（岸）**向江村，予亦乘舟歸鹿門。鹿門月照開烟樹，忽到龐公棲隱處，樵徑非遙遙**（一作岩扉松徑）**長寂寥，唯有幽人夜**（一作自）**來去。**」[12]此首雖同寫景，但不單純刻劃景物，而用爭渡喧、長寂寥等形容詞去強調景物的意象，又如〈舟中曉望〉：「**掛席東南望，青山水國遙，舳艫爭利涉，來往接風潮。**」[13]用舳艫爭利接風潮，一方面寫千帆過渡，一方面也寓個人褒貶，雖仍是描寫外在景物，卻重在詩人內心意象表達，且甚至以預想之景物作為抒發之對象，如〈春曉〉：「**春眠不覺曉，處處聞啼鳥，夜來風雨聲，花落知多少？**」[14]很明顯地詩人只憑風雨鳥啼的聲響，去推想外在景物，進而憐惜落花，非是觸景生情，而全是心中一片設想，再將心中景物具體描繪，以傳達己意，所謂「風流閒美」。又如〈建德江宿〉：「**移舟泊烟渚，日暮客愁新。野曠天低樹，江清月近人。**」[15]把寫景置於後段，先鋪寫客愁，進而將客愁不著痕跡的融入後段的景物中，外景遂為客愁之映

---

[11] 施補華《峴傭說詩》，16頁，B面，收在臺北：藝文印書館《清詩話》下冊，1971年10月。
[12] 「鹿門」山名，在今湖北襄陽，孟浩然曾隱居於此。見孟浩然《孟浩然集》卷上頁12，明萬曆四年勾顧道洪校刊本，臺北：國家圖書館，以下皆同此，不贅。
[13] 見孟浩然〈舟中晚望〉：「掛席東南望，青山水國遙。舳艫爭利涉，來往接風潮。問我今何適？天台訪石橋，坐看霞色曉；疑是赤城標。」卷上頁8，又，詩題：晚一作曉。
[14] 卷上頁11顧道洪云：風流閒美，政不在多。
[15] 卷下頁15「建德江」，指新安江，流經建德；建德在今浙江省建德縣。

襯，故雖言景，但景物寓含的真意卻大過景物的實相，沈德潛《唐詩別裁》評其「下半寫景，而客愁自現」，可見其與一般山水詩觸景生情不同；雖孟浩然亦有寫實白描手法，但與王維相較，其乃是通過情感的眼光去觀看外在景物的，如〈宿桐廬江寄廣陵舊遊〉：「**山暝聽猿愁，滄江急夜流。風鳴兩岸葉，月照一孤舟**」[16]因個人情緒感受牽引，故猿啼聞其悲，舟楫覺其孤；又〈晚泊潯陽望廬山〉：「**掛席幾千里，名山都未逢，泊舟潯陽郭，始見香爐峰。**」[17]不僅寫旅途之所見，更用舟楫曲折巧托個人遭遇及感受，以實景虛寫個人體會，直接帶情入景，將情化於景；也因此讀者不需再通過景物去感受詩人的體悟，以景著景的手法，不僅鮮明詩境，也明確詩意，程度上加強讀者認知，拉近與讀者的距離；而除情緒、情感性色影的描寫外，孟浩然還善用設問法表達個人感懷，如〈送杜十四（之江南）〉：「**荊吳目（相）接水為鄉，君去春江正渺茫。日暮征帆泊何處？天涯一望斷人腸。**」（卷中頁16）其他如〈留別王侍御維〉「**寂寂竟何時，朝朝空自歸。**」、〈舟中曉望〉「**挂席東南望，青山水國遙。……問我今何適？天台訪石橋。……**」等山水詩亦然，即劉勰《文心雕龍·明詩》：「**人稟七情，應物斯感，感物吟志，莫非自然。**」正道出孟詩之妙。所謂「**感物吟志**」，即由景生情，取景自然，抒發內心。

故由形式觀之，王孟二人均即景抒情，但著眼借力處卻有不同，王維實寫山水景物，由外在景物的鋪排生出意象，使

---

❶ 見孟浩然〈宿桐廬江寄廣陵舊遊〉：「山暝聞（聽）猿愁，滄江急夜流。風鳴兩岸葉，月照一孤舟。建德非吾土，維揚憶舊遊。還將兩行淚，遙寄海西頭。」卷上（該書缺頁，未見），見《全唐詩》頁373，上海古籍出版，2009年3月。「建德」今浙江桐廬名，瀕錢塘江，唐屬睦州，隋為嚴州府治。維揚，今江都縣，舊為揚州府治。海西頭指廣陵，廣陵在東海以西。

❷ 見孟浩然〈晚泊潯陽望廬山〉：「掛席幾千里，名山都未逢，泊舟潯陽郭，始見香爐峰，嘗讀遠公傳，永懷塵外蹤。東林精舍近，日暮但聞鐘。」，卷上頁1。

想像意境無窮，衍變多端，寓人情於實景；而孟浩然則側重寫意，直接情感意旨融入山水風物，或寫虛景以為襯托抒發懷抱，寓虛景以生人情，描出意中之景，因此二人即便題材相同，描寫景物相仿，亦會產生不同的風格樣貌，為二人山水詩形式差異所在。

二、風格：禪理入詩與隨感抒寫的不同

　　山水詩藉山水之吟詠來抒發懷抱，隨著山水詩的成熟，其內容題材也日亦豐富，由早期謝混、謝靈運及謝朓等多半記旅途所見或遊歷之所遇，透過所見所遇之景物發一己之思，或言仕宦等生活遭遇，或寄託六朝風尚的玄言哲理，而其題目亦不離遊某地、過某處等感懷類型，觸景感懷成分大，山水描寫只是次要，只是單純的起興之用，呈現的意象往往與詩意內容無關；但至王孟則開闊山水詩壇界，於內容題材上都有所發展；在題材方面，山水詩不再侷限在遊歷抒懷，而有作為送別、唱酬、贈答等詩類，抒情實用兼俱，如孟浩然〈秋登萬山寄張五〉、〈望洞庭湖寄張丞相〉，而王維則有〈送別〉、〈輞川閒居贈裴秀才迪〉等拓展山水詩的格局；而在內容方面也跳脫遊歷感懷，反將山水詩作為襯托來突顯個人體悟，不再只將景物作單純的起興之用，而是積極地以外在景物強調內心情感，使景物意向與個人情感相合，甚至情景相融。

　　題材的開展，王孟皆有之，但在內容趨向上，二人則有差異；一般而言，王維詩多寓「禪理」，于山水中照見佛理禪心，表達個人參佛的體悟，而王維雖也有樂府、古詩等其他文類的作品，但以其山水詩多寓其佛理感悟，其山水詩常表面刻劃山水風貌，裡層卻透過山水呈現幽靜飄逸的佛家仙境，如其

〈終南山〉:「**太乙近天都,連山接海隅。白雲迴望合,青靄入看無。分野中峰變,陰晴眾壑殊,欲投人處宿,隔水問樵夫。**」[18]實寫山川雲靄,卻用以營造人外仙境,表達超脫胸懷,又如〈竹里館〉:「**獨坐幽篁裡,彈琴復長嘯。深林不知,明月來相照。**」[19]實際描寫撫琴長嘯者的形態與其身處的外在環境,卻暗中刻劃出撫琴者平淡充曠的心境,以實景襯托人物的心靈境界,再看〈過香積寺〉:「**泉聲咽危石,日色冷青松。薄暮空潭曲,安禪制毒龍。**」[20]「安禪」等詞句更帶濃厚禪意,此與王維晚年好佛歸隱有關,作詩不免流露佛禪語句,足見其心態之轉變,又如〈鹿柴〉:「**空山不見人,但聞人語響。返景入深林,復照青苔上。**」(頁520)與〈鳥鳴澗〉:「**人閒桂花落,夜靜春山空。月出驚山鳥,時鳴春澗中。**」(頁515)二首,皆在描繪空寂靜謐的山林景象,但王維反用人語、鳥鳴、春澗等打破沉寂,近而更深刻的營造出空寂感,透過對空寂景物的描摹,實際上正用來表現作者王維的心境感受,是一種平淡充曠的境界,是佛家「空」的體悟,入「禪」的表現;而王維擅長瞬間即物即景的捕捉與描繪,更擅長通過外在景物來呈現個人皆悟或感懷,且是不著痕跡的融情於景,如〈渭川田家〉:「**雉雊麥苗秀,蠶眠桑葉稀。田夫荷鋤立,相見語依依。即此羨閒逸,悵然吟式微。**」[21]頗有陶

---

❽ 趙殿成《王右丞集箋注》上冊,頁261,版本見前,以下同。「終南山」在陝西省長安縣南五十里,又稱秦嶺,延綿八百里,為渭水與漢水之分水嶺。「太乙」,指終南山。「天都」指唐首都長安。

❾ 趙殿成《王右丞集箋注》上冊,頁529,版本同前注,以下同,不贅。

❿ 見王維〈過香積寺〉:「不知香積寺,數里入雲峰。古木無人徑,深山何處鐘。泉聲咽危石,日色冷青松。薄暮空潭曲,安禪制毒龍。」
「香積寺」,故址在今陝西省長安縣南。「安禪」,僧人坐禪時身心晏然入於禪定謂之。「制毒龍」,見《涅盤經》「但我住處有一毒龍,其性暴急,恐相危害。」

⓫ 〈渭川田家〉:「斜光照墟落,窮巷牛羊歸。野老念牧童,倚杖候荊扉。雉雊麥苗秀,蠶眠桑葉稀。田夫荷鋤立(至),相見語依依,即此羨閒逸,悵然吟式微。」卷3頁78。

淵明〈歸去來兮辭〉與道家小國寡民的情詞,又〈終南別業〉中:「**行到水窮處,坐看雲起時,偶然值林叟,談笑無還期。**」(頁75)雜有濃厚的佛、道家思想,反映出王維個人思想與雅好佛道的志趣,趙松谷引《詩人玉屑》並云:**此詩造意之妙,至與造物相表裏,豈直詩中有畫哉?**[22]

相對於王維的禪意抒寫,孟浩然則較「隨感抒發」,藉山水詩抒發個人一時一地之感,如〈秦中感秋寄遠上人〉:「**黃金燃桂盡,壯志逐年衰,日夕涼風至,聞蟬但益悲。**」[23]因秋起興感慨年華老大,又如〈早寒江上有懷〉:「**鄉淚客中盡,歸帆天際看,迷津欲有問,平海夕漫漫。**」[24]賭物思鄉,晨起感懷;孟浩然詩常隨景隨情自然抒發,非為賦新辭強說愁,乃自然情感的即時即地的吐露。又如〈夏日南亭懷辛大〉:「**欲取鳴琴彈,恨無知音賞。感此懷故人,中宵勞夢想。**」[25]乘涼兼懷故友,又〈與諸子登峴山〉:「**人事有代謝,往來成古今,江山留勝跡,我輩復登臨,水落魚梁淺,天寒夢澤深,羊公碑字(尚)在,讀罷淚霑襟。**」[26]登山弔古而觸動人事代謝之感懷,幽憤沉痛的情思只有流淚抒發,因此孟浩然的山水詩是以個人情感志向為前導,再通過外景以抒情,如〈宿建德

---

[22] 趙殿成《王右丞集箋注》上冊,頁75。又,見宋・魏慶之《詩人玉屑》卷15頁314,臺北:世界書局,1992年9月。

[23] 見《孟浩然詩集》卷上頁16〈秦中感秋寄遠上人〉:「一丘常欲臥,三徑苦無資。北土非吾願,東林懷我師。黃金燃桂盡,壯志逐年衰。日夕涼風至,聞蟬但益悲。」

[24] 見《孟浩然詩集》卷下頁7〈早寒江上有懷〉:「木落鴈南度,北風江上寒。我家襄水上(曲),遙隔楚雲端。鄉淚客中盡,孤帆天外(際)看。迷津欲有問,平海夕漫漫。」「襄水」,相水源出南海縣北,東流至宜城縣,入漢水。

[25] 見《孟浩然詩集》卷下頁8〈夏日南亭懷辛大〉:「山光忽西落,池月漸東上。散髮乘夕(夜)涼,開軒臥閑敞。荷風送香氣,竹露滴清響。欲取鳴琴彈,恨無知音賞。感此懷故人,中宵勞夢想。」

[26]《孟浩然詩集》卷上頁3,「峴山」即峴首山,在湖北省襄陽縣南。〈羊公碑〉據《晉書・羊祜傳》:羊祜鎮襄陽時,嘗慨然嘆息,顧謂從事郎鄒湛等曰:「自有宇宙,便有此山,由來賢者勝士,登此望遠,如我與卿者多矣;皆湮滅無聞,使人傷悲!」羊祜死後,襄陽人建廟立碑歲時爾饗焉。「望其碑者,莫不流淚,杜預因名為『墮淚碑』。參蕭繼宗《孟浩然詩說》頁82,版本見前。

江〉：「**移舟泊烟渚，日暮客愁新。野曠天低樹，江清月近人。**」[27]由人物所乘之舟起始，再回到明月所親近的人物身上，回環吟詠卻終不離人身，反以外在景物作為人物情感的烘托；故孟詩題材豐富，懷人、送別、隱逸、鄉愁等都融入其詩，充份感物抒情，且吟詠自然，情感真摯，意味深長，毫不矯飾勉強，明暢而淺近，情意真切，亦為唐代大家。

　　王孟二人均雖擅山水詩之作，但風格各有不同，王維以禪理入詩，個人思想體悟隨詩呈現，並非刻意而是個人涵養的自然外現；而孟浩然則隨感抒寫，寄託各種情感於山水之中，自然流露個人情感懷抱，二人同樣以山水景物為憑藉，各自營造不同的風格，不受魏晉山水詩的羈絆，拋卸玄言哲理，將個人情感融入外在景物之中，給予山水詩新的生命與風貌，開創個人詩歌特色，不愧成就唐代山水詩派。

三、內容：歸田隱逸之志與求仕不得之慨

　　王孟均以山水感物起興，但其內心基調是有所不同的。大體而言，王維詩多「隱逸之志」，對自然田園的嚮慕，歸田隱逸的企盼於其山水詩中有意無意的流露出來，如其〈山居秋暝〉：「**竹喧歸浣女，蓮動下漁舟，隨意春芳歇，王孫自可留。**」[28]化用《楚辭·招隱士》之典故，意暗寓歸隱山林的志向，又如〈歸嵩山作〉：「**荒城臨古渡，落日滿秋山，迢遞嵩高下，歸來且閉關。**」[29]一面寫作者至嵩山途中所見，一面表述閉關歸隱的心意。又如〈春日與裴迪過新昌里訪呂逸人不

---

[27] 同註15。
[28] 同註6。
[29] 見《王右丞集箋注》卷7頁259，王維〈歸嵩山作〉：「清川帶長薄，車馬去閒閒。流水如有意，暮禽相與還。荒城臨古渡，落日滿秋山，迢遞嵩高下，歸來且閉關。」

遇〉：「桃源一向絕風塵，柳市南頭訪隱淪。到門不敢題凡鳥，看竹何須問主人。城上青山如屋裡，東家流水入西鄰。閉戶著書多歲月，種松皆老作龍鱗。」[30]藉《世說新語》典故訪隱者不遇，顯示其艷羨「桃源」的情懷，求隱之情溢於言表，翁方綱《石洲詩話》云：「**右丞五言，神超象外，不必言矣**」。又「**古今詠桃源事者，至右丞而造極，固不必言矣。**」[31]王維的桃源情節可見一斑，另外如〈終南山〉、〈終南別業〉、〈青溪〉、〈新晴晚望〉等詩，也都顯露王維淡泊心志，求隱慕隱的情懷。

而孟浩然之山水詩則寄託另一種「相反」的感觸，即其自身「求仕不得」之慨，其對應試求仕，包括他人引薦及作詩干謁仍仕宦無門的嗟嘆於其詩中表露無遺，如〈望洞庭湖贈張丞相〉：「**欲濟無舟楫，端居恥聖明，坐觀垂釣者，空有羨魚情。**」[32]不僅臨水感懷，更藉贈者張丞相，一敘個人仕宦懷抱，多重感懷，層遞抒發，正如蕭繼宗先生言「**其言甚婉，其意甚明。**」干謁之請，更顯露作者孟浩然求仕心情。又如〈留別王維〉：「**當路誰相假？知音世所稀，只應守索（寂）寞，還掩故園扉。**」[33]大嘆知音難得外，更宣洩有才華而不受賞識，不為世用的幽閉與懊惱，語調雖婉曲含蓄，但壓抑苦悶的心情仍傳達出來，而孟浩然在應試不得亦企圖遊覽江南作為排遣，但反更加深其求仕不得的感慨，如〈宿桐廬江寄廣陵舊游〉：「**建**

---

[30] 《王右丞集箋注》卷10頁339。
[31] 清・翁方綱《石洲詩話》卷1頁11-12，收入《古今詩話叢編》，臺北：廣文書局，1971年9月。
[32] 見《孟浩然詩集》卷上頁14〈望洞庭湖寄張丞相〉原集詩題作「岳陽樓」，一本作「洞庭湖」。「八月湖水平，涵虛混太清。氣蒸雲夢澤，波動（撼）岳陽城。欲濟無舟楫，端居恥聖明。坐觀垂釣者，空有羨魚情。」按「張丞相」，唐玄宗開元二十一年（733），張九齡為相，二十二年為中書令。孟浩然曾西游長安，希望獲得引薦。
[33] 見《孟浩然詩集》卷中頁14〈留別王侍御〉：「寂寂竟何待，朝朝空自歸？欲尋芳草去，惜與故人違。當路誰相假？知音世所稀。只應守索（寂）寞，還掩故園扉。」

德非吾土,維揚憶舊遊。還將數行淚,遙寄海西頭。」(卷上)及〈早寒江上有懷〉云:「**我家襄水曲,遙隔楚雲端。**」(卷下)等詩,而孟浩然雖短暫為張九齡幕僚,參與政治,但並非正式的仕進,心中有些遺憾。由於「**黃金燃桂盡,壯志逐年衰**」,但卻不免流露其求仕不得之鬱結與感嘆。

因此就內容基型來看,王維「求隱之忘」顯著,因其厭倦仕宦所致,故登山臨水莫不展現個人對隱逸的企慕,而孟浩然則因「求仕不得」鬱積滿胸,即便遊歷山川美景亦不能排解,因此吟詠山水莫不流露個人仕宦無門的苦悶,而這不僅是王孟二人環境背景,更是其各自的經歷遭遇所造成,一個仕途平順,一個則求仕無門,一個詩境安詳平淡,另一個則鬱悶難解,故王孟雖同吟詠山水,但展現的風格情懷各異;這不僅說明作者其人的生命遭遇對其文章作品的影響,更說明文章作品對作者的反映程度,即使有意的假托隱藏仍不免流洩真意。

肆、結語

王孟為山水詩之大家,並稱於當世,但細觀其表現手法、內容及風格,仍可離析出二人山水詩之差異,在寫景上,王維擅白描以鋪寫景物,繪畫景之實相,而孟浩然則套入個人情緒,寫意中之景,雖同藉景抒情,但二人在外景處理手法上已有分別;而在內容上,王維傾向歸田隱逸的追求,詩中處處流露出對桃源隱逸的艷羨與企慕,孟浩然則寄託相反的情調,藉山水景物,藉此抒發仕不得的感慨,懷抱迥異,而內容亦隨之反映作者情態;至於風格上,王維化禪於詩,展現恬淡平和的氣質,蘊含個人體悟,而孟浩然則透過詩,抒發個人即時即地之感懷,隨感抒寫,故王孟二人之山水詩,形貌相近而神韻有

異，但此僅就王孟二人之山水詩分析歸納所得，其差異乃就其寫作的相對「趨向」而言，換言之，王維詩並非全是禪理詩而無隨感抒寫的成分，而孟浩然詩也非全然寫意而無寫景，只是相對比較之結果。

　　造成期間差異之原因，在於二人生平際遇的不同，這個因素，即是造成詩人不同作品風格。當然，個性方面的內在因素亦有相關，王維雅好佛道，藉宗教思想的體悟作個人憤懣之排遣，而孟浩然任性自然，直抒胸臆，不避情感的表露，二人心性的不同造成其抒寫方向的歧異，但王孟二人對山水詩的熱情卻是不相上下的，對山水詩精蘊之掌握，十分精準，使二人成就山水詩派，也使他們能享盛名！

第八單元　王維（701~761）與韋應物（737~793）山水詩比較研究

壹、前言

　　山水詩自謝靈運之後快速發展，直至唐代幾乎到達了頂峰，於是名家輩出、氣象萬千。知名的如：王維、孟浩然、柳宗元、韋應物、劉禹錫……等，皆有不朽之作傳世。而這些人雖同為自然派名家，卻各有其特色，也各有其成就，似乎難以比較高下。但在閱讀與欣賞的過程中，發現王維與韋應物在某些方面似有雷同之處，但仔細分析後，卻又明白其實大異其趣。影響創作內容及風格的因素有很多，而生平遭遇應該是其中頗為重要的一環，於是從生平著手，分析其對兩人創作之影響。大略探究二人之生平，發現他們雖然都選擇隱居，但王維官運順遂與韋應物之不遇，確實使他們在山水詩的創作上，一個呈現出較為閒適自得之情調，而另一個則顯得幽鬱孤峭。也就是說，詩人遭遇影響詩作風格。試就二人山水詩作風格及特色進行論述。

貳、王維之生平簡述

一、青年聞名

　　王維，字摩詰，太原祁人。根據清趙殿成的《右丞年譜》：維生於武后長安元年（701），卒於肅宗上元二年（761），享年六十一歲[1]。父王處廉，曾任汾州司馬；母崔氏，博陵人，

---

[1] 趙殿成《王右丞集箋注》，下冊，頁91卷之末，附錄三條〈年譜〉，臺北：廣文書局，1977年12月初版。下引同，不贅。

系出名門，篤信佛教，影響王維頗深。而根據《新唐書》本傳記載：

> 九歲知屬辭，與弟縉齊名。開元初，擢進士[2]。

可知王維自幼聰慧過人，「九歲知屬辭」，能寫文章，十五歲便能寫出好的詩篇。十六歲離家，寓居洛陽。因詩名頗盛，又工書法、善畫，豪門貴人往往虛左以待，寧、薛諸王更是將他視為詩友。王維遂時常出入權貴之家，備受榮寵。開元七年（719），王維十九歲，參加京兆府之試，並透過岐王之引薦，以伶人身分進謁公主，為其彈奏〈鬱輪袍〉且獻上詩卷，因而得到公主之賞識，後以解頭登第[3]。開元九年（721），王維二十一歲，登進士第，調大樂丞。此時的王維可謂英雄出少年，意氣風發之餘，更為往後能在政治上一展長才充滿希望。

二、官宦生活

據《新唐書》記載：

> 開元初，擢進士第，調大樂丞，坐累為濟州司參將軍[4]。

王維因「伶人舞黃獅子事」被貶濟州[5]，從另一角度上看，應是政治上的排擠或打壓。所以有〈被出濟州〉詩。有所謂「微官易得罪，謫出濟川陰」（卷9頁325），油然而生隱居之志，在前往濟州的過程中，有〈早入滎陽界〉（卷4頁141）、〈宿鄭州〉（卷4頁142）等山水詩作。濟州四年結束後，隱居嵩山，有〈歸嵩山作〉（卷7頁259）。開元十八年（730），王維喪

---

❷ 歐陽脩《新唐書‧王維本傳》，據武英殿本校勘，卷180，頁15，臺北：中華書局。
❸ 見李昉《太平廣記》，卷179，頁1332，臺北：明倫出版社，1974年1月初版。有關〈鬱輪袍〉宋‧計有功《唐詩紀事》卷16頁236引《集異記》說法。亦同。臺北：木鐸出版社，1982年2月。
❹ 歐陽脩等《新唐書》，據武英殿本校勘，卷342，頁18，臺北：中華書局。
❺ 柳晟俊《王維詩研究》，頁8，臺北：黎明文化事業公司，1987年7月初版。

妻，哀慟而不復娶。至開元二十三年（735），王維三十五歲，得張九齡之薦舉，官拜右拾遺。時與盧象、韋陟兄弟等悠遊山林，吟詠詩歌，生活逍遙，愜意。開元二十五年（737），張九齡罷相，影響王維之政治前途，被改任為監察御史，奉命出使河西，於是便擔任節度副大使崔希逸之幕府，此一時期遂有許多慷慨豪壯之詩篇，如〈使至塞上〉（卷9）、〈觀獵〉（卷8）、〈少年行〉（卷14）等。隔年，從涼州回到長安。開元二十八年（公元740），知南選，至襄陽、郢州、桂州、嶺南等地，有〈漢江臨汎〉（卷8）、〈曉行巴峽〉（卷13）等知名的山水詩篇。因不滿李林甫等人當政，還一度隱居淇水，後因陳希烈出任左相才復出作官，歷任左補闕、庫部員外郎、文部郎中、給事中等職務。天寶十五載（756），安祿山攻陷兩都，玄宗倉皇奔蜀，而王維扈從不及，被賊人所擒。遂服藥取痢，偽稱病重。安祿山素知其才，強迫其繼續擔任給事中。後安祿山宴於凝碧宮，王維聞弦歌之聲而悲惻，作〈菩提寺禁裴迪來相看說逆賊等凝碧池上作音樂供奉人等舉聲便一時淚下……〉（卷14）以明志：

萬戶傷心生野煙，百官何日再朝天？
秋槐葉落空宮裡，凝碧池頭奏管絃。[6]

至德二年（757），賊亂先後被平定，王維遭罪。幸好其弟王縉為中興功臣，自請削官為其贖罪，再加上肅宗因其〈凝碧詩〉而嘉之，得以從寬發落，責授太子中允。不久復拜給事中，後累遷至尚書右丞。上元二年（761），王維卒，葬於輞川清源寺西側。

---

[6] 趙殿成《王右丞集箋註》，同上文引，卷14，頁561，下引同，不贅。

三、莊園生活

從開元二十九年（741）開始，王維過著半官半隱的生活。最早曾隱於嵩山。以後，隱居之地是終南山（天寶三年之前），《唐詩紀事》云：

迪初與王維、興宗俱居終南。[7]

後來又遷至藍田輞川，《舊唐書・本傳》記載：

晚年長齋，不衣文綵，得宋之問藍田別墅，在輞口，輞水周于舍下，別漲竹洲花塢，與道友裴迪，浮舟往來，彈琴賦詩，嘯詠終日[8]。

直到天寶十一載（752）服完母喪之前，除了在朝為官，王維大部分的時間都待在輞川別墅。而這一段閒適的莊園生活時期，王維遊賞山林勝景，遂有大量的山水詩作產生，如〈終南別業〉、《輞川集》[9]等，皆為後世研究王維山水詩作時極為重要的參考資料。

從上述之生平看來，王維之仕途雖有起伏，卻不至於使他遭遇重大之挫折。再加上他隱居終南、輞川之時期，仍舊是在朝為官的半隱半仕階段，雖不見得位居高位，但至少為朝官，且生活無虞，心境上自然也就比較悠然閒適。反映在詩作上，對自然山水是純然的陶醉與欣賞，並無幽怨之情。

---

❼ 宋・計有功《唐詩紀事》上冊，卷16頁240，〈裴迪〉條，臺北：木鐸出版社，1982年2月。
❽ 劉昫等《舊唐書》，卷140，台北：中華書局。
❾ 趙殿成《王右丞集箋註》，卷13，頁517，有〈輞川集並序〉云：「余別業輞川山谷，其游止有孟城坳、華子岡、文杏館、斤竹嶺、鹿柴、木蘭柴、茱萸沜、宮槐陌、臨湖亭、南垞、欹湖、柳浪、欒家瀨、金屑泉、白石灘、北垞、竹里館、辛夷塢、漆園、椒園等。與裴迪閒暇各賦絕句云爾。」

參、韋應物之生平簡述

一、早年經歷

韋應物，京兆萬年縣人。《新‧舊唐書》並未立傳，近代學者孫望等人之考證後，大概可推測其生平事蹟。生於玄宗開元二十五年（737），卒於貞元八年（793），享年五十七歲。出生於一個世代為官的家庭，但至其父親韋鑾時似已家道中落，故曾有「**家貧無舊業，薄宦各飄揚**」[10]之嘆。天寶十載（751）左右，所謂「與君十五侍皇闈」。因門蔭關係而任三衛郎，成為唐玄宗的御前侍衛。關於這段期間的生活狀況及作為，韋應物在詩作中有頗多記載，如〈燕李錄事〉：

與君十五侍皇闈，曉拂爐煙上赤墀。花開漢苑經過處，雪下驪山沐浴時[11]。

又：〈溫泉行〉

北風慘慘投溫泉，忽憶先皇遊幸年。身騎廄馬引天杖，直入華清列御前。……[12]

每年玄宗與貴妃到華清宮避寒時，他都騎廄馬、引天杖，隨侍在側。宮廷生活的歌舞昇平、聲色犬馬自然歷歷在目，身為皇帝近侍的他，亦常霑恩露。年少如他，因此不學無術，生活放縱，更有不可一世之態。其間雖曾入太學讀書，卻是「**少**

---

[10] 宋‧計有功《唐詩紀事》卷26頁399，〈韋應物〉條，引李肇《國史補》云：「開元後位卑而著名者，……韋蘇州其一也。」版本同註7。

[11] 〈燕李錄事〉，見孫望《韋應物詩集繫年校箋》卷1頁26，北京：中華書局，2002年3月，下引同，不贅。

[12] 〈溫泉行〉，見孫望《韋應物詩集繫年校箋》，卷1頁64，以為作者大曆七年（773）作。版本同上註。

年游太學,負氣蔑諸生」(〈贈舊識〉)[13],想來必然無心用功,於是「一字都不識,飲酒肆頑癡」(〈逢楊開府〉)[14],可見其荒誕與粗放。至天寶十五載(756)安史之亂後,韋應物失去三衛職,四處避難,備嘗人世之艱辛。至德二年(757)收復長安,不久國子監復學,韋應物感嘆「武皇升仙去,憔悴被人欺。讀書事已晚,把筆學題詩。」(〈贈舊識〉)[15],才真正痛改前非、折節讀書。

二、吏隱交替

代宗廣德元年(762),韋應物二十七歲,任洛陽丞。冬,吐蕃入寇,郭子儀擊之,吐蕃遁去。應物至洛陽後,親見歷經烽火後已不復往日之壯麗輝煌的東都,深刻感受到國家的殘破與衰敗,再加上自覺位卑官小,對仕途頓失信心。為官清正,卻因「撲抶軍騎」被訟,使韋應物對政治益加失望,遂於大曆元年(766)辭官,寓居同德精舍。在隱居期間,出現了許多以山水林泉為主題的詩歌,如〈同德寺雨後寄元侍御李博士〉頗能反映韋應物山水詩之風格。大曆九年(774),韋應物返回長安,任京兆功曹,後轉任櫟縣令、櫟陽令。但因對其有提拔之恩的京兆尹黎幹參與廢太子事而被處死,惋惜之餘亦擔心受到牽累,韋應物遂稱病辭官,隱居善福精舍。此一時期亦有不少精采之詩作,如〈善福閣對雨寄李儋幼遐〉等。建中二年(781),任尚書比部員外郎。建中四年(783),出任滁州刺史,後轉任江州及蘇州。罷蘇州刺史一職後,因家貧無旅費回京,遂定居永定精舍。據〈歲日寄京師諸季端武〉云:

---

[13] 〈贈舊識〉,見孫望《韋應物詩集繫年校箋》,卷9頁436。
[14] 〈逢楊開府〉,見孫望《韋應物詩集繫年校箋》,卷6頁267。
[15] 〈贈舊識〉,同註13。卷7頁372。

……少事河陽府,晚守淮南堁。……昨日罷符竹,家貧遂留連。[16]

據孫望的說法,本詩為應物貞元元年(785)作,時五十歲。「**少事河陽府**」指廣德(763)大曆(765)間為河南洛陽縣丞事。「**晚守淮南堁**」指為滁州刺史事。而「昨日」兩句,指應物自去冬奉召詣廣陵,既返即罷,從可知矣。[17]又,〈野居〉詩云:

今得罷守歸,幸無世欲患。……高歌意氣在,賈酒貧居慣。[18]

時罷滁州刺史,以家貧,困於滁郊。

從韋應物的生平來看,以其年少之意氣風發映照往後的仕途,必然在他的心中形成強烈的對比,因而在為官的過程中難免產生「位卑官小」的感嘆。其實,仔細分析韋應物之仕途,官是越做越大,一直到蘇州刺史,已是三品,絕不比王維之四品尚書右丞差。但就當時的文化心態來說,刺史只是困守僻壤,不如在朝為官。或許正因為這樣先入為主的心態難以調整,故其用世的情懷遂如曇花一現,造成他不斷徘徊在仕與隱之間,輾轉多方,貧困終生。而他數度隱居寺院,雖然增加其遊歷山水之經驗,遂有大量山水田園詩的創作,但這樣的隱遁,多半起因於欲逃避現實的追索,故在作品當中時常流露出一種孤獨之感,反而不如王維之自在自得。

---

[16] 同上,參孫望箋評。
[17] 同註15,參孫望箋評。
[18] 〈野居〉,卷7,頁375。

肆、王維、韋應物山水詩之比較

一、「詩中有畫」與「詩中有人」

王維之山水,重意境之點染,呈現出一種幽絕之情調,故蘇軾評曰:「**味摩詰之詩,詩中有畫,味摩詰之畫,畫中有詩。**」正好說明了王維的藝術特色。因此我們在閱讀王維的詩作時,往往就是在觀賞一幅絕美的圖畫。一首「詩中有畫」的好作品,除了景物、顏色的配置,還應該加上聲音或動作的點染。仔細品味王維之山水詩,以上的因素都能融會其中,進而予人豐富的感官享受。例如〈欒家瀨〉:

颯颯秋雨中,淺淺石溜瀉。跳波自相濺,白鷺驚復下。[19]

(卷13頁527)

有「颯颯」之風聲、「淺淺」之水聲,有「石溜瀉」、「跳波相濺」、「白鷺下」之動態,還有一片紅葉黃花的秋色中飛舞的「白」鷺,都能予人無限的美感想像。更重要的是,在王維這些如畫的山水詩中,人似乎極少現其蹤影,即使偶有「人」在其中,亦絕非主體。例如〈鹿柴〉:

空山不見人,但聞人語響。返景入深林,復照青苔上。

(卷13頁520)

我曾指出本詩如李東陽(《麓堂詩話》)所謂「**淡而愈濃,近而愈遠**」。充滿著空靈幽寂的詩境[20]。全詩雖無辭藻之修飾,卻巧妙勾勒出山林之空闊幽靜。短短數十字,卻恰如展開一幅

---

[19] 參趙殿成《王右丞集箋注》,卷13頁527,版本參前註,下引王維詩皆同此本,但云卷頁,不另註。

[20] 李東陽《麓堂詩話》,收入丁福保《歷代詩話續編》下冊,頁1370,北京:中華書局,2006年8月。原句云:「返景入深林,復照莓苔上」,皆淡而愈濃,近而愈遠,可與知者道,難與俗人言。

清淡高雅之山水畫軸,讀之令人悠然神往。而所謂的「人語」看似打破了整幅圖的靜態合諧而成為主角,其實不然,反而是藉由人語來襯托出山林的寂靜與深遠,呈現出萬物自在自如的天趣。或者根本就與自然融為一體,而表現出安然自適的情態,例如〈山居秋暝〉中:

空山新雨後,天氣晚來秋。明月松間照,清泉石上流。
竹喧歸浣女,蓮動下漁舟。隨意春芳歇,王孫自可留。

（卷7頁258）

本詩敘述秋天傍晚,優美的山水田園。就寫景方面,「明月之照」與「清泉之流」行成了動靜的對比,而「竹喧」與「蓮動」則是聽覺與視覺的切換,其佈局及安排不可謂不巧妙。而在人情方面,「浣女」洗衣婦女歸來,漁舟返航,蓮葉搖晃,動態人物之美。末,無論作者本身也好,「王孫」也罷,雖未明言,卻能在字裡行間讀出順應自然及其對山居生活的讚頌。

而所謂有「人」,就是韋應物在詩中表現出豐富的感情以及由此傳達出的自我形象。分析韋應物之詩,專寫山水風貌的作品不多,多半是藉助自然界的風物意象來表達內心的意態與感觸,因此在韋應物的山水詩中,往往有濃厚的「人」色彩,而且有這個「人」往往是全詩的主角,如〈同德寺雨後寄元侍御李博士〉一首:

川上風雨來,須臾滿城闕。岧嶤青蓮界,蕭條孤興發。
前山遠已淨,陰靄夜來歇。喬木生夏涼,流雲吐華月。
巖城自有限,一水非難越。相望曙河遠,高齋坐超忽。

（卷1頁59）

同德寺，在洛陽。本詩為作者大曆六年（771）夏間所作。應物方罷居同德寺。[21]詩中雖有頗大的篇幅在描寫山川之景，如：「**前山遠已淨，陰靄夜來歇。喬木生夏涼，流雲吐華月。**」呈現出同德寺夏夜雨後的清幽淡美，但景物的書寫還是壓不過他對友人思念的意緒，而成為陪襯或一種作者當下心境的象徵。另外在〈秋夜〉二首，其一云：

庭樹轉蕭蕭，陰蟲還戚戚。
獨向高齋眠，夜聞寒雨滴。
微風時動牖，殘燈尚留壁。
惆悵平生懷，偏來委今夕。（卷3頁148）

詩作於大曆十三年（778）秋間。詩由秋來蕭蕭，蟲聲唧唧夜聞寒雨，微風吹動，殘燈留壁，惆悵不得已之情，由此生發，如寒蟲唧唧，託興之意。

二、「情景交融」與「情先於景」

在詩歌的創作中，若能將景與情交互融合為一，往往能使主旨深遠，還能營造出意境無窮的妙趣。而王維詩，在融合物我方面，可謂天衣無縫，備受歷來評論家之讚許。例如在〈鳥鳴澗〉中：

人閒桂花落，夜靜春山空。月出驚山鳥，時鳴春澗中。[22]
（卷13頁515）

本詩是王維題友人皇甫岳居處的。共五首，桂花，指春桂。初看此詩，我們往往會先把焦點集中在「桂花落」、「月

㉑ 參孫望《韋應物詩集繫年校箋》，卷1頁59，孫望箋評。
㉒ 本詩《王右丞集箋注》作〈皇甫岳雲谿雜題〉五首之一。

出驚鳥」、「鳴澗」等動態與「夜靜」的對比之上,而讚嘆王維寫景功力之深厚。但仔細體會,詩中最重要的關鍵應該是「人閒」。正因為「人閒」,這些自然界景物的微妙變化才會被發覺,也才會如此閒靜美好。可說是一幅春月鳥鳴山澗圖。又如〈辛夷塢〉一詩:

> 木末芙蓉花,山中發紅萼。澗戶寂無人,紛紛開且落。
> （卷13頁515）

辛夷花,二月間開,花苞打在枝條末端,所以起句言木末。本詩表面上寫的是山中辛夷花的自開自落,除了寫出其美好的形象外,更隱隱寓託了落寞蕭瑟之情。像辛夷這般的香木,在屈原筆下往往是君子的象徵,在此處當然也可以視為這樣的比興。所以花的自開自落就等於賢才的不受賞識,這樣的意涵是極其明顯的,但王維寫來卻不著痕跡。

韋應物之詩,情感雖也是融於景物當中,但「情」卻是全詩的靈魂。大致上可說,在韋應物的山水詩中,情往往先於景而居於主導地位,景在其中只是觸發情的工具,以便情能更具象化地被表達出來。例如在〈東郊〉中:

> 吏舍跼終年,出郊曠清曙。楊柳散和風,青山澹吾慮。
> 依叢適自憩,緣澗還復去。微雨靄芳原,春鳩鳴何處?
> 樂幽心屢止,遵事跡猶遽。終罷斯(期)結廬,慕陶真可庶。（卷3頁169）

從題目來看,主要是描寫出郊遊賞所見之景。但從「吏舍跼終年」、「遵事跡猶遽」可知韋應物長年為公務繁忙所苦,而「終罷斯結廬,慕陶真可庶」則表達了韋應物不慕榮利,欲隱居山林之心志。這樣的情感意緒很明顯的才是詩中的主角,

而景物之描寫就成了烘托此一心志的重要配角。末,章燮云:「心中所慕,素仰淵明,吾終罷官,即於斯境結其廬,撫孤松,臨清流,庶幾可得陶潛之風趣矣乎?」[23]另外在〈滁州西澗〉中有云:

> 獨憐幽草澗邊生,上有黃鸝深樹鳴。
> 春潮帶雨晚來急,野渡無人舟自橫。(卷6頁304)

本詩為建中四年(783)春間作。西澗,位滁州郡城西。詩的前兩句,詩人表明獨愛澗邊幽草,亦喜樹上巧囀動聽的黃鸝鳥,即景言詩。而在急流中自橫的小舟,因水泛而自橫,但從「憐」、「急」、「野渡無人」的字眼中,也可窺出作者取悠閒的景象,景物孤寂,亦言作者心中孤寂。

三、「以佛、道為實踐」與「以佛、道為隱遁」

王維篤信佛教,受其母影響甚大,而從其以摩詰為字,可見其端倪。年三十,便在道光禪師門下受教,因其感召而法乳灌頂,在飲食上永絕葷血,妻死亦不復娶。後逢安史之亂,雖僥倖保全性命、官位,卻也因此了悟富貴寵辱如夢幻泡影,而人生最後之安頓唯佛理而已。在《舊唐書‧本傳》中記載:

> 晚年長齋,不衣文綵。……在京師,日飯十數名僧,以元(玄)談為樂。齋中無所有,為茶鐺、藥臼、經案、繩牀而已。退朝之後,焚香獨坐,以禪誦為事。[24]

可見晚年之王維,全心浸潤於佛理之中,其體悟必然深刻。故在王維的詩中,往往有禪意,例如在〈藍田山石門精

---

[23] 孫望《韋應物詩集繫年校箋》頁170,引章燮評論。
[24] 劉昫《舊唐書》,據趙殿成《王右丞集箋註》引。

舍）中便云：

落日山水好，漾舟信歸風。玩（探）奇不覺遠，因以緣源窮。
遙愛雲木秀，初疑路不同。安知清流轉，偶與前山通。
捨舟理輕策，果然愜所適。老僧四五人，逍遙蔭松柏。
朝梵林未曙，夜禪山更寂。道心及牧童，世事問樵客。
暝宿長林下，焚香臥瑤席。澗芳襲人衣，山月映石壁。
再尋畏迷誤，明發史登歷。笑謝桃源人，花紅復來覿。

（卷3頁71）

從此詩之內容來看，顯然是以陶淵明〈桃花源記〉為創作之藍本，而當中「**朝梵林未曙，夜禪山更寂。道心及牧童，世事問樵客**」，顯然摻入了佛道理趣，殷璠云：「**王維詩詞秀、調雅、意新、理愜。在泉為珠，著壁成繪，一句一字，皆出常境。**」[25]又，是陶詩中所無的。而在〈過香積寺〉中：

不知香積寺，數里入雲峰。古木無人徑，深山何處鐘？
泉聲咽危石，日色冷青松。薄暮空潭曲，安禪制毒龍。

（卷7頁275）

趙殿成云：起句超忽。既名為「過」（拜訪、探問），卻又從「不知」說起，不知卻又要去訪，可見詩人之灑脫隨性。「雲峰」、「古木」則營造出香積寺之深藏幽邃，而「何處鐘」更顯其隱密及四周氛圍之靜謐。最後，面對寬闊幽靜的潭水，不禁令人想到一個佛教的故事：西方的一個水潭中，曾有毒龍藏身，而佛門高僧以無邊的佛法制伏了毒龍，使其離潭而去，永

---

[25] 趙殿成《王右丞集箋註》，卷3頁73，引殷璠語。

不傷人。這裡的毒龍也可象徵人心之慾望，亦即妄心。進行打坐或修習佛法自然能澄清心靈而達於恬靜。在這首詩裡，景色的清幽與心境的平和無欲融為一體，渾然無跡。另外，在〈終南別業〉中有云：

> 中歲頗好道，晚家南山陲。興來每獨往，勝事空自知。
> 行到水窮處，坐看雲起時。偶然值林叟，談笑無還期。
>
> （卷3頁75）

當中之「行到水窮處，坐看雲起時」二句，充分顯現出王維恬淡自適的心境，深受後代詩家讚賞。《詩人玉屑》言：**此詩造意之妙，至與造物相表裏**。又所謂：**觀其詩，知其蟬蛻塵埃之中，浮遊萬物之表者也**。[26]可謂知言。此詩跳脫了賞景之感觸，亦如《史記》稱美屈原〈離騷〉：「**蟬蛻於濁穢，浮游塵埃之外**」的境界。

從韋應物的生平來看，他早年並未有與僧人或道士密切接觸的經驗，直到晚年寓居於精舍，才漸漸涉入佛道思想，其詩作如〈寄全椒山中道士〉（卷7頁363）、〈示全真元常〉（卷7頁373）、〈寄黃劉二尊師〉（卷8頁405）、〈寄皎然上人〉（頁441）等等，皆顯現出與僧道交往過從的記錄。但究其根本，這多半只是時代風尚的驅使，實在不如王維、白居易之深刻。而這些佛道的經驗雖在韋應物官場失意之時發揮作用，但畢竟無法真正的徹悟，聊以為逃避現實世界的託辭罷了。所以訴諸詩中，其哲學意味往往不高。如在〈自鞏洛舟行入黃河即事寄府縣僚友〉一詩中：

> 夾水蒼山路向東，東南山豁大河通。

---

[26] 宋‧魏慶之《詩人玉屑》卷15，頁314，臺北：世界書局，1992年9月。

寒樹依微遠天外，夕陽明滅亂流中。
孤村幾歲臨伊岸，一雁初晴下朔風。
為報洛橋遊宦侶，扁舟不繫與心同。[27]（卷1頁41）

鞏縣，唐之畿縣，屬河南府。本詩作於韋應物從洛陽丞，任內以事自鞏洛，因為舟行洛陽，遂將所見所感發而為詩，寄給從前任洛陽丞之僚友。詩中雖然引用了《莊子・列禦寇》中的典故，卻不若莊子之曠達，從「寒」、「亂」、「依微」、「明滅」等辭彙的運用，反而表達出作者內心之抑鬱不樂，遂流露出一種隨波逐流、聽任自然，以舟自況。在〈寄馮著〉詩中云：

春雷起萌蟄，土壤日已疏。胡能遭盛明，才俊伏里閭。
偃仰遂真性，所求唯斗儲。披衣出茅屋，盥漱臨清渠。
吾道亦自適，退身保玄虛。幸無職事牽，且覽案上書。
親友各馳騖，誰當訪弊廬。思君在何夕，明月照廣除。

（卷2頁85）

本詩為大曆十年（775）孟春自淮海返長安後作。應物常閒居未仕。從「偃仰遂真性」、「吾道亦自適，退身保玄虛」來看，韋應物似乎欲以佛道為心性之修煉，以達超然物外之趣，但再看到「親友各馳騖，誰當訪弊廬」時，又可看出他在隱居不仕的日子裡，還是免不了心境上的苦悶與寂寞。於是，從韋應物的詩中往往反映出一個現象：無論是讚頌自然、田園生活的美好，或是自陳高雅脫俗的內心境界，都是詩人逃避不順遂的際遇與期盼，即如「胡能遭盛明，才俊伏里閭。」尚未入

---

[27] 參《韋應物詩集繫年校箋》卷1頁41。引韋應物詩皆據此本，不贅。

仕，懷著入仕之心，其後始受李廣州署為錄事。[28]

四、「閑淡自適」與「幽獨寂寞」

王維少年得志，在歷盡顯耀後，選擇淡薄自守，並自營輞川別墅，生活悠然無虞。再加上篤信佛教，更使他的心境趨於恬靜平淡。這樣的生活及思想的變化，可和其創作作極為密切的聯繫。劉大杰在《中國文學發展史》中曾經提到：

> 他（王維）心安理得，他的心境與詩風，都能達到純然恬靜與平淡的境界[29]。

正因為心安理得，所以在山水詩風的表現上自然趨於閑淡自適。如〈青溪〉中有云：

> 言入黃花川，每逐青溪水。隨山將萬轉，趨途無萬里。
> 聲喧亂石中，色靜深松裏。漾漾泛菱荇，澄澄映葭葦。
> 我心素已閒，清川澹如此。請留磐石上，垂釣將已矣。
>
> （卷3頁73）

這首詩是寫由青溪入黃花川遊歷時的所見所感。前面八句寫沿途之景，在動靜、聲色的映襯之下，頗富意境美。試想、這樣的美景若為遷客騷人所見，必定又是一番感慨吧！所幸這大好山水遇見的是「**我心素已閒**」的王維，方能看出其素淡幽靜。又，王國維有言：「**一切景語皆情語也**。」[30] 如此之景，也正好反映出王維心境的恬淡閒逸，可謂相得益彰。

反觀韋應物，雖也是少年得志，但往後的遭遇及心境卻與王維迥異。位卑官小的感慨，再加上貧困難已自持，確實大大

---

[28] 參《韋應物詩集繫年校箋》，卷2頁85。
[29] 劉大杰《中國文學發展史》，頁425，臺北：華正書局，1982年5月初版。
[30] 王國維《人間詞話》，頁26，臺北：三民書局，1994年3月初版。

打擊韋應物之心志。故在享受閑居生活的舒暢自在之餘,更不時透露出孤寂冷清的情調,就以〈灃上西齋寄諸友〉來說:

絕岸臨西野,曠然塵事遙。清川下邐迤,茅棟上岧嶢。翫月愛佳夕,望山屬清朝。俯砌視歸翼,開襟納遠飆。等陶辭小秩,效朱方負樵。閒遊忽無累,心跡隨景超。明世重才彥,雨露降丹霄。群公正雲集,獨予欣(忻)寂寥。(卷4頁180)

本詩為作者大曆十四年(779)七月退居鄠縣西郊灃上時期作。詩中表達出詩人在閑居期間往往以山水景物自娛,但從**「等陶辭小秩,效朱方負樵」**中更可看出他的生活就如陶淵明(「家徒四壁」、「生生所資,未見其術」)、朱買臣(「家貧,好讀書,不治產業」)般貧困,而**「明世重才彥,雨露降丹霄。群公正雲集」**三句說明友人為朝廷所用,而己卻因無才而不為世用,也已退居灃水旁。所以末句雖有一「欣」字,敘西齋景物,卻仍掩不住詩人幽獨寂寞之心境。

伍、結論

《詩人玉屑》中有云:「為詩欲清深閑淡,當看韋蘇州、柳子厚、孟浩然、王摩詰、賈長江。[31]」又云:「王右丞如秋水芙蕖,倚風自笑。」[32]但仔細分析兩人之作品,發現兩人的山水詩雖都表現出澄澈清淡之風貌,但情懷卻不甚相同。大體說來,王維自己內心的理想、由於生平關係,把所看到山川田園中情境,客觀景物在他的描繪中,達到了如畫的理想境界。加

---

[31] 《王右丞集箋註》,卷下,附錄三條,〈詩評〉引。頁2,總頁3。又《詩人玉屑》卷15「王維」條,頁314,未見。版本見前。
[32] 同註31。頁2,總頁4。

上佛教思想的薰陶，使他的詩作，達到超我、真如的境界。韋應物在景物選取和描繪上，沒有王維那樣的苦心經營，山川風物作為韋應物在他的詩中表現生活的環境、情感活動，可知二人不同。王維因遭遇與心境之平順坦然，故其詩可說是表裡如一，予人超曠之感。而韋應物徘徊於仕與隱之間，雖欲以山水美景及佛道思想為超脫，也因此寫出了不少淡雅之作，卻不免從中透露出寂寥怨懟之感，或是表現出以之為逃避現實生活的意圖。故讀其詩，總不如王維之心安理得，而讓人久讀不厭。清‧施補華《峴傭說詩》云：「**韋公古澹，勝於右丞，故於陶為獨近。**」[33]同為山水派名家，卻因為書寫方法不同，而呈現出不同的風格意趣，其中之優劣又該如何評斷呢？也許不同的評論者不同的體會。但以施補華為代表的講法，也應尊重他的想法。甚且有人認為韋應物詩中「有人」，要比王維閒雅自然為好，各有所好。如《歲寒堂詩話》說：「**韋蘇州詩，韻高而氣清，王右丞詩，格老而味長。然互有得失，不無優劣**」[34]各有風格，不過讀王維之詩可見人生之達理，心境因而開闊；而讀韋應物詩，可發「於我心有戚戚焉」之嘆，心情亦能因此得到紓解。兩人殊途而令人有不同感受。

---

[33] 清‧施補華《峴傭說詩》頁7，a面，收於《清詩話》本，臺北：藝文印書館，1971年10月。
[34] 宋‧張戒《歲寒堂詩話》卷上，頁459，收入丁福保《歷代詩話續編》，北京：中華書局，2006年8月。

第九單元　李白（699～762）與山水詩

第一部分：李白山水詩的繼承與創新

一、前言

　　李白，武后聖曆二年（699）至唐肅宗寶應元年（762），字太白。隴西成紀人。中國詩歌發展到了六朝時代，出現以描寫山水風景見長的詩派，即所謂「山水詩派」。這個詩派以謝靈運和謝朓為前後時期的代表人物。二謝的作品雖然缺乏充實的社會內容，但在描摹自然風景上卻有相當高的成就。他們兩人都有豐富的遊歷經驗，充分領略過當時中國東南一帶大自然的明媚秀麗，並在作品中唯妙唯肖地反映出來。由於他們的創始，在我國古代詩歌中增加了一個新的內容。到了李白，其山水詩不僅繼承了二謝的成就，並做了更進一步的發展。

　　在中國山水詩史上，李白有著很獨特的表現。他曾「**浮四海，橫八荒，出宇宙之寥廓，登雲天之眇茫**」（〈代壽山答孟少府移文書〉）[1]，「**醉盡花柳，賞窮江山**」（〈暮春江夏送張祖監丞之東都序〉，卷26頁1），足跡幾遍大半中國江山，所到之處必登山臨水，領略無限的天地之美；有時憑弔舊苑荒台、歷史遺跡，生發出無窮的歷史感喟；有時飽覽名山巨川，諦聽大自然的聲息，感受宇宙萬物的永恆與流變。或感物起興，或移情入景，他譜寫出一首首以山水形象為畫面，以對社會、人生、自然的感受和體驗為內涵的作品。

　　李白繼承了唐以前山水文學的精神和傳統，並以其獨特的

---

[1] 李白《李太白文集》卷25頁7，臺北：商務四庫全書珍本11集，下引同，不贅。

生命情調,如;天才的氣質、強烈的個性、充沛的激情、敏銳的感受和豐富的想像等等,豐富了中國山水詩的內在。本文擬從李白山水詩作中細部剖析其受二謝山水詩影響的具體理由與鮮明痕跡,並尋繹出李白山水詩的獨特創新之處。

二、李白對二謝山水詩的承襲

在李白詩中提到二謝名字並表示崇敬追慕的地方很多,由於他和二謝有著共同的遊歷生活的基礎,以及他對二謝作品的愛好和揣摩,因而在他一部分描寫自然風景的詩歌中,就有意識的吸收了二謝的長處,把二謝作品中的某些境界融化在自己作品裡。以下從三個角度分析他盛讚二謝的原因,並指出他對二謝詩句的借鑒與模仿:

(一) 李白對二謝讚揚的原因

1. 李白與二謝的游蹤重合頗多,目睹了二謝曾歌詠過的景物,睹物思人,情不自禁地對前代詩人表示懷念。例如天寶八年(749),李白途經金陵西南的板橋浦(謝朓曾在此作〈之宣城郡出新林浦向板橋〉),遂作〈秋夜板橋浦汎月獨酌懷謝朓〉末云:「獨酌板橋浦,古人誰可徵?玄暉難再得,灑酒氣填膺。」(卷19頁11)次年,李白在宣城一帶遊歷,那是謝朓曾經任守且寫出許多優美山水詩的地方,所以李白那一年的詩作中再三提到謝朓。〈秋登宣城謝朓北樓〉云:「誰念北樓上,臨風懷謝公?」(卷18頁10)〈宣城謝朓樓餞別校書叔雲〉云:「蓬萊文章建安骨,中間小謝又清發。」(卷15頁5)〈游敬亭寄崔侍御〉云:「我家敬亭下,輒繼謝公作。」(卷11頁13)〈寄崔侍御〉云:

「高人屢解陳蕃榻，過客難登謝朓樓。」（卷11頁13）同樣，當李白在上元元年（760）游廬山與鄱陽湖時，便懷念起謝靈運在此地的游蹤：「閒窺石鏡清我心，謝公行處蒼苔沒。」（〈廬山謠寄盧侍御虛舟〉，卷11頁7）「謝公入彭蠡，因此游松門。余方窺石鏡，兼得窮江源。」（〈過彭蠡湖〉，卷19頁12）

2. 李白與二謝的生活態度乃至某些生活細節產生了共鳴，遂有尚友古人之念。大謝因政治失意而放浪山水，小謝處吏隱之間而寄情丘壑，李白對彼二者深契於心。其〈翰林讀書言懷呈集賢諸學士〉末云：「嚴光桐廬溪，謝客臨海嶠。功成謝人君，從此一投釣。」（卷21頁8）〈同友人舟行〉云：「楚臣傷江楓，謝客拾海月。懷沙去瀟湘，挂席泛溟渤。」（卷17頁1）〈題東谿公幽居〉云：「宅近青山同謝朓，門垂碧柳似陶潛。」（卷22頁10）諸詩可見與二謝情志的呼應。另外，謝靈運深賞其族弟惠連的詩，並因夢見惠連而寫出了「池塘生春草」的名句，李白作詩涉及兄弟時曾多次用此故事，如〈尋陽送弟昌岠鄱陽司馬作〉云：「爾則吾惠連，吾非爾康樂。」（卷14頁12）〈送二季之江東〉云：「初發強中作，題詩與惠連。」（卷15頁4）〈書情寄從弟邠州長史昭〉云：「昨夢見惠連，朝吟謝公詩。」（卷11頁8）〈送舍弟〉云：「他日相思一夢君，應得池塘生春草。」（卷14頁10）得見李白與在生活細節上與謝公的共鳴。

3. 李白對二謝的詩歌造詣高度讚賞。李白〈留別金陵諸公〉云：「詩騰顏謝名。」（卷12頁9）〈送儲邕之武昌〉云：「詩傳謝朓清。」（卷15頁8）對於二謝詩中的某些名篇名

句,李白更是讚不絕口,他不但繼承了二謝清新的風格,而且還在自己的詩作中直接引用了二謝的詩句,並且在山水詩的藝術手法上亦有所模仿。

(二)李白對二謝名篇佳句的借鑒

鍾嶸《詩品》評大謝詩云:「**名章迥句,處處間起。**」[2]又評小謝詩云:「**奇章秀句,往往警遒。**」[3]可見多警句是二謝詩的共同特色,而這特色又集中體現在二謝的山水詩中。李白對這些名句十分傾心,在其作品中常徑引二謝原句,例如大謝〈登池上樓〉中的「**池塘生春草**」李白就用過多次:「**他日相思一夢君,應得池塘生春草。**」(〈送舍弟〉,卷14頁10)「**夢得池塘生春草,使我長價登樓詩。**」(〈贈從弟南平太守之遙〉二首之一,卷9頁13)或稍作改動:「**謝公池塘上,春草颯已生。**」(〈游謝氏山亭〉)「**宮花爭笑日,池草暗生春。**」(〈宮中行樂詞〉八首之五,卷4頁5)雖說前二例或許帶有用典性質,但如此徑取前人成句的現象仍是值得注意的。又如小謝〈晚登三山還望京邑〉中的「**澄江靜如練**」李白也一字未易地放入己詩中:「**解道澄江靜如練,令人長憶謝玄暉。**」(〈金陵城西樓月下吟〉,卷6頁6)。尤為引人注目的是〈酬殷佐明見贈五雲裘歌〉云:「**我吟謝朓詩上語,朔風颯颯吹飛雨。謝朓已沒青山空,後來繼之有殷公。……故人贈我我不違,著令山水合晴暉。頓驚謝康樂,詩興生我衣。襟前林整斂暝色,袖上雲霞收夕霏。……**」(卷6頁13)這裡既化用小謝〈觀朝雨〉中「**朔風吹飛雨,蕭條江上來**」之句,又徑引大謝〈石壁精舍還湖中

---

❷ 鍾嶸《詩品》,卷上頁11,收在何文煥《歷代詩話》,臺北:藝文印書館,1971年2月。
❸ 同註2,頁14。

作〉中「山水含清暉」和「林壑斂暝色，雲霞收夕霏」三句。

除了借鑒佳句外，李白還模擬二謝名篇的詩境。例如大謝〈入彭蠡湖詩〉下半云：「攀崖照石鏡，牽葉入松門，三江事多往，九派理空存。靈怪吝珍怪，異人秘驚魂。金膏滅明光，水碧綴流溫。」[4]詩人眼前是一片迷惘，心灰意冷，傳說中江湖的靈怪神異，都隱遁不現，而金膏水碧這些世中寶物也都消失的無影無蹤。詩人以此為喻，意為自己要隱居起來，再不出世。李白游彭蠡湖時也寫了一首〈過彭蠡湖〉：「謝公入彭蠡，因此遊松門。余方窺石鏡，兼得窮江源。前賢迹可見，後來道空存；而欲繼風雅，豈徒清心魂？雲海方助興，波濤何足論？青嶂憶遙月，綠蘿鳴愁猿。水碧或可採，金膏秘莫言。余將振衣去，羽化出囂煩。」（卷19頁12）。李白這首詩不僅直接提到「謝公之彭蠡」此事，也引用了許多謝詩的詞語，甚且詩意緊緊相隨，說的是同樣的心志，只不過一個是「入松門」，一個是「羽化升仙」罷了，因此二詩意境相近。

（三）李白承繼二謝山水詩的排偶特點

大謝詩的一大特色是多排偶，鍾嶸《詩品》頗以「以繁蕪為累」[5]，沈德潛所謂：「陶詩勝人不在排，謝詩勝人正在排。」[6]所謂「繁蕪」、「排」都指這一方面言。小謝排偶現象雖不如大謝之甚，但有些作品也幾乎是通篇偶對。從大謝到小謝，排偶手法的發展鮮明的體現了詩歌由古轉律的變化。宋·嚴羽《滄浪詩話》云：「謝朓之詩，已有全篇似唐人者，當觀

---

[4] 黃節《謝康樂詩注》，卷4頁150，臺北：藝文印書館，1987年10月。
[5] 鍾嶸《詩品》，卷上頁11，何文煥收入《歷代詩話》，臺北：藝文印書館，1971年2月。
[6] 清·沈德潛《說詩晬語》卷上頁7，收在丁福保《清詩話》本，臺北：藝文印書館，1971年10月。

其集方知之。」[7]又,明人鍾惺云:「康排得可厭,卻不失為古詩。玄暉排得不可厭,並已浸淫近體。」[8]從總體看,李白的五言古詩中排偶佔的比重很小,但其五古山水詩的排偶比重卻相當大,這應是受到二謝的影響。例如以下二首詩:

〈早過漆林渡寄萬巨〉

西經大藍山,南來漆林渡。水色倒空青,林煙橫積素。漏流昔吞歙,沓浪競奔注。潭落天上星;龍開水中霧。巉巖注公柵;突兀陳焦墓。嶺峭紛上干,川明屢回顧。因思萬夫子,解渴同瓊樹。何日睹清光,相觀詠佳句。

(卷11頁13)

又,〈秋夜宿龍門香山寺奉寄王方城十七丈奉國瑩上人從弟幼成令問洛陽〉

朝發汝海東;暮棲龍門中。水寒夕波急,木落秋山空。望極九霄迥;賞幽萬壑通。目皓沙上月;心清松下風。玉斗生網戶;銀河耿花宮。興在趣方逸;歡餘情未終。鳳駕憶王子;虎溪懷遠公。桂枝坐蕭瑟;棣華不復同。流恨寄伊水,盈盈焉可窮?(卷10頁14)

詩體雖為五古,但詩句中十有八九為對句,句法也接近二謝。例如前一首中「**水色倒空青,林煙橫積素**」、「**漏流昔吞歙,沓浪競奔注**」諸聯,對偶板重拘滯,頗似大謝。後一首中「**水寒夕波急,木落秋山空**」、「**興在趣方逸;歡餘情未終**」諸聯,清麗圓活,近於小謝。後一首的開頭二句尤其值得注意,這種「朝如何如何」「暮如何如何」且置於開頭的寫

---

[7] 宋‧嚴羽《滄浪詩話》〈詩評〉頁451,收入何文煥《歷代詩話》,臺北:藝文印書館。
[8] 鍾惺《古詩歸》卷13,收在《續修四庫全書》,上海古籍出版社。

法，從《楚辭・離騷》「**朝搴阰之木蘭兮，夕攬洲之宿莽**」；「**朝飲木蘭之墜露兮，夕餐秋菊之落英**」以來，至魏晉南朝詩人已習用，大謝詩中如「**宵濟漁浦潭，旦及富春郭**」（〈富春渚〉卷2）、「**曉月發雲陽，落日次朱方**」（〈廬陵王墓下作〉卷3）、「**晨策尋絕壁，夕息在山樓**」（〈登石門最高頂〉卷3）、「**暝投剡中宿，明登天姥岑**」（〈登臨海嶠初發疆中作與從弟惠連見羊何共和之〉卷3）等例均可為證。而李白詩中也很常見，如「**朝弄紫泥海，夕披丹霞裳**」（《古風五十九首》之四一，卷1頁10）、「**朝飲王母池，暝投天門關**」（〈游太山〉六首之六，卷16頁12）、「**朝發汝海東，暮棲龍門中**」（〈秋夜宿龍門香山寺……〉卷10頁14），與大謝如出一轍。這種寫法本身並非缺點，但是連篇累牘這樣寫，就給人程式化的單調感。當然李白的山水詩不全是這樣的情形，尤其是他用七古七絕寫成的山水詩之成就絕非二謝所能比。

三、李白山水詩的創新

李白吸收了二謝清新的一面，五古山水詩受其影響；而他的七絕和七古山水詩，以積極的創新。他的山水詩，寄情於自然景物，給予大自然以人的個性。在他筆下，無論奔騰的黃河、高峻的蜀道，還是春花明月、北風雨雪，都深深的染上了濃厚的浪漫主義的激情，透出詩人對壯美的大自然的熱愛。在他的山水詩中，那「**銀河落九天**」的誇張，「**霓為衣兮風為馬**」般的想像，「**清水出芙蓉**」般的語言，使李白的山水詩獨樹一幟。以下就從（一）積極入世，建功立業的壯志；（二）反璞歸真的逍遙；（三）注重體現人的價值；（四）豐富誇張的想像力等四個角度來看李白山水詩的獨創魅力。

（一）積極入世，建功立業的壯志

　　唐朝建立以後，中國封建社會已進到一個更高的發展階段，生產的發展與國勢的強大，使唐帝國成為當時世界文明的中心。李白創作最多的時期，正是大唐帝國的鼎盛時期。杜甫有詩讚曰：「**憶惜開元全盛日，小邑猶藏萬家室。稻米流脂粟米白，公私倉廩俱豐實。九州道路無豺虎，遠行不勞吉日出。齊紈魯縞車班班，男耕女桑不相失。**」[9]生活在這樣的年代，怎不叫人積極進取。李白對生活充滿了理想與信心，但卻也在現實中遭受打擊。他在天寶元年（742）奉召入京，自以為君臣遇合的時機到來，可以施展抱負，大濟蒼生。但是到了長安，並未被受以正式官職，還飽受權貴的壓抑與忌恨，終被擠出京。他的自由性格與等級制度的碰撞，使他有許多暴露黑暗的詩章，如「**登高望四海，天地何漫漫！霜被群物秋，風飄大荒寒。榮華東流水，萬事皆波瀾。白日掩徂輝，浮雲無定端。梧桐巢鷰雀，枳棘棲鴛鴦。且復歸去來，劍歌行路難。**」（〈古風〉五十九・卷1頁10）。對政治黑暗的暴露，與他對政治的追求是一致的。又如〈西岳雲臺歌送丹丘子〉（卷5頁12）一詩描繪了雄偉的華山和壯麗的黃河，黃河那不可阻擋的偉大形象，所謂「**西岳崢嶸何壯哉，黃河如絲天際來。黃河萬里觸山動，盤渦轂轉秦地雷。**」表現了詩人對不平凡生活的追求與嚮往。又如〈遠別離〉一詩借用了屈原《九歌》中〈山鬼〉、〈湘君〉、〈湘夫人〉等的意境，關心國事，憂慮前途，而表現出無可奈何的悲痛心情。詩中云：「**遠別離，古有皇英之二女，乃在洞庭之南，瀟湘之浦。**」（卷2頁1）終李白

---

❾ 錢謙益《杜工部集註》卷5〈憶昔〉二首之2，頁18，臺北：新文豐出版公司，1979年10月。

之一生,可說始終沒有忘卻對國家天下的關懷,並冀望能有施展抱負的機會。此天寶年間,唐玄宗貪圖享樂,荒廢政綱,向宦官高力士表示要把國家大事,交給李林甫、楊國忠,兵權交給安祿山、哥舒翰,正如《唐書·高力士傳》所言。而李白深以國家安危憂進言,怕禍及己,不得已,形之詩,致其愛君憂國之志。[10]

(二) 反璞歸真的逍遙

李白在政治上欲進不能的情形下,心靈反而呈現出反璞歸真的逍遙。在〈獨酌清溪江石上寄權昭夷〉他這樣寫道:「**永願坐此石,長垂嚴陵釣。寄謝山中人,可與爾同調。**」(卷11頁6)。詩歌淡泊明志,悠悠然一種自樂自足的逍遙。〈日夕山中忽然有懷〉一詩:「**久臥名(青)山雲,遂為名(青)山客。山深雲更好,賞弄終日夕。月銜樓間峰,泉漱階下石。素心自此得,真趣非外借。……**」(卷20頁7)李白與山水雲石為伴,在大自然的天籟中充分感受到內心世界的豐富和充實,流布於字裡行間的真情實感,完全是心靈的真傳。久居山中,臥看青雲,人隨物動,物我難分。雲好更在山深處,終日賞美忘歸人。在一輪清月的朗照下,群峰格外秀麗;在一泓清泉的叮咚聲中,山石分外透明。息息山風迎面吹來,讓人心曠神怡;溫情的月光撫媚醉人。這山中的幽幽古思,使人心神留連而安寧。這類詩是李白穿過了人生的風風雨雨,歷經了生活的坎坷,見慣了世間的悲歡離合,感受了生命的大起大落後的澈悟。李白正是在這類自然景物中,才感受到自由的心在飛翔,才體味到人與自然的高度融合與交流,置身於怡然自得的

---

[10] 參王建生《古典詩選評注》頁190,臺北:文津出版社,2003年8月。

空間,在清涼的氛圍中求得平靜,憑藉自然意象曲折的洩漏情感,完整而準確地表達了自己的主觀意向與價值取向。從而,詩人的個人情感和山水融成一體,構成了「忘我」「無我」之境。〈白雲歌送劉十六歸山〉(卷6)、〈白雲歌送友人〉(卷14)、〈獨坐敬亭山〉(卷20)等詩,都流露了李白恬淡自然的思想。

(三)注重體現人的價值

李白集神仙、劍術、游俠、酒客、詩人多種性情於一身,才華橫溢,狂放不群。他「通詩書,觀百家」,雖然接受前人思想的影響十分龐雜,而又尤近於儒道。有時他會流露不滿現實,指斥人生的苦痛心曲:「**奈何天地間,而作隱淪客**」;有時又會高吟滿懷抱負,縱情歡樂的駿快辭句:「**仰天大笑出門去,吾輩豈是蓬蒿人**」;有時又會笑傲王侯,蔑視世俗,發出「**安能摧眉折腰事權貴,使我不得開心顏**」的怒吼。他英風激盪的詩文語境裡,無處不體現他傲岸不馴的獨立人格,而在亮麗似畫的山水詩文語境裡,更是李白體現自己人生價值的靈魂寫真。他的山水詩具有明顯的人文主義精神,並注重體現人生價值,這是因為,首先,他行萬里路,腳踏千山,對自然山水有著深厚真摯的感情;其次,當李白置身於自然山水的熱情擁抱中,便體悟道了一種會心的懼意和難言的快慰;再次,在唐朝的現實環境中,李白入世不得,求仙不能,「哭不得,所以笑」。當他所做的一切喧嘩與騷動,均使他身心疲憊,此時,躍進搏擊的心靈慢慢沉澱下來,一切順其自然,在大自然的水魄山魂中,創造出了無窮樂趣,開發了無盡的天真爛漫。表現在李白山水詩中的達觀與快樂,正是李白根據自己主觀心境的

變化,給靈山秀水渲染的不同情感色彩。於是,在李白的山水詩中,他和自然山水的神交,已深入到一花一葉,一波一月,以致一座秋山,一泓綠水,例如:

> 江城回淥水,花月使人迷。(〈襄陽曲〉四首之1,卷4頁4)
> 漢水臨襄陽,花開大堤暖。(〈大堤曲〉,卷4頁4)
> 荷花嬌欲語,愁殺盪舟人。(〈淥水曲〉,卷5頁1)
> 天秋木葉下,月冷莎雞悲。(〈秋思〉,卷5頁3)
> 燕支黃葉落,妾望白登臺。(卷5頁3)
> 漢水波浪遠,巫山雲雨飛。(〈江上寄巴東故人〉,卷11頁11)
> 今日雲景好,水綠秋山明。(〈九日〉,卷17頁11)

在以上這些山水花草等自然物質裡,李白都融入了自己的豐富情感,傾注了他對自然山水無言的愛。春日裡那欲語的荷花、秋風中那紛飛的木葉、雲雨時那漢水的波浪、山深處那清亮的綠水,通通都成了李白人格、人品、人的個體價值的化身,成了他卓爾不凡的精神象徵。這些別開生面的山水詩,既是李白對人生深沉體驗的寫真,又注重體現了人的價值。而李白個人價值的人文主義精神,主要表現在三方面:其一,松竹梅蘭——高節大志的精神達觀;其二,日出月落——豁達深沉的人生喟嘆;其三,青山綠水——亙古永恆的人格風範。當李白的身心與自然有機的結合在一起,他山水詩歌的語境裡,就極為自然的顯現出了濃厚的人情味和個性化特徵。

(四)豐富誇張的想像力

李白飽覽群書,又遍遊明山秀水,無論見解視野均極廣闊,加上他飄逸的才思與豐富的想像能力,使得他的山水詩出

現了一類從虛處落筆的名篇,例如:〈蜀道難〉

噫吁戲!危乎高哉!蜀道之難,難於上青天。蠶叢及魚鳧,開國何茫然!爾來四萬八千歲,不與秦塞通人煙。西當太白有鳥道,可以橫絕峨眉巔。地崩山摧壯士死,然後天梯石棧方鉤連。上有六龍回日之高標,下有衝波逆折之回川。黃鶴之飛尚不得,猿猱欲度愁攀援。……蜀道之難,難於上青天,側身西望長咨嗟。(卷2頁2)

在〈蜀道難〉中,李白極盡鋪陳之手法,展開豐富的想像,著力描繪了秦蜀道陸上奇麗驚險的山川,並從中透露了對現實社會的某些憂慮與關切。他按照由古及今,自秦入蜀的線索,描摹一路山水物象,以展示蜀道之難。詩人感情的起伏隨著自然場景變化,激盪著讀者的心弦。山勢的高危、古木荒涼、鳥聲悲淒的境界、險象叢生的要塞,詩句呈現出一幅幅驚人的景象。對於千里蜀道,詩人也只是神馳而已,一生中並未涉足其地。此詩對蜀道之艱難極盡形容之能事,其中顯然別有用意。如此險惡的環境,詩人不是冷漠的觀賞,而是熱情的讚嘆,藉以抒發自己的思想感受。虛寫蜀道艱難,實則仕途坎坷,反映了詩人在長期漫遊中屢遭挫折的生活經歷和懷才不遇的憤懣之情。又如〈夢遊天姥吟留別〉,實乃遨遊心中之理想境界,結尾二句「**安能摧眉折腰事權貴,使我不得開心顏?**」(卷12頁3)正如〈宣州謝朓樓餞別校書叔雲〉說的:「**人生在世不稱意,明朝散髮弄扁舟**」(卷15頁5)我們看到了真正的李白,具有讀書人的傲骨。這些詩神思飛揚,詞采壯麗,但那煙雲明滅、變幻莫測的神奇山水,均是詩人用驚人的想像力創造出來的。沈德潛《說詩晬語》云:「**太白落想天外,局自變**

生，大江無風，波浪自湧，白雲卷舒，從風變滅，此殆天授非人力也。」[11]

（五）送別詩

李白有些送別詩，如〈黃鶴樓送孟浩然之廣陵〉云「**故人西辭黃鶴樓，烟花三月下揚州。孤帆遠影碧山盡，唯見長江天際流。**」（卷12頁11）。又，〈渡荊門送別〉：「**渡遠荊門外，來從楚國游。山隨平野盡，江入大荒流。月下飛天鏡，雲生結海樓。仍憐故鄉水，萬里送行舟。**」（卷12頁12）。又，〈送友人尋越中山水〉：「**聞道稽山去，偏宜謝客才。千巖泉灑落，萬壑樹縈迴。東海橫秦望，西陵繞越臺。湖清霜鏡曉，濤白雪山來。八月枚乘筆，三吳張翰杯。此中多逸興，早晚向天台。**」（卷13頁4）等等，也都繪畫山水，不必為山水詩。

四、結語

李白的山水詩不是僅憑他的天才頭腦臆造的，除了吸收前人的長處外，一定程度上是當時經濟、政治社會的深刻反映。他汲取二謝清新的特點並加以創新。在情懷的抒發上，他有別於二謝的低沉與冷色調，展現暖色調的、高昂激越的、一瀉千里不可阻擋的氣勢，並且還用誇張、浪漫的手法，展現出不同於二謝「精雕細琢」的精神氣象。使山水與作者之間產生了交流。並能主宰山水個性。也就是說，李白向山水尋覓知音，把山水視為交流的對象，一方面通過山水自然展示他的性情，一方面又不斷從山水自然中得到助力，滋潤和激發自己的性情。在作家與山水的關係方面，他處於主導山水的層次。

---

[11] 清·沈德潛《說詩晬語》卷上頁10，版本同註6。

第二部分：李白山水詩的特色

李白山水詩特色，可分成下列幾項敘述：

一、意境壯美，氣勢磅礴

上一部分提到李白恬淡自然，以及具有讀書人孤傲的個性，影響詩作。因為恬淡，胸羅宇宙，因為高傲，睥睨萬物，使得李白山水詩的特點之一便是氣勢磅礴，風格豪放。王兆鵬、孟修祥如此形容：

> 縱覽飛流直下的懸泉瀑布、奔騰咆哮的大江巨河、壁立千仞的雄山奇峰，他那桀驁不馴的個性、豪放不羈的自由靈魂，便獲得了強烈的共鳴，他的叛逆性格和抗爭心理也與自然一拍即合，從而帶來自由意志的滿足，主體生命力、創造力的擴張。因此，他的筆下山川總是突破一般性的描寫層次，體現出一種巨大衝突的審美特徵。[12]

山水的形象在李白筆下顯得意境壯美，這與詩人本身傲岸不群的鮮明個性也有著極大的關連。李白善用「大」事物場景，不論崇山、巨巖、壯水、急湍等，因此顯現出李白山水詩的氣勢壯大，宏偉。張家騏也說：「**最值得注意的是李白山水詩千變萬化，形成了氣勢磅礴的山水詩系列，這在中國詩史上是極罕見的。**」[13]晚唐詩人皮日休亦曾評論李白的詩作以「**五岳為辭鋒，四溟作胸臆。**」(〈七愛詩‧李翰林〉)[14]皆讚揚李白確有捕捉大氣象之物於筆端的氣魄與藝術技能，如〈西岳

---

[12] 王兆鵬、孟修祥〈論李白山水詩的生命情調〉，頁523，《謝朓與李白研究》，茆家培、李子龍主編，北京：人民文學出版社，1995年9月。
[13] 張家騏〈中國古代山水詩之冠──簡論李白的山水詩〉，《魯齊學刊》，第5期，1992年。
[14] 清‧錢謙益、清‧季振宜輯、屈萬里、劉兆祐合編《全唐詩稿本》明清末刊稿彙編第二輯，第57冊，頁020130～020131，臺北：聯經出版事業公司，1979年8月。

雲臺歌送丹丘子〉一詩：

> 西岳崢嶸何壯哉,黃河如絲天際來。黃河萬里觸山動,
> 盤渦轂轉秦地雷。榮光休氣紛五彩,千年一清聖人在。
> 巨靈咆哮擘兩山,洪波噴流射東海。三峯却立如欲摧,
> 翠崖丹谷高掌開……[15]（卷7頁488）

詩人筆下崢嶸聳立的西岳華山,黃河由天際傾瀉而下,奔騰萬里,一路咆哮,波浪滔天,聲響震地,撼動山脈。又如〈公無渡河〉：

> 黃河西來決崑崙,咆哮萬里觸龍門。波滔天,堯咨嗟。……（卷3頁196）[16]

再如〈贈裴十四〉：

> ……黃河落天走東海,萬里寫入胸懷間。（卷9頁628）……

以及〈廬山謠寄盧侍御虛舟〉：

> ……
> 廬山秀出南斗旁,屏風九疊雲錦張,影落明湖青黛光。
> 金闕前開二峯長,銀河倒挂三石梁。
> 香爐瀑布遙相望,迴崖沓嶂凌蒼蒼。
> 翠影紅霞映朝日,鳥飛不到吳天長。
> 登高壯觀天地間,大江茫茫去不還。
> 黃雲萬里動風色,白波九道流雪山。……（卷14頁863）

---

[15] 唐・李白、瞿蛻園校注：《李白集校注》,卷7頁488,臺北：里仁書局,1981年3月；及上海古籍出版社出版《李太白文集》。
[16] 唐・李白、瞿蛻園校注：《李白集校注》,卷3頁196,版本同上。下引同,但言卷頁,不贅。

另如〈望天門山〉詩:

天門中斷楚江開,碧水東流至北迴。
兩岸青山相對出,孤帆一片日邊來。(卷21頁1255)

天門山,在當塗縣西南,因博望、梁山東西隔江相對如門,故稱。這首詩描繪的是遠望所見天門山的壯美景色,首句寫浩蕩的長江衝破天門奔騰而去的壯闊氣勢,一字「開」顯示長江衝決一切阻礙的神奇力量,再寫所望見天門兩山的雄姿。還有〈訪戴天山道士不遇〉詩中的「**野竹分青靄;飛泉挂碧峯**」(卷23頁1355)、〈渡荊門送別〉中的「**山隨平野盡;江入大荒流。**」(卷15頁941),〈將進酒〉以及「**黃河之水天上來,奔流到海不復回**」(卷3頁225)也都是利用大山大水,高低起伏的落差,創造出壯闊氣勢的例子。

這類詩歌所塑造出的形象雄偉,氣勢不俗,而呈現出震撼人心的藝術效果,也表現出李白豪情奔放的性情,使他的山水詩展現出異於傳統山水詩的雄奇偉健風格。

二、採用浪漫主義的手法,想像豐富、大膽

詩人採用浪漫主義的創作手法,它是允許想像,允許誇大的,因此李白藉助大膽的想像,在描摹山水情境之中,鋪陳了一個奇幻的世界,如〈登太白峰〉詩:

西上太白峯,夕陽窮登攀,太白與我語,為我開天關。
願乘冷風去,直出浮雲間。舉手可近月,前行若無山。
一別武功去,何時復更還?(卷21頁1219)

詩人想像著太白金星和他談話,為他打開天門,他要乘著清風,飛向雲端,直到月亮的旁邊,伸手還可以近及明月。想

像自由飛奔的一個世界啊?另外如〈夢遊天姥吟留別〉:

> 海客談瀛洲,烟濤微茫信難求。
> 越人語天姥,雲霓明滅或可覩。
> 天姥連天向天橫,勢拔五岳掩赤城。
> 天台四萬八千丈,對此欲倒東南傾。
> 我欲因之夢吳越,一夜飛渡鏡湖月。
> 湖月照我影,送我至剡溪。
> 謝公宿處今尚在,淥水蕩漾清猿啼。
> 腳著謝公屐,身登青雲梯。
> 半壁見海日,空中聞天雞。
> 千巖萬轉路不定,迷花倚石忽已瞑。
> 熊咆龍吟殷巖泉,慄深林兮驚層巔。
> 雲青青兮欲雨,水澹澹兮生烟。
> 列缺霹靂,丘巒崩摧。
> 洞天石扇,訇然中開。
> 青冥浩蕩不見底,日月照耀金銀臺。
> 霓為衣兮風為馬,雲之君兮紛紛而來下。
> 虎鼓瑟兮鸞回車,仙之人兮列如麻。
> 忽魂悸以魄動,怳驚起而長嗟。
> 惟覺時之枕席,失向來之烟霞。
> 世間行樂亦如此,古來萬事東流水。
> 別君去兮何時還,且放白鹿青崖間,須行即騎訪名山。
> 安能摧眉折腰事權貴,使我不得開心顏?(卷15頁898)

天姥山,在越州剡縣南八十里。謝靈運詩云:「**暝投剡中**

宿,明登天姥岑。」[17]這是李白山水詩中頗為特殊的一篇,它寫的不是真實生活中的遊山歷水,而是描寫夢中仙境的山水之景。從「**我欲因之夢吳越,一夜飛度鏡湖月。**」開始,恍惚進入了夢境,詩人穿行在奇麗的幻境中,循著謝公的腳步。他一路登高,上了青雲梯,見了海日,聞聽天雞啼鳴,但是「**千岩萬轉路不定,迷花倚石忽以暝。**」,夢中景象開始變得暗晦不清,耳邊傳來熊咆龍吟聲,令人驚心!忽然間,石崩天開,眼前豁然開朗,夢中險境變成了神仙境地,神仙們紛紛從天而降,霓為衣裳,長風為駿馬,仙境出現了光華繽紛的五彩景象。似幻似真,飄忽迷離,令人神迷目眩,可以看出李白想像力的極度展現!

三、誇張奇特的比喻

李白的山水詩與傳統清新澹遠的山水詩不同之處,就在於李白在山水詩的創作中賦予極大膽的誇張描寫,而使他的山水詩開創了前所未有的雄奇風格。所謂誇張,著重於言過其實,是為了加強語言的效果而在真實的基礎上把大的說成更大,把小的說成更小,或把大說成很小,把小說成很大,是一種修辭的方法。如〈望廬山瀑布〉二首中的幾句:

西登香爐峯,南見瀑布水。挂流三百丈;噴壑數十里。欻如飛電來,隱若白虹起。……海風吹不斷,江月照還空。……(其一)(卷21頁1238)

日照香爐生紫烟,遙看瀑布挂前川。飛流直下三千尺,疑是銀河落九天。(其二)(卷21頁1241)

---

[17] 黃節《謝康樂詩注》〈登臨海嶠初發疆中作與從弟惠見羊何共和之〉,卷3頁22,總頁143,臺北:藝文印書館,1987年10月。

此為開元十四年（726）作[18]。香爐峯，在廬山西北。第一首「**挂流三百丈**」，寫瀑布直瀉三百丈，言其高，此「三百丈」非實際測量得來，是詩人為敘寫瀑布之高所託的數字詞。下句寫瀑布水落地後尚噴濺「數十里」，以「壑」言其落點之低，高低差立即呈現強烈的對比，落地後還有噴濺數十公里的廣度，廬山瀑布高偉壯闊之形象，立即躍然紙上。宋·劉辰翁云：「『**海風吹不斷，江月照還空。**』奇矣不復可道」。[19]表現空靈之美。

　　第二首，數字詞改成「三千尺」，一丈十尺，為避免重複，詩人變化了數字，雖然「三千尺」與「三百丈」等值，但單從數字的效果來看，此「三千」更為驚人，誇大的效果更為突出。下句以「銀河」比喻瀑布的晶白水色，不僅寫瀑布之流，還有色感，可謂遣詞精到。再以「九天」寫其高低落差，就如「**黃河之水天上來**」一樣，襯瀑布飛奔而下的雄偉壯闊之感，在視覺上也達到極佳的效果。中唐詩人徐凝也寫了一首〈廬山瀑布〉：「**虛空落泉千仞直，雷奔入江不暫息。今古長如白練飛，一條界破青山色。**」[20]寫得有氣勢，但卻顯得侷促，大概是因為它轉來轉去都是瀑布，雖然寫實，但也呆板。蘇軾〈戲徐凝瀑布詩〉云：「**帝遣銀河一派垂，古來惟有謫仙詞。飛流濺沫知多少，不與徐凝洗惡詩。**」[21]斥徐凝詩為「惡詩」，語氣雖過於偏激，明顯地「揚李抑徐」，卻也看出李白描摹景物有形有神，極富奔放空靈之感。又如〈上三峽〉詩：

---

[18] 據唐·李白、瞿蛻園校注：《李白集校注》，卷21頁1240，版本同前注，引詹鍈說。
[19] 據金濤聲、朱文彩編《李白資料彙編》，頁710，北京：中華書局，2007年7月。
[20] 清·錢謙益、清·季振宜輯、屈萬里、劉兆祐合編《全唐詩稿本》明清未刊稿彙編第二輯，第43冊，頁015149，臺北：聯經出版事業公司，1979年8月。
[21] 倪其心、陳新、許逸民、孫欽善、傅璇琮合編《全宋詩》，第14冊，頁9337，北京：北京大學出版社，1993年9月。

> 巫山夾青天，巴水流若茲。巴水忽可盡，青天無到時。
> 三朝上黃牛，三暮行太遲。三朝又三暮，不覺鬢成絲。
>
> （卷22頁1278）

此詩作於李白晚年流放夜郎途中上三峽時，詩人的心愁就如同「巴水」一般，「青天」的意象又可暗喻君恩，流放夜郎之際，想到自己未曾受到君王的重用，就如同巴水流盡也流不到青天般，是多麼悽苦的情感！末聯「**三朝又三暮，不覺鬢成絲**」，經三天三夜之上行，行路之艱難令人鬢髮都變白了，才經過三天，感覺卻好像是活了五、六十歲般白了髮。王夫之《唐詩評選》云：**落卸皆神，袁淑所云須捉著，不爾便飛者。非供奉不足以當之。真《三百篇》、真《十九首》。**[22] 所言極是。又如〈西岳雲臺歌送丹丘子〉：

> 西岳崢嶸何壯哉！黃河如絲天際來。
> 黃河萬里觸山動，盤渦轂轉秦地雷。……（卷7頁488）

華山為西岳。這是本詩開頭四句，寫黃河水流經西岳時，如絲般從天際飄掛而下，以「絲」字之細，寫壯闊的黃河，雖令人感到不可思議，卻生動地映襯出西岳的山高勢廣。在〈橫江詞〉六首也以誇張筆法來敘寫，如「**一風三日吹倒山，白浪高於瓦官閣。**」（其一）（卷7頁515），便寫橫江連颳三日的風能吹倒山，江中捲起的巨浪高過瓦官閣。以「吹倒山」來誇大描寫風勢之強勁，以「高於瓦官閣」突出濤浪的洶湧澎湃。

四、融合仙道傳說

在道風甚熾的盛唐，到處瀰漫求仙訪道之風，詩人一心求

---

[22] 引自瞿蛻園《李白集校注》卷22頁1278，版本同前注。

仕的過程並不順利,遲遲未受明主召用,以「仙遊解憂」正是他自我心理療傷的方式之一。既是「遊」,除了神遊、幻遊之外,必定得走出去,唐代道山處處,李白足跡所至的名山勝景中免不了道氣的薰染,很自然地,遊道山、臨勝景也成為他尋仙訪道的具體實踐。詩中言仙說遊,多有山林景觀的描述,因此山水之美也沾染了仙意,仙道傳說也不時採入詩中,成為具有仙道風味的山水詩,「**五岳尋仙不辭遠,一生好入名山游**」(〈廬山謠寄盧侍御虛舟〉,卷14頁863)陶文鵬、韋鳳娟主編的《靈境詩心——中國古代山水詩史》裡這樣描述:

> 李白身處大唐王朝由盛轉衰的歷史時期,以英發的個性稟賦,受道教文化的深刻浸染,漫遊天下,遍歷名山大川,尋仙訪道,亦留連風景,將生命快意的抒發與自然生意的摹寫交合一體,形成了具有特定文化底蘊和獨到興象類型的山水仙遊詩風。[23]

這在唐代的山水詩作中是一個較罕見的題材和特色。如〈廬山謠寄盧侍御虛舟〉:

> 我本楚狂人,鳳歌笑孔丘。
> 手持綠玉杖,朝別黃鶴樓。
> 五嶽尋仙不辭遠,一生好入名山游。
> 廬山秀出南斗旁,屏風九疊雲錦張,影落明湖青黛光。
> 金闕前開二峯長,銀河倒挂三石梁。
> 香爐瀑布遙相望,迴崖沓嶂淩蒼蒼。
> 翠影紅霞映朝日,鳥飛不到吳天長。

---

[23] 陶文鵬、韋鳳娟主編《靈境詩心——中國古代山水詩史》,頁229-230,南京:鳳凰出版社,2004年4月。

登高壯觀天地間，大江茫茫去不還。
黃雲萬里動風色，白波九道流雪山。
好為廬山謠，興因廬山發。
閑窺石鏡清我心，謝公行處蒼苔沒。
早服還丹無世情，琴心三疊道初成。
遙見仙人綵雲裡，手把芙蓉朝玉京。
先期汗漫九垓上，願接盧敖遊太清。（卷14頁863）

方東樹《昭昧詹言》言「廬山以下正賦，早服數句應起處，是以不平。章法一線乃為通。非雜亂無章不通之比。」[24] 全詩描寫廬山勝景為主線，寫出廬山的雄奇瑰麗，長江氣勢的雄偉。從「**謝公行處蒼苔沒**」一句起寫謝靈運走過的地方，如今已被青苔覆蓋，開始轉入對人生無常的慨嘆，不禁興起尋仙訪道之思，希望超脫現實，以求解決內心的矛盾。是一篇具有求仙意識的詩作。又如〈遊太山〉六首其五，也是在描寫山水景色中託以仙道情的山水詩作：

日觀東北傾，兩崖夾雙石。海水落眼前，天光遙空碧。
千峯爭攢聚，萬壑絕凌歷。緬彼鶴上仙，去無雲中跡。
長松入霄漢，遠望不盈尺。山花異人間，五月雪中白。
終當遇安期，於此鍊玉液。（卷20頁1158）

所謂「終當遇安期」，指安期生者，「合則見人，不合則隱」，富於想像。

再如〈焦山望松寥山〉詩：

石壁望松寥，宛然在碧霄。

---

[24] 唐・李白、瞿蛻園校注《李白集校注》，卷14頁867，引方東樹《昭昧詹言》。版本同前注。

安得五綵虹，架天作長橋？
仙人如愛我，舉手來相招。（卷21頁1218）

焦山，在江蘇鎮江府東北九里中，後漢焦先隱此，故名焦山。旁有海門二山，一名松寮、夷山。由山水託以仙道。

以及在〈西岳雲臺歌送丹丘子〉一詩中：

西岳崢嶸何壯哉！黃河如絲天際來。
……
雲臺閣道連窈冥，中有不死丹丘生。
明星玉女備灑掃，麻姑搔背指爪輕。
我皇手把天地戶，丹丘談天與天語。
九重出入生光輝，東求蓬萊復西歸。
玉漿儻惠故人飲，騎二茅龍上天飛。
……（卷7頁488）

雲臺，在陝西西安府華陰縣南十里高數仞，石壁層層，有如削成。上有芙蓉、落雁、玉女三峰。所謂雲臺，乃其東北之峯，崔嵬獨秀，有若臺形。[25]丹丘子，即元丹丘，為道士，受法於紫陽。李白與元丹丘訂交早。

還如〈遊太山六首〉其一：

四月上太山，石平御道開。
……
天門一長嘯，萬里清風來。玉女四五人，飄颻下九垓。
含笑引素手，遺我流霞杯。稽首再拜之，自愧非仙才。
曠然小宇宙，棄世何悠哉！（卷20頁1154）

---

[25] 唐・李白、瞿蛻園校注：《李白集校注》，卷7頁489引雲臺注。版本同前注。

太山,在今山東濟南府泰安州北五里。詩中天門(泰山有南天門、東、西三天門)一開,仙女飄飄而下。其他詩作如〈遊太山〉六首其三、其四(卷20)、〈天台曉望〉(卷21)等,均是此類揉合仙道傳說的山水詩篇。

五、山水是詩人情感的代言體

李白的詩歌絕大多數是抒情詩,他一生歷經仕途起伏多變的遭遇,將自己心境上的變化,情感的依存,託付於山水之間,透過描山摹水,而將自己心中壓抑的情感宣洩釋放出來,以有形山水表達無形情感,他將山水個性化、人格化,可以與山水同喜同悲,因此山水景物往往和作者的心靈相契合,進而創作出情景高度交融的山水詩佳作。如〈獨坐敬亭山〉便是一個典型的例子:

> 眾鳥高飛盡,孤雲獨去閑。相看兩不厭,只有敬亭山。
> (卷23頁1354)

敬亭山,在寧國府城北十里,古名昭亭山。作者使無生命的敬亭山有了生命,似乎只有敬亭山是他的知己,而山默默無言與詩人深情相望,此時山與人之間已無界限,由山靜透出心靜,人與大自然渾融為一體。或如〈橫江詞六首〉其二:

> 海潮南去過尋陽,牛渚由來險馬當。
> 橫江欲渡風波惡,一水牽愁萬里長。(卷7頁517)

尋陽即九江郡,江州。牛渚山,在太平州當塗縣北三十里。馬當山,在江州彭澤縣東北一百里,橫入大江甚為險絕。[26] 詩人藉著橫江的江水來寓託自己的心愁。以及〈清溪行〉詩

---

❷ 唐・李白、瞿蛻園校注《李白集校注》,卷7頁517注釋部分。版本同前注。

中：

> 清溪清我心，水色異諸水。借問新安江，見底何如此？
> 人行明鏡中，鳥度屏風裏。向晚猩猩啼，空悲遠遊子。

（卷8頁579）

　　清溪在池州府城北五里。清溪的水使詩人心地澄明，在那樣清澈見底的清水面前，詩人才找到了純潔的心靈知音。在詩中李白創造了一個情調淒涼的清寂境界，詩人離開混濁的帝京，來到這水清如鏡的清溪畔，固然感到「清心」，可是對胸懷濟世之才的李白來說，卻不免有一種心靈上的孤寂。

六、結語

　　唐代是中國詩歌發展史上的黃金時代，也是中國古代山水詩成熟時期和高潮時期，盛唐詩壇名家輩出，王維、孟浩然是山水田園詩派的主要作家。然而有別於王、孟的山水風格，李白以其遊宦的經歷，將個人的情緒感懷盡情地宣洩於山川風月之中，從大處勾勒崇山峻嶺、急湍壯水，以寫意的方式吟詠山水，創作出氣勢壯闊，雄奇壯美，而又想像力豐富，幻想大膽，帶有仙道思想的山水仙遊詩風，為中國古代山水詩史寫下另一頁燦爛的篇章，足以在中國山水詩史上占有一席之地。

第十單元　杜甫(712～770)山水詩與山水紀行詩

第一部分：杜甫山水詩

一、前言

　　李杜山水詩，依莫礪鋒的講法：「**李杜山水詩體現兩種傾向，……正如李嗣奭所云：蓋李善用虛，而杜善用實，用虛者猶畫鬼魅，而用實者工畫犬馬，此難易之辨也。……前者更需要豐富的想像和飄逸的才思，後者更需要深摯的構思和雄強的筆力，……正體現李杜二人才性之別。**」[1]對於李白、杜甫的山水詩分析的十分恰當。山水詩由謝靈運開創，經六朝、初唐等幾代詩人的努力，至盛唐時期王維、孟浩然，堪稱已達成熟，不管是體制上或者是表現技巧上，都有了長足的進步。而杜甫較受人重視的是他一首首被稱為「詩史」的社會寫實詩，甚少人注意到他所作的山水詩。杜甫一生中流離、漂泊的時間多，所經之地，都留下不少山水詩作，受其境遇影響，詩人的思想情感跟著改變，使得這些山水詩也呈現出不同風格。可從四個方面探討其山水詩：（一）詩人生平與境遇：詩人之詩作，往往因其心境的變化而有不同的風格，而詩人之心境變化又深受其生平遭遇之影響。筆者將其生平分為五個時期敘述。（二）杜甫山水詩：以生平的五個時期為準，將山水詩分成五個時期舉例作介紹。（三）情感呈現：分析山水詩中的情感呈現。（四）風格展現：分析其山水詩風格。從以上四方面研究杜甫之山水詩，期能對杜甫之山水詩有更深入之了解。

---

❶ 莫礪鋒《唐宋詩歌論集》頁41，南京：鳳凰出版社，2007年4月。

二、詩人生平與境遇

杜甫,唐玄宗先天元年(712)至代宗大曆五年(770)。字子美,自稱少陵野老或杜陵布衣,京兆杜陵人,其先湖北襄陽人,生於河南鞏縣。杜甫十三代世祖為晉代名將兼名儒的杜預。祖父杜審言,在武則天時任膳部員外郎,詩文都有名。父親杜閑,曾為朝議大夫。杜氏家族是「**奉儒守官,未墜素業**」的,這個家世使杜甫引以自豪,成為其畢生追求功業的動力之一。以下將其生平與境遇分成五個時期敘述:

(一)青少年時期

杜甫青少年時期主要有四件事情:讀書、漫遊、交友、求取功名。〈壯遊〉詩有:「**七齡思即壯,開口詠鳳凰。九齡書大字,有作成一囊。**」[2]杜甫青少年時期就熟讀了儒家經典、愛好歷代史書和文學作品。遊歷是唐人重要的活動之一,在遊歷當中開拓自己的視野、結交朋友、擴大自己的影響力,為作官出仕作準備。杜甫青少年時期的漫遊有:十九歲時遊郇瑕(山西省猗氏縣),二十歲至二十四歲間遊吳、越,二十五至三十四歲時遊齊、魯、趙。開元二十三年(735),杜甫曾因洛陽參加進士考試,但未中。

(二)長安十年

天寶五載(746)杜甫三十五歲,來到長安,目的是求官。參加科舉考試,落榜。科舉無望,杜甫便走獻賦和干謁權貴的道路。他作〈三大禮賦〉投入延恩箱中,上奏唐玄宗,受到玄

---

[2] 錢謙益註《杜工部集注》卷7頁17,臺北:新文豐出版公司,1979年10月,以下引《杜工部集注》同此,不贅。

宗的重視。授京兆府兵曹參軍。天寶十四載（755）杜甫四十四歲，首次獲官職，被委派為河西縣尉，他認為此官職不適合他，便辭去不做。不久又被任命為右衛率府冑曹參軍，這一次他接受了，但工作不甚如意。此年歲末，離開長安至奉先，一路上看到餓殍遍野，途中經過華清宮時，皇帝和妃子正在通宵達旦的飲酒作樂，有〈自京赴奉先縣詠懷五百字〉詩。[3]回到家中，幼子也因凍餓而死，一連串的打擊刺激，使他悲憤滿懷。

（三）為官時期

安史之亂爆發，（755）唐玄宗奔蜀，唐肅宗在寧夏省靈武即位，杜甫聞肅宗即位，乃隻身前往欲投效，但中途被賊軍捕獲，送往長安，但不久就被釋放了。至德二年（757）四月杜甫聞肅宗在鳳翔，杜甫幾經艱辛，才到達鳳翔。抵達鳳翔之後，肅宗任命他為門下省左拾遺，是天子身邊的諫官。之後卻因房琯事件，上怒，而使肅宗疏離他。這年有〈哀王孫〉、〈哀江頭〉、〈春望〉等詩。

乾元二年（759）他便帶著家人客秦州。秦州只是邊境上荒涼的城市，不宜久居，故杜甫在此只住了三個月，十月南下往同谷縣，但同谷縣比秦州更荒涼，因此此年的十二月他便決定入蜀，向成都走去，開始了漂泊西南的生活。此年有〈潼關吏〉、〈夏日歎〉、〈夏夜歎〉、〈秦州雜詩〉、〈東樓〉等詩二十八首。

（四）漂泊西南時期

杜甫到成都受到杜濟的經濟援助，使他在成都的生活過

---

[3] 杜甫詩之繫年，參考《杜工部集註》〈少陵先生年譜〉，版本同前註，以下繫年部分同，不贅。

的好些。杜甫在城西的浣花溪畔開覓得一塊土地,造了一座草堂。他在草堂居住了三年多,這段生活可以說是杜甫自長安以來較平靜的一段,他的身心都得到暫時的休息。上元二年(761),他的好友嚴武任成都尹,到任後,常到草堂探視杜甫,並給他生活的資助。此年有〈百憂集行〉、〈戲作花卿歌〉、〈草堂即事〉等詩。

廣德二年(764),經由嚴武的推薦,杜甫成為節度使的參謀——檢校工部員外郎,但杜甫不善於官場周旋,不久便辭幕。杜甫這一段生活較富裕,但他也總是為了衣食寄人而深感不安。永泰元年(765)四月,嚴武突然去世,杜甫失了嚴武的支持,生活頓時成了問題,只得沿江東下。此年有〈正月三日歸溪上〉、〈春日江村〉五首、〈別蔡十四著作〉、〈哭嚴僕射歸櫬〉、〈聞高常侍亡〉、〈題忠州龍興寺院壁〉等詩。

大曆元年(766)春,杜甫到了夔州,為夔州都督柏茂琳照顧,就在此地居住下來。此時,杜甫已五十五歲,身體多病。有〈客居〉、〈客堂〉、〈子規〉、〈蠶叢行〉、〈折檻行〉、〈古柏行〉、〈園人送瓜〉等詩。

(五) 終老江湖時期

避居偏僻的夔州,杜甫的心並沒有寧靜下來,大曆三年(768)春,他乘船到江陵去依靠弟弟杜觀,之後又移居公安縣,再移居湖南的岳州。此年有〈元日示宗武〉、〈白帝城放船出瞿唐四十韻〉、〈宿青溪驛〉、〈泊舟松滋亭〉、〈公安送韋二少府匡贊〉、〈公安縣懷古〉等詩。次年(769)春正月,自岳州至潭州,復至衡州,夏季復回潭州。此年有〈宿青草湖〉、〈陪裴使君登岳陽樓〉、〈發潭州〉、〈回棹登舟將

適漢陽〉、〈風病舟中伏枕書懷呈湖南親友〉等詩。

大曆五年（770）杜甫欲回故鄉洛陽，卻死於歸舟中。

三、杜甫山水詩

杜甫一生中遊歷的地方多，平生經歷豐富。以下就以其生平境遇的五個時期作為分期，分述五個時期的山水詩：

（一）青少年時期

這是杜甫最快意的一個時期，生活在開元盛世，又正值青春年少，受「奉儒守官」的家風薰陶，有著「致君堯舜」的雄心壯志，渴望建功立業，對未來充滿信心。這種濟世用世的精神投射到山水審美對象上，使他的審美對象也煥發出蓬勃生機。以下舉詩例如：

1. 〈望嶽〉

岱宗夫如何？齊魯青未了。
造化鍾神秀，陰陽割昏曉。
盪胸生曾雲，決眥入歸鳥。
會當凌絕頂，一覽眾山小。（卷1頁4）[4]

杜甫〈望嶽〉詩共有三首，分詠東嶽泰山、南嶽衡山、西嶽華山。這一首是望東嶽泰山。此詩寫於杜甫漫遊齊、趙時，字裡行間洋溢著青年杜甫蓬勃的朝氣。首句「**岱宗夫如何？**」寫乍見泰山時，高興的不知如何形容才好的那種驚嘆仰慕之情，「**齊魯青未了**」極言泰山的高大和綿亙之遠，以青未了之遠來烘托出泰山之高。「**造化鍾神秀，陰陽割昏曉。**」寫近

---

[4] 錢謙益《杜工部集註》卷1頁4，臺北：新文豐出版公司。下引同，不贅。

望中所見泰山的神奇秀麗和巍峨高大；山前山後不同「**蕩胸生曾雲，決眥入歸鳥。**」此兩句是寫細望，見山中雲氣如疊浪層波，詩人面對他心胸搖盪，極目遠望，而見飛鳥歸宿，顯得十分浩蕩空闊，情隨景移，已表示詩人的胸襟。「**會當凌絕頂，一覽眾山小。**」寫由望嶽而產生登嶽的意願，表示極願意登臨泰山頂峰，俯視群山，那就更能領會到泰山卓絕出眾的雄偉。此句化用《孟子‧盡心》：「**孔子登東山而小魯，登太山而小天下**」[5]之意，表示詩人的青年壯志。全詩圍繞「望」字馳神運思，上六句實寫，下六句虛寫，距離是自遠而近，讚美了泰山的高峻雄偉，也抒寫了詩人積極向上的精神。清‧仇兆鰲評：「**少陵以前題咏泰山者，有謝靈運、李白之詩。謝詩八句，上半古秀，而下卻平淺。李詩六章，中有佳句，而意多重複。此詩遒勁峭刻，可以俯視兩家矣。**」又「**而其氣骨崢嶸，體式雄渾，能直駕齊梁以上。**」[6]又，《杜工部集註》本有「**四十字，字字神力，不徒起二語超然。**」[7]可知本詩有凌雲之氣，如孔子「**登泰山小天下**」心境。

2.〈重題鄭氏東亭〉

> 華亭入翠微，秋日亂清暉。
> 崩石欹山樹，青漣曳水衣。
> 紫鱗衝岸躍，蒼隼護巢歸。
> 向晚尋征路，殘雲傍馬飛。（卷9頁10）

鄭氏東亭在新安界。本詩描寫的是秋日東亭的景色，但毫

---

❺ 參《孟子》〈盡心〉上，頁5，上海古籍出版社。2003年12月。
❻ 唐‧杜甫著，清‧仇兆鰲注《杜詩詳註》，卷1頁5。台北：里仁書局，1980年7月，下引仇《注》同，不贅。
❼ 同註4。

無悲秋情緒。借華亭言郊外別墅，枕山帶水，遠山崩石倚樹，景色甚美，秋水起漣漪，純淨可愛，俯看紫鱗衝岸，仰望蒼隼護巢，無論是有生命的，還是無生命的，都洋溢著一片歡樂明朗的氣象，沒有蕭瑟蒼涼的影子。此詩充滿著強烈的生活氣息，洋溢著清新的生活情趣。顧宸云：

> 此詩得力，全在詩腰數字。著一欹字，如見青暉搖亂。如見巖參錯。著一曳字，宛然藻荇交錯。曰衝岸，則跳突排湧，惟恐墜岸。曰護巢，則疾飛急赴，唯恐失巢。并魚鳥精神，俱為寫出，此詩家鍊字法也。[8]

以上兩詩，給人一種蓬勃向上的精神力量，使我們感受到審美主體渾身洋溢著熱愛生活，熱愛國家河山的激情。這種山水境界和王孟等傳統山水詩人的詩中所瀰漫的清曠隱逸之氣迥異。可見杜甫的山水詩在創作上就表現出獨具個性特徵的審美情趣。

（二）長安十年

此一時期，杜甫為著正常的社交與干仕之需，他結交了不少達官顯要，並與他們交遊酬唱、登臨覽勝。這一時期的杜甫和漫遊時期已很不一樣，他來長安不久，父親便已去世，生活開始窘迫。心境不一樣，寫作心境也不同，在山水詩中觀覽景物之情已不像〈望嶽〉時那樣豪情勃發，而是變得沉鬱多慨，請看：

1. 〈渼陂行〉：

岑參兄弟皆好奇，攜我遠來遊渼陂。

---

[8] 唐・杜甫著，清・仇兆鰲注《杜詩詳註》卷1頁35。臺北：里仁書局。

天地黯慘忽異色，波濤萬頃堆琉璃。
琉璃汗漫泛舟入，事殊興極憂思集。
鼉作鯨吞不復知，惡風白浪何嗟及。
主人錦帆相為開，舟子喜甚無氛埃。
鳧鷖散亂棹謳發，絲管啁啾空翠來。
沉竿續蔓深莫測，菱葉荷花靜如拭。
宛在中流渤澥清，下歸無極終南黑。
半陂已南純浸山，動影裊窕沖融間。
船舷暝嗄雲際寺，水面月出藍田關。
此時驪龍亦吐珠，馮夷擊鼓群龍趨。
湘妃漢女出歌舞，金支翠旗光有無。
咫尺但愁雷雨至，蒼茫不曉神靈意。
少壯幾時奈老何，向來哀樂何其多？（卷1頁22）

渼陂，長安鄠縣，西五里。本詩描寫詩人和岑參遊渼陂之情景。「**天地黯慘忽異色，波濤萬頃堆琉璃。**」寫開船時，天色忽然變得昏暗，波濤萬里湧來，清徹如琉璃。寫遙望渼阪之景。「**琉璃汗漫泛舟入，事殊興極憂思集。鼉作鯨吞不復知，惡風白浪何嗟及。**」此四句寫泛舟遇風波之景：駕船而入時，水勢浩瀚波濤湧起，事情不同，興致已盡，憂愁匯集。鼉發怒鯨吞食不再知道，風波險惡，白浪滔滔，讓人來不及感嘆。「**主人錦帆相為開，舟子喜甚無氛埃。鳧鷖散亂棹謳發，絲管啁啾空翠來。**」此四句寫泛舟佳景，此時已風平浪靜：舟主人相繼將錦帆打開，駕舟人很喜歡風平浪靜，沒有霧氣塵埃。「**沉竿續蔓深莫測，菱葉荷花靜如拭。宛在中流渤澥清，下歸無極終南黑。**」此四句寫船入水中央的感受：沉竿續蔓難以測水的深淺，菱葉荷花乾淨的彷彿像是擦過一樣。

宛然在水的中央空曠清澈,終南山倒映在水中也映出黑色的影像。「**半陂已南純浸山,動影裊窕沖融間。船舷暝嗅雲際寺,水面月出藍田關。**」寫船移南岸時的黃昏景色:淏阪中流以南全浸入了山,山影動搖在平靜的水面上。天色將晚,船經過雲際山的大定寺,月出藍關,光照水面。「**此時驪龍亦吐珠,馮夷擊鼓群龍趨。湘妃漢女出歌舞,金支翠旗光有無。**」此四句寫月下情景:燈火遙映,如觀龍吐珠,音樂遠聞,如馮夷擊鼓;晚舟移棹,如群龍爭趨。美人在舟,依稀如湘妃漢女;服飾鮮麗,彷彿金支翠旗。「**咫尺但愁雷雨至,蒼茫不曉神靈意。少壯幾時奈老何,向來哀樂何其多?**」最後觸景生情,有哀樂無常之感。盧世㴶曰:「**此歌變眩百怪,乍陰乍陽,讀至收卷數語,肅肅恍恍,蕭蕭悠悠,屈大夫〈九歌〉耶?漢武皇〈秋風〉耶?**[9]」詩中起首為天地變色,風浪堪憂,已而開霽放舟,終至仙靈相接。

這時期,杜甫也有一些流連光景之作,如:

2. 〈陪鄭廣文遊何將軍山林十首〉其一

   不識南塘路,今知第五橋。
   名園依綠水,野竹上青霄。
   谷口舊相得,濠梁同見招。
   平生為幽興,未惜馬蹄遙。(卷9頁19)

何將軍山林,在長安韋曲,京城三十里,貴家園亭,侯王別墅,多在此。廣文稱舊官。本詩為組詩的第一首,領起組詩,寫未至而遙望之詞。前四句描寫何氏山林景色,從南塘到第五橋,橋畔有林園,園中有野竹,一層一層遞進,層次如

---

[9] 唐‧杜甫著,清‧仇兆鰲注《杜詩詳註》,卷3頁182,臺北:里仁書局。

畫。下四句寫和鄭廣文同遊何氏山林之感想。鄭虔與何將軍是舊識,邀杜甫做濠梁之遊,杜甫也為平生優雅的興致,不惜路途遙遠,騎馬一遊。

3.〈陪鄭廣文遊何將軍山林十首〉其二

百頃風潭上,千重(一作章)夏木清。
卑枝低結子,接葉暗巢鶯。
鮮鯽銀絲膾,香芹碧澗羹。
翻疑柂樓底,晚飯越中行。(卷9頁19)

本詩寫林中景物之勝。「**百頃風潭上,千重夏木清。**」此兩句為此詩所要描寫之對象,涼風吹拂在百頃水潭上,許多高大的樹木使得夏天更清幽。三四句承夏木而寫,小枝葉低垂結著累累的果實,樹葉相連黃鶯築巢暗居。五六句承風潭而寫,鮮鯽細切銀白如絲,碧澗生長的水芹作成羹湯。七八句承五六句而寫,船遊在百頃水潭之上,讓詩人想起早年遊越中的情景,所以讓詩人有種錯覺,懷疑自己在柂樓底下,晚飯是在遊越途中吃的。以上二首詩為〈陪鄭廣文遊何將軍山林十首〉前二首詩,語調清新自然,表現出詩人對山水強烈的審美意識。

(三) 為官時期

安史之亂爆發後,杜甫和一般人民一樣,一起為逃避戰亂而顛沛流離。面對戰亂,詩人感到無比恐懼與焦慮。之後又因救房琯,被貶華州司功參軍,杜甫相當失望,辭職後帶著全家長途跋涉,來到秦州,住了三個月,生活陷入困頓,又至同谷縣。此期著名的〈發秦州〉、〈發同谷縣〉這兩組五言古詩為例,這兩組描寫秦山蜀道風光的詩,改變了前人對秦山蜀道的

傳統寫法。詩人運用了寫實手法，多角度多層次的刻畫山水。請看：

1.〈鐵堂峽〉

　　山風吹遊子，縹緲乘險絕。
　　硤形藏堂隍，壁色立積（一作精）鐵。
　　徑摩穹蒼蟠，石與厚地裂。
　　修纖無垠竹，嵌空太始雪。
　　威遲哀壑底，徒旅慘不悅。
　　水寒長冰橫，我馬骨正折。
　　生涯抵弧矢，盜賊殊未滅。
　　飄蓬踰三年，回首肝肺熱。（卷3頁15）

　　詩寫蜀道之難，行役之苦。鐵堂峽，在甘肅天水縣東五公里。此詩為〈發秦州〉組詩中的一首，寫鐵堂峽的險絕及行旅的悲愁。「**山風吹遊子，縹緲乘險絕。硤形藏堂隍，壁色立積鐵。**」此四句敘鐵堂峽形勢。「**徑摩穹蒼蟠，石與厚地裂。修纖無垠竹，嵌空太始雪。**」寫仰視所見之景，山路之險，山石之峻，纖竹遍佈，峭削幽秀。「**威遲哀壑底，徒旅慘不悅。**」寫俯視所見之景，形容峽谷深峻陰寒。不管是俯視或仰視所見之景，皆是形容山路險峻。「**水寒長冰橫，我馬骨正折。**」詩人還渡水而過，水寒而傷馬骨。詩中先敘整體鐵堂峽形式，再經由詩人仰視、俯視之景，細寫鐵堂峽險峻之勢，以「太始雪」、「水寒」點出天冷，更顯行旅之艱。在如此險峻的道路上，詩人不免會想起自己遭遇和家國之憂，內心焦慮和痛苦。最後一句呼應首句之遊子。

2.〈青陽峽〉

塞外苦厭山,南行道彌惡。
岡巒相經亙,雲水氣參錯。
林迴硤角來,天窄壁面削。
磎西五里石,奮怒向我落。
仰看日車側,俯恐坤軸弱。
魑魅嘯有風,霜霰浩漠漠。
昨憶踰隴坂,高秋視吳岳。
東笑蓮華卑,北知崆峒薄。
超然侔壯觀,已謂殷寥廓。
突兀猶趂人,及茲歎冥寞。(卷3頁17)

本詩亦為〈發秦州〉組詩中的一首,是途經青陽峽所做。青陽峽位在秦州南部,故詩中言「**南行道彌惡**」。詩中描繪了峽中山巒突兀險峻。「**塞外苦厭山,南行道彌惡。岡巒相經亙,雲水氣參錯。**」從峽行開始敘述,山巒重疊難行,雲氣和水氣瀰漫,使得路更難走。「**林迴硤角來,天窄壁面削。磎西五里石,奮怒向我落。**」寫峽谷的險峻,尤以「**奮怒**」兩字,寫出了崩石的危險,就如石會「怒向我落」。「**仰看日車側,俯恐坤軸弱。魑魅嘯有風,霜霰浩漠漠。**」所謂「愁畏日車翻」。而峽中山石巨大高聳,峽中之風陰冷,石上結霜,可知此時氣候之惡劣。最後八句是以「吳岳」為陪襯,寫青陽峽突兀之狀。在詩人的印象中吳嶽以超然群山之上相當壯觀,其高峻已能通天,但今天到青陽峽見此情景,才嘆山外有山。江盈科《雪濤詩評》:「**少陵秦州以後詩,突兀宏肆,迥異昔作。非有意換格,蜀中山水,自是挺特奇崛,獨能象景傳神,使人讀之,山川歷落,居然在眼。**」[10]所說是。

---

[10] 引自清・仇兆鰲《杜詩詳註》,卷8頁685。

3. 〈龍門閣〉

    清江下龍門，絕壁無尺土。
    長風駕高浪，浩浩自太古。
    危途中縈盤，仰望垂綫縷。
    滑石欹誰鑿？浮梁裊相拄。
    目眩隕雜花，頭風吹過雨。
    百年不敢料，一墜那得取！
    飽聞經瞿塘，足見度大庾。
    終身歷艱險，恐懼從此數。（卷3頁23）

    龍門山，一名蔥嶺山，在利州綿谷縣東北八十二里。閣道石壁斗立，虛鑿石竅，架木其上，其狀如門，俗號龍門。本詩亦為〈發秦州〉組詩中其中一首，寫龍門閣山水之險。前四句概寫龍門閣山水之險，「絕壁」點出山勢陡峭，「浩浩」形容水勢盛大，俯臨風浪，越見山行艱險。「**危途中縈盤，仰望垂綫縷。滑石欹誰鑿？浮梁裊相拄。**」此四句言製閣之奇巧。山崖邊的棧道，曲折迂迴，遠看宛如細絲，令人讚嘆。「**目眩隕雜花，頭風吹過雨。百年不敢料，一墜那得取！**」此四句言渡閣之難，令詩人感到恐懼，而發為驚嘆。最後詩人也有感而發，想到自己的生涯就如艱險的旅程，而自己年歲漸長，還能有幾次渡過如此艱難的絕境呢？《杜詩詳註》引朱注云：「**花隕而目為之眩，視不及審也；雨吹而頭為之風，迫不能避也。正形容閣道險絕。**」[11]正是此意。

    杜甫此期的山水詩，得山川之助，以景色奇險特絕取勝，且詩人在紀行中寫山川之景，以避亂之身，遠涉他鄉山水，將

---

[11] 唐・杜甫著，清・仇兆鰲注《杜詩詳註》，卷9頁716，版本同前注。

其心酸悲憤之情傾注於秦隴特有的奇峭山水之中,山水之奇與路途之艱、世路之難詠歎交織在一起,從而呈現奇特險絕的風格。

(四)漂泊西南時期

此期又可分為兩個時期,一為成都浣花溪畔卜居草堂時期,一為夔州時期。

1. 成都浣花溪畔草堂時期

杜甫來到四川成都,在浣花溪畔過了一段相對安定的生活,遠離了戰爭,又有了棲身之所,此時的心境較輕鬆,加上浣花溪畔是一個地僻寧靜、景色如畫的地方,在這樣的山水環境中,詩人的山水之情自然緣景而生。請看此期山水詩:如

(1)〈水檻遣心〉二首其一

去郭軒楹敞,無村眺望賒。
澄江平少岸,幽樹晚多花。
細雨魚兒出,微風燕子斜。
城中十萬戶,此地兩三家。(卷12頁7)

水檻,指草堂水亭之檻。首聯寫草堂的環境,庭園開闊寬敞,旁無村落,無林木遮蔽,才能使詩人極目遠眺;中間四句緊接著寫眺望到的景色,「**澄江平少岸**」,江水碧綠清澈,好像和岸平齊,這是寫遠景;「**幽樹晚多花**」,草堂四周,鬱鬱蔥蔥的樹木,在春天的黃昏裡盛開著奼紫嫣紅的花朵,這是寫近景。「**細雨魚兒出,微風燕子斜。**」雨細,魚兒歡騰的游出水面,「出」寫出了魚的歡欣;風微,燕子輕捷的略過天空,「斜」寫出了燕子的傾斜,寫燕子因風斜飛的動態。此兩句詩人描寫的極為生動,其意在托物寄興,讓人也感到詩人喜愛春

天的喜悅。尾聯呼應起首兩句，以「**城中十萬戶**」和「**此地兩三家**」對比，更顯得此地的閒適幽靜。本詩是草堂的環境，然字裡行間涵蘊著詩人閒適的心情和對大自然的熱愛。葉石林曰：「**詩語忌過巧，然緣情體物，自有天然之妙。**[12]」此即「緣情體物」之工者。

(2)〈絕句〉四首其三

兩箇黃鸝鳴翠柳，一行白鷺上青天。

窗含西嶺千秋雪，門泊東吳萬里船。（卷13頁22）

首二句生動的寫出兩種鳥類的活動：黃鸝在翠柳上鳴叫，一行白鷺往天上飛去，由近及遠寫景。第三句寫窗外岷山的景色，岷山終年積雪，此句又寫遠景。末句由「門泊」可知草堂門外岸為船隻停泊處，而這些船隻可乘至萬里之外的東吳。這首詩對仗工整，寫景由近及遠，而又由遠及近，構成一幅意境優美開闊的圖畫，表現了詩人悠然自適的情懷。

以上兩首詩呈現出清新俊逸的風格，詩中也流露出詩人閒適的情趣和淡泊的胸襟，卻沒有隱逸之氣。詩人將眼中所見的野花、江水或者是魚、鳥，都用心去感受涵蘊在其中的美，用飽含情感的筆墨去描繪它們，從而構成清新俊逸、生趣盎然的風格。

2. 夔州時期

在夔州生活時期和卜居成都時期都是杜甫一生中較安定的時期，但杜甫此時的心境和在成都時，判若兩人。這時的杜甫已被長期流離漂泊和貧病折磨衰老得不成樣子，而整個社會仍舊動盪不安，杜甫的親朋好友也先後辭世或流離，杜甫的心情

---

[12] 唐・杜甫著，清・仇兆鰲注《杜詩詳註》，卷10頁812。

是悲涼沉重的,請看此時的山水詩作:

(1)〈夔州歌十絕句〉其一

中巴之東巴東山,江水開闢流其間。
白帝高為三峽鎮,夔州(一作瞿塘)險過百牢關。

(卷14頁25)

本詩為大曆元年(766)作。劉璋分三巴,有中巴,有西巴,有東巴。首句「中巴之東巴東山」七字皆陰平聲,形成奇崛拗峭的音調,其中「巴」、「東」兩字在句中重複,前後分合,構成由舒緩急促的節拍,使人從聲音上感受到大山的氣勢。次句寫江水,「開闢」意為自開天闢地以來,可見此地勢之險要與古老。前兩句從大角度看,交代夔州的地理環境。下兩句更具體的描繪山川形勝。兩句中抓住「高」、「險」特徵,把「高山急峽」寫得極有氣勢,兩句分承山水,句式對仗。此詩兩聯分寫山水,詩人通過詩中雄渾的自然景物描寫,取得激動人心的效果,而抒情已融入寫景之中,讓人感到詩人對山水的熱愛和由衷的讚美。

(2)〈晚晴〉

返(一作晚)照斜初徹(一作散),浮雲薄未歸。
江虹明遠飲,峽雨落餘飛。
鳧雁終高去,熊羆覺自肥。
秋分客尚在,竹露夕微微。(卷15頁37)

本詩為大曆元年(766)秋分作。首四句描寫雨後江上之景:江上雨後,浮雲未近而晚照橫空,美麗的彩虹環搭於山水之間,一幅「**空山新雨後,天氣晚來秋**」的自然畫面出現於目

前。五、六句言鳥獸皆喜雨後晴天,出來活動。而最後兩句便是杜甫抒情之言,詩人陶醉在此美景中,仍然惦記著自己久客他鄉。詩前半寫景如畫,後半流露出詩人心思。正如清‧仇兆鰲注:《杜詩詳註》引黃生曰:「**上半寫景,並精絕,晚晴之景如畫。三四倒裝句,各上三字一讀。五喻高高蹈之士,六喻貪庸之人,公於兩者皆無所處,所以途窮作客,留滯秋江也。**」所說精細。[13] 又,卷7〈晚晴〉詩作:

> 高唐暮冬雪壯哉,舊瘴無復似塵埃。
> 崖沉谷沒白皚皚,江石缺裂青楓摧。
> 南天三旬苦霧開,赤日照耀從西來。……(卷7頁32)

另首〈晚晴〉詩為:

> 村晚驚風度,庭幽過雨霑。
> 夕陽薰細草,江色映疏簾。
> 書亂誰能帙,杯乾自可添。
> 時聞有餘論,未怪老夫潛。(卷11頁16)

清‧仇兆鰲云:「薰草映簾,晚晴之景。整書酌酒,晚晴之事。末有與俗相安之意。言時聞蜀人之論,未嘗怪此一潛夫也。」[14] 分析十分清楚。

又,〈秋興〉八首其一

> 玉露凋傷楓樹林,巫山巫峽氣蕭森。
> 江間波浪兼天湧,塞上風雲接地陰。
> 叢菊兩開他日淚,孤舟一繫故園心。
> 寒衣處處催刀尺,白帝城高急暮砧。(卷15頁2)

---

[13] 杜甫著,清‧仇兆鰲注《杜詩詳註》,卷15頁1332,版本同前。
[14] 同上註,卷10頁815。

本詩為秋興八首組詩的序曲。《楚辭‧招魂》「**湛湛江水兮上有楓**」，此以秋天楓樹凋傷起興。首聯「玉露」、「楓林」、「巫山」、「巫峽」之間以「凋傷」、「蕭條」渲染出廣闊的悲傷氛圍；頷聯「**江間波浪兼天湧，塞上風雲接地陰。**」寫波浪洶湧，彷彿天也翻動；巫山風雲，下及於地，似與地下陰氣相接。前一句由下及上，後一句由上接下，波浪滔天，風雲匝地。詩人描寫江流湍急、塞上風雲、三峽深秋的外貌時，賦予江水、風雲某種性格。這就是天上地下、江間關塞，到處是驚風駭浪，動盪不安；蕭條陰晦，不見天日。這就形象地表現了詩人的極度不安，翻騰起伏的憂思和胸中的鬱勃不平，也象徵了國家局勢的變異無常和詭譎不安的前途。兩句詩把峽谷的深秋和詩人個人身世以及國家喪亂都包括在裡面。後四句，引發天涯遊子之嘆，「**叢菊兩開**」，見詩人滯留夔州已二年，「**孤舟一繫**」，表詩人孤淒漂流之狀，「**故園心**」乃化龍點睛處。「心」、「淚」交映，反照蕭森，悲景與悲懷，融合為一。《杜詩詳註》引王嗣奭云：「〈秋興〉八章，以第一起興，而後章俱發隱衷，或起下、或互發、或遙應，總是一篇文字」。又云：「**首章發興四句，便影時事，見喪亂凋殘景象。後四句，乃其悲秋心事。此一首便包括後七首。**」[15]

　　這時期杜甫的山水詩，已不像在草堂時期的閑靜幽適、綺麗活潑，夔巫的山水特色是奇峭險絕、奔流掀騰，正與杜甫家愁國難、百憂交集的心緒相融，詩人將山川風物與國家命運、時代氛圍、人生際遇與歷史憂患揉合在一起。因此夔州山水詩就超出了一般的山川留連和風月盤桓的描寫，具有非常豐富的內涵和深沉的底蘊。

---

[15] 同上註，卷17頁1485。

（五）終老江湖時期

杜甫離開夔州，開始了一生中第三次的漂泊，到江陵、岳陽、潭州一帶，這一時期的山水詩幾乎都是在水畔湖邊和舟行中寫成的。唐帝國的社會情勢越加混亂，且詩人的生命已將走到盡頭，老病孤身，寄身無所，既報國無門又自身難保。身體的病痛，心理的煎熬，形成此時期山水詩既悲且壯、沉雄渾莽的詩歌風貌。

1.〈泊岳陽樓城下〉

> 江國踰千里，山城僅百層。
> 岸風翻夕浪，舟雪灑寒燈。
> 留滯才難盡，艱危氣益增。
> 圖南未可料，變化有鯤鵬。（卷18頁1）

本詩當為大曆三年（768）冬作。岳陽，即岳州，天岳山之陽故名。記初至湖南岳陽情景，泊舟城下，因作此詩記當時觀感。新到一個地方，詩人難免會有新的希望，所以詩人在詩的後四句發出豪壯語。首聯寫岳陽城，於漂泊程途和浩淼煙波中突現山城開闊高峻之景觀，造成激起豪壯心緒的環境態勢。頷聯寫夜泊城下所見之景。以下四句即感發懷抱，「**留滯才難盡，艱危氣益增。**」從此句可見詩人抱負猶存，有「老驥伏櫪」之志。「**圖南未可料，變化有鯤鵬。**」由「圖南」之計畫展示「變化鯤鵬」之前景，借《莊子‧逍遙遊》典故，將情緒推向激奮的高潮。雖有大鵬之志，難以實現。此詩前半寫景，由高而低，後半寫情，由低而高，跌宕起伏，變化開闊。

2.〈登岳陽樓〉

> 昔聞洞庭水，今上岳陽樓。
> 吳楚東南坼，乾坤日夜浮。
> 親朋無一字，老病有孤舟。
> 戎馬關山北，憑軒涕泗流。（卷18頁1）

本詩亦是大曆三年作。首聯「**昔聞洞庭水，今上岳陽樓。**」並不是寫登臨的喜悅，而是在敘述中，寄遇著漂泊天涯，懷才不遇，滄海桑田，及許許多多的感觸。杜甫一直沒有放棄「**致君堯舜上，再使風俗淳。**」的抱負，但最後卻是一事無成，昔日的抱負，現今都成了泡影，所以最後兩句才寫出「**戎馬關山北，憑軒涕泗流。**」時局還動盪不安，而自己只能倚欄北望長安，心情沉痛，悲傷哭泣。詩的領聯「**吳楚東南坼，乾坤日夜浮。**」把洞庭湖水勢浩瀚無邊無際的巨大形象特別逼真的描畫出來。前四句寫景，將其景象寫得如此寬闊廣大。下四句寫情，非泛詠岳陽樓。五、六句敘述自己的身世，卻寫得那麼淒涼落寞。七、八句寫憂心家國多難的哀傷。

四、情感的呈現

杜甫突破了傳統山水詩囿於寫個人憂樂及隱逸主題的限制，將山水景物的描摹和大時代背景及現實人生緊密連結，賦予詩作時代色彩、社會現實和政治內容，及個人豐富真實的人生感受。其山水詩中往往也呈現個人情感，詩人在自然山水的描摹中，使山水草木都充滿著詩人憂國憂民之情與遲暮飄零之感。以下就詩作中詩人的情感呈現分析：

（一）國難民生的關注

杜甫的社會寫實詩有「詩史」之稱，在其山水詩中，也融入了愛國憂時的情感。如〈鐵堂峽〉詩先描寫鐵堂峽的險絕，而使行旅艱難，詩人想到自己的遭遇和家國之憂。「**生涯抵弧矢，盜賊殊未滅。飄蓬踰三年，回首肝肺熱。**」寫詩人走在艱險的山路時，還想到安史之亂未平定，心裡非常沉痛。〈登岳陽樓〉此詩前四句逼真的描寫洞庭湖浩瀚之景，末以「**戎馬關山北，憑軒涕四流。**」以家國多難的悲哀結尾，感時傷事，念及國運維艱與民生多難。杜甫善於通過描繪山水境界，來抒發憂國憂民的情懷，使他由別於一般山水詩人。又如〈秋興八首〉其一，通過對巫山巫峽的秋色秋聲的形象描繪，烘托出陰沉蕭森、動盪不安的環境氣氛，令人感到秋色秋聲的撲面驚心，抒發了詩人憂國之情。

（二）行道奔走的憂懼

此種情感的呈現，在〈發秦州〉、〈發同谷縣〉兩組詩中為多。秦山蜀道地勢奇險，詩人在詩中也描繪出奇特險絕的山水型態，可知赴蜀之路之艱難。如〈鐵堂峽〉「**山風吹遊子，縹緲乘險絕。**」「**水寒長冰橫，我馬骨正折。**」（卷3）杜甫此行在冬季，峽中天氣寒冷，地險難行，給人的感覺是前途未卜、心生憂懼。又如〈龍門閣〉「**目眩隕雜花，頭風吹過雨。百年不敢料，一墜那得取！**」寫臨江恐墜之感。「**飽聞經瞿塘，足見度大庾。終身歷艱險，恐懼從此數。**」（卷3）詩中提到大庾嶺和瞿塘峽，與想到今後可能還要經過艱險之道路，心裏更加難過。

（三）鄉野閒居的幽趣

此種情感呈現，以在浣花溪畔草堂為主。杜甫在草堂時期的山水詩，往往對景賞心，在自然中發掘美景，流溢出賞心悅目的親和情趣，表現出閒適安恬的生活情態，淡泊閒適之心情。詩歌表現了詩人對大自然的理解與感悟，展現出濟世言志之外的另一種人生追求。如〈水檻遣心〉其一，詩人悠閒的欣賞著草堂周圍綺麗的環境，而「**細雨魚兒出，微風燕子斜。**」更是寫出詩人熱愛大自然春天之情。此句表面上是寫：雨細，魚兒歡騰的游到水面上；風微，燕子才能輕捷的掠過天空。其意在寄興，是詩人喜愛春天。又如〈絕句〉四首其三「**兩個黃鸝鳴翠柳，一行白鷺上青天**」描寫柳樹上一對黃鸝在唱歌，一派愉悅的景象；白鷺優雅的飛上天，自然成行。兩句中運用了四種鮮明的顏色，構成一幅絢麗的圖景，是描寫草堂的春色，詩人此時的心緒是陶醉在一片明媚的春光之中的。

（四）老病飄泊的感傷

為了生計一再漂泊的杜甫，寄身無所，又為病痛所苦，山水詩中也發出老病漂泊的感傷。如〈登岳陽樓〉「**親朋無一字，老病有孤舟。**」親戚朋友們這時連音信都沒有了，只有多病的自己泛著一葉扁舟到處漂泊。作者做這首詩時已是晚年，多年的漂泊和病痛，令他悲觀的感嘆著。〈秋興八首〉「**叢菊兩開他日淚，孤舟一繫故園心。**」詩人言離開家鄉二年，懷念故鄉之情油然而生。當然，也說出作者遠在四川，未曾入京仕宦報國心情，詩中詩人抒發孤獨憂鬱之感。

五、風格展現

杜甫的山水詩突破了傳統山水詩一味主於清淡閒雅的單一風格,創造了雄渾、奇險、綺麗、蒼涼、悲壯等多種面貌,使傳統山水詩風格走向多樣化。以下歸結杜甫山水詩三種風格:

(一)清新俊逸

詩人的心境會影響其詩作,杜甫在青少年時期是杜甫生平最快意的時期,此時的山水詩充滿著強烈的生活氣息,洋溢著清新的生活情趣,給人一種蓬勃向上的力量,詩作讀來清新明快,如〈重題鄭縣東亭〉。而在草堂時期,杜甫也過了一段相對安定的生活,這時的心境寬鬆。在浣花溪畔築草堂而居,悠然自在,很自然的能引起欣賞美景的熱情。且欣賞大自然美景,使得精神與身心舒暢,而愉快。平和、自適的心境,使得詩歌的風格也變得輕鬆明快、綺麗活潑。杜甫此種風格之山水詩,讓人讀了感到清新舒暢,給人一種生命的歡樂與盼望,而不讓人感覺生活沉悶與壓迫,如〈水檻遣心〉、〈絕句四首〉其三。

(二)沉鬱頓挫

「沉鬱」指詩內在的素質,即指情思而言;「頓挫」則指其表現於外的型態。所謂「沉鬱」是含有深沉厚積,憂鬱與悲愴之意。杜甫一生潦倒,壯志難酬,他的心境經常沉鬱不暢,詩中「哀」、「涕」、「悲」、「愁」等的字眼一再出現,顯見他哀愴至極的心情;「濕」、「冷」、「寒」、「沉」、「凋」等清冷的語彙,處處可見,極度襯出其內心的悲涼無奈,這些語類是杜詩「沉鬱」之風的抒發,讓人強烈感受到杜

甫心中一片深沉的哀情。此情形在山水詩中也常出現。詩人常通過「寓景於情」、「寓情於景」的手法，情哀景亦哀，瀰漫著深沉悽涼、衰颯愴楚的情調。如〈泊岳陽樓城下〉、〈登岳陽樓〉、〈秋興八首〉其一等。

（三）奇崛勁健

　　杜甫的山水詩不只描繪美麗的山水，他還運用搜奇掘奧、削刻生新的手法，歌詠荒寒驚險之景，展現「奇崛勁健」的山水境界。寫秦山蜀道時，杜甫用竭意之筆，摹寫秦山蜀道景色，使蜀中山水雄奇險峻的特性得以展現，自能從其詩中見其奇險偉麗。李祥長云：「**少陵夔蜀山水詩，在劍閣以前是五古，在瞿唐以後多五律，各盡山水之奇。每讀一句，令人如見山水，而又得山水之所以然。**」[16]是也。施補華《峴傭說詩》云：「**入蜀諸詩，須玩其鏡刻山水，於謝康樂外另闢一境。**」[17]。杜甫描繪夔州山水的詩作，活靈活現的表達山水的奇崛險峭。如：〈夔州歌十絕句〉其一、〈青陽峽〉、〈龍門閣〉。

六、結語

　　杜甫的一生生活經驗豐富，人生經歷中的五個時期對其詩作有所影響，山水詩當然也不例外，每個時期的山水詩呈現出不一樣的風格，人生經歷對於詩人的思想感情變化，對於其山水詩的風格產生決定性的作用。杜甫寫作山水時仍有他社會寫實之風格，他以自然審美和社會視角相結合的審美角度來觀看

---

[16] 清・仇兆鰲《杜詩詳註》，卷15頁1282，引李祥長語，版本同前註。
[17] 施補華《峴傭說詩》頁5，丁福保收入《清詩話》下冊，臺北：藝文印書館。

山水，不僅是細膩的傳神的刻畫山水形貌，而且在山水詩中抒發情志，寄寓自己憂國傷時之情、行道奔走之憂、漂泊孤獨之感、鄉野隱居之趣，使山水詩的內容更加豐富。風格上也所開創，包括沉鬱頓挫、奇崛勁健、清新俊逸，使山水詩的藝術風貌更加豐富多姿。

第二部分：杜甫(712～770)入蜀山水紀行詩

一、入蜀山水詩的創作背景

杜甫出生在一個「奉儒守官」，企求「立功立言」的家庭，十三世祖杜預是西晉著名的政治家和軍事家，祖父杜審言曾任修文館學士，也是著名的詩人，父親杜閒曾任朝議大夫，在世代奉儒的家庭對其一生立身行事應有極深的影響。

儒教傳統的忠君愛國、修齊治平思想，使其有「**治君堯舜上，再使風俗淳**」(〈奉贈書左丞丈二十二韻〉)的抱負，然而安史亂起，漂泊離亂的生活不得不藉山水以撫慰心靈，所謂「**智者樂水，仁者樂山**」(《論語·雍也》)「**歲寒然後知松柏之後凋也**」(《論語·子罕》)，儒家的德性得以藉山水而提昇。另一方面，魏、晉時，為了挽救正統儒學的頹勢，經學家們援老入儒、援佛入儒，儒學已有了佛道融匯之勢，直到盛唐，超然世外的山水紀行詩，仍是創作主要傾向，謝靈運為山水詩的開山祖師，杜甫亦從其身上得到啟發，亦有寄情山水的詩作。[18]只不

---

[18] 見莫礪鋒《謝朓與李白詩研究》〈論李杜對二謝山水詩的因革〉，頁71-89，北京：人民文學出版社，1995年9月第一版。杜甫、李白對二謝山水詩的因革主要有三：一、李、杜經二謝遊歷過的地方，目睹二謝歌詠過的景物睹物思人情不自禁對前代詩人表示懷念。二、李、杜在生活中與二謝的生活態度乃至某些生活細節產生了共鳴，大謝因政治失意而放浪山水，小謝處吏隱之間而寄情丘壑，李杜亦深契其心。三、李、杜對二謝的詩才和詩歌造詣深表讚許。因而李、杜亦有受二謝寄情山水的影響而亦有體現山水的作品。

過謝靈運偏向客觀寫景，杜甫則借寫抒情。

杜甫一生有大量山水紀行詩，這類詩篇大多創作於唐玄宗天寶十四載（755）安史亂後，尤其是乾元二年（759）秋，攜家往秦州，又自秦州移家隴右，再由隴入蜀。杜甫深受儒家影響，積極用世，對戰火烽起、山河破碎的社會現實有深切的關注，對哀鴻遍野、民不聊生的人民有極大的同情。安史亂後，杜甫的個人生活也極其動盪和困苦。他困守長安十年後，安史之亂爆發前一個月，他才得到一個卑微的職務，肅宗即位後，他隻身前往靈武投奔，又遭敵軍俘虜押解長安，逃離長安謁見肅宗，任左拾遺，又因故遭貶而潦倒失意。當時，洛陽已再次淪陷，杜甫西去秦州投靠親屬。秦州的生活亦是囊空如洗，「**奈何迫物累，一歲四行役**」（〈發同谷縣〉，卷3），杜甫在走投無路之際由隴入蜀，蜀中險峻奇峭的自然山水激發了詩人憂國與悲嘆的胸懷。

二、寫作技巧所展現的山水特色

杜甫紀行詩中，有大量的描寫巴山蜀水的壯麗山河，構成一幅色彩鮮明的蜀道行役圖。其採用豐富的塑造手法，有正面刻畫、側面烘托，同時輔以誇張形容與浪漫想像，然而大量採用的還是臨境描摹的手法，將蜀道山川描繪的歷歷如畫。「**危途中縈盤，仰望垂綫縷**」（〈龍門閣〉，卷3）龍門閣的險峻峭拔；「**五盤雖云險，山色佳有餘**」（〈五盤〉，卷3）五盤嶺樸素清新；在「**連山西南斷，俯見千里豁**」的鹿頭山過後，展現的是名利繁榮的成都府「**曾城填華屋**」「**喧然名都會**」（〈鹿頭山〉，卷3）；還有〈飛仙閣〉的「**棧雲闌干峻，梯石結構牢**」（卷3）。登木皮嶺，「**南登木皮嶺，艱險不易論**」，「**遠岫爭**

第十單元　杜甫山水詩與山水紀行詩

輔佐，千巖自崩奔」（〈木皮嶺〉，卷3），「**始知五嶽外，別有他山尊**」，「**仰干塞大明，俯入裂厚坤**」（〈木皮嶺〉，卷3），把山勢的雄偉描寫的氣蓋五岳，上蓋日影，下插地底，嘆為觀止。

杜甫採用了許多白描手法，直接對景物進行細膩刻畫。比如描寫白沙渡渚清沙白的景況，用「**水清石礧礧，沙白灘漫漫**」（〈白沙渡〉，卷3）；刻畫桔柏渡天寒地凍的景色，作「**竿濕煙漠漠，江水風蕭蕭**」（〈桔柏渡〉，卷3），使人身臨其境的感覺。又如〈水會渡〉「**霜濃木石滑，風急手足寒。入舟已千憂，陟巘仍萬盤。**」（卷3）至於山川艱險，當以劍門為首，劍門為蜀地門戶，形式險要「**惟天有設險，劍門天下壯**」極力刻畫劍門情勢「**連山抱西南，石角皆北向，兩崖崇墉倚，刻畫城郭狀**」，「**一夫怒臨關，百萬未可傍**」（〈劍門〉，卷3）渲染劍門攻守之優勢。其白描手法的運用，體現在詩句上，字字鋒稜。

再者，杜甫採取實事實景的藝術表現，使其紀行詩隨物肖形，加上作者歷練頗深，諳於事理物情，所見所感又多辛苦中來，更能多角度勾勒出蜀道的峰巒溪壑而不雷同。

同樣是渡口，〈白沙度〉（卷3頁22）特色：猿多、石多、水清、沙白：

我馬向北嘶，山猿飲相喚，水清石礧礧，沙白灘漫漫。

〈水會渡〉（卷3頁22）特色江面寬闊，江水洶湧，夜渡情形歷歷在目：

微月沒已久，崖傾路何難，大江動我前，洶若溟渤寬。

〈桔柏渡〉（卷3頁24）風大流急，有竹橋、繩橋為其特有：

……架竹為長橋，……江永風蕭蕭。連筆動嫋娜，征衣颯飄颻。急流鴇鷁散，絕岸黿鼉驕。

再如飛仙閣、龍門閣、石櫃閣均在棧道上，固然同具奇險之勢，然經杜甫妙筆生花的刻畫，個性突顯，〈飛仙閣〉（卷3頁23）微徑狹窄，欄杆入雲，疏林、寒日、風濤，奇景中有自然肅殺之感。詩中云：

土門山行窄，微徑緣秋豪。棧雲闌干峻，梯石結構牢。萬壑欹疏林，積陰帶奔濤。寒日外澹泊，長風中怒號。

〈龍門閣〉（卷3頁23）石壁斗立，長風浪高，仰望如線縷的盤縈山道，凌空立於柱上的浮樑意象，再加上雜花隕落，細雨吹過，使人目眩頭暈，呈現出龍門驚心動魄的險勢。將臨深水龍門閣的峻險涵蓋瞿塘和大庾之險。所謂：

清江下龍門，絕壁無尺土，長風駕高浪，浩浩自太古。危途中縈盤，仰望垂線縷。滑石欹誰鑿，浮梁裊相柱。目眩隕雜花，頭風吹過雨，百年不敢料，一墜那得取？飽聞經瞿塘，足見度大庾。終身歷艱險，恐懼從此數。

〈石櫃閣〉（卷3頁24）蜀道時景，早花奇石，蜀道暮景歸巢鷗鳥及遠客意象，顯得格外靈秀。詩云：

季冬日已長，山晚半天赤。蜀道多早花，江間饒奇石。石櫃曾波上，臨虛蕩高壁。清暉回群鷗，暝色帶遠客。……

上四句言蜀道時景，下四句言閣道暮景。杜甫的透視角度高遠而深邃，詩歌畫面的空間視線宏闊。突出詞語的運用，為蜀道山水紀行詩增添新意，並標榜與眾不同的特質，比如：

第十單元　杜甫山水詩與山水紀行詩　277

始知五岳外，別有他山尊。（〈木皮嶺〉，卷3）
終身歷艱險，恐懼從此數。（〈龍門閣〉，卷3）
迴眺積水外，始知眾星乾。（〈水會渡〉，卷3）

以「始知」來表現木皮嶺雄奇壯偉，他所未聞，因為杜甫發同谷，取路栗亭，南入郡界，歷當房村，度木皮嶺，由白水峽入蜀。[19]「從此」一詞來抒發對龍門閣奇險的贊佩與敬畏。〈水會渡〉中想像奇特，卻也貼切合理。李長祥曰：「**少陵詩，得蜀山水吐氣；蜀山水，得少陵詩吐氣**」[20]，奇詞異字的錘鍊，新意獨立的比喻在蜀道的險、怪，奇峻中吸收了自身的靈氣。

另外，杜甫所留十二首紀行詩，全用五古寫成。五言古詩因其較短，篇幅隨心所欲，可根據不同的需要安排特定的節奏和韻律，加上它較收斂、含蓄、沉著，宜於從容不迫進行敘事、議論、抒情。杜甫和諧揉合地將此種詩體發展極致。因而蜀道風土人情圖畫及蜀道之奇風異俗即躍然紙上。然其五言詩的山水技巧仍有特別之處，及避免形成對偶，如：「**高有廢閣道，摧折如斷轅。下有冬青林，石上走長根。**」（〈木皮嶺〉）「**我馬向北嘶，山猿飲相喚。**」（〈白沙渡〉），此乃因杜甫為了區別近體詩中的山水詩句，故五古中少用排偶句式，體現了對二謝山水詩的變格[21]。再者，山水紀行採用聯章體，擴展了山水詩宏大容量，其自由開放的結構，更有豐厚的表現力，呈現

---
[19] 清‧仇兆鰲《杜詩詳註》卷9頁706，版本同前註。下引同，不贅。
[20] 同註2，頁727。
[21] 同註1，頁80-81，「杜甫山水詩也是學二謝的，所以在排偶方面也體現出二謝的影響。……杜甫五古中很少出現排偶……而且還長避免出現排偶，……如〈發秦州〉中有『磊落星月高，蒼茫雲物浮』，很工整的對句但杜甫故意寫把它寫的很古拙，……杜甫近體詩中寫山水詩則多對仗工整精美，……『如星垂平野闊，月湧大江流』〈旅夜書懷〉」，……杜甫在五古中少用排偶而將此手法用於律詩則體現了對二謝詩的變革」。

蜀地山水的氣度。

三、山水詩所寄寓的情懷

杜甫在政治上遭受打擊，又逢安史亂起，他已不再是對社會時事積極的參與，而是採取消極的逃避態度，感情趨於平淡化，隱藏了很多他的激憤與熱忱，因而在其詩中也可顯見詩人所寄寓的情懷。

（一）抒發己身困厄的無奈

杜甫在棄官之後，在〈發同谷縣〉（卷3）一詩中：「**賢有不黔突，聖有不暖席。況我飢愚人，焉能尚安宅？**」進入〈木皮嶺〉「**季冬攜童稚，辛苦赴蜀門，南登木皮嶺，艱險不易論，汗流被我體，祁寒為之暄**」，赴蜀冬行，一路艱難險阻是可以想像，「**再聞虎豹鬥，屢蹋風水昏。高有廢閣道，摧折如斷轅。**」（〈木皮嶺〉）。

水會，即所謂合鳳溪。來到〈水會渡〉，波濤洶湧，惡浪翻天的大江又橫在他的眼前，不得不令人消瘦煩憂「**霜濃木石滑，風急手足寒。入舟已千憂，陟巘仍萬盤。**」，接著〈飛仙閣〉（卷3）以「險」著稱，巨大的浪拍擊石岸所激起的水氣，在狹窄的河谷中，行成了濛濛雨霧。杜甫來到這裡「**寒日外澹泊，長風中怒號**」，吹起巨風，萬竅怒號。惡劣的自然天氣加上精疲力竭的狀態，「**歇鞍在地底，始覺所歷高。往來雜坐臥，人馬同疲勞。浮生有定分，飢飽豈可逃。嘆息謂妻子，我何隨汝曹。**」行路之難，更加表現出身世之悲的嘆詠。清‧仇兆鰲「**蜀道山水奇絕，若作尋常登臨覽勝語，亦猶人**

耳。少陵搜奇扶奧，峭刻生新，各首自闢境界。」[22]，切身行路之難，更突顯流離之苦，融會於蜀紀行中的景物描寫。

（二）寄寓憂國憂民的情懷

在〈五盤〉（卷3）一詩中，雖云險阻，但杜甫看到純樸的民風反而露出難得的笑容，「**地僻無網罟，水清反多魚，好鳥不妄飛，野人半巢居。**」這是何等閒適，而此般逸情，也牽動他的思鄉之情，「**東郊尚格鬥，巨猾何時除？故鄉有弟妹，流落隨丘墟。成都萬事好，豈若歸吾廬。**」深切感受戰亂為人民帶來巨大苦難，牽掛國事，期盼早日剷除叛臣。

進入〈劍門〉更加盡顯憂國憂民的本色，為民請命。

> ……三皇五帝前，雞犬各相放。後王尚柔遠，職貢道已喪。至今英雄人，高視見霸王。并吞與割據，極力不相讓。吾將罪真宰，意欲鏟疊嶂。恐此復偶然，臨風默惆悵。（卷3頁25）

四川劍門縣界大劍山，在保寧府北二十五公里，蜀所恃為外戶。其山峭壁中斷，兩崖相嵌，如門之闢，如劍之植，故又名劍門山。[23]自古多因疊嶂憑險，他擔心歷史上割據重演，於是疾呼「鏟疊嶂」，也一再告誡朝廷蜀地人民被逼貧為賊的可能性。不久以後，果然不幸言中，段子璋，徐知道、崔旰、楊子琳輩果然據險為亂。[24]杜甫疾呼若此，卻仍舊是無能為力，不得不惆悵滿懷。從描寫險絕的山景中，蘊涵著民胞物與的精神，更抒發一己的恢弘心胸。

---

[22] 清·仇兆鰲《杜詩詳註》卷9頁713，版本同前註。
[23] 同註5，《杜詩詳註》卷9頁719，引《舊唐書》、《一統志》。
[24] 同注1，頁722

結束羈旅征途,到達〈成都府〉,日西垂景,鳥雀歸巢,更強烈突出杜甫的淒涼與悲情:

……

曾城填華屋,季冬樹木蒼。喧然名都會,吹簫間笙簧。
信美無與適,側身望川梁。鳥雀夜各歸,中原杳茫茫。
初月出不高,眾星尚爭光。自古有羈旅,我何苦哀傷。

(卷3頁26)

杜甫到達華麗的、吹笙鼓簧的成都,仍然無法片刻停止他思鄉、忠君、報國的念頭。詩作中在在紀錄憂國憂民的胸懷。寄意含情,悲壯激烈。

四、結論

縱觀杜甫十二首入蜀紀行山水詩作,詩人自己已成為其所描繪和嘆詠的社會悲劇主角。與其他詩篇比較,李長祥云:「前後〈出塞〉、〈石壕〉、〈新安〉、〈新婚〉、〈垂老〉、〈無家〉等作,與山水詩諸作,少陵五言古詩之大者。〈出塞〉等作,猶《三百篇》、漢魏之在其前。山水諸作,則前後當無復作者矣。『語不驚人死不休』,少陵之作詩也。『篇終接混茫』,則其詩之氣候也。『死不休』,用力處;『接混茫』,神化處。……」又云:「少陵詩,得蜀山水吐氣;蜀山水,得少陵詩吐氣。」[25]言下之意,杜甫五古詩如〈出塞〉等作,有《詩經》,而入蜀山水詩則無古人。又,周珽云:「少陵入蜀諸篇,絕脂肪以堅其骨,賤丰神以實其髓,破繩格以活其肢,首首摘幽擷奧,出鬼入神,詩運

---

[25] 清‧仇兆鰲《杜詩詳註》卷9頁727,引,版本同前。

之變，至此極盛矣。」[26]入蜀詩受到後人的推崇，遠過其他作品。由於蜀山的奇險風貌暗寓著自己悲愴與坎坷，也寄寓作者憂國憂民的情懷，許總於《杜詩學發微》一書中也指出：「**杜甫的偉大，既不是從天而降，也不是由於他個人主觀願望的自我擴張，而是來自客觀現實，來自人民**」[27]。超越了功利的審美眼光看待自身經歷和處境，呈現了不同於以往放浪形骸，娛樂自我的山水吟詠。杜甫不僅是蜀山自然美的發現者，也是蜀山美景的創造者與建構者，詩人成全了蜀山美景，蜀山美景也成就了詩人，並此相輔相成提昇杜甫山水詩創作的另一種藝術境界。

---

[26] 同註8，引周斑語。
[27] 見許總著，《杜詩學發微》，頁238，南京：南京出版社，1989年5月。

第十一單元　劉長卿(726？~790)與山水詩

壹、劉長卿的生平

　　詩至劉長卿，前人以《極玄集》「開元二十一年進士」為據，把他看成是王維、李白同齡人，故《全唐詩》編者置之於王、李之間。但他的詩風迥非盛唐，而純乎大曆(766~)[1]與錢起等為中唐詩人。劉長卿的「**泠泠七絃上，靜聽松風寒，古調雖自愛，今人多不彈**」(〈聽彈琴〉)[2]。這是他最有名的一首詩，由欣賞音樂演奏，帶入對流俗的感慨，曲高和寡，也是詩人自我性格的寫照。劉長卿，字文房，籍貫有宣城、河間(河北河間縣)、彭城三種說法。劉長卿從小生長在洛陽，自視為洛陽人。劉長卿的生卒年沒有確切的記載，開元二十一年(733)進士，卒於貞元六年(790)。少年時讀書於嵩山，後移居鄱陽，個性清才冠世，「**頗凌浮俗，性剛多忤權門**」(《唐才子傳》)，一生經歷玄宗、肅宗、代宗、德宗四朝。劉長卿命運乖舛，起先是屢試不第，緊接著兩次遭受貶謫，最後是晚歲失州。至德二年(757)，劉長卿擔任長州縣尉。至德三年(758)正月，攝海鹽縣令。旋因事下獄，貶南巴。直到廣德元年(763)，回到浙西。大曆元年(766)或稍前，劉長卿赴京，任職轉運使府判官。後奉使還，駐守淮南，再到分務鄂岳，足跡遍及大江南北和洞庭左右數十州。大曆八、九年間，遭到鄂岳觀察使的誣陷，被貶到睦州，為劉長卿的仕途生涯，再一次重大波折。大曆十一年(776)任睦州司馬，滯留四年，直到建中二年(781)，才得以遷任隨州刺史。但命運捉弄，隨即被叛

---

[1] 儲仲君《劉長卿詩編年箋注》〈前言〉頁1，北京：中華書局，1999年11月2刷，下引同，不贅。
[2] 儲仲君《劉長卿詩編年箋注》頁111，版本同註1。《全唐詩》在第三函第一冊，頁339，上海古籍出版社，2009年3月。

亂的淮西節度使李希烈佔領,劉長卿辛苦多年得到的職位,就如此莫名其妙消失了。命運簡直對他開了一個天大的玩笑。當時劉長卿已屆暮年,心力交瘁,在擔任淮南節度使幕僚數年後,就默默地去世了。劉長卿是肅宗、代宗年間最重要的詩人之一,儲仲君認為他是純正的大曆詩風的體現者[3]。宋‧計有功《唐詩紀事》引皇甫湜云:「**詩未有劉長卿一句,已呼宋玉為老兵矣;語未有駱賓王一字,已罵宋玉為罪人矣。其名重如此。**」[4]著作在《新唐書‧藝文志》錄有《劉長卿集》十卷。

貳、劉長卿個性對詩文的影響

劉長卿曾在〈冰賦〉一文提到:「**人或愛我清,人或愛我淨,既潔其迹,亦堅其性。水之冰生於寒,人之冰生於正。無棄其道,吾將何病!**」[5]正好為詩人節操高亮,冰清玉潔,個性堅定剛烈之寫照。劉長卿一生兩度遭貶斥,充滿不合時宜、與流俗格格不入的情調。個性「**剛而犯上,性剛多忤權門**」,不甘屈服,其積極用世、身體力行的精神,在他的詩中留下了深刻的印記。讀其詩可感到詩人對命運的憤憤不平,以及對國運民瘼關切與憂慮。他喜歡在作品中吟詠風月,奢談隱逸,但細看之,不難發現有時只是他發洩不滿的管道。有時則是急於用世的掩飾,一旦真的被迫退居山林,作品表現正是對退隱生活的厭煩。至德(756)之後,劉長卿致力於創格律詩,近體詩多於古體。五七言律絕不乏通篇渾厚流暢之作。長卿自視為「五言長城」,然其貢獻不僅只於五言,其七律詩同樣值得重視。[6]

---

❸ 以上參儲仲君《劉長卿詩編年箋注》〈前言〉,同註1。
❹ 宋‧計有功《唐詩紀事》卷26,頁395,臺北:木鐸出版社,1982年2月。
❺ 《劉長卿詩編年箋注》頁559,版本同前註。
❻ 參《劉長卿詩編年箋注》〈前言〉頁4,版本同前註。

參、劉長卿的詩歌特色

一、清空明麗,深婉雋永

劉長卿於安史之亂(755)前的作品,如同盛唐詩人的作品那樣清空明麗,深婉雋永,首先舉〈龍門八詠之二・水東渡〉為例:

山葉傍崖赤,千峰秋色多。夜泉發清響,寒渚生微波。稍見沙上月,歸人爭渡河。[7]

龍門(山),一名伊闕山,在洛陽縣南。本詩應當是早年居洛陽時作。首二句寫山景,亦為視覺的描寫,時間為傍晚。日影照耀,山崖邊樹葉呈現紅色光彩,使眾多山峰增添多樣的色澤。三、四句書寫水景,太陽下山後,清夜沉靜,只有泉水淙淙,為聽覺的描寫。微動的水波輕撫沙渚,傳遞著陣陣涼意。夜泊的舟船,趁著方才探出雲隙的月光,搭載歸心似箭的旅客,爭取時間橫渡伊水。孟浩然〈夜歸鹿門山歌〉:「**山寺鐘鳴晝已昏,漁梁渡頭爭渡喧。**」(見孟浩然部分),同樣熱鬧有趣。劉長卿〈江中對月〉:「**歷歷沙上人,月中渡孤水。**」[8],月色明亮,人物清晰可見,夜渡寒冷江水。在靜夜裡顯得生動活潑,詩句以動態的活動見收,餘味蕩漾。

又如〈龍門八詠之六・下山〉:

誰識往來意,孤雲長自閒(閑)。風寒未渡水,日暮更看山。木落眾峰出,龍宮蒼翠間。(頁57)

---

[7] 《劉長卿詩編年箋注》頁55,以下本文並參《全唐詩》,不同文字,以括號()別之,上海古籍出版社2009年3月16次刷,下引同,不贅。

[8] 《劉長卿詩編年箋注》頁523,本文以《劉長卿詩編年箋注》為主,但在引文後註明頁碼,不另註。

開始以孤雲去來自比,何人能識得來此遊歷的意境呢?天上獨來獨往的雲,不正是如此悠閒。那時颳起了涼冽的風,風勢強勁使得渡船暫且停擺。別無它事,向晚時分,得空仔細欣賞山色之美。時值秋冬,樹葉零落,龍宮(龍門山崖間的佛寺)顯現在群山眾嶺之中。因風起而未渡水,反得日落餘暉,飽覽山景。因葉落視線清楚,顯得山峯突出,遠處佛寺呈現在山林之中,將視野帶領至遼闊悠遠之際。有悠思之感。

還有,〈龍門八詠之八‧渡水〉云:

**日暮下山來,千山暮鐘發。不知波上棹,還弄山中月。
伊水連白雲,東南遠明滅。**(頁58)

詩中言:向晚傳來寺院的鐘聲,迴盪在群山之間。月光早已灑落山谷,水面上倒映著月影,被無暇欣賞的船夫搖動船槳攪亂,成為一整面銀色亮片,上下浮動閃耀。水流向東南方,在天際處與白色雲朵連成一線,隨著太陽下山,光線漸漸暗澹,影像逐漸消失不見。就格律說,王士禛云:「**五言六句,古齊梁間多用之。唐人劉文房〈龍門八詠〉亦善此體,然幾於半律矣。**」[9]長卿善於半律可知。

再看〈浮石瀨〉詩:

**秋月照瀟湘,月明聞蕩槳。石橫晚瀨急,水落寒沙廣。
眾嶺猿嘯重,空江人語響。清暉朝復暮,如待扁舟賞。**

(頁367)

浮石瀨,據儲仲君的講法,「**按詩意,其地似在瀟湘合**

---

❾ 清‧王士禛《師友詩傳錄》頁11,收入丁福保《清詩話》上冊,臺北:藝文印書館,1971年10月。

流處,亦即永川營道縣境。」[10],詩言秋月照瀟湘,聞蕩槳之聲,有石阻流,水奔急,葉落岸寬,繼言山中猿嘯,江中人語。年年如是之景。陸時雍《詩境》評:「**詩句如清流淺瀨。**」喬億《大曆詩略》評:「**清拔。空江句非親歷不知其警動天然。**」[11]由秋夜清空之景,而覘心中空寂。

而〈集梁耿開元寺所居院〉一詩云:

到君幽臥處,為我掃莓苔。花雨晴天落,松風終日來。
路經深竹過,門向遠山開。豈得長高枕,中朝正用才。

(頁506)

梁耿,《書史會要》卷五有:「**梁耿,行篆其善,真草相敵。呂總評其書,謂如錯落魚紋,縱橫鳥跡。**」[12]是為書法家。詩中言,竹徑深幽,松風吹拂,隱士風節彷彿可見。然「豈得長高枕」,因「中朝正用才」,勉梁耿出仕。

接著,〈尋常山南溪道人隱居〉寫道:

一路經行處,莓苔見履痕。白雲依靜者,春草閉閒門。
過雨看松色,隨山到水源。溪花與禪意,相對亦忘言。

(頁190)

一片幽靜之地,為道人隱居之處。明·唐汝詢《唐詩解》云:「觀苔間履痕,而知經行者稀。觀停雲幽草,而知所居之僻。過雨看松,新而且潔。隨山尋源,趣不外求。惟其深悟禪意,故對花而忘言。襄陽以談玄許僧,文房以禪意稱道。」[13]言之甚詳。

---

[10] 儲仲君《劉長卿詩編年箋注》,頁367,版本同前。
[11] 同註10。《劉長卿詩編年箋注》引文。
[12] 同註10,儲仲君引《書史會要》頁497。
[13] 明·唐汝詢《唐詩解》下冊,頁992,河北大學出版社,2001年7月。又,該書詩題作〈尋南溪常道士〉。

而〈過橫山顧山人草堂〉云：

**只見山相掩，誰言路尚通。人來千嶂外，犬吠百花中。
細草香飄雨，垂楊閑臥風。却尋樵徑去，惆悵綠溪東。**

（頁130）

　　橫山，在吳縣西南，周圍甚廣，環以佛刹，有五塢芳桂，飛泉修竹。「**人來千嶂外，犬吠百花中。**」有清空之美。從長卿的這首詩可以看到詩人在拜訪顧山人草堂時，是澄澈了自己的內心的，所以他能捕捉到一種空靈高妙的意境，從而呈現出一種永恆的靜謐。「細草」二句，言春景濛濛，富蘊藉。澹泊，不是指感情，而是一種精神，一種境界。人們常說的澹泊機心，便是一種排除俗世的挂礙而得到的空明境界。他恬淡、安然，不染纖塵，是藝術空靈化的基礎。[14]

二、生態活潑，情趣盎然

　　人與自然的和諧，是盛唐山水詩的永久魅力，也是這個時代的重要表徵。從文藝美學角度看，劉長卿的這些詩生態活潑，情趣盎溢，呈現出空靈澄澈的境界，山石林泉充滿了詩意的光輝，充滿了生命活力。劉長卿以虛靜之心體悟自然無為之道，而在審美時藝術轉換為：秋月空江、花雨春草、白雲溪泉、暮鐘閑棹，靜寂鐘磬之響打破了寂空和靜謐，飄渺的暮靄引人進入空靈幽遠的神秘境界，整個畫面極富運動感，極富生命的節律美，成為超現實的精神象徵。這與王維以「空山」來組織意象、營造意境的構思及效果是一樣的。

　　且看〈陪元侍御遊支硎山寺〉：

---

[14] 參潘殊閑〈劉長卿及其詩歌的宗教情懷〉，收入《西南民族大學學報》，人文社科版，總25卷第2期，頁133，2004年2月。

……
密竹藏晦明，群峰爭向背。峰峰帶落日，步步入青靄。
香氣空翠中，猿聲暮雲外。……（頁135）

支硎山，在蘇州吳縣，晉高士支道林遁跡憩遊其上，故名。詩中言翠竹、群峰、山雲、落日，亦聽聞猿啼，如清空世界。陸時雍《詩境》評曰：「**語色蒼翠。**」[15]是。

〈曲阿對月別岑況徐說〉中云：「**白雲心自遠，滄海意相親。**」（頁96）

〈送勤照和尚往睢陽赴太守請〉云：「**來去雲無意，東西水自流。**」（頁64）二詩皆作於天寶年間。寫恬靜淡泊，不食人間煙火。王志清認為，劉長卿詩中的這些詩句，無論意象，還是意境，乃至用詞與表述形式，都酷似王維。與王維同，劉長卿也喜歡用「白雲」之象，取「白雲」超逸飄渺而無定質之形態，自去自來的悠閒，其自然特徵洽契佛禪之「空」義。他得王維的精髓，其象中之意也恍惚、搖曳，讓人置身於雲蒸霞蔚的多向義的暗示裏，獲得參與式的馳思騁懷的妙悟。[16]長卿的〈和靈一上人新泉〉詩，也是一首讓人很自然地想起王維的〈山居秋暝〉之類的詩，劉文房詩如是云：

東林一泉出，復與遠公期。石淺寒流處，空山夜落時。
夢間聞細響，慮澹對清漪。動靜皆無意，唯應達者知。

（頁223）

靈一，俗姓吳，廣陵人。長卿於上元二年（761）冬歸江西，或取道杭州，詩即此時作。[17]詩雖然意境不像王維詩那樣

---

⑮ 《劉長卿詩編年箋注》頁136，引陸時雍《詩鏡》。
⑯ 王志清〈劉長卿歸屬盛唐山水詩派的理由、意義及其他〉，南都學壇《人文社會科學學報》，第26卷第4期，頁72，2006年7月。
⑰ 《劉長卿詩編年箋注》頁223，引儲仲君語。

的清新和透明,也不像王維那樣把禪宗理義融化得不露絲毫痕跡,但是,此詩吐露委婉,境界清麗。

在表現方法上,劉長卿不像陶淵明那樣喜歡自敘的方式,也不是謝靈運式的用近於寫生的方式摹繪自然,而是如王維那樣,十分關注生命的體驗,習慣了在真體事物和生存環境中捕捉瞬間變化而做原生態的直接呈現,也同樣創設出氤氳繚繞的意境。他的〈秋雲嶺〉詩描寫如下:

山色無定姿,如煙復如黛。孤峰夕陽後,翠嶺秋天外。
雲起遙蔽虧,江迴頻向背。不知今遠近,到處猶相對。

(頁365)

本詩寫秋雲掩抑,峯巒變化,秋雲嶺非專有名詞。詩中之意可以與王維的〈終南山〉比較。王維的詩「**太乙近天都,連山到海隅**」又說「**分野中峰變,陰晴眾壑殊**」。更多了一些暉光氤氳的恍惚感,又,「**白雲回望合,青靄入看無**」,呈現出的是感覺的動態,是瞬息白雲的變化。詩人就實景描繪,無意於美的審視,而美卻消融於時間和外物中。劉詩空間感覺由山色無定,秋夕雲起,峯巒變化,隨著時間變化而節奏化。

另外,〈上巳日越中與鮑侍御泛舟耶溪〉寫道:

蘭橈縵轉傍汀沙,應接雲峰到若耶。
舊浦滿來移渡口,垂楊深處有人家。
永和春色千年在,曲水鄉心萬里賒。
君見漁船時借問,前洲幾路入煙花。(頁310)

本詩為作者大曆四年(769)春作於越州。鮑侍御為鮑防,時為越州刺史,兼臺省官為監察御史或殿中侍御史,故稱侍

御。[18]若耶（溪），位於會稽縣東南二十八里。詩言搖舟慢轉，連接浙江會稽。重重楊柳有住戶，幽遠靜謐，「深」字突顯出視覺上層次分明。永和，王羲之〈蘭亭集序〉開頭：「**永和九年，歲在癸丑，暮春之初，會於會稽山陰之蘭亭，脩禊事也。群賢畢至，少長咸集。**」晉穆帝永和九年為西元353年。漁船，引陶淵明〈桃花源記〉武陵一漁人偶入桃花源裡的典故，以桃花源比喻若耶溪山水之幽靜。曲水指蘭亭之勝景。水道錯綜分歧遙遠，只得詢問漁人，那一條才是尋幽訪勝的正確路徑。泛舟攬勝，如入桃花源，又似王羲之等人蘭亭脩禊。

三、因為身世際遇，詩中多「漂泊」語句

　　詩裏頻頻出現孤帆和夕陽意象。劉長卿的詩中，感傷多於激情，更多地描繪似畫的圖景，而不是描寫折射了認識結構或潛在世界秩序的景象，在這些方面他甚至超過了同時代人的作品。開元天寶詩歌對創新和複雜的關係的關注，變成了一成不變的憂傷調子：候鳥，落雨，夕陽，一葉扁舟和孤獨的詩人。王志清認為，漂泊無定的「意」的滲入，使其詩有著一層盛唐所不見的淡淡的憂傷感，山水自然成了感傷主體理念的感性顯現，而詩人又特別地關注和張揚自然中存在著的這些心靈性內容。[19]強烈的情緒化傾向，使他的詩略略不同於盛唐詩而表現出自己的面目，也是中唐的面目。誠如沈德潛《說詩晬語》中指出的那樣：「**劉隨州工於鑄語，不傷大雅，然『老至居人下，春歸在客先』、『萬里通秋雁，千峰共夕陽』，名儁有**

---

[18] 《劉長卿詩編年箋注》頁310，引儲仲君語。
[19] 王志清〈劉長卿歸屬盛唐山水詩派的理由、意義及其他〉，南都學壇《人文社會科學學報》，第26卷第4期，頁73，2006年7月。

餘,自非盛唐人語。」[20]

先看〈上湖田館南樓憶朱晏〉一詩:

漂泊日復日,洞庭今更秋。白雲如有意,萬里望孤舟。……(頁348)

作於大曆六年(771),遠行歸來時。詩中流露的都是劉長卿失意後的孤獨無依,清寂落寞之情。[21]漂泊在盛唐詩中也不罕見,特別是孟浩然詩裏常常有這樣的描寫,但是,那種漂泊情緒,那種因為漂泊而生成的深刻的感傷色彩,則成為劉長卿走向中唐的「過渡性」的色彩了。另外,〈秋杪江亭有作〉寫道:

寂寞江亭下,江楓秋氣斑。世情何處澹,湘水向人閒。寒渚一孤雁,夕陽千萬山。扁舟如落葉,此去未知還。

(頁216)

詩作於上元元年(760)或此後二年間。[22]楚清偉認為,「秋風」、「秋氣」雖是實寫,但反映出的卻是詩人的一種心境,一種情緒。秋風忽至,秋氣彌漫,正是親身經歷了安史之亂的詩人一種真實的感受和體驗,表現出他對盛世繁華的追念和對帝國衰微的無奈和絕望。[23]正如〈從軍〉六首之二寫的:「北風吹羌笛,此夜關山愁。回首不無意,滹河空自流。」(頁85)

〈秋杪〉本詩言從江岸邊的亭台往下望去,當年時節正值秋季,楓葉斑爛紛紛,多種樹葉顏色夾雜參差,甚為美麗繽

[20] 清・沈德潛《說詩晬語》卷上頁13,收入丁福保《清詩話》下冊,臺北:藝文印書館,1971年10月。
[21] 金堅強、胡祖平〈解讀劉長卿詩歌中的「青山」意象〉,《海南廣播電視大學學報》,頁108,2006年第2期。
[22]《劉長卿詩編年箋注》頁216,引儲仲君語。
[23] 楚清偉〈論劉長卿詩中秋之意象〉,《開封大學學報》,第18卷第3期,頁35,2004年9月。

紛。自問：塵世間到何處尋覓淡雅寧靜的境域？自答：原來就在湘江流域有如此脫俗絕境。只見水中沙渚有隻孤單的雁鳥，秋天的夕陽餘暉，映襯在重巒疊嶂中。扁舟一葉，好似隨風飄零，這次離去，不知歸期何時。如李白〈宣州謝朓樓餞別校書叔雲〉的「**人生在世不稱意，明朝散髮弄扁舟。**」又如蘇東坡〈前赤壁賦〉：「**任一葦之所如，臨萬頃之茫然。**」對未來，有幾許茫然。

再看〈明月灣尋賀九不遇〉：

楚水日夜綠，傍江春草滋。青青遙滿目，萬里傷心歸。
故人川上復何之？明月灣南空所思。
故人不在明月在，誰見孤舟來去時。（頁130）

詩寫春景，作於至德二年（757）。明月灣，在太湖洞庭山下。皮日休〈明月灣〉詩：「**曉景澹無際，孤舟恣迴環。試問最幽處，號為明月灣。**」[24]詩言江水長年碧綠，春來臨，水邊的草生長繁茂。順這江流遠望，滿是青翠山色。訪友不遇，只得悵然而返。老友出遊，行跡不得而知，詩人只能佇立在明月灣南岸，憑空回想、昔日交遊的記憶。當時只有明月照耀著我，單獨的船隻往回，孤寂的愁緒，婉轉表現。另舉〈岳陽館中望洞庭湖〉為例：

萬古巴丘戍，平湖此望長。問人何淼淼，愁暮更蒼蒼。
疊浪浮元氣，中流沒太陽。孤舟有歸客，早晚達瀟湘。

（頁336）

詩當作於大曆六年（771）秋，南巡湖南諸州時作。[25]詩中「疊浪」兩句甚佳。李軍以為篇中「夕陽」暗示或隱喻國運之

㉔ 以上參儲仲君《劉長卿詩編年箋注》頁131，版本同前註。
㉕ 同註24，頁336。

衰微不振?[26]作者劉文房巡視湘南諸州時,傍晚光線漸暗,湖水顯得青綠深沉,更增添詩人憂思。波浪一道道接踵而來,盛大的水蒸氣籠罩在湖面上方,金烏西沉,隱沒於水天交會之邊際。末,孤舟二句,引自柳惲〈江南曲〉:「**洞庭有歸客,瀟湘逢故人。**」之意。[27]清·洪亮吉《北江詩話》云:**岳陽樓望洞庭詩,少陵一篇尚矣。次則劉長卿「疊浪浮元氣,中流沒太陽」余以為在孟襄陽「氣蒸雲夢澤,波撼岳陽城」二語之上,通首亦較孟詩遒勁。**[28]言之頗有道理。

又〈晚次湖口有懷〉:

靄然空水合,目極平江暮。南望天無涯,孤帆落何處?
頃為衡湘客,頗見湖山趣。朝氣和楚雲,夕陽映江樹。

(頁347)

作者歸洞庭湖作。由視覺的蒼茫、孤帆、夕陽,而衡、湘,引起感懷。

再看〈餞別王十一南遊〉:

望君煙水闊,揮手淚霑巾。飛鳥沒何處,青山空向人。
長江一帆遠,落日五湖春。誰見汀洲上,相思愁白蘋。

(頁132)

詩作於任長洲尉時,蘇州送行。梁代柳惲〈江南曲〉:「**汀州採白蘋,落日江南春。**」詩中以夕陽、煙水、淚、愁等字,配上帆船漸見遠去,刻畫離別的哀傷,景中含情。亦如

---

❷ 李軍〈論劉長卿詩歌創作中的「夕陽」情結〉,《中州學刊》第4期(總第130期),頁69,2002年7月。
❷ 同註25,參儲先生說。
❷ 清·洪亮吉《北江詩話》卷5頁6,總頁168,收入《古今詩話叢編》,臺北:廣文書局,1971年9月。

〈石梁湖寄陸兼〉:「**夜上明月樓,相思楚天闊。**」(頁319)相思無盡。

〈卻歸睦州至七襄灘下作〉寫道:

南歸猶謫宦,獨上子陵灘。江樹臨洲晚,沙禽對水寒。
山開斜照在,石淺亂流難。惆悵梅花發,年年此地看。

(頁414)

詩作於大曆十二年(777)初春。作者以晚、寒、惆悵等愁悶字句,裝點出貶謫的心境。譚元春《詩歸》認為,難、映、淺、亂等字有味。[29]

又,〈碧澗別墅喜皇甫侍御相訪〉云:

荒村帶返照,落葉亂紛紛。古路無行客,寒山獨見君。
野橋經雨斷,澗水向田分。不為憐同病,何人到白雲?

(頁398)

作者削籍東歸後,即在常州義興(今江蘇宜興)營碧澗別墅。碧澗,在陽羨山中。[30]詩人著重野趣意境,而詩中所用卻均為「荒寒」意象,感情色彩極其強烈,濃重地渲染了詩人寂寞孤獨的心境,闊大的境界中,失去盛唐渾厚的氣象和充實的內容。特別是最後兩句,「不為憐同病,何人到白雲」,表現詩人離群索居的孤獨和幽怨。唐汝詢《唐詩解》:「**暮景淒其,路無行客,所見獨侍御耳。試觀橋之斷,水之分,地之幽僻,可想。苟非同病相憐,疇能至此耶?**」[31]另外,歷代一致好評的〈別嚴士元〉詩寫道:

---

[29] 《劉長卿詩編年箋注》頁414,儲仲君引,版本見前註。
[30] 《劉長卿詩編年箋注》頁414,儲仲君引。
[31] 明·唐汝詢《唐詩解》下冊,卷38頁993,河北大學出版社,2001年9月。

> 春風倚棹闔閭城,水國春寒陰復晴。細雨濕衣看不見,閑花落地聽無聲。日斜江上孤帆影,草綠湖南萬里情。東道若逢相識問,青袍今已誤儒生。(頁125)

嚴士元,馮翊人,嚴武之從兄弟。至德二年(757)士元受永王璘命南國,途出蘇州。時長卿初仕長洲縣尉。[32]詩中運用一連串「景語」來敘述事件的進程和人物的行動,意境蕭疏闊大,筆觸細微尖新,詩意也頗淳厚,三四兩聯是有名的寫景句子。詩人與友人「倚棹」闔閭江邊,其惜別之情,如同灰濛濛的天氣,變幻不定,細雨無見而有,落花有聲而無,寫景細膩。落日孤帆的景色,別後異地的遙想,暗暗帶出了兩人盤桓到薄暮時分的無限愁情。收束處更是有一種令人心酸的低沉。依照儲仲君說法,此詩狀水鄉初春乍陰乍晴之奇,得其神髓。而長卿初仕之喜悅,亦溢於字裏行間。『青袍今已誤儒生者』終於入仕之謂也。[33]王志清認為其中抽離了盛唐熱情灑脫的意緒,不見了盛唐青春的樂觀、自信和執著,代之以冷落、寂寞、猶疑與苦悶,給人以淡薄、空疏之感。[34]

接著,〈青溪口送人歸岳州〉一詩:

> 洞庭何處雁南飛,江荻蒼蒼客去稀。
> 帆帶夕陽千里沒,天連秋水一人歸。
> 黃花裛露開沙岸,白鳥銜魚上釣磯。
> 岐路相逢無可贈,老年空有淚霑衣。(頁465)

青溪,新安江又名青溪。環繞睦州州治建德縣而過。荻,

---

[32] 《劉長卿詩編年箋注》頁126,引儲仲君語。
[33] 同註32,頁127。
[34] 王志清〈劉長卿歸屬臨山水詩派的理由、意義及其他〉,南都大學《人文社會科學學報》,第26卷第4期,頁73至74,2006年7月。

《詩經‧衛風‧碩人》:「**鱣鮪發發,葭菼揭揭。**」鄭玄注云:發發,盛貌。葭,蘆。菼,薍也,為荻[35]。詩中第一、二句寫岳州。第三、四句送歸,第五六句描寫青溪口,末兩句寫感觸。「**空有淚霑衣**」,言其淒苦心境。

再說〈感懷〉一詩所言:

秋風落葉正堪悲,黃菊殘花欲待誰?
水近偏逢寒氣早,山深常見日光遲。
愁中卜命看周易,夢里招魂讀楚詞。
自笑不如湘浦雁,飛來即是北歸時。(頁530)

本詩一作張謂詩,題作〈辰陽即事〉,辰陽為辰水之陽。[36] 楚清偉認為,全詩借悲秋來抒寫一種惆悵茫然、心緒不寧的情感,詩中所反復渲染的淒清、黯淡的秋意、秋景,映照出的恰是詩人心靈中一個王朝的秋天。[37] 山水自然,給了劉長卿心靈觸發的機緣和借托,使其美感的生成具有了象喻性的客觀物件。但從另一方面看,強烈的「意」的張揚,又使他特別專注於美的理念以感性的形式顯現。因而,使他的山水詩顯示出十分鮮明的藝術個性來,也多了一些亂後的「時代」烙印。這些詩裏,他不同於讓外物做純自然的自在呈現的王維,而是通過移情來顯示「意」,詩中景不一定是眼前景,而是詩人的心中景,甚至沒有了物的原初印象,「物皆著我之色彩」,山水成為詩人的獨特的情意動作。只是因為他的情緒化表現太強烈,以至於將情感強加給外物,詩中山水包含了強烈的人生意識的內容。這種「意」的特別強烈,詩人往往從內心的感情和理

---

[35] 鄭玄註《毛詩》卷3頁7,上海古籍出版社印據四部備要本,2003年12月。
[36] 參《劉長卿詩編年箋注》頁530,引儲仲君語。
[37] 楚清偉〈論劉長卿詩中秋之意象〉,《開封大學學報》第18卷第3期,頁35,2004年9月。

念的表現需要出發來尋找自然物件,這與杜甫強調心理感覺一樣,筆下景物便多了些主觀隨意性。

肆、蕭瑟孤獨的傷感

白明芳認為,由「悲秋」與「夕照」所渲染而出的美麗與哀愁,是劉長卿心緒思致迸射結果,緣情感物的統攝風調。特定的詩境,清冷的色調,惆悵的情感,是心理層面與時代氛圍交相濡染後的最後結果。[38]

先看劉文房之名篇〈逢雪宿芙蓉山主人〉:

日暮蒼山遠,天寒白屋貧。柴門聞犬吠,風雪夜歸人。

(頁403)

芙蓉山,亦為吳中名勝之一,詩作於大曆十年(775)閒居義興時。[39]詩中言行難至、家蕭條、犬吠雪中歸人,其境淒苦。施補華《峴傭說詩》評論:「**較王韋稍淺,其清妙自不可廢。**[40]」暮色中風雪寂山,清貧的茅屋寫來清幽有味,雖有暮色裏人犬歸的溫馨,但更多給人的卻是孤獨、寂寥、淒清的感覺。陳菁華以為,在劉文房的詩中很少有讓人覺得振奮、喜悅的東西,總離不開哀諷和冷落寂寞的情思。[41]此首便是。

再看〈松江獨宿〉:

洞庭初下葉,孤客不勝愁。明月天涯夜,青山江上秋。一官成白首,萬里寄滄洲。久被浮名繫,能無愧海鷗。

(頁247)

---

[38] 白明芳《劉長卿及其詩研究》,靜宜大學中國文學研究所碩士論文,頁213,2006年。
[39] 《劉長卿詩編年箋注》頁403,引儲仲君語。
[40] 清・施補華《峴傭說詩》頁17,收入丁福保《清詩話》下冊,臺北:藝文印書館,1971年10月。
[41] 陳菁華〈劉長卿詩歌中個體生命意識的回歸〉,《安陽師範學院學報》,第4期,頁68,2006年。

本詩應當是作於廣德（763～）中，劉長卿回到江東之後。本詩又作周賀詩，題作〈秋宿洞庭〉，誤。[42]松江，也稱為笠澤，源自於太湖，經蘇州東部匯入黃浦江。詩言秋天悄悄來臨，他人尚未察覺到，而獨自羈旅異鄉感觸敏銳，首先見到洞庭湖畔林木葉落（《楚辭‧九歌》有洞庭波兮木葉下。），孤單無依的憂傷心情，濃厚到難以消受。明亮的月光普照大地，天涯海角共此月夜，不如海鷗自由自在，遨遊於天地之間。不禁聯想到杜甫〈旅夜書懷〉：「**名豈文章著，官應老病休。飄飄何所似，天地一沙鷗**」，感慨至深。再看〈卻赴南邑留別蘇臺知己〉：

又過梅嶺上，歲歲北枝寒。落日孤舟去，青山萬里看。
猿聲湘水靜，草色洞庭寬。已料生涯事，唯應把釣竿。

（頁210）

詩作於上元二年（761）冬。蘇臺，即姑蘇臺。在蘇州吳縣。此處知己指皇甫冉，有〈歸陽羨兼送劉巴長卿〉詩。梅嶺即大庾嶺。言北枝寒，謂南枝已發，北枝猶寒。地理位置對氣候影響殊異。寒，隱喻未霑皇帝聖恩。時皇甫冉為無錫尉，長卿避亂居陽羨。傍晚時分，友人搭乘船兒離去，形影孤單，詩人的心境隨之孤寂難耐。離情難捨，只能隨著孤帆身影漸行漸遠，望斷千萬里山色。李白〈夢遊天姥吟留別〉：「**淥水蕩漾清猿啼**」。猿啼，以興愁。第七、八句自我預言生涯發展的困境，抒發對現實的無奈。釣竿比喻隱逸生活，因為只有隱士才有充足的時間垂釣於湖畔。此句透露隱居生活的無奈，未霑恩澤，不得施展抱負的慨嘆。

又如〈泛曲阿後湖簡同遊諸公〉：

---

[42] 《劉長卿詩編年箋注》頁247，參儲仲君說。

> 元氣浮積水，沈沈深不流。春風萬頃綠，映帶至徐州。
> 為客難適意，逢君方暫遊。賣緣白蘋際，日暮滄浪舟。
> 渡口微月進，林西殘雨收。水雲去仍濕，沙鶴鳴相留。
> 且習子陵隱，能忘生事憂。此中深有意，非為釣魚鉤。
>
> （頁99）

後湖，在丹陽縣北。詩作於天寶十五載（756）春，[43]詩言春風吹拂，水岸原野綠意盎然，倒映水中。渡口旁從茂密的樹林，露出些許微弱的月光。傍晚下起一陣雨，雲雨帶飄移到林子的西邊，雨勢停止。因為水氣仍盛，鶴鳥停泊在沙洲上，鳴叫聲此起彼落。憂，指劉長卿官運不順遂，又遭逢戰亂。唯有效法漢朝嚴光（子陵）隱居不仕，方能忘卻人生拂逆。歸隱山林，才可真正避免宦海浮沉之憂患，尋求內心寧靜。詩中亦嚮向隱逸生活。

又，〈登思禪寺上方題修竹茂松〉：

> 上方幽且暮，臺殿隱蒙籠。遠磬秋山裏，清猿古木中。
> 眾溪連竹路，諸嶺共松風，儻許棲林下，甘成白首翁。
>
> （頁217）

詩作於上元元年（760）或此後二年間。[44]上方，指住持居處。從視覺上，因為太陽已下山，缺乏光線而冥暗。寺院的殿閣樓台，因黑夜來臨而隱身在幕色，朦朧模糊看不太清楚，好似隱藏在黑色的紗衫裏籠罩著。不知禪寺確切的位置，只聽到遠離塵囂的山區裡，傳來擊磬的聲響敲打的音波迴盪在谷中。天色已昏暗，看不清楚猿猴攀越蹤影，僅可聽見巨大的樹叢

---

[43]《劉長卿詩編年箋注》頁99，參儲仲君語。
[44]《劉長卿詩編年箋注》頁217，引儲仲君說。

中，響徹清亮的猿鳴聲。禪院幽靜，松林茂盛，竹林雅致，聲響悠遠，隱逸白首，此生無憾。林壑中溪水支流繁多分歧，由修長的竹林裡，隱密的小徑縱橫，將溪流連成一氣。山嶺上長風吹送，拂過枝椏茂密的松樹林。若能在樹林裡退隱，即便是平淡終老，也甘之如飴，一生沒有抱憾。退隱山林，「**甘成白首翁**」，一言住持，一以言己，未能施展抱負，徒呼奈何，多少有些惆悵。

伍、結論

劉長卿「一波三折」的仕宦生活，漂浮離亂的遭遇，使他飽覽山川景色，行跡踏遍大江南北，遊歷甚廣。與親戚朋友、僧俗道士往來贈達，藉以詩歌抒發不得意的鬱悶。他的山水詩偏向青與白的冷色調，思想上受儒家經世致用，及道教、佛教（特別是禪宗）的影響。五、七言律絕具有通篇渾厚流暢之特色。宋·計有功《唐詩紀事》卷26引高仲武云：「**長卿員外有吏幹，剛而犯上，兩度遷謫，皆自取之。詩體雖不新奇，甚能鍊飾，大抵十首以上，語意稍同，於落句尤甚，此其思銳才窘也。然春風吳春綠，古木刻山深，明日滄洲路，歸雲不可尋。……截長補短，蓋玉徽之類歟。又得罪風霜苦，全生天地仁。傷而不怨，亦足以發揮風雅矣。**」[45]評論合宜。王維經歷開元盛世，以及安史之亂。歸隱終南，由絢爛歸於平淡不同。劉長卿一生兩度遭貶斥沉重打擊，又遭逢淮西節度使李希烈叛亂，宦途乖舛，有志難伸，山林生活，乃形勢所迫，不得不然，並非王維純粹恬淡釋懷。再比較孟浩然，雖同樣懷才不遇，劉文房頗有幹才，宦遊江南江北數十州，晚年因藩鎮割據

---

[45] 宋·計有功《唐詩紀事》卷26〈劉長卿〉，頁396，臺北：木鐸出版社，1982年2月。

失去刺史一職,比起孟襄陽,心境更為複雜沉鬱。安史之亂不僅是唐代由盛而衰的轉捩點,也是劉長卿的詩風由盛唐過渡到中唐的因素。也因為生平屢被貶斥,遭人構陷,大多數山水詩景物形象有著感傷的色彩。讀其詩,也敬佩其人品高潔,詩篇可再三品味。

第十二單元　劉禹錫(772~842)與山水詩

壹、前言

　　劉禹錫是唐代一位很有政治抱負的詩人,是一位思想家,也是一位著名詩人和散文家。不過本文的重點是山水詩,所以依個人對劉禹錫其人及其對山水詩作品的體會,參酌相關的觀點,依以下章節順序進行論述:首先,先將劉禹錫山水詩的背景,以及劉禹錫的生平背景作一介紹,再將劉禹錫的山水詩之內容分類加以探析,並論劉禹錫山水詩的藝術技巧,最後結論。

貳、劉禹錫山水詩的背景

一、唐代山水詩的承繼

　　山水詩是指描寫山水風景的詩。前面已有詳細說明。在魏晉時代,山水詩的起源上,諸家各有所說,例如林庚認為山水詩是在南朝經濟發展、商業繁榮、水路交通發達的條件下產生的[1];王瑤認為山水詩是由玄言詩衍變而來[2];朱光潛、林文月以為山水詩乃遊仙詩的繼承者[3];曹道衡等人則以為山水詩導源於隱逸思想與隱逸生活[4];洪順隆認為山水詩是以自然為遊樂對象的結果[5];王國瓔認為這些論點都各有是,但都只見部分而不

---

[1] 林庚〈山水詩是怎樣產生的〉《文學評論》第三期,頁92～101,1961年。
[2] 王瑤〈玄言‧山水‧田園〉《中古文學風貌》,頁59～63,上海:棠棣出版社,1953年。
[3] 朱光潛〈遊仙詩〉《文學雜誌》3卷4期,頁8,1948年;林文月〈從遊仙詩到山水詩〉《山水與古典》,頁1～22,臺北:純文學出版社,1976年。
[4] 曹道衡〈也談山水詩的形成與發展〉《文學評論》,第二期,頁26～33,1961年。
[5] 洪順隆〈山水詩起源與發展新論〉《六朝詩論》,頁87,臺北:文津出版社,1978年。

問全體[6]；而認為中國的山水詩是在魏、晉時代經過莊、老玄學的浸濡而產生[7]，雖然各家說法不一，但都有著理論的根據及基礎，足見中國山水詩之形成，有著許多不同的原因，也有不同說法。綜和這些原因使得山水詩在中國詩壇中佔有重要一地。到了唐代，王維、孟浩然，山水田園詩發展至高峰，隨著詩人的遭遇、思想，注入山水詩中，有不同的面貌。

二、劉禹錫山水詩之創作背景

（一）時代背景

西元805年正月，唐順宗即位，改元永貞，以王伾、王叔文為首，劉禹錫與柳宗元等為骨幹的革新派當政。他們努力革除各種弊政，嚴懲貪官，減輕人民負擔並準備奪取宦官的兵權，以改變宦官專權的政局，史稱「永貞新政」。但這次革新只推行了幾個月便流產了，也就是說，唐憲宗即位後，革新派遭到殘酷迫害。劉禹錫的狀況則不幸得多。德宗貞元二十一年（順宗永貞元年）乙酉（805年）九月，以永貞革新失敗，王叔文貶為渝州司馬，王伾為開州司馬，柳宗元（三十三歲）為邵州刺史，劉禹錫（三十四歲）為連州刺史，韓泰為撫州刺史，韓曄為池州刺史。十月，再貶韓泰為虔州司馬，陳諫為台州司馬，柳宗元為永州（今湖南省零陵縣）司馬，劉禹錫為朗州（今湖南省常德縣）司馬，韓曄為饒州司馬，凌准為連州司馬，程異為郴州司馬。另外宰相韋執誼貶為崖州司馬，此八人與前述之王叔文、王伾二人，即史稱「二王八司馬」。

---

[6] 王國瓔《中國山水詩研究》，頁4，臺北：聯經出版事業公司，1988年4月。
[7] 王國瓔《中國山水詩研究》，頁1，臺北：聯經出版事業公司，1988年4月。

(二) 文學風尚

自代宗大曆元年（766）至文宗太和九年（835）為詩歌的中唐時期，在約七十年間出現了眾多的詩人，詩歌數量最多，詩歌流派也最多。

安史之亂後的中唐，政局相對穩定。但藩鎮割據、宦官擅權、朋黨之爭，以及日益尖銳的階級矛盾，都使社會陷於嚴重的危機之中。此時的政治經濟整體呈現衰頹的局面，大曆年間，出現了追慕盛唐的「大曆十才子」，但已沒有盛唐那種氣象。中唐在另一方面卻有新的發展。詩人們不得不面對嚴酷的現實，較積極地參與政治，有的還處於政治漩渦的中心地位，所以中唐詩歌的政治色彩比盛唐強烈。以白居易和元稹為代表的一批詩人，用類似寫諫書的方式寫詩，揭露社會的種種弊端，希望引起皇帝的重視；以韓愈、孟郊、李賀為代表的一批詩人則通過描寫自身的不幸，揭示社會的不合理。部分不滿現實的詩人則帶著蕭條的心情退入山林，這類隱逸的詩人有劉長卿、韋應物等。此外，柳宗元、劉禹錫之清淡秀麗，在中唐自成一派。

參、劉禹錫之生平介紹

劉禹錫，字夢得，生於代宗大曆七年（772）年，由於依附王叔文，擢度支員外郎，人不敢斥其名，號二王劉柳。卒於武宗會昌二年（842）。洛陽（今河南省洛陽市）人。他自稱漢代中山王劉勝的後裔。他的家庭是一個世代以儒學相傳的書香門弟。父親劉緒，天寶末年進士及第，便遇安史之亂，於是舉家東遷蘇州。是劉禹錫出生地。

劉禹錫耳濡目染，加上天資聰穎，敏而好學，從小就才學過人，氣度非凡。他十九歲遊學長安，上書朝廷。二十一歲，

與柳宗元同榜考中進士。同年又考中了博學宏詞科。後來在政治上不得意被貶為朗州（今湖南常德）司馬。他沒有自甘沉淪，而是以積極樂觀的精神進行創作，積極向民歌學習，創作了〈采菱行〉等仿民歌體詩歌。

一度奉詔還京後，劉禹錫又因詩句「**玄都觀裏桃千樹，儘是劉郎去後栽**」觸怒新貴被貶為連州刺史。後被任命為江州刺史，在那裏創作了大量的《竹枝詞》。是最早創作很多《竹枝詞》的詩人。名句很多，廣為傳誦。穆宗長慶四年（824）夏，他寫了著名的〈西塞山懷古〉：**西晉樓船下益州，金陵王氣黯然收。千尋鐵鎖沉江底，一片降旛出石頭。人世幾回傷往事，山形依舊枕寒流。今逢四海為家日，故壘蕭蕭蘆荻秋。**（《全唐詩》頁898）這首詩為後世的文學評論家所激賞，認為是含蘊無窮的唐詩傑作。

後來，幾經多次調動，劉禹錫被派往蘇州擔任刺史。當時蘇州發生水災，饑民遍野。他上任以後開倉賑饑，免賦減役，很快使人民從災害中走出，過上了安居樂業的生活。蘇州人民愛戴他，感激他，就把曾在蘇州擔任過刺史的韋應物、白居易和他合稱為「三傑」，建立了三賢堂。皇帝也對他的政績予以褒獎，賜給他紫金魚袋。

劉禹錫晚年回到洛陽，任太子賓客，與白居易等友人交遊賦詩，生活閒適。死後被追贈為戶部尚書。儘管他和韓愈、白居易有深厚的交情，卻在詩歌風格上保持獨立自主，不附和，更不附屬于韓或白的勢力流派。[8]宋・計有功《唐詩紀事》云：**禹錫晚年與白傅友善，詩筆文章時無在其右者，常與禹錫唱和往來，因集其詩而序之曰：「彭城劉夢得，詩豪者也。其**

---

❽ 參中國社科院文學研究所編《唐詩選》下，頁111，北京：人民文學出版社，1992年。

鋒森然,少敢當者。」[9]可知後人的推崇。

肆、劉禹錫山水詩的內容

劉禹錫的山水詩,本文分作宦遊類、懷古類、詠懷類、諷諭類、閒適類等五類,加以分析論說。

一、宦遊類

劉禹錫雖然年少得志,二十一歲考中進士後,同年又考中了博學宏詞科。但在仕途中屢不得意,劉禹錫的山水詩,多有在山水中寫其宦遊者,如〈途中早發〉、〈漢壽城春望〉、〈故洛城古牆〉、〈秋日送客至潛水驛〉,以〈再授連州至衡陽酬柳柳州贈別〉為例:

去國十年同赴召,渡湘千里又分岐。
重臨事異黃丞相,三黜名慚柳士師。
歸目併隨回鴈盡,愁腸正遇斷猿時。
桂江東過連山下,相望長吟有所思。[10](頁903)

劉禹錫與柳宗元是志同道和,患難與共的朋友。德宗貞元九年(793),同榜進士及第,貞元二十一年(805)一起參與王叔文革新政治集團而貶。有十一年之久。憲宗元和十年(815)兩人同詔赴長安,在劉、禹政治上似將轉機,然憲宗李純記仇(王叔文集團反對立李純為太子),與宰相武元衡等人排斥,在京停留不到一個月,被改貶更遠的刺史。[11]本詩作於元和十年夏初,詩的一二句勾畫出屢遭挫折的經歷,三四句以典明志,並對柳宗元

---

[9] 宋・計有功《唐詩紀事》下冊,卷39 頁603,臺北:木鐸出版社,1982年2月。
[10] 引自《全唐詩》,總頁903,上海古籍出版社,2009年3月,以下引文同此註,但明頁數,不贅。
[11] 參王元明主編《劉禹錫詩文賞析集》頁88,陳志明撰,四川巴蜀書社出版,1989年2月。

表達了敬重,第五六句詩境變為淒厲,亦反映出兩人之間友誼的真摯,最後詩人希望兩人到貶所以後,不要忘記對方。以生死不渝的情節作結。再以〈初至長安〉為例:

> 左遷凡二紀,重見帝城春。老大歸朝客,平安出嶺人。
> 每行經舊處,卻想似前身。不改南山色,其餘事事新。
> （頁891）

劉禹錫以永貞元年（805）外謫,二紀指二十四年（一紀十二年）則當為文宗大和二、三年（828、829）之間,唐人以嶺南為惡地,故以平安出入為幸,禹錫雖曾以元和十年被召入京,然不及一個月又被貶,永貞中同朝之人升沉不齊,故言除南山常青外,事事皆新之感。寓悲於景。

二、懷古類

劉禹錫的山水詩作中的懷古類有頗多,如〈登司馬錯故城〉、〈後梁宣明二帝碑堂下作〉、〈臺城懷古〉等,以〈西塞山懷古〉為例:

> 西晉（王濬）船樓下益州,金陵王氣黯然收。
> 千尋鐵鎖沉江底,一片降旛出石頭。
> 人世幾回傷往事,山形依舊枕江流。
> 今逢四海為家日,故壘蕭蕭蘆荻秋。（頁898）

西塞山,長江中游的要隘之一,三國為東吳防線,今湖北黃石市。劉禹錫有不少懷古篇,在中唐詩人中較突出。他的懷古詩,含蓄蘊藉。本詩寫於唐穆宗長慶四年（824）,作者罷夔州（今四川奉節）刺史,調任和州（今安徽和縣）刺史,途經西塞山時所作。但吳主孫皓於此設置的攔江鐵索,並沒有能擋住晉

軍的攻勢。起句如「黃鵠高舉」氣勢凌人。前四句，所描寫的即是這段史實，也就是說，吳主孫皓，沒有能抵擋西晉王濬的火攻，出降。而後四句則是作者的懷古之思。安史之亂後，唐王朝一蹶不振，不僅外患交相侵擾，藩鎮的割據與叛亂更是頻繁，作者一方面渲染著「故壘蕭蕭」的陳跡，一方面以懷古而鑒今。又如〈松滋渡望峽中〉：

渡頭輕雨灑寒梅，雲際溶溶雪水來。
夢渚草長迷楚望，夷陵土黑有秦灰。
巴人淚應猿聲落，蜀客船從鳥道回。
十二碧峰何處所，永安宮外是荒臺。（頁896）

松滋渡，在今湖北松滋西。劉禹錫離開鄂州後，繼續溯江而上，到達松滋渡時，遙望三峽，觸景生情。詩的開頭，描寫長江雲水相連的高曠浩蕩的氣勢，三四句，以渡口遠望江水奔流而下。五六句，寫巴蜀水險人愁。望楚國舊地而回憶楚國舊事，繼寫三峽幽險和客旅的愁哀，最後以惆悵和沉重的情緒終結。有人認為這首詩實際上是一首寫景與懷古相結合的作品，詩中緊扣住一個「望」字，極目騁情，實與虛諭，將三峽的山川景物，歷史事件盡挫筆下，句句不離景，句句都融合著詩人的歷史和現實感受。[12]頗有道理。

再以〈金陵懷古〉為例：

潮滿冶城渚，日斜征虜亭。蔡洲新草綠，幕府舊煙青。
興廢由人事，山川空地形。後庭花一曲，幽怨不堪聽。

（頁890）

---

[12] 參田軍、馬奕、綠冰主編《中國古代田園山水邊塞詩賞析集成》，頁703，北京：光明日報出版社，1991年。

本詩作於敬宗寶曆二年（826），大概與〈金陵五題〉同時。詩的開頭，把盛衰作了一個對比，頷聯則是對歷史的憑弔，句中融合了古今之事和眼前之景，腹聯轉入議論，「**興廢由人事，山川空地形**」指國家興亡取決於人事而不在地形。尾聯引〈玉樹後庭花〉典故，含蓄的寄寓著亡國鑑戒之意。

三、詠懷類

劉禹錫的山水詩作中的詠懷類也有許多，例如〈秋詞兩首〉（卷6）、〈楊柳枝詞〉（卷7）、〈望衡山〉（卷3）、〈送春詞〉（卷6）等，以〈華山歌〉（卷6）[13]為例：

洪鑪作高山，元氣鼓其橐。俄然神功就，峻拔在寥廓。
靈跡露指爪，殺氣見稜角。凡木不敢生，神僊幸來托。
天資帝王宅，以我為關鑰。能令下國人，一見換神骨。
高山固無限，如此方為嶽。丈夫無特達，雖貴猶碌碌。[14]

（頁878）

劉禹錫曾任比鄰華山的京兆府渭南縣主簿、同州刺史[15]，又多次遭貶外放，幾度奉召入京，華山都是必經之地，故對華山自有深沉的感情。詩的一開始，作者寫出華山在天地間的始造，及其峻拔的氣勢，接著以神話傳說表現華山的不凡。詩的後半段，則由對華山的描寫轉而到國家和人生，華山是關防鎖鑰天然屏障，及對人之精神感召，最後抒發出作者高尚的人格追求。再以〈九華山歌〉（卷6）為例：

奇峰一見驚魂魄，意想洪鑪始開闢。

---

[13] 參《全唐詩》及瞿蛻園《劉禹錫集箋證》本，上海古籍出版社，1989年，下引同。
[14] 參高志忠校注《劉禹錫詩編年校注》，黑龍江人民出版社，2005年，下同。
[15] 同註14。

疑是九龍夭矯欲攀天,忽逢霹靂一聲化為石。

不然何至今,悠悠億萬年,氣勢不死如騰仚(音ㄑㄧㄢ,輕舉貌)。

雲含幽兮月添冷,月凝暉兮江漾影。

結根不得要路津,迴秀長在無人境。

軒皇封禪登雲亭,大禹會計臨東溟。

乘橇不來廣樂絕,獨與猿鳥愁青熒。

君不見敬亭之山黃索漠,兀如斷岸無稜角。

宣城謝守一首詩,遂使聲名齊五岳。

九華山,九華山。

自是造化一尤物,焉能籍甚乎人間。(頁885)

九華山,在安徽池縣清陽縣西南,九峯競秀,神采奇異。本詩寫於作者由夔州(今四川奉節)調任和州(今安徽合縣)的途中,對九華山的描寫和禮讚,有感於九華山奇偉壯觀,而「不為世所稱」,故成詩寄慨。寄託自己的磊落不平。因為在此之前,作者曾經參與「永貞新政」而受到不公平的待遇,雖有雄才而不為所用,這種遭遇和九華山何其相似,因此作者托九華山而抒其胸中鬱積之情。詩以突兀起,前十五句寫九華山雄奇秀麗不為人賞識,與後之敬亭山有名對照。末,寄慨歎。再以〈酬樂天揚州初逢席上見贈〉(卷11)

巴山楚水淒涼地,二十三年棄置身。

懷舊空吟聞笛賦,到鄉翻似爛柯人。

沈舟側畔千帆過,病樹前頭萬木春。

今日聽君歌一曲,暫憑杯酒長精神。(頁899)

寶曆二年(826)冬,劉禹錫北歸洛陽,路過洛陽,與白居

易相遇。白居易在席上寫〈醉贈劉二十八使君〉相贈，對他長期被貶的遭遇表示同情，劉即寫此詩作答。本詩的開頭，先寫他被貶二十三年的遭遇，悼念凋零的朋友以及自己的生還，感激白居易的慰藉。詩中充滿了感慨，「**沈舟側畔千帆過，病樹前頭萬木春。**」是傳誦名句。沉舟、病樹是作者的自喻，他讚美新人輩出，對自己的遭遇也感到沉痛。〈聞篴（笛）賦〉指晉朝〈思舊賦〉。向秀與嵇康、呂安二人友善。嵇、呂因不滿司馬昭的統治而被殺，後來向秀經過嵇、呂二人的舊居，聽到隣人吹笛，感音悲歎，因作〈思舊賦〉。借此興悲。

四、諷諭類

劉禹錫的山水詩作中的諷諭類，以〈度桂嶺歌〉（卷7）為例：

桂陽嶺，下下復高高。人稀鳥獸駭，地遠草木豪。
寄言千金子，知余歌者勞。（頁877）

本詩當是作者赴連州時所作，「人稀」二句，言此地景觀，悲涼。詩之「寄言千金子」蓋怨執政之詞也[16]，再以〈華清詞〉（卷6）為例：

日出驪山東，裴回照溫泉。樓台影玲瓏，稍稍開白煙。
言昔太上皇，常居此祈年。風中聞清樂，往往來列仙。
翠華入五雲，紫氣歸上玄。哀哀生人淚，泣盡弓劍前。
聖道本自我，凡情徒顗然。小臣感玄化，一望青冥天。

（頁878）

天寶年間，唐明皇與楊貴妃在驪山享受溫泉浴，而百姓

---

[16] 唐‧劉禹錫著，瞿蛻簧《劉禹錫集箋證》本，頁837，上海古籍出版社，1989年。

呢?流離失所,所以說「**哀哀生人淚,泣盡弓劍前**」。《劉禹錫集箋證》以為「**聖道本自我,凡情徒顯然**」是譏玄宗既志在得仙,則今昔存亡亦不足論[17]。再以〈春日寄楊八唐州〉之一(卷15)為例:。

**淮西春草長,淮水逶迤光。燕入新村落,人耕舊戰場。
可憐行春守,立馬看斜桑。**(頁884)

又,〈春日寄楊八唐州〉之二

**漠漠淮上春,蕎苗生故壘。梨花方城路,荻筍蕭陂水。
高齋有謫仙,坐嘯清風起。**(頁884)

詩先由淮水、淮西景物起興。然則兩首詩作,借景以寄情。《劉禹錫集箋證》以為蓋「**有慨於平淮西時之殘暴,再三諷勸歸厚加以撫循,勿以坐嘯為自得也**」[18]。則不僅寄情,亦以諷諭。

五、閒適類

劉禹錫的山水詩作中的閒適類也有許多,例如〈秋江早發〉(卷3)、〈洞庭秋月行〉(卷6)等,以〈堤上行〉(三首中其一)(卷6)為例:

**酒旗相望大堤頭,堤下連檣堤上樓。
日暮行人爭渡急,槳聲幽軋滿中流。**(頁910)

〈堤上行〉(三首中其二)

江南江北望煙波,入夜行人相應歌。

---
[17] 同註16。
[18] 同註16。

〈桃葉〉傳情〈竹枝〉怨,水流無限月明多。(頁910)

〈隄上行〉(三首中其三)

春堤繚繞水徘徊,酒舍旗亭次第開;
日晚上樓招估客,軻峨大艑落颿來。

詩共三首。這三首詩大約寫在長慶二年(822),任夔州刺史到和州刺史時。三首詩從不同角度反映民情。第一首作者以閒適的心情,描繪著江邊的晚渡,見堤頭繁榮熱鬧景象,文字樸素而優美。第二首詩寫作者入夜時之所見,男女對歌,無限情意。第三首寫當地風情,詩自然。再以〈和牛相公遊南莊醉後寓言戲贈樂天兼見示〉(卷14)為例:

城外園林初夏天,就中野趣在西偏。
薔薇亂發多臨水,鸂鶒雙遊不避船。
水底遠山雲似雪,橋邊平岸草如煙。
白家唯有杯觴興,欲把頭盤打少年。(頁901)

本詩的一開頭,就先點明了地點和時間,接著描繪出一幅顏色鮮麗的山水圖,把自然界的風光,寫得具體可感、形象美麗,也寫出詩人閒適中的情趣。

伍、劉禹錫山水詩的藝術特色

在劉禹錫山水詩的藝術特色中,以疊字摹神、使典用事、設色富采、數字對、句中鍊字五方面加以析究:

一、疊字摹神

疊字又稱重言,是以二個或二個以上相同的字來重疊使

用,來摹擬物形、物聲或物態,當單字不足以盡其態,則以重言疊字來表現,疊字在音響有極微妙的功用,既可使語氣充足,意義完整,又可使聲音動聽。[19]

悠悠關塞內,往來無閑步。(〈途中早發〉,頁881)
沅江清悠悠,連山鬱岑寂。(〈遊桃源一百韻〉,頁881)
猶喜見斑白,喧喧車馬馳。(〈遊桃源一百韻〉,頁881)
苒苒桑榆夕,共安緹繡榮。(〈遊桃源一百韻〉,頁881)
孤輪徐轉光不定,遊氣濛濛隔寒鏡。
(〈洞庭秋月行〉,頁885)
山城蒼蒼夜寂寂,水月逶迤繞城白。
(〈洞庭秋月行〉,頁885)
日出喧喧人不閑,夜來清景非人間。
(〈洞庭秋月行〉,頁885)
蔡洲新草綠,幕府舊煙青。(〈金陵懷古〉,頁890)
中庭望啟明,促促事晨征。(〈途中早發〉,頁891)
渡頭輕雨灑寒梅,雲際溶溶雪水來。
(〈松滋渡望峽中〉,頁896)
蒙蒙篁竹下,有路上壺頭。(〈經伏波神祠〉,頁905)
軋軋渡水槳,連連赴林鴉。
(〈晚歲登武陵城顧望水陸悵然有作〉,頁905)
千行宰樹荊州道,暮雨蕭蕭聞子規。
(〈後梁宣明二帝碑堂下作〉,頁913)

等等皆是。

---

[19] 黃慶萱《修辭學》頁191,臺北:三民書局,1990年12月增訂五版。

二、使典用事

典故，古人稱之為用事。照王力先生的講法，「用典的目的是援引古事或古人的話來證明自己的觀點是古已有之，自己話是正確的」，「用典的目的主要的還是在於使文章委婉、含蓄、典雅、精煉。」又，許清雲先生認為用典乃是「引古人的故事、成語、或古代的事物，來說明當前的問題，表達作者的心聲，進而豐富詩歌的內容，增加讀者的聯想，產生藝術的美感。」[20]借著用典、用事，使詩意更為婉轉。例如：

徒使詞臣庾開府，咸陽終日苦思歸。

（〈荊門道懷古〉，頁896）

此詩乃借庾信由江陵聘魏，自此被留於北朝之事。表達「苦思歸」情懷。又，

湯餅賜都尉，寒冰頌上才。（〈翠微寺有感〉，頁879）

《世說》：「何晏面絕白，文帝疑其著粉，後以湯餅啖之，大汗出，隨以衣自拭，色轉皎然。」又《拾遺記》：「世祖微時，樊曄餽餅一筥，帝不忘，徵遷河東都尉，曰：一筥餅得都尉，何如？」[21]詩蓋兼取此二事。又，

懷舊空吟聞笛賦，到鄉翻似爛柯人。

（〈酬樂天揚州初逢席上見贈〉，頁899）

本詩作於寶曆二年（826）冬，劉禹錫北歸洛陽，路過揚州，與白居易相遇。「聞笛」乃是聞人吹笛而追思往昔，語出向秀〈思舊賦〉（見前說明）。「爛柯」寫王質入山採樵，見二

---

[20] 參王力《古代漢語》頁1173，臺北：泰順書局出版，未註出版年月。又，許清雲《近體詩創作理論》頁211，洪業文化出版有限公司，1997年。
[21] 參唐‧劉禹錫著，瞿蛻簣《劉禹錫集箋證》頁751，上海古籍出版社，1989年。

童子對奕。童子與王質一物,如棗,食之不餓。童子指示曰:「汝柯爛矣。」此以爛柯人自喻。遇仙,歸鄉則所執之樵斧柄已爛矣,事見《述異記》。以此說明作者心境。

三、設色富采

詩句中有意以顏色渲染畫面而又成對。劉禹錫山水詩以顏色對者如:

林紅葉盡變,原黑草初燒。
　　　　　　　　　　(〈連州臘日觀莫徭獵西山〉,頁880)
昔看黃菊與君別,今聽玄蟬我卻回。(〈始聞秋風〉,頁897)
夕曛轉赤岸,浮靄起蒼葭。
　　　　　　　　　　(〈晚歲登武陵城顧望水陸悵然有作〉,頁905)
泛觴驚翠羽,開幕對紅蓮。
　　　　　　　　　　(〈和東川王相公新漲驛池八韻〉,頁907)
運行調玉燭,潔白應金天。
　　　　　　　　　　(〈奉和中書崔舍人八月十五日夜翫月二十韻〉,頁907)
引素吞銀漢,凝清洗綠煙。
　　　　　　　　　　(〈奉和中書崔舍人八月十五日夜翫月二十韻〉,頁907)

劉禹錫的山水詩中,用色鮮明,如紅、黑、黃、玄、白、綠等,增加了山水詩中視覺的美感和想像。

四、數字對

利用數字成對,造成詩歌的整齊性,稱為數字對,韓偓詩作中故意安排數字,以成巧對如:

瘴雲四面起,臘雪半空消。
　　　　　　　　　　(〈連州臘日觀莫徭獵西山〉,頁880)

三春車馬客,一代繁華地。　　　(〈曲江春望〉,頁892)

露草百蟲思,秋林千葉聲。
　　　　　(〈秋晚新晴夜月如練有懷樂天〉,頁894)

相望一步地,脈脈萬重情。
　　　　　(〈秋晚新晴夜月如練有懷樂天〉,頁894)

清光門外一渠水,秋色牆頭數點山。
　　　　　(〈秋日題竇員外崇德里新居〉,頁897)

五夜颼飀枕前覺,一年顏狀鏡中來。(〈始聞秋風〉,頁897)

二儀含皎澈,萬象共澄鮮。
　　　　　(〈奉和中書崔舍人八月十五日夜翫月二十韻〉,頁907)

劉禹錫在數字上巧用單對雙、雙對單、少對多、多對少,詩作中大多是呈現多對一或一對多之現象。

五、句中鍊字

《詩筏》曾云:「鍊字鍊句,詩家小乘。然出自名手,皆臻化境。蓋名手鍊句,如擲杖化龍蛇,婉蜒騰躍。一句之靈,能使全篇俱活。鍊字如壁龍點睛,麟甲飛動。一句之警,能使全句皆奇。」[22]而劉禹錫詩如:

漢壘麏鼯鬭,蠻溪霧雨愁。(〈經伏波神祠〉,頁905)

「霧」本來是名詞,劉禹錫在此將原本的名詞,作動詞,以形容蠻溪煙雨迷離之美。

楚塞鬱重疊,蠻溪紛詰曲。(〈登司馬錯故城〉,頁881)

「鬱」本來是形容詞,劉禹錫在亦是此將原本的形容詞,

---

[22] 賀貽孫撰《詩筏》見《清詩話續編》,頁141,臺北:木鐸出版社,1983年12月。

用作動詞,表示堆積之意。

> 樵音繞故壘,汲路明寒沙。
>
> (〈晚歲登武陵城顧望水陸悵然有作〉,頁905)

「明」本來是形容詞,劉禹錫在亦此將原本的形容詞,用作動詞,表示照明之意。

> 新竹脩脩韻曉風,隔囱依砌尚蒙籠。
>
> (〈和宣武令狐相公郡齋對新竹〉,頁899)

「韻」本來是名詞,劉禹錫在亦此將原本的名詞,用作形容詞,以表示新竹風中之姿。

陸、結論

從劉禹錫的山水詩的分類中,宦遊類可以了解到他宦遊的時間、地點、心境;閒適類可以欣賞詩人的從容和美趣;除此之外,從他山水詩中的懷古、詠懷、諷諭類,感受到劉禹錫在國勢衰頹、執政者荒庸、自己屢遭打擊的背景中,一腔對家國的熱愛、對用世的渴望和對理想的執著,這種精神的感召力,使他的山水詩有新的面貌。換言之,他的山水詩注入個人生平遭遇、感觸,呈現自己風格。劉禹錫山水詩的內容不但豐富,在藝術技巧上,善用各種創作技巧,如疊字、使典用事、設色富采、數字對、句中鍊字等,呈現出大家之筆墨,也使山水詩有新的風貌。讓後代學者有學習的範式。

第十三單元　柳宗元（773～819）與山水詩

壹、柳宗元的生平

　　柳宗元，字子厚，河東解縣人，生於唐代宗年間。北朝時期，柳氏在河東（今山西永濟）當地是著名的望族，聲譽顯赫。柳宗元曾在〈故大理評事柳君墓誌〉中提到：「**柳族之分，在北為高。充於史氏，世相重侯**」[1]，一直到高宗時期，受到政治事件的誅連，聲勢銳減。柳氏雖因政治事件而大受打擊，但依舊以文教傳家。宗元自幼在此環境中受其薰染，自然別有一番氣度。由於長期流貶生活，使他能體會人民疾苦，社會的不平。使他的作品有豐富的內容。他留下的詩篇雖只有160多首，但造詣很深，平淡自然，感情真摯。以下將他的詩分仕宦時期、永州時期、柳州時期三個階段。簡述柳宗元生平、時代背景，並了解柳宗元山水詩創作形成的背景。分述如下。

一、仕宦時期

　　德宗貞元九年（793），宗元二十一歲，登進士第；三年後，考取博學宏詞科，從此踏入仕途，開始了他意氣風發的一段歲月。此段歲月可說是柳宗元人生中最順遂風光的日子，其世交至友韓愈在〈柳子厚墓誌銘〉中也曾描述這一時期：「……其後以博學宏詞，授集賢殿正字。俊傑廉悍，議論證據今古，出入經史百子，踔厲風發，率常屈其座人，名聲大振，一時皆慕與之交，諸公要人，爭欲令出我門下，交口薦

---

[1] 唐・柳宗元《柳宗元集》〈附錄〉頁1434，臺北：燕京文化事業，1982年5月。

譽之。」[2]

德宗貞元十九年（803），柳宗元被拔躍為監察御史，結交了王叔文、韋執誼等人，他們面對朝廷亂紀、社會破敗，都有力挽狂瀾的決心，因而志同道合，交情篤厚。王叔文是順宗皇帝為太子時的侍讀，順宗皇帝登基後，擔任戶部侍郎，掌握了政治大權，因而援引柳宗元、呂溫等人，一起企劃政治改革的新方針；朝中政治氣象，頓時煥然一新。

但因為改革步調太過急迫，影響朝中諸多大臣及宦官的利益，由是為宦官、藩鎮、保守官僚反對。同年八月，順宗被迫讓位於太子李純（即憲宗），改元永貞。九月，王叔文集團遭到迫害。柳宗元初貶邵州刺史，十一月加貶永州（今湖南零陵）司馬。劉禹錫、韋執誼、韓泰、陳諫、韓曄、凌準、程異亦同時被貶，造成了歷史上的「八司馬事件」。所以說，「永貞革新」是柳宗元一生的分水嶺。

二、永州時期

柳宗元三十三歲被貶為永州司馬。永州即今湖南零陵，在當時是個未開發蠻荒之地。抵達永州後，並無任何住所，只有寄宿在龍興寺，據說是三國時代蔣琬的故宅，吳軍司馬呂蒙也曾居住過。這座古寺荒煙漫草，情境頗為淒涼。柳宗元前往永州赴任，名義上是至永州擔任官職，實際上卻是貶謫帶罪之身。朝廷當時正如火如荼的對王叔文黨進行清算鬥爭，柳宗元即使已貶永州司馬，也要時時擔心身家性命的安危，使得他在精神上承受了極大的痛苦和折磨。

宗元的母親因長途跋涉，身體狀況急轉直下，抵達永州不

---

❷ 唐・柳宗元《柳宗元集》〈附錄〉頁1434，臺北：燕京文化事業，1982年5月。

到半年，就撒手西歸，此事件對宗元精神上又是重重的一擊。政治上的失意，以及精神上的愧疚自責，使得宗元的精神鬱卒困頓，致使健康也大受影響。

在仕途乖蹇的歲月中，柳宗元曾囑託友人向朝廷表明自己想要入朝施展抱負的情志，無奈在黨派對立緊張的政治氣氛中，友人均無法薦舉。柳宗元引領盼望回長安的機會，但在數度援引無望的情況之下，他開始收斂外放的思緒，寄情於山水，寫出了一連串膾炙人口的作品

柳宗元原以為要老死永州，竟在元和十年（815），突然接到回京城的詔書。他回到京城，想要有一番作為，卻遭到政黨的圍剿，使得他再度被外放。這一次，被貶放到比永州更荒涼的柳州，為柳州刺史。

永州十年，雖然居處僻地，由於不斷努力創作，是柳宗元一生中文學創作最光輝的十年，使他的思想和文學作品都大放異彩。

三、柳州時期

元和十年（815）春，奉召至京師。由於憲宗無法彌和當年即位鬥爭的感情，當年宰相武元衡又是持重的官僚，對王叔文革新派持反對態度，所以，三月，又外出為柳州（今屬廣西）刺史。六月至任所，官雖稍升，而地更僻遠。正如〈嶺南江行〉所說：「**瘴江南去入雲煙，望盡黃茆是海邊。山腹雨晴添象跡，潭心日暖長蛟涎。射工巧伺游人影，颶母偏驚旅客船。從此憂來非一事，豈容華髮待流年。**」[3]嶺南景象十分可怕。雖然如此，但至柳州擔任的是「州刺史」是有實權的官職，柳

---

❸ 唐・柳宗元《柳河東集》卷42頁466，臺北：世界書局，1970年11月。以下引文同，不贅。

宗元在這裡興利除弊、修整州容、發展生產、興辦學校、釋放奴婢，政績卓著，經過三年多的努力，就讓柳州出現了「**民業有經，公無負租，流逋四歸，樂生興事**」[4]的景象。受到柳州當地人民的愛戴和支持。

元和十四年（819）十一月柳宗元病死於任所。當地居民為表哀悼，在羅池邊建廟紀念。貶謫永、柳二州，雖然在政治上失意，卻使他在文學上獲得了巨大成就。南方人士多有向他求學問業者，更擴大了他在文壇上的影響。

貳、柳宗元山水詩的分期及內容風格

一般詩評家多以韋應物、柳宗元並稱，同屬「王、孟詩派」。一直到蘇東坡稱「**李、杜之後，詩人繼作，雖間有遠韻，而才不逮意。獨韋應物、柳宗元發纖穠於簡古，寄至味於淡泊，非餘子所及也。**」[5]後才確立了柳宗元詩歌的地位。但柳宗元的山水詩和他許多著名的山水遊記一樣，是借文字以發洩牢騷不平之氣，正如其在〈遊南亭夜還敘志七十韻〉中所謂「**投跡山水地，放情詠〈離騷〉**」[6]。「投跡山水地」指永州，柳宗元至此地所寫詩篇，如屈原遭憂而作〈離騷〉。

柳宗元的詩多作於貶謫之後，詩中常有多種力量在拉扯著，呈現的不只有一種聲音，可知詩人內心情感的矛盾。而產生矛盾的原因在於貶謫，這也是柳宗元一生重要的轉折點，讓詩人失去根本立足點，造成生命的流亡。為了解決這個生命困境，柳宗元不斷尋找安頓生命的方法，而方法就是遊觀於山水

---
[4] 同註1，頁1437，韓愈〈柳州羅池廟碑〉。
[5] 宋・蘇軾撰，宋・郎曄注《經進東坡文集事略》卷60頁352，〈書黃子思詩集後〉，臺北：商務印書館四部叢刊正編。
[6] 唐・柳宗元《柳河東集》卷43頁477，臺北：世界書局，1970年11月。

之中、仕進與隱逸人生價值的抉擇、適應南方環境與思考生命意義……等，他的詩歌記錄了這個過程，詩中情感的複雜與矛盾，就是生命在流亡與安頓之間徘徊的結果。

　　大體說來，柳宗元山水詩有二類，部分作品模山範水，猶如明鏡映物，刻畫山容水貌，摹難狀之景如在目前。更多的作品則情景相生，往往在描繪山水之同時而轉入內心探索，或披露鬱結之悲憤，或抒洩思鄉之愁苦。[7]以下本文以柳宗元的生平梗概結合其詩歌創作，以貶謫永州、柳州之山水詩歌作品為範圍，歸納其內容及風格特色為以下五類，並加以分析：

一、以山水烘托孤寂情懷

　　柳宗元一生選擇了「仕」這一條路，「永貞革新」後，貶到永州，為投閒置散的永州司馬，以後，外放更遠的柳州刺史，現實與理想、始終衝突。正如他的〈再上湘江〉：「**好在湘江水，今朝又上來；不知從此去，更遣幾年迴**」（卷42頁464），以前官員「**過洞庭，上湘江，非有罪左遷者罕至。**」（〈送李渭赴京師序〉卷23頁263）是以宗元至此而生悲，更歎「幾年迴」？由景生悲「又上」，言赴永州，赴柳州，皆經湘江。獨在異鄉貶謫心情，恰與永、柳兩州山水的幽僻相合，流露於詩中，遂成一種清絕的畫面，如〈秋曉行南谷經荒村〉（卷43頁483）：

> 杪秋霜露重，晨起行幽谷。黃葉覆溪橋，荒村唯古木。
> 寒花疎寂歷，幽泉微斷續。機心久已忘，何事驚麋鹿？[8]

（頁874）

---

[7] 參王國安箋釋《柳宗元詩箋釋》〈前言〉頁3，上海古籍出版社，2007年11月3刷。
[8] 唐・柳宗元《柳河東全集》，臺北：世界書局，1970年11月，下引同。又，《全唐詩》，總頁874，已，作「以」，不同字以括號（　）區別，下面引文同此，不贅。

南谷，或為南澗之谷。詩言九月霜濃露重，晨起在深秋的幽谷中獨行，觸目所及盡是古木荒村、黃葉寒花，各種景象及顏色、聲音均在大自然中減弱到稀微疏淡中，末，作者言久忘世俗之心，亦不會如伯夷、叔齊思鹿肉，而想害麋鹿之意。柳宗元藉由回歸大自然，寧可過孤獨生活，將情緒抒發寄託。在〈與崔策登西山〉詩中，也同樣能感受柳宗元孤寂的心境：

> 鶴鳴楚山靜，露白秋江曉。連袂度危橋，縈迴出林杪。
> 西岑極遠目，毫末皆可了。重疊九疑高，微茫洞庭小。
> 迴窮兩儀際，高出萬象表。馳景泛頹波，遙風遞寒篠。
> 謫居安所習，稍厭從紛擾。生同胥靡遺，壽比彭鏗夭。
> 蹇連困顛踣，愚蒙怯幽眇。非令親愛疏，誰使心神悄。
> 偶茲遁山水，得以觀魚鳥。吾子幸淹留，緩我愁腸繞。

（卷43頁475）

崔策，字子符，宗元姊夫崔簡弟，疑作於元和七年（812）秋。[9]柳宗元幽居了永州八年，崔策來訪，顧不得天色深沉，與友人連袂登西山，首先柳宗元擷取了「危」、「小」、「頹」、「寒」等形容詞，將天地間多餘的事物屏除，點出此地山水的幽僻，而隨後所寫西山的孤峭，更是詩人內心性格特質的投射。由此我們也可以理解柳宗元在詩中寄寓的心境，明‧唐汝詢《唐詩解》云：「此詩首敘向曉之景，次狀西山之高，次紀謫居之況，末冀崔之暫留也。言於鶴鳴露白之時，與崔君連袂而行，歷危橋林杪，以至西山之頂，極目而望，毫末了然，若登九疑而臨洞庭，信象外之壯觀也。」[10]是也。又如〈南澗中題〉：

---
❾ 參王國安箋釋《柳宗元詩箋釋》卷2頁175，上海古籍出版社，2007年11月。
❿ 明‧唐汝詢《唐詩解》卷10頁231，河北大學出版社，2001年7月。

秋氣集南澗，獨遊亭午時。迴風一蕭瑟，林影久參差。
始至若有得，稍深遂忘疲。羈禽響幽谷，寒藻舞淪漪。
去國魂已游，懷人淚空垂。孤生易為感，失路少所宜。
索寞竟何事，徘徊祇自知。誰為後來者，當與此心期。

（卷43頁474）

　　王國安《柳宗元詩箋釋》引韓醇《詁訓柳集》云：「**公永州諸記，自朝陽巖東南水行至袁家渴，自渴西南行不能百步得石渠，石渠既窮為石澗。石澗在南，即此詩所題也。**」[11]約為元和七年（812）所作。詩用幽清蕭瑟的林中景色，襯托柳宗元被貶後，孤獨苦悶的身影，在秋氣凝聚的南澗深處，樹影參差，羈禽、寒藻種種在天地景象，與詩人的內心世界冥合，形成了孤冷空靜的意境，可以說，柳宗元的「孤」是孤身於天地宇宙間，同時也是感情無依的心靈狀態，柳宗元的「寂」則是側重宇宙天地中的萬籟無聲，同時也是詩人內心中對政治失路徘徊的寂寞心。在〈柳州峒氓〉的詩說：「**郡城南下接通津，異服殊音不可親。**」（卷42頁467）在柳州作，峒氓為西南諸少數民族。詩中正也說出作者處在這種環境中，心中的孤獨。柳宗元將自己內在孤獨，透過語言和書寫，借詩歌寄託表達，是生命體悟的一種表現。

二、以山水寄託家國之思及治世懷抱

　　元和四年（809）初貶永州，帶著失望與悲悽而來，生活於窮厄與悲愁、無奈與孤獨之中，政治上的挫折，讓他將心情寄託於山水。以讀書為詞章和自肆於山水間作為生活方式，故時而流露不平之氣。元和十年（815）被召回京，卻換得遠貶柳

---

[11] 同註9，頁181，引韓醇《詁訓柳集》卷42。

州,更深刻的孤寂感與無力感結合,無法了結。故柳宗元的山水詩多半藉由自然山水為寄託,來抒發個人悲憤抑鬱的家國之思,如〈登柳州城樓寄漳、汀、封、連四州〉:

城上高樓接大荒,海天愁思正茫茫。
驚風亂颭芙蓉水,密雨斜侵薜荔牆。
嶺樹重遮千里目,江流曲似九迴腸。
共來百越文身地,猶自音書滯一鄉。(卷42頁465)

元和十年(815)三月,韓泰為漳州刺史,韓曄為汀州刺史,劉禹錫為播州刺史,改連州刺史,陳諫為封州刺史。詩作於該年夏天,柳宗元到達柳州任刺史之後不久。首聯「**城上高樓接大荒,海天愁思正茫茫。**」言登樓眼前所見廣闊而荒涼的原野,引出似海一般深的愁思。詩中用「**驚風亂颭芙蓉水,密雨斜侵薜荔牆。**」嫣紅翠綠,全失其度。暗喻保守勢力對革新派的打擊迫害,從眼前的「薜荔」、「芙蓉」(荷花)等美好的自然景物受到風雨侵害的景象,抒發了作者在人生旅途上遭挫折所產生的痛楚和不平。又以「**嶺樹重遮**」、「**江流回腸**」等景象,訴說了昔日同來故友遠相隔離,音書難通的愁苦和抑鬱。黃叔燦《唐詩箋注》云:「**登樓淒寂,望遠懷人。芙蓉薜荔,皆增風雨之悲;嶺樹江流,彌攪迴腸之痛。昔日同來,今成離散,蠻鄉絕域,猶滯音書,讀之令人慘然。**」[12]

再如〈雨晴至江渡〉:

江雨初晴思遠步,日西獨向愚溪渡。
渡頭水落村逕成,撩亂浮槎在高樹。(卷43頁483)

---

[12] 同註9,引黃叔燦《唐詩箋注》卷5。

詩約作於元和六年（811）夏卜居愚溪未久後。詩的前兩句，寫在雨後初晴的一天傍晚，獨自到江邊散步。後兩句寫他在愚溪渡口旁，見到雨停水退後所見到的景象。第二句中的「獨」字，用得非常巧妙，不僅是實寫自己一人遠步江邊，也是虛寫，意指當年一起參加永貞革新，志同道合的朋友們，都被發配到偏遠的州府，僅剩孤身一人來到永州，勢單力薄，向著「愚溪」，言景亦抒情。最末句「在高樹」三字，寫水中木筏被衝散了，甚至高掛在岸邊的樹枝上，讓人嘆然思然，不勝感慨。從表面上看來，四句都是寫景，其實字字皆在抒情。詩人久雨蟄居之苦、遠謫漂泊之痛、同情百姓遭遇的憂患意識、感嘆自己空有經國濟世的抱負，卻又無法施展的憤激心情，皆在不言之中，突顯出來。又如〈零陵春望〉：

**平野春草綠，曉鶯啼遠林。日晴瀟湘渚，雲斷岣嶁岑。
仙駕不可望，世途非所任。凝情空景慕，萬里蒼梧陰。**

（卷43頁483）

詩作於永州，創作時間不可考。前四句主在寫景，而這一幅清新、明麗、悠遠的江南春景圖，是作者感情寄託的主體，也是後面抒情的鋪墊。下半言詩人凝望遠處漸漸飄逝的雲霧，引發思古之幽情，渴望虞舜一樣的聖君再世。望向南面傳說中虞舜「陟方而死」的群峰（虞舜死於蒼梧），詩人的心情更加沉重，只能空存對賢君的景慕。

詩中通過描寫早春時節永州野外的美景，抒發了作者被江南明媚春光引發的欣喜之情和「處末世而思聖君」[13]的感慨。作者把南方當地的景物與幽怨情感的抒發相結合。詩末兩句更融

---

[13] 同註9，引蔣翹《柳集輯注》卷43。

情於景,格外突顯作者孤寂和幽憤之情。尤其他的〈入黃溪聞猿〉:「**溪路千里曲,哀猿何處鳴;孤臣淚已盡,虛作斷腸聲。**」足以表達他的「孤臣」的心。

三、以山水表明清高與不同流俗

柳宗元在詩中常以屈原、陶淵明等高節之士自比,並常以自放山水,不與世俗同爭的畫面,用以表明自己的高潔,如〈漁翁〉:

漁翁夜傍西巖宿,曉汲清湘燃楚竹。
煙銷日出不見人,欸乃一聲山水綠。
迴看天際下中流,巖上無心雲相逐。(卷43頁494)

西巖,即西山。清湘,指湘水清。「欸乃」,棹船之聲。柳宗元此詩或受元結大曆間,途經湘中作〈欸乃曲〉影響[14]。前四句展示了一幅形象鮮明、意境優美的圖畫,有轉換的時空、絢麗的色彩、悅耳的聲音。那靠著西巖停船露宿的漁翁,在晨光中打起瀟湘的清水,點燃束束楚竹燒火作飯。天色由濃而淡,一輪旭日東升,晨霧漸漸消散,漁歌聲聲,一葉扁舟搖晃,青山綠水,境界頓開。這與詩人恬淡自適的心境融為一體。結尾兩句可做兩種理解,一是詩人回首所見,一是漁翁回看,船入瀟水中流回看天際景色,只見西山上悠然飄動的白雲在互相追趕。正如《唐詩解》所謂:「**盛稱漁翁之樂。**」[15]

從另一個角度說,這首詩表面上是客觀地描述漁翁,實際上在漁翁身上有著詩人的影子,詩中的意象是其心靈的物化。詩中的白雲是柳宗元高潔人格的象徵,是其純潔心靈的投影,

---

[14] 同註9,頁251,參王國安說法。
[15] 明・唐汝詢《唐詩解》卷18頁386,王振漢點校,河北大學出版社,2001年7月。

也體現了在壓抑中嚮往自由的思想感情。並且,無心相逐的白雲與那些熱衷於傾軋奪權的政客形成鮮明的對比。作者堅持理想,不願同流合污的情操已寄寓在白雲之中了。所謂「言外之意超然」。又〈旦攜謝山人至愚池〉:

新沐換輕幘,曉池風露清。自諧塵外意,況與幽人行。
霞散眾山迥,天高數雁鳴。機心付當路,聊適羲皇情。

(卷43頁481)

愚池,指〈愚溪詩序〉中的愚池,是愚溪北池。詩或作於元和六年(811)間秋。謝山人,用謝靈運〈登永嘉綠嶂山〉「**幽人常坦步,高尚邈難匹。**」指隱士。詩寫詩人移居到瀟水西的冉溪之畔,想像自己與謝山人早晨同到愚池遊覽時情景,雖飄然有出塵之思,然畢竟身處逆境,聊作羲皇上人,這種隱居般的生活並非詩人的真心追求,只是以清高、不同流俗來暫時自我安慰而已。黃周星所謂「**發付機心最妙。**」[16]是也。又,〈江雪〉:

千山鳥飛絕,萬徑人蹤滅。孤舟蓑笠翁,獨釣寒江雪。

(卷43頁484)

詩中描寫天地間一片白雪,沒有半點生氣與聲息,在萬籟俱寂的廣大空漠中,只有孤獨的漁翁在寒江垂釣。作者在茫茫大雪中突出地寫一個寒江獨釣的老翁,詩人創造了一個清絕、寒絕、獨絕的藝術境界,來表現他拔流絕俗,孤傲高潔的品格。劉文蔚云:「**置孤舟於千山萬徑之間,而一老翁披簑戴笠,獨釣其間,雖江寒而魚伏,非釣之可得,彼老翁獨何為**

---

❶ 同註9,頁148,引黃周星《唐詩快》卷9。

而穩坐於孤舟風雪中乎?」[17]所以說,柳宗元的山水詩,儘管情景各有不同,但處處都顯示出他清峻高潔的性格,同時也流露出被貶遠荒的幽憤。

四、以山水表達思鄉懷舊之情

長期貶謫,孤寂感加深,思鄉之情也日益加深,故常有寄鄉思於山水之作。如〈聞黃鸝〉:

> 倦聞子規朝暮聲,不意忽有黃鸝鳴。
> 一聲夢斷楚江曲,滿眼故園春意生。
> 目極千里無山河,麥芒際天搖青波。
> 王畿優本少賦役,務閒酒熟饒經過。
> 此時晴煙最深處,舍南巷北遙相語。
> 翻日迴度昆明飛,凌風斜看細柳舞。
> 我今誤落千萬山,身同儈人不思還。
> 鄉禽何事亦來此,令我生心憶桑梓。
> 閒聲迴翅歸務速,西林紫椹行當熟。(卷43頁493)

「一聲夢斷楚江曲」:知永州作。本詩由黃鸝起興,引出思鄉之情。用優美的語言、眷戀的情懷,向我們描繪了一幅鮮活有趣、令人嚮往的故園鄉土風情畫。故園長安既是詩人出生、成長之地,也是詩人建功立業、實現平生抱負的希望所在。在迭經變故、風雨如晦的日子裡,詩人無時無刻渴望朝廷恩赦,祈盼擢用,於是,家鄉變成了作者魂牽夢縈的精神寄託。詩句著力刻畫故鄉風物,字裡行間既蘊涵著往日「**翻日迴度昆明飛,凌風斜看細柳舞**」。昆明,在長安西南,周圍

---

[17] 同註9,《柳宗元詩箋釋》引劉文蔚《唐詩合選詳解》卷3。

十里。細柳,漢周亞夫軍舍於細柳,在陝西咸陽市南。作者追憶、嚮往京城生活的愜意和歡愉。如今又彌漫著「**我今誤落千萬山,身同僋人不思還**」的悲苦和憂傷。所謂僋人,指江淮間雜楚為僋人。「身同僋人」,悲從中出。結尾以擬人的手法,借問黃鸝「**鄉禽何事亦來此,令我生心憶桑梓。**」囑咐黃鸝速歸,將作者淒苦、鬱悶、無助、不平而又不甘放棄的情緒渲瀉得淋漓盡致。

孫月峯云:「**意態飛動。**」汪森云:「**亦有生新之致,緣下筆時不走熟徑故也。**」[18]不過本詩的重點應在「**一聲夢斷楚江曲,滿眼故園春意生。**」感物懷土不盡之意。可見作者將眼中所見之景物,寄寓渴望歸鄉之情。再如〈與浩初上人同看山寄京華親故〉:

海畔尖山似劍鋩,秋來處處割愁腸。
若為化得身千億,散上峰頭望故鄉。(卷42頁459)

浩初,長安龍安海禪師弟子。與柳宗元於永州相識,宗元至柳為刺史,浩初又往省視。宗元有〈送僧浩初序〉,稱其「**閑其性,安其情,讀其書,通《易》、《論語》。唯山水之樂,有文而文之。**[19]」詩作於元和十二年(817)秋。詩中起首柳宗元即言秋天時節登山遠眺,此時草木變衰,自然界一片荒涼,登山臨水,觸目傷懷,更使人百端交感,愁腸欲斷。詩人從腸斷這一意念出發,於是聳峙在四周圍的崇山峻嶺,轉化為無數利劍的鋒芒,彷彿這愁腸即將被此如利刃般的山嶺割斷似的。「秋」、「處處」、「割」、「愁」也更加重了此景中望鄉卻不得的悲哀愁苦。在他的〈春懷故園〉:「**九扈鳴已**

---

[18] 同註9,頁251,引孫月峯《評點柳州集》卷43,及汪森《韓柳詩選》。
[19] 同註9,頁251,參王國安說法。

晚，楚鄉農事春。悠悠故池水，空待灌園人。」（卷43頁498）染上濃濃的鄉愁。明・瞿佑《歸田詩話》云：「柳子厚詩：『海畔尖山似劍鋩，秋來處處割愁腸。若為化得身千億，散上峯頭望故鄉。』或謂子厚南遷，不得為無罪，蓋雖未死而身已上刀山矣。此語雖過，然造作險譎，讀之令人慘然不樂。」[20]愁苦詩意，在山水詩中亦多表現。

五、以山水表現自適

　　柳宗元的人生中，永貞革新的失敗給他慘重的打擊，完全改變了昔日京官的顯赫。然而這困頓並未影響詩人在瘴濕的永州執著地生活。永州十年後轉任柳州，長時間的貶謫，柳宗元面對歸途無望，作品中除透露無力之感，後期心情較為平穩，一面亟想以愚自牧，一面寫遊山玩水之樂，以證明自己已無早年改革之志，雖然經常只是短暫的釋懷，但亦能看出柳宗元性格中愛好山水自然的特質。除此他也從南國的窮鄉僻壤中發現了溪石的幽趣、自然的生機，感受到了田園的寂靜、農耕的歡欣，幽憤暫且遠逝，心境歸復淡泊，寄意於詩文，字裡行間便流露出諸多高蹈、謝世、歸返自然的心跡。如〈雨後曉行獨至愚溪北池〉：

> 宿雲散洲渚，曉日明村塢。高樹臨清池，風驚夜來雨。
> 予心適無事，偶此成賓主。（卷43頁483）

　　愚溪北地，在永州愚溪。詩或作於元和六年（811）夏。首聯二句夜雨初晴，隔宿寫雲散日出之際，溪景清麗，並點明了雨後曉行的題旨。隨後兩句寫愚溪北池之景，前句寫樹高池

---

[20] 明・瞿佑《歸田詩話》卷上〈尖山險譎〉條，頁1243，北京：中華書局，2006年8月。

清,池中倒影可以想見;下句寫晨風乍起,抖落前夜樹上的雨水,此時池中的漣漪也盡在不言中。這兩句不僅寫景,更捕捉了自然山水之趣。末兩句,作者則表示如此清幽的景緻與詩人目前閑適的心情彼此相契,有如賓主盡歡,由於心無罣礙,所遇皆良朋。詩中毫無騷客逐臣之感,呈現的是詩人在自然中悠閒自適的情趣。〈溪居〉中也展現了同樣的心境:

久為簪組累,幸此南夷謫。閒依農圃鄰,偶似山林客。曉耕翻露草,夜榜(埁)響溪石。來往不逢人,長歌楚天碧。(卷43頁481)

本詩作於元和五年(810)秋,遷居永州城西南的愚溪之初。首聯言自己在喧囂傾軋的官場中沉浮日久,深以為累,突然有這樣一個貶謫的機會使他遠離塵俗,可說是不幸之萬幸。詩歌以對比的手法概括了半世的人生旅程,得出歸返自然的欣喜之感,為全詩奠定了達觀脫俗的基調。以下三聯,對謫居南夷而怡然自樂的生活作了形象生動的描述:以農家的田園為鄰,時而又如長嘯的隱士。清曉時荷鋤田間,順手撥翻滿是露珠的雜草;夜幕降臨之際從溪間泛舟歸來,小船停泊岸邊,與礁石撞擊出清脆的響聲。在如此寂靜優雅的天地裡,不見人跡,獨來獨入,快樂歡暢,更可對著遼闊的藍天引吭高歌。再現了南地的自然風光,也顯現了作者在南貶中「復得返自然」的欣喜之情。周珽云:「**因謫居尋出樂趣來,與〈雨後尋愚溪〉、〈曉行至愚溪〉二詩,點染情興欲飛。**」[21]從另一角度說,即所謂「外枯而中膏」,「似淡而實美」之意。又如〈法華寺西亭夜飲〉:

---

[21] 同註9,卷2頁140,引周珽《唐詩選脈會通》。

祇樹夕陽亭，共傾三昧酒。霧暗水連堦，月明花覆牆。
莫厭樽前醉，相看未白首。（卷43頁484）

詩作於元和三年（808），又依詩云：「**霧暗水連階，月明花覆牆。**」夜飲當在春天。[22]據〈西亭夜飲詩序〉云：是夜，會茲亭者凡八人。柳宗元與一群落難異鄉，而不得志的文人墨客，有緣相聚在這幽靜的西亭，對酒當歌，暢快灑脫，仿若將貶謫之痛、前途之憂置之九霄雲外，淡忘得個乾淨。醉態朦朧中從西亭望去，柳宗元筆鋒一轉，由室內的敘談與把盞切換到了對窗外景色的描摹：「**霧暗水連堦，月明花覆牆。**」通過兩組特寫鏡頭將朦朧的暮色與漫漲的池水、皎潔的明月與窗外的花影這些遠近大小不同的景物聯繫在一起，構築成一幅鮮活生動、幽靜典雅、清麗柔美的畫卷。此時，作者已從逃逸規避的心態，上升到了與自然融合的境界。

最後在闌珊的燈火下，相互對視，發現依然青絲滿頭、風華正茂，於是，不帶出詩中最蘊深意的曠達之句：「**莫厭樽前醉，相看未白首。**」「莫厭」二字，用得厚重而富有張力，使全詩渾然一體，豪氣雲霄。「**相看未白首**」之句，隱地指出了前途的光明與希望的存在，說明了柳宗元並沒有沉湎在悲憤哀怨的泥淖之中，而是在以曠達之情正視著當下的處境。

從「**少敏絕倫，為文章卓偉精緻**」（《唐書》卷168），到二十六歲「**名聲大震，一時皆慕與之交**」（〈柳子厚墓誌銘〉），乃至三十三歲為禮部員外郎，在朝不過貢獻七年；反觀由隸屬中州的永州到隸屬下州的柳州，去國卻長達十五年。其間面對新舊職務交替，心中輾轉不安喜憂反覆。南貶對於柳宗元來

㉒ 同註9，卷1頁63，參王國安說法。

說，承載了過多的幽憤與鄉愁，貶官本不是好事，只得強作歡顏，但是，幽峭明淨的南國山水與恬淡無爭的放逐生活卻也常使他忘卻功名得失，心境超然，能感到「怡然自得」的欣悅。因為只有通過除雜念、寧心神，去除心中的險夷，才能安然渡日。

在其繁富的牢籠百態的文字中，給人印象最深的是他那縈繞心頭的憂憤苦悶和那無奈的悵然愁緒，然而在漫長的貶抑或外放的歲月，柳宗元面對大自然，尋找其安身自處的方式，他從登臨山水的詩中由憂轉樂、又再度由樂復憂，不時表現仕進與隱士的雙重矛盾。面對南方瘴癘環境的適應與對生命的反思也頻頻出現。其實，人是有多面性的，生活之苦儘管無法規避，但也並不意味著一個人永遠在痛苦之中。婉約中有曠達，曠達中有哀婉，這才能構成一個完整而真實的個體。因此，我們在欣賞柳宗元的作品時，不能僅以一個面向去討論。譬如手執銅板鐵琶高唱「大江東去」的蘇東坡可謂是一豪放派詩人，但其「明月幾時有，把酒問青天」之句則寫得讓人讀之而動容，其婉約之情並不在易安、柳永之下。在此，柳宗元的心態，也是一樣，痛苦之餘不乏曠達，悲婉之後不失豪放，晦澀之中亦有明達。這就是我以前提出的「文學多元論」的說法。一位文學家，往往有多方面的文學風格與成就。而他豐富的生命轉折變化，也造就了柳宗元山水文學之成就。

附錄　本書作者著作目錄表

(一) 論著

書名	出版地	出版社	出版時間	頁數
《說文解字》中的古文研究	臺中	手抄本	1970年6月	271頁
袁枚的文學批評	臺中	手抄本	1973年6月	568頁
鄭板橋研究	臺中	曾文出版社	1976年11月	212頁
吳梅村研究	臺中	曾文出版社	1981年4月	377頁
趙甌北研究（上、下）	臺北	台灣學生書局	1988年7月	864頁
蔣心餘研究（上、中、下）	臺北	台灣學生書局	1996年10月	1305頁
增訂本鄭板橋研究	臺北	文津出版社	1999年8月	312頁
增訂本吳梅村研究	臺北	文津出版社	2000年6月	418頁
袁枚的文學批評（增訂本）	臺北	聖環圖書公司	2001年12月	490頁
古典詩選及評注	臺北	文津出版社	2003年8月	473頁
簡明中國詩歌史	臺北	文津出版社	2004年9月	341頁
《隨園詩話》中所提及清代人物索引	臺北	文津出版社	2005年7月	223頁
清代詩文理論研究	臺北	秀威資訊科技	2007年2月	246頁
韓柳文選評注	臺北	文津出版社	2008年9月	318頁
陶謝詩選評注	臺北	秀威資訊科技	2008年9月	226頁
詩學・詩話・詩論講稿	臺中	東海中文研究所講義	2008年9月	391頁
歐蘇文選評注	臺北	文津出版社	2009年1月	354頁
詩與詩人專題研究講稿	臺中	東海中文研究所講義	2009年1月	214頁
楚辭選評注	臺北	秀威資訊科技	2009年4月	306頁
山水詩研究講稿	臺中	東海中文研究所講義	2009年11月	328頁
鏤金錯采的藝術品——索引本評點補《麝塵蓮寸集》	臺北	秀威資訊科技	2011年4月	270頁

書名	出版地	出版社	出版時間	頁數
山水詩研究論稿	臺北	華藝數位有限公司	2011年11月	348頁

（二）合集

書名	出版地	出版社	出版時間	頁數
王建生詩文集	臺中	自刊本	1990年7月	168頁
建生文藝散論	臺北	桂冠圖書公司	1993年3月	254頁
心靈之美	臺北	桂冠圖書公司	2000年11月	208頁
山濤集	臺北	聯合文學	2005年8月	206頁
一代山水畫大師井松嶺傳（井松嶺先生口述王建生整理）				待刊

（三）詩集

書名	出版地	出版社	出版時間	頁數	
建生詩稿初集	臺中	自刊本	1992年11月	70頁	270首
涌泉集	臺中	自刊本	2001年3月	145頁	310首
山水畫題詩集	臺北	上大聯合股份有限公司	2009年12月	136頁	600餘首
山水畫題詩續集（附畫作）	臺北	秀威資訊科技	2011年8月	158頁	440餘首

（四）畫集

書名	出版地	出版社	出版時間	頁數
消暑小集（畫冊）	臺中	臺中養心齋	2006年9月	2（上下卷）長卷軸

（五）收集金石文物

書名	出版地	出版社	出版時間	頁數
尺牘珍寶	臺中	自刊本	2005年5月	32頁
金石古玩入門趣	臺北	貓頭鷹出版社	2010年3月	143頁（精裝本）

(六)單篇學術論文、文藝創作作品、展演

著作篇名	出版書籍及期刊名稱	卷期、頁數	出版年月
鄭板橋生平考釋	東海學報	17卷頁75至92	1976年8月
吳梅村交遊考	東海學報	20卷頁83至101	1979年6月
吳梅村的生平	東海中文學報	第二期頁177至192	1981年4月
屈原的「存君與國信念」與忠怨之辭	遠太人	15期頁53至54	1984年12月
淺論我個人對文藝建設的新構想	東海文藝季刊	16期頁1至5	1985年6月
談文學的進化論	東海文藝季刊	17期頁3至8	1985年9月
淺談文學的多元論	東海文藝季刊	20期頁6至8	1986年6月
談文學的波動說	東海文藝季刊	24期頁1至14	1987年6月
「性靈說」的意義	東海文藝季刊	25期頁2至7	1987年9月
清代的文學與批評環境	東海文藝季刊	26期頁3至27	1987年12月
與青年朋友談文藝—須有「個性」	東海文藝季刊	27期頁18至21	1988年3月
與青年朋友談文藝—須有「真」「趣」	東海文藝季刊	33期頁7至11	1988年6月
從文藝創作獎談文藝創作論	東海文藝季刊	28期頁2至11	1988年6月
趙甌北的文學批評—論李白	中國文化月刊	104期頁32至47	1988年6月
趙甌北的史學成就	東海學報	29卷頁39至53	1988年6月
趙甌北的文學批評—論杜甫	中國文化月刊	105期頁32至41	1988年7月
趙甌北交遊	東海中文學報	8期頁19至66	1988年6月
趙甌北的文學批評—論韓愈	中國文化月刊	106期頁36至44	1988年6月

憶巴師（古詩）	巴壺天追思錄	頁112至114	1988年8月
與青年朋友談文藝—須有「主」「從」	東海文藝季刊	29期頁6至9	1988年9月
趙甌北的文學批評—論白居易	中國文化月刊	107期頁105至114	1988年9月
趙甌北的文學批評—論歐陽修	中國文化月刊	108期頁34至38	1988年10月
與青年朋友談文藝—須有「結構」	東海文藝季刊	30期頁2至7	1988年12月
趙甌北的文學批評—論王安石	中國文化月刊	110期頁27至31	1988年12月
趙甌北的生平事略	書和人	611期	1988年12月
趙甌北的文學批評—論蘇軾	中國文化月刊	112期頁30至40	1989年1月
與青年朋友談文藝—須有「氣」「象」	東海文藝季刊	31期頁2至10	1989年3月
詩經、楚辭	中國文化月刊	121期頁98至113	1989年11月
漢代詩歌—樂府民歌	中國文化月刊	122期頁95至105	1989年12月
魏晉南北朝民歌	中國文化月刊	123期頁65至86	1990年1月
唐代詩歌（一）	中國文化月刊	124期頁27至46	1990年2月
唐代詩歌（二）	中國文化月刊	125期頁73至92	1990年3月
唐代詩歌（三）	中國文化月刊	126期頁83至108	1990年4月
宋代詩歌（上）	中國文化月刊	128期頁59至81	1990年6月
宋代詩歌（下）	中國文化月刊	129期頁66至80	1990年7月
中國散文史	東海中文學報	9期頁33至96	1990年7月
金元詩歌	中國文化月刊	130期頁71至80	1990年8月
明代詩歌	中國文化月刊	131期頁54至73	1990年9月
清代詩歌（上）	中國文化月刊	132期頁68至78	1990年10月
清代詩歌（下）	中國文化月刊	133期頁44至62	1990年11月

歲暮詠四君子（古詩）	東海校刊	238期	1990年12月
東坡傳	中國文化月刊	135期頁36至56	1991年1月
歐陽修傳	中國文化月刊	138期頁43至62	1991年4月
慶祝開國八十年（古詩）	實踐月刊	816期頁12	1991年5月
應東海大學書法社國畫社邀請參加師生聯展（展出書法）	在東海大學課外活動中心展出		1991年12月
題畫詩（八十二首，自題所作水墨畫）	中國文化月刊	152期頁87至97	1992年6月
應中國當代大專教授聯誼會邀請聯展（展出書畫）	在臺中文化中心文英館展出		1993年1月
應台灣省中國書畫學會邀請聯展（展出書畫）	在臺中文化中心文英館展出		1993年1月
蔣心餘文學述評—藏園九種曲（一）	中國文化月刊	160期頁62至82	1993年2月
題畫詩（有畫作）	東海文學	38期頁37至38	1993年6月
應中國當代大專書畫教授聯展作品刊出	中國當代大專書畫教授聯展選集	頁15	1993年7月
蔣心餘文學述評—藏園九種曲（二）	中國文化月刊	166期頁91至110	1993年8月
刊出行書中部五縣市書法比賽入選作品	臺灣省中國書畫學會會員作品專輯	頁35	1993年
評「李可染畫論」	書評（雙月刊）	8期頁3至5	1994年2月

蔣心餘文學述評—藏園九種曲（三）	中國文化月刊	173期頁75至91	1994年2月
蔣心餘文學述評—藏園九種曲（四）	中國文化月刊	177期頁95至118	1994年7月
蔣心餘與袁枚、趙翼及江西文人之交遊	東海中文學報	11期頁11至29	1994年12月
也談玉璧	中國文化月刊	194期頁121至128	1995年12月
談玉圭	中國文化月刊	198期頁114至127	1996年4月
應中國當代書畫聯誼邀請「傑出書畫名家聯展」（展出書法、水墨畫）	美國洛杉磯展出		1996年10月
應兩岸書畫交流暨台灣區國畫創作比賽聯展（展出書法、水墨畫）	臺中市文英館展出		1996年12月聯展（1997年1月作品出版）
清代文學家蔣士銓	書和人	823期	1997年4月19日
神韻說的意義	中國文化月刊	220期頁62至67	1998年7月
肌理說的意義	中國文化月刊	221期頁46至48	1998年8月
憶江師舉謙	東海大學校刊	7卷1期	1999年3月10日
憶江師舉謙	東海校友雙月刊	207期	1999年3月
參加「台灣文學望鄉路」現場詩創作	臺中文化中心		1999年4月
懷念老友松齡兄	東海大學校刊	7卷3期	1999年5月
台灣省中國書畫學會會員聯展（展出書畫）	臺中市文化中心第三、四展覽室		1999年11月20日至12月2日

揚州八怪的鄭板橋	書和人	910期	2000年9月16日
韓愈的生平 柳宗元的生平	未刊稿（後收在《山濤集》）	頁80至113	1999年8月
憶方師母	方師母張悠言女士紀念文集	頁152	2001年6月
捐出書畫、參與財團法人華濟醫學文教基金會舉辦「關懷心，濟世情」書畫義賣會	地點：嘉義華濟醫院		2001年8、9月
參與台灣省中國書畫學會聯展（展出書畫）		臺中市文化中心文英館	2001年12月15日
參加台灣省中國書畫學會聯展（展出書畫）		彰化社教館	2002年11月
參加台灣省中國書畫學會聯展（展出書畫）		臺中市文化中心文英館	2003年8月23日
應臺中科博館邀請演講〈菊花與文學〉		臺中科博館	2003年11月
《菊花與文學》	《東海文學》	第55期83～87頁	2004年6月
〈從《興懷集》、《獨往集》看蕭繼宗先生生平與人格思想〉	《緬懷與傳承——東海中文系五十年學術研討會》	頁93～123	2005年10月
參加台灣省中國書畫學會書畫聯展主題畫廊（展出書畫）		臺中市文化中心文英館	2005年10月1日

應邀北京大學中文系講座，題目：乾隆三大家：袁枚、趙翼、蔣士銓	北京大學中文系	2006年4月
參加第九屆東亞（台灣、韓國、日本）詩書展	臺中市文化中心	收在《作品集》31～32頁	2006年5月
〈從《興懷集》、《獨往集》看蕭繼宗先生生平與人格思想〉	東海中文學報	18期頁131～162	2006年7月
參加台灣省中國書畫學會書畫聯展（展出書畫）	臺中市稅捐處畫廊		2006年10月
〈袁枚、趙翼、蔣士銓三家同題詩比較研究〉	東海大學中文系教師論文發表會	42頁	2006年11月
大雪山一日遊－中文系系友會紀實	《東海人》季刊	第六期第二版	2007年5月20日
參加2007台灣省中國書畫學會會員聯展（展出書畫）	臺中市文化局文英館主題畫廊有《作品集》刊出		2007年7月14日
〈袁枚、趙翼、蔣士銓三家同題詩比較研究〉	《東海中文學報》第19期	頁139～194	2007年7月
接受《東海文學》專訪，題目：〈他的專情專心與專一〉	《東海文學》	第58期頁53～59	2007年6月
兩岸大學生長江三角洲考察活動參訪紀實	《東海校訊》	131期第3版	2007年10月31日

從《興懷集》、《獨往集》看蕭繼宗先生生平與人格思想《東海中文系五十年學術傳承研討會論文集》	臺北：文津出版社	頁130～168	2007年12月
參加台灣省中國書畫學會會員聯展（展出書畫）	臺中市稅捐處畫廊		2008年11～12月
「博愛之謂仁」書法	臺北：《新中華》雜誌	第28期46頁	2009年1月
「台灣省中國書畫學會」及「臺中市青溪新文藝學會」在臺中市後備指揮部舉辦「吉祥聯誼」團拜，王建生資深理事：精進書藝，著作《陶謝詩選評注》表現卓越，推展中華文化有功，接受表揚。	臺中市後備指揮部		2009年2月15日
「台灣省中國書畫學會」、臺中市青溪新文藝學會聯展（展出書畫）	臺中市後備指揮部官兵活動中心大禮堂		2009年10月10日
赴南京大學學術交流，題目：袁枚與《隨園詩話》。並列為「明星講座」	南京大學文學院		2009年10月21日起一個月
台灣省書畫學會聯展（展出畫作）	臺中文化中心大墩藝廊（四）		2010年8月21日至2010年9月2日

大道中國書畫學會聯展（展出水墨山水畫）	臺中文化中心大墩藝廊（四）	2010年8月21日至2010年9月2日
臺中市藝文交流協會（展出水墨山水）	臺中財稅局藝廊	2010年9月1日至2010年9月3日
蕭繼宗先生寫景詩的探討	東海大學中文系教師發表會	2010年10月
敬悼鍾教授慧玲	東海大學中文系鍾慧玲教授紀念集	頁16至17	2011年1月
臺灣省中國書畫學會聯展（展出水墨山水畫）	臺中市立大墩文化中心門廳	2011年2月12日至17日
蕭繼宗先生寫景詩的探討	《東海中文學報》	第23期	2011年7月
《東海文學》62期封面封底水墨山水畫二幅	《東海文學》	62期	2011.06
敬挽鍾教授慧玲〈七古〉	《東海文學》	62期	2011.06
我眼中的中文系學生	《東海文學》	62期	2011.06
臺中市藝文交流協會（展出水墨畫作）	臺中市文化中心文英館文英畫廊	2011年9月17日至9月29日
2011年百年一薈——文藝雅集特展	臺北：文訊雜誌社	2011年10月4至10日
大道中國書畫學會（展出水墨畫）	臺中文化中心大墩藝廊（四）	2011年10月15日至10月20日
蕭繼宗先生感懷詩的探討	臺中東海大學主辦：中國古典詩學新境界學術研討會	2011年11月20日

國家圖書館出版品預行編目資料

山水詩研究論稿／王建生著. -- 初版. -- 新北市
：Airiti Press, 2011. 11
　　面；公分
　ISBN　978-986-6286-44-5（平裝）

1.山水詩　2.詩評

821.5　　　　　　　　　　　　100022836

山水詩研究論稿
王建生　著

執行主編／古曉凌
執行編輯／宋亦勤
版面構成／李雅玲
封面設計／鄭清虹

發行單位／Airiti Press Inc.
　　　　　新北市永和區成功路一段80號18樓
訂購方式／華藝數位股份有限公司
　　　　　戶名：華藝數位股份有限公司
　　　　　銀行：國泰世華銀行　中和分行
　　　　　帳號：045039022102
　　　　　電話：(02)2926-6006　　傳真：(02)2231-7711
服務信箱：press@airiti.com
法律顧問／立暘法律事務所　歐宇倫律師
ISBN／978-986-6286-44-5
出版日期／2011年11月初版
定價／新台幣450元

版權所有・翻印必究　　Printed in Taiwan